Das Buch

Nach dem tragischen Unfalltod ihres Mannes Brian vor einem halben Jahr zieht Kate sich in ihr Heimatdorf an der Küste Irlands zurück. Sie ist nun mit nur 37 Jahren Witwe. Trotz aller Trauer fühlt sie aber auch eine seltsame Erleichterung, wieder auf dem Land zu leben. Langsam findet sie zu sich selbst, und ihre Verwandten, bei denen sie unterkommt, helfen ihr dabei, ebenso ihre Cousine und Vertraute Sophie. Eines Tages steht plötzlich ihre Schulfreundin Emma vor der Tür. Schnell entwickelt sich eine intensive Freundschaft zwischen den beiden, obwohl sie sich über zwanzig Jahre nicht gesehen haben. Doch Emma verheimlicht etwas, und mit jedem Tag, der vergeht, fällt es ihr schwerer, offen zu Kate zu sein. Denn sie weiß, dass ihr Geheimnis die neu gefundene Freundschaft zerstören wird ...

Die Autorin

Liz Balfour, geboren 1968, studierte Theaterwissenschaften und ist als Dramaturgin in Deutschland sowie im englischsprachigen Raum tätig. Schon von früher Jugend an war sie fasziniert von Irland, der grünen Insel, und verbringt ihre freie Zeit am liebsten im County Cork.

Lieferbare Titel

Ich schreib dir sieben Jahre

Liz Balfour

Emmas Geheimnis

Roman

WILHELM HEYNE VERLAG
MÜNCHEN

MIX
Papier aus verantwor-
tungsvollen Quellen
FSC® C014496

Verlagsgruppe Random House FSC®N001967
Das für dieses Buch verwendete FSC®-zertifizierte
Papier *Holmen Book Cream* liefert
Holmen Paper, Hallstavik, Schweden.

3. Auflage
Originalausgabe 02/2013
Copyright © 2013 by Liz Balfour
Copyright © 2013 by Wilhelm Heyne Verlag, München
in der Verlagsgruppe Random House GmbH
Redaktion: Eva Philippon
Umschlaggestaltung: Eisele Grafik Design, München
Umschlagmotive: © tombonatti/Vetta/GettyImages; John Woodworth/
Photodisc/GettyImages; oonat/Flickr/GettyImages
Satz: KompetenzCenter, Mönchengladbach
Druck und Bindung: GGP Media GmbH, Pößneck
Printed in Germany 2013
ISBN: 978-3-453-40862-3

www.heyne.de

Liebe Kate,

Ich hab mich wahnsinnig gefreut, dich nach so langer Zeit wiederzusehen! Weißt du, wie ich dich gefunden habe? Ich werde es dir sagen, aber du musst noch etwas Geduld haben. Erst will ich dir noch so vieles erzählen ... Lass es mich der Reihe nach tun. Ich will, dass du mich verstehst. Du wirst mir wahrscheinlich nie verzeihen können. Aber ich will dir wenigstens beweisen, dass ich keine Sekunde vorhatte, dir wehzutun. Warum musste es trotzdem so kommen? Wie konnte alles nur so entsetzlich schiefgehen? Dabei hatte ich dich immer im Herzen behalten. Du warst meine beste Freundin seit meiner Geburt, und ich sollte nie wieder eine Freundin wie dich finden. Es klingt vielleicht albern, weil wir nur Kinder waren. Aber du warst und bist der wichtigste Mensch in meinem Leben. Ich hätte nie zulassen dürfen, dass wir uns aus den Augen verlieren.

1.

Es war einer dieser Tage, an denen die Luft so warm ist, dass man glaubt, sie anfassen zu können. Sie streicht wie Seide über die Haut und umschließt den ganzen Körper. An einem dieser Tage, an denen sich der Himmel unendlich blau über dem Meer spannt, saß ich auf der Mauer, die den Friedhof der St. Multose Church umgab. Ich hatte die Augen geschlossen, um nicht mehr zu weinen. Um mich herum die Musik der kleinen Stadt: Stimmen, Motoren, Möwen, in der Ferne das Meer. Aber dass ich das Meer so deutlich hörte, konnte nur Einbildung sein. Ich stellte es mir vor, weil es mich vom Weinen ablenkte. Und während ich mich darauf konzentrierte, fragte jemand: »Bist du okay?«

Die Stimme fügte sich so selbstverständlich in die Klänge der Umgebung ein, dass ich nicht erschrak. Ich brauchte sogar einen Moment, bis ich merkte, dass ich gemeint war.

Als ich mich umdrehte, sah ich in ein schönes Gesicht mit großen grünen Augen. Er war ungefähr in meinem Alter, lächelte vorsichtig, schob sich seine etwas zu langen dunklen Locken aus der Stirn. »Sorry, ich wollte nicht stören, aber ich dachte...«

»Alles in Ordnung«, sagte ich.

»Sicher? Ich meine, weil du ...«

»Danke fürs Nachfragen«, fiel ich ihm ins Wort. »Ich komm schon klar.« Er sollte einfach nur gehen, aber er blieb stehen. In beiden Händen trug er volle Einkaufstüten.

»Ist jemand ...«, begann er.

»Meine Großmutter«, sagte ich.

»Mein Beileid.« Sein Blick wanderte von mir zur Kirche. »War heute ...«

»Ja«, sagte ich schnell. »Heute.« Ich atmete tief ein, um nicht wieder loszuheulen.

»Das tut mir leid«, sagte er. »Wirklich. Ich dachte nur, vielleicht ...« Er zögerte, sah sich um, blinzelte gegen die Nachmittagssonne. »Wo sind die anderen? Deine Familie? Freunde?«

»Vorgegangen.« Ich biss mir auf die Unterlippe.

»Verstehe.«

Es klang, als ob er wirklich verstand. Dass ich noch nicht zurück ins Haus meiner Großmutter gehen konnte. Dass ich noch Zeit für mich allein brauchte. Er setzte sich einfach neben mich auf die Mauer und stellte seine Tüten ab.

»Erzähl mir von ihr. Wie hieß sie?«

»Margaret.«

»Wie alt ist sie geworden?«

»Siebzig.«

Er nickte stumm.

»Margaret war immer ... Sie wirkte immer irgendwie heiter, auf eine ruhige Art. Ausgeglichen. Und sie war immer in Bewegung. Sie lebte auch gesund. Niemand hat damit gerechnet, dass sie einfach so einen Herzinfarkt bekommt.«

»Also ganz plötzlich und unerwartet«, sagte er.

»Ich konnte mich nicht mal verabschieden. Als ich sie zuletzt gesehen habe, war sie wie immer. Und vier Tage später ...« Ich schluckte. »Sie hat mich großgezogen.«

»Was ist mit deinen Eltern? Waren sie viel unterwegs?«

»Meine Mutter ist gestorben, als ich zwölf war. Und meinen Vater habe ich nie kennengelernt.« Ich sah hinüber zur Kirche. Die St Multose Church war anglikanisch und gehörte zur Church of Ireland. Die Größe des Gebäudes täuschte: Nicht mal zum Weihnachtsgottesdienst waren alle Plätze gefüllt. Die meisten Iren waren katholisch. Das galt auch für das County Cork. Meine Familie war die Ausnahme gewesen. »Protestantisch und dazu noch ein uneheliches Kind ... So bin ich in Cork aufgewachsen. Mutter dachte wohl, dass sie es in einer Großstadt leichter haben würde.«

»Hatte sie es dort leichter?«

Ich hob die Schultern. »Ich war noch so jung.«

»Und dann bist du mit zwölf wieder nach Kinsale gekommen?«

»Ja, ich zog zu meiner Großmutter. Es war okay, weil ich immer die Ferien bei ihr verbracht und sie oft besucht hatte. Nach der Schule auszuziehen, um in Cork zu studieren, ist mir wirklich schwergefallen.« Ich lachte leise. »Am Anfang bin ich jedes Wochenende nach Hause gefahren. Habe ich nach Hause gesagt? Also, zu ihr.« Warum sprach ich so lange mit ihm? Warum erzählte ich ihm das alles? Es waren so persönliche, fast schon intime Dinge, und doch erschien es mir ganz natürlich, mit ihm darüber zu reden. Er stellte die richtigen Fragen. Ich verstand, dass es genau das war, worüber ich in diesem Moment reden wollte. Ich war ihm dankbar dafür, wie aufmerksam er mir zuhörte.

»Nach Hause«, wiederholte er. »Das klingt aber doch richtig. Oder etwa nicht?«

Ich dachte nach. »Dann habe ich heute mein Zuhause verloren.« Ich bedauerte, dass Margaret und ich unser letztes Beisammensein mit Gesprächen über Nichtigkeiten verschwendet hatten, und wünschte nichts mehr, als die Zeit zurückdrehen zu können. Auch das erzählte ich ihm.

»Dann dreh die Zeit zurück«, sagte er, und ich sah ihn verständnislos an. »Ja, los, lass sie uns gemeinsam zurückdrehen. Du bestimmst, wohin die Reise geht, und ich komme widerspruchslos überallhin mit. Was ist? Möchtest du mich nicht deiner Großmutter vorstellen?«

»Findest du das etwa passend, sich an einem Tag wie diesem über mich lustig zu machen?« Ich stand kopfschüttelnd auf. Doch bevor ich weggehen konnte, hatte er nach meinem Arm gegriffen. Ich schüttelte ihn ab und ging weiter.

»Warte!«, rief er mir nach. »Du hast mich falsch verstanden!«

»Ach ja?«

»Ich wollte nur, dass du mir von ihr erzählst.« Er lief mir quer über den Friedhof hinterher. »Ich sehe doch, wie traurig du bist. Und ... ich dachte, vielleicht hilft es dir, wenn du dich daran erinnerst, wie schön die Zeit mit ihr war.«

Ich schwieg und wartete ab, was er noch zu sagen hatte.

»Na ja, und deshalb... Also, dafür könntest du doch mit mir auf eine Art Zeitreise gehen.«

Ich drehte mich zu ihm um und schaute wieder in seine grünen Augen in dem sonnengebräunten Gesicht. Er sah ernsthaft erschüttert aus. Ich nickte langsam und ging zurück zur Mauer, wo seine Tüten standen.

»Also gut. Aber erst... Wie heißt du eigentlich?«

Er setzte sich wieder neben mich. »Brian Richardson.«

»Brian Richardson aus Kinsale.«

»Dublin. Ich bin gerade auf Elternbesuch.«

»Und deine Eltern sitzen zu Hause und warten darauf, dass du ihnen etwas zum Abendessen bringst?« Ich zeigte auf seine Einkäufe.

»Meine Eltern sitzen zu Hause und warten darauf, dass ich mir selbst Essen besorge, weil sie nie etwas im Haus haben, das ich mag. Sie ernähren sich nur von Toast, Baked Beans aus der Dose und Tee. Kommt mir jedenfalls so vor.« Er lächelte, und ich war überrascht von der Wärme, die aus seinem Blick sprach. Er hatte etwas Tröstliches. »Wie heißt du?«

»Kate Riley.«

»Kate Riley aus Cork.«

Ich nickte. »In Kinsale werde ich jetzt nicht mehr so oft...« Und die Tränen kamen wieder.

Brian räusperte sich, vielleicht weil er nicht wusste, wie er reagieren solle. Doch dann sagte er: »Ich weiß. Du brauchst eine kleine Stärkung. Etwas für den Blutzuckerspiegel.« Er griff in eine seiner Tüten und hielt mir eine Dose Cola hin. »Ich hätte außerdem noch ein bisschen Salat im Angebot. Käse, Milch, Zwiebeln, Tomaten, was für eine Mischung. Warte mal, was hab ich denn da gekauft ... Ah, Knäckebrot. In Dublin esse ich nie Knäckebrot. Nur bei meinen Eltern. Äpfel sind hier noch ... War schon irgendwas dabei, das dich überzeugt hat?«

Jetzt musste ich lachen. Ich wischte mir die Tränen von den Wangen und sah ihn neugierig an. »Du musst dich ganz schön langweilen, wenn du lieber einer Fremden beim Heulen zusiehst, als nach Hause zu gehen.«

»Du hast mich durchschaut«, sagte er. »Es ist der langweiligste Ort auf der ganzen Welt. Deshalb musst du mich retten. Erzählst du mir was Schönes von deiner Großmutter?«

Ich zögerte.

»Weißt du«, fuhr er eifrig fort, »ich denke immer, wenn ich mal tot bin, dann will ich nicht, dass alle herumstehen und weinen. Sie sollen an die guten Zeiten denken und daran, wie viel Spaß sie mit mir hatten, und sich darüber freuen! Würdest du denn wollen, dass alle deinetwegen heulen und unglücklich sind?«

»Ich hab noch nie darüber nachgedacht.«

»Glaub mir. Das willst du nicht. Würde es deine Großmutter wollen?«

Jetzt lächelte ich. »Wohl nicht.«

»Dann mal los.«

Und ja, es funktionierte: Ich redete und redete, bis die Luft kühler und das Licht wärmer geworden waren. Die ganze schöne Zeit, die ich bei Margaret in Kinsale verbracht hatte, kam zurück und versöhnte mich ein wenig mit dem Schicksal. Ich dachte, was für ein gutes Leben sie gehabt hatte, und ich war dankbar, dass sie vor ihrem Tod nicht leiden musste. Wir, die wir zurückbleiben, spüren den Schmerz des Verlustes, aber die Toten haben

Ruhe und Frieden. Wir beweinen, was sie alles verpassen, und wir beweinen, was wir mit ihnen versäumt haben, als noch Zeit gewesen wäre. Über all das sprach ich mit Brian, als kannten wir uns schon seit Ewigkeiten. Die Welt um uns herum schien zu versinken. Obwohl die Kirche im Zentrum von Kinsale lag, hatte ich das Gefühl, weit weg auf einer einsamen Insel zu sein. Dann bemerkte ich, dass er einen verstohlenen Blick auf die Kirchturmuhr warf: Fast zwei Stunden waren vergangen.

»Entschuldige, ich hab dich schon viel zu lange aufgehalten. Ich glaube, ich gehe jetzt besser«, sagte ich schnell. »Bestimmt vermissen dich deine Eltern schon. Und meine Familie wird sich auch fragen, wo ich stecke.«

Sie waren alle in Großmutters Haus: Onkel Ralph und seine Frau Mary, meine Cousine Sophie, ein paar entfernte Verwandte, von denen ich noch nie gehört hatte, Nachbarn, Freunde von Margaret. Sie würden bis in die Nacht hinein bleiben, einige auch bis morgen, und wenn es sein musste, noch ein paar Tage, damit ich nicht allein war. Trotzdem war ich noch nicht so weit. Ich konnte nicht zurück in das Haus. Ihr Haus, in dem ich sechs Jahre lang mit ihr gelebt hatte, bis ich zum Studium vor drei Jahren ausgezogen war. Es war mir lange Zeit als der schönste Ort auf der Welt vorgekommen. Ein blau gestrichenes hübsches Häuschen am Hang. Vom Fenster meines Zimmers aus hatte ich den Yachthafen sehen können. Hinterm Haus hatte Margaret einen Blumengarten angelegt, in dem es im Sommer herrlich duftete. Was würde nun daraus werden? Aus den Blumen, dem Garten, dem Haus?

Brian schien zu spüren, wie schwer mir der Gang fiel. »Weißt du was, ich bring dich hin«, sagte er.

»Und was ist mit deinen Einkäufen?«

Er deutete mit dem Kinn in Richtung Market Square. »Machen wir einen kleinen Umweg? Es ist nicht weit bis zu meinen Eltern. Und ich verspreche dir, du musst nicht mit reinkommen.«

Onkel Ralph war wie die meisten anderen schon ziemlich betrunken. Er umarmte Brian wie einen alten Freund, zog ihn ins Haus und versorgte ihn mit Anekdoten über seine Mutter, meine Großmutter. »Tolle Frau. Ganz tolle Frau«, wiederholte er, sooft man ihn ließ. Brian zwinkerte mir zu, ließ sich zu einem Bier überreden, und als Ralph nach einer guten halben Stunde ein neues Opfer für seine Geschichten gefunden hatte, schlichen wir uns nach draußen, um uns in Ruhe voneinander zu verabschieden. Es war bereits dunkel geworden. Einen Moment standen wir verlegen voreinander. Ich lächelte schüchtern.

»Alles Gute«, sagte er schließlich. »Und immer auf Zeitreise gehen, wenn du traurig wirst. Immer die schönen Tage besuchen.«

»Danke. Ich ... ich hab mich sehr gefreut, dich kennenzulernen.«

Er nickte, druckste herum.

Ich wusste ebenfalls nicht, was ich sagen sollte.

»Also dann«, murmelte er.

»Ja, also ...«, stammelte ich.

»Bis ... irgendwann, oder so.« Es ging ein Ruck durch seinen Körper, als müsste er sich mit Gewalt losreißen. Er nickte mir knapp zu, schob die Hände in die Hosentaschen und ging eilig weg.

Am nächsten Tag hatte er mir einen Brief eingeworfen:

»Liebe Kate, ich dachte, ich gebe dir mal meine Telefonnummer. Nicht dass du sie brauchen würdest. Vielleicht willst du sie nicht mal. Aber für den Fall, dass du mir irgendwann erzählen willst, wie es dir geht...
Hier ist sie.«

Darunter hatte er sehr deutlich seine Nummer notiert und mit einem B. unterschrieben.

Es folgte noch ein PS: Der Typ vom Friedhof.
Und darunter ein PPS: Der mit den Einkaufstüten.

Einen Monat später wurden wir ein Paar, und ich wusste, dass ich die große Liebe gefunden hatte. Sie sollte fünfzehn Jahre lang halten.

2.

Fünfzehn Jahre und vier Monate später war es kein Friedhof in Kinsale, sondern die Keltische See, auf die eine Jacht von Cobh aus hinausfuhr, und als seine Asche über dem Meer verstreut wurde, verstand ich endlich, dass ich mich von Brian für immer verabschieden musste. Ich war siebenunddreißig Jahre alt und hatte nun zum dritten Mal den wichtigsten Menschen in meinem Leben verloren. Erst meine Mutter, dann meine Großmutter und jetzt Brian. Immer den Menschen, bei dem ich mich nach dem Verlust eines anderen aufgehoben gefühlt hatte. Und wieder hatte ich mich nicht verabschieden können, wieder quälten mich Selbstvorwürfe, weil wir so viel Zeit mit Banalitäten verschwendet hatten. Ich wusste nicht einmal mehr, wann ich ihm zuletzt gesagt hatte, dass ich ihn liebte. Wie hatte das passieren können? Wie hatte unsere Liebe Alltag werden können?

Ich versuchte es mit der Zeitreise wie damals nach der Beerdigung von Margaret. Ich wollte mich zwingen, an die schönen Momente zu denken und dafür dankbar zu sein. Aber diesmal klappte es nicht. Ohne Brian funktionierte es einfach nicht. Meine Gedanken wanderten immer zurück zu dem Tag, an dem er gestorben war – nur einen Monat nach seinem vierzigsten Geburtstag.

Wieder und wieder sah ich, wie ich morgens aufstand, duschte, frühstückte, mich auf den Weg ins Büro machte. Ich ließ Brian schlafen, er hatte mir gesagt, dass er erst am frühen Nachmittag einen Termin hatte. Wie so oft in den letzten Wochen hoffte er, endlich einen neuen Job zu finden. Für mich war es ein belangloser Tag, ich hatte im Büro wenig zu tun, traf mich nach der Arbeit mit Sophie auf einen Kaffee, fuhr nach Hause. Brian war nicht da, aber auch das war nicht ungewöhnlich. Vielleicht war er noch beim Sport oder bei Freunden. Er würde sich melden. Also machte ich mir etwas zu essen, schaltete den Fernseher an, surfte dabei im Internet und schlief ziemlich früh auf der Couch ein.

Ein Klopfen weckte mich. Brian, dachte ich und sah auf die Uhr. Gleich eins. Wahrscheinlich war er im Pub gewesen und hatte den Schlüssel vergessen. Es wäre nicht das erste Mal. Es klopfte wieder, diesmal lauter und drängender. Ich sprang auf und eilte durch den Flur. »Ja, Brian, ich komm ja schon«, rief ich. Dann öffnete ich die Tür. Davor standen zwei Gardaí. Als ich die Uniformen sah, wusste ich sofort, dass etwas Schreckliches passiert war. Ich weiß noch, wie ich statt einer Begrüßung sagte: »O Gott, ihm ist etwas zugestoßen!« Und an ihren Blicken erkannte ich, dass ich recht hatte.

Sie brachten mich zu ihm ins Krankenhaus, damit ich ihn identifizierte. Sie sagten, man hätte alles versucht, um ihn zu retten, aber es sei zu spät gewesen. Die regennasse Straße, die abgefahrenen Autoreifen, die Kurve in der Dunkelheit zu schnell genommen, und definitiv war zu viel Alkohol im Spiel gewesen.

Ein einziger Gedanke schoss mir durch den Kopf:

Warum habe nicht ich das Auto genommen? Warum bin ich mit dem Bus gefahren? Er würde bestimmt noch leben, wenn ich ihm nicht das Auto gelassen hätte. Ich wusste doch, dass er es nicht so genau nahm und nach drei, vier Gläsern Bier noch fuhr. »Ich kenn doch den Weg nach Hause«, hatte er immer gesagt, wenn ich ihm deshalb Vorwürfe machte. »Ich kenn den Weg zu dir.«

Die Stunden bis zum Morgengrauen erlebte ich in einem Zustand, als würde ich durch dichten grauen Nebel irren. Als die Polizisten wiederkamen, teilten sie mir mit, dass Brian schwer alkoholisiert gewesen war. Er hatte in einem Pub in Blarney getrunken, allein, wie man ermittelt hatte. Niemand dort hatte gewusst, dass er mit dem Wagen unterwegs war, sonst hätte man ihm den Schlüssel abgenommen, wurde mir versichert. Nach wenigen Kilometern hatte er den Unfall gehabt.

Was sie mir sagten, verwirrte mich noch mehr, denn es ergab überhaupt keinen Sinn. Ich war davon ausgegangen, dass er ein Vorstellungsgespräch in der Nähe des Flughafens gehabt hatte. Ich hatte damit gerechnet, dass er mit Freunden irgendwo in Cork etwas trinken ging. Aber Blarney? Ich verstand nicht, was er dort gemacht hatte.

Ich kam nicht dazu, weiter darüber nachzudenken. Ich musste funktionieren. Familie und Freunde benachrichtigen. Die Beisetzung organisieren. Versicherungen informieren. Papiere unterschreiben. Natürlich hatte ich Menschen, die mir halfen. Aber den wichtigsten in meinem Leben hatte ich verloren. Während der ersten drei oder vier Wochen nach seinem Tod wachte ich jede Nacht mehrmals auf, weil meine Hand nach ihm suchte und ihn nicht fand.

Die Bestattung war der schlimmste Moment für mich. Schlimmer noch, als die Nachricht von seinem Tod zu erhalten, schlimmer auch, als ihn identifizieren zu müssen und schreckliche Gewissheit zu erlangen, dass es wirklich Brian gewesen war, den man in der kalten Novembernacht aus dem Autowrack geborgen hatte. Stundenlang hatten seine Eltern auf mich eingeredet, um mich von der Seebestattung zu überzeugen, die er sich gewünscht hätte, wie sie mir versicherten. Ich konnte zunächst den Gedanken nicht ertragen, kein richtiges Grab zu haben, an dem ich um ihn trauern konnte.

»Er hätte kein Grab gewollt«, sagte sein Vater, und ich konnte dem nichts entgegensetzen. Brian und ich hatten nie über den Tod gesprochen. Nie über unseren eigenen. Außer an dem Tag unseres Kennenlernens. Da hatte Brian mir gesagt, wie er in Erinnerung bleiben wollte. Genau diesen Wunsch konnte ich ihm aber nicht erfüllen, denn meine Gedanken schafften es nicht, zu einem der schönen Tage vorzudringen. Noch nicht.

»H.G. Wells hatte eine Seebestattung«, erklärte mir mein Schwiegervater. Brians Lieblingsschriftsteller. Der Autor seines Lieblingsbuchs, das die Vorlage zu seinem Lieblingsfilm war: *Die Zeitmaschine*. Darüber hingegen hatten wir oft gesprochen. Von seinem Traum, durch die Zeiten reisen zu können. Dabei war es nicht so sehr die Zukunft, die ihn reizte, eher die Vergangenheit. Teilhaben am Glück eines Forschers, der endlich die Formel für ein lebensrettendes Medikament fand. Dabei sein, wenn neue Tierarten entdeckt wurden. Den ersten Momenten einer großen Liebe beiwohnen. So stellte er sich seine Zeitreisen vor. Bald steckte er mich damit an.

Obwohl das nicht ganz stimmte. Es war kein Funke, der übersprang. Es war mehr eine Gewohnheit, die ich von ihm übernahm. Nächtelang hatten wir gemeinsam herumgesponnen, welchen Moment wir gerne miterleben würden. Das Literaturstudium half mir, um auf neue Ideen zu kommen. Als er mich für meine fantasievollen Vorschläge bewunderte, schlug ich ihm vor, mehr zu lesen. Das lehnte er rundweg ab.

»Nicht lesen, erleben«, sagte er dann.

»Lesen ist eine Zeitreise im Kopf, nichts anderes als das, was du dir immer wünschst.«

»Nein, ich wünsche mir, körperlich dort zu sein. Wenn ich nur darüber lese, deprimiert mich das.«

Genau so war Brian. Wunderbar seltsam auf seine Art. Sein Bücherregal hatte sich seit der Schulzeit nicht nennenswert erweitert, meine Bemühungen prallten an ihm ab. Wenn ich ihm ein Buch schenkte, ließ er es manchmal wochenlang unangetastet neben dem Bett liegen, natürlich nicht ohne jeden Abend mit einem Augenzwinkern zu versprechen: »Bald schau ich da mal rein.« Vielleicht hatte er dahinter die Absicht vermutet, er möge sich etwas mehr bilden. Mir ging es aber nur darum, ihm mehr von mir näherzubringen. Die Geschichten, die ich liebte, das Spiel mit der Sprache. Brian reichte sein H. G. Wells für ein ganzes Leben. Mehr Geschichten hatten in ihm keinen Platz, so sehr füllte sein Lieblingsbuch ihn aus. Ich brauchte Jahre, um das zu verstehen.

Ich bat nun darum, seine zerfledderte Ausgabe von *Die Zeitmaschine* mit ihm zu verbrennen.

Es war ein kalter, klarer Dezembertag, an dem wir seine Asche dem Meer übergaben. Acht Nächte waren vergangen, in denen ich kaum Schlaf gefunden hatte. Ich hatte Gewicht verloren, und mein Spiegel verriet mir, dass sich die Fassungslosigkeit über das, was geschehen war, in meinen Zügen reflektierte.

Brians Eltern waren seit seinem Tod um Jahre gealtert. Sie hatten immer etwas jünger gewirkt, als sie waren, besonders seit sie nach England gezogen waren, aber nun sah man ihnen ihre knapp achtzig Jahre an. Mein Mann war der Nachzügler gewesen, zwischen ihm und seinen Schwestern lagen zwölf und fünfzehn Jahre. Sie lebten beide ebenfalls in England und waren ohne ihre Männer gekommen. Kinder hatte keine von ihnen. Der Kontakt war nie sehr eng gewesen. Brian hatte sich immer mehr wie ein Einzelkind gefühlt und seine Schwestern eher wie entfernte Tanten wahrgenommen. Sie hatten nie großes Interesse an dem kleinen Bruder gezeigt, und so war es nicht verwunderlich, dass wir uns kaum kannten. Außer einem gemurmelten Beileidsspruch hatten wir uns auch an diesem Tag nichts zu sagen. Wir waren uns fremd, und ihr Bruder war ihnen fremd geblieben. An Weihnachten und Geburtstagen waren gleichgültige Grüße ausgetauscht worden, doch nichts war darüber hinaus geschehen. Als ich Brian gefragt hatte, ob es einen Anlass gäbe, weshalb man sich aus dem Weg ginge, hatte er mich nur verwundert angesehen und gesagt, es sei nun mal nie anders gewesen und ihm fehle auch nichts. Ich sah keine der beiden Frauen weinen. Wenn ich zuvor noch gedacht hatte, Trauer würde die Menschen verbinden, wurde ich nun eines Besseren belehrt.

Tante Mary und Onkel Ralph unterstützten mich, auch meine Cousine und beste Freundin Sophie war mitgekommen. Sie hielt meine Hand, legte den Arm um meine Schulter, gab mir Beistand und Wärme. Brians Eltern hatten Bibelstellen ausgesucht, die verlesen wurden. Ich konnte kaum zuhören. Die tief stehende Sonne blendete mich so sehr, dass ich die Augen zusammenkneifen musste, um etwas zu sehen. Aber was gab es auch schon zu sehen?

Das Verstreuen seiner Asche, dieses letzte Ritual, stürzte mich in einen tieferen Abgrund als alle Verluste, die ich zuvor erlitten hatte. Mein Schmerz schien größer und qualvoller zu sein als nach dem Tod meiner Mutter oder meiner Großmutter. Vielleicht weil man immer damit rechnen musste, die Elterngeneration zu verlieren, aber mit dem Ehemann wollte man die Zeit bis zum eigenen Tod verbringen. Meinen Ehemann so früh zu verlieren war so falsch, so ungerecht. Es konnte doch nicht sein, dass meine Liebe zu ihm, die längst nicht aufgebraucht war, nicht weiterging. Ich hatte noch so viel mit ihm erleben wollen. Jetzt war er fort. Ich konnte nicht einmal auf jemanden wütend sein, weil niemand schuld an seinem Tod war, nur er selbst, und wie könnte ich auf Brian wütend sein?

Noch tiefer als all das aber riss mich in die schwärzeste Dunkelheit, dass ich von nun an nichts mehr von ihm haben würde.

Nicht einmal ein richtiges Grab.

Seine Mutter hatte gesagt, sie würde einen Schrein für Brian errichten, und ich könnte jederzeit vorbeikommen und davor beten. »Das ist viel mehr als ein Grab«, erklärte sie mir, und ich nickte stumm.

Sie hatte keine Ahnung, wie abwegig ich ihren Vorschlag fand, und ich konnte es ihr nicht sagen, weil ich sie und ihren Glauben nicht beleidigen wollte. Was sollte mir ein Schrein in ihrem Haus geben können? Dachte sie wirklich, ich würde nach England reisen, wenn ich mich Brian näher fühlen wollte? Dachte sie, es würde mir Trost spenden, mir alte Fotos und zusammengesuchte Andenken in einer Glasvitrine – davon sprach sie nämlich – anzusehen?

Ich überließ ihr, was sie von ihrem Sohn mitnehmen wollte. Sie entschied sich für das Buch *Wenn der Schläfer erwacht*, einen dunkelblauen Schal, die Armbanduhr, die sie ihm zu unserer Hochzeit geschenkt hatten (er hatte sie so gut wie nie getragen), den Becher mit seinem verblichenen Namenszug, den er zu Schulzeiten geliebt hatte, und noch ein paar Kleinigkeiten, die ich nicht richtig wahrnahm.

»Jederzeit«, sagte sie, »kannst du ihn bei uns besuchen.« Als würde sie ihn zu sich mitnehmen. Weg von mir. Es war absurd, aber ich hatte den Eindruck, dass sie genau das bezweckte.

Bereits auf der Jacht merkte ich, wie das Sonnenlicht trüb wurde, obwohl keine Wolken aufgezogen waren. Als wir an Land gingen, verschwanden langsam die Farben aus der Welt. Ich musste am Anleger stehen bleiben, damit mein Körper verstand, dass ich mich nicht mehr auf einem schwankenden Boot befand. Sophie stützte mich. Brians Familie verabschiedete sich von uns. Ralph und Mary regten sich flüsternd darüber auf, wie steif und wenig herzlich »diese Leute« waren.

»Ist dir schlecht?«, fragte Sophie. »Du bist ganz grün.«
Ich nickte nur.

»Wollen wir uns setzen?«

Ich schüttelte den Kopf. »Geht schon.«

»Tief durchatmen. Ein Schritt nach dem anderen. Wir haben Zeit.«

Sie leitete mich sanft zur Straße. Ich konnte kaum noch etwas sehen, und schließlich wurde mir schwarz vor Augen.

Für einen Moment musste ich das Bewusstsein verloren haben, denn als ich wieder zu mir kam, saß ich auf einer Bank. Sophies Arm stützte fest meinen Rücken. Ralph und Mary hatten bereits das Auto vom Parkplatz geholt. Ralph sprach gerade mit einem rothaarigen Mann und einer blonden Frau in einem langen, zu großen Tweedmantel.

»Wer war das?«, fragte ich, weil ich keine Lust darauf hatte zu versichern, dass es mir wieder gut ging und alles in Ordnung sei. Es ging mir schließlich nicht gut, und mir war nicht nach Höflichkeit.

»Sie wollten nur wissen, welche Seebestattung das gerade war. Wollten wohl zu jemand anderem. Die Frau meinte, du kämst ihr bekannt vor.«

»Nie gesehen«, sagte ich matt. »Ich will jetzt ...« Ich stockte. Nach Hause, hatte ich sagen wollen, aber unser Haus in Cork war der letzte Ort, an dem ich sein wollte.

Sophie verstand. Sie sagte ohne zu zögern: »Willst du mit zu mir? Es wird ein bisschen eng, aber das bekommen wir schon hin. Und du hättest es auch nicht weit nach Hause, falls du es dir anders überlegst.«

Ich hob hilflos die Schultern. Sophies Wohnung war

winzig. Meine Cousine leitete ein kleines Theater in Cork. Sie arbeitete viel und hart und hatte mehr Stress, als sie zugeben würde, da sie ständig von der Pleite bedroht war. Meistens kam sie erst spät in der Nacht nach Hause. Und dann sollte sie auf Zehenspitzen durch ihr Wohnzimmerchen schleichen müssen, wo ich auf der Couch herumlag und mir die Augen ausweinte?

»Sophie, das ist ganz lieb, aber es ist schon okay. Ich glaube, über kurz oder lang muss ich wirklich für eine Weile raus aus der Stadt. Ich werde das Haus verkaufen und ...« Und dann? Ich wusste nicht, wie es weitergehen sollte. Mein Kopf war leer.

»Wäre Kinsale weit genug weg?«, fragte Ralph.

Bevor ich noch antworten konnte, spürte ich, wie sich eine merkwürdige Ruhe in mir ausbreitete. Kinsale, das wäre tatsächlich der richtige Ort, um Abstand zu gewinnen. Ich war viel zu lange nicht mehr dort gewesen. Ralph und Mary hatte ich meist in Cork getroffen, wenn sie Sophie besucht hatten, und Brians Eltern lebten schon über zehn Jahre in England. Ganz würde ich mich den Erinnerungen sowieso nie entziehen können. Warum also nicht Kinsale?

Ich umarmte die beiden voller Dankbarkeit, ließ mich zum Auto bringen und sank erschöpft auf die Rückbank.

»Dann fahren wir erst einmal bei dir vorbei, damit du ein paar Sachen einpacken kannst«, sagte Mary.

»Nein. Bitte. Lasst uns einfach direkt nach Kinsale fahren. Ich will nicht mehr zurück.«

Noch am selben Abend musste Sophie zwei große Koffer mit meinen Kleidern und dem Wichtigsten aus dem Haus in Cork geholt und bei ihren Eltern vorbeigebracht haben, denn als ich morgens in ihrem alten Jugendzimmer erwachte, fand ich alles, was ich brauchte. Ich hatte nichts davon bemerkt, so fest hatte ich geschlafen. Trotzdem fühlte ich mich matt und wollte nicht aufstehen.

Diese dumpfe Müdigkeit sollte noch sehr viel länger anhalten. Ralph und Mary kümmerten sich rührend um mich. Sie machten mit mir Spaziergänge durch die eisige Winterluft, fuhren mich nach Dublin, um mit mir die Weihnachtsmärkte zu besuchen, luden mich ins Kino ein, veranstalteten gesellige Abende mit Freunden. Sie taten all das, obwohl sie ein Pub zu führen hatten, und es war nur deshalb möglich, weil der halbe Ort sie – und damit auch mich – unterstützte, wann immer es nötig war.

Ich fühlte mich die ganze Zeit über, als säße ich hinter einer Glasscheibe. Die Welt um mich herum kannte nur noch leise Töne und graue Farben. Sie hatten ihren Duft verloren, und Wärme erreichte mich schon lange nicht mehr. Die Kälte in mir blieb hartnäckig und ließ sich durch nichts vertreiben.

Zu meinem Onkel und meiner Tante hatte ich immer ein herzliches Verhältnis gehabt, und Sophie war seit meinen Teenagertagen meine beste Freundin. Ich fühlte mich bei ihnen gut behütet, aber sie konnten nicht die Leere füllen, die ich in mir trug. Niemand schien es zu können, und auch wenn mir jeder versicherte, dass selbst dieser unermesslich große Schmerz eines Tages immer kleiner werden würde, bis er nur noch als Erinnerung nachhallte, konnte ich nicht glauben, irgendwann etwas anderes zu fühlen.

Als vier Wochen vergangen waren und es mir immer noch nicht besser ging, beschloss ich, meinen Job an der

Uni zu kündigen. Weihnachten und Neujahr überstand ich nur, weil mir meine Ärztin ein Beruhigungsmittel verschrieben hatte. Eines Abends hörte ich, wie Mary zu Ralph sagte: »Hoffentlich tut sie sich nicht noch was an, so verzweifelt, wie sie ist.« Sie saßen in ihrem Wohnzimmer und hatten nicht gehört, dass ich mein Zimmer verlassen hatte und auf den Flur getreten war. Ich zog mich leise zurück, setzte mich auf mein Bett und dachte darüber nach. Mich umbringen? War das eine Lösung? Ich musste einsehen, dass ich nicht einmal dazu die Energie hatte.

Mitte Januar riss ich mich zusammen und löste unseren Haushalt auf. Von dem Geld, das ich aus dem Verkauf bekam, zahlte ich unsere Schulden zurück. Was übrig blieb, reichte nicht, um mir eine eigene kleine Wohnung zu kaufen, und Ralph bot mir an, so lange zu bleiben, wie ich wollte. Dass ich ihm Miete zahlte, akzeptierte er nicht, also half ich in seinem Pub, dem Jacob's Ladder, aus, wo immer jemand gebraucht wurde.

Sophie zwang mich im Februar zu einem gemeinsamen Urlaub auf Madeira, damit ich »mit etwas mehr Licht und Wärme die Winterdepression« austrieb. Was für eine Untertreibung, meinen Zustand Winterdepression zu nennen! Ich ließ mich zwei Wochen lang von ihr über die Insel schleppen, aber ich war nicht in der Lage, die prächtigen Farben, die wunderbaren Gerüche aufzunehmen. Am allerwenigsten hatte ich am Essen Spaß. Es schmeckte immer gleich, egal was man mir vorsetzte, und nach wenigen Bissen ließ ich es stehen. Seit Brians Tod hatte ich mittlerweile acht Kilo verloren. Ich ärgerte mich darüber, dass ich Sophie keine gute Gesellschaft war. Schließlich hatte sie diese Reise nur meinetwegen unternommen. Aber Sophie sagte nur: »Lass dir Zeit. Irgendwann kommt die Sonne bei dir an.«

Die Wochen und Monate zogen an mir vorbei und blieben grau. Sophie mailte mir Fotos, die sie von uns auf Madeira gemacht hatte. Ich konnte mich kaum erinnern, an diesen Orten gewesen zu sein. Sophie war nun die einzige Freundin, die ich noch hatte. Meine Kolleginnen und Kollegen von der Universität hatten außer Beileidskarten nichts mehr von sich hören lassen. Unsere Nachbarn in Cork waren ebenfalls verstummt. Die Bekannten aus meinem Sportclub schickten wenigstens noch zu Weihnachten eine Karte. Mir wurde klar: Die Menschen wollen nichts wissen von Krankheit oder Tod. Sie machen einen Bogen um diejenigen, die es getroffen hat. Und ich brachte die Kraft nicht auf, von mir aus auf jemanden zuzugehen und mich zu verabreden. Ich steckte in diesem Teufelskreis fest, und hätte ich Sophie und ihre Eltern nicht gehabt, ich wäre einsam und verlassen zugrunde gegangen. Später wurde mir klar, dass meine Beziehung zu Brian so eng gewesen war, dass kaum noch Platz für echte Freundschaften gewesen war. Wir hatten einen großen Bekanntenkreis, aber Freunde hatten sich für mich keine darunter gefunden.

Und doch sollte Sophie recht behalten. Zwar nicht mit den ersten Sonnenstrahlen des Frühlings, aber immerhin schaffte ich es Anfang Juni zum ersten Mal seit einem halben Jahr, den Tag mit einem Lächeln zu begrüßen. Ich hatte mir den Radiowecker gestellt, weil ich nach Cork fahren und einige Einkäufe für das Pub erledigen wollte.

Der Song, der mich weckte, war »There She Goes« von The La's. In meiner Teenagerzeit war dieses Lied eine meiner Hymnen gewesen, und mein Herz hüpfte, als ich die Melodie erkannte. Sie spielten nicht das Original, sondern eine neue Coverversion. Den ganzen Tag bekam ich den Song nicht mehr aus dem Kopf, und er stimmte mich fröhlich. Ich wurde zurückversetzt in die Zeit der ersten Partys, der ersten durchwachten Nächte, der Lagerfeuer am Strand und der elektrisierenden ersten Küsse. Es war eine Zeit, in der ich mich fühlte, als sei alles im Leben möglich, als stünde mir die Welt offen, als sei ich unverwundbar.

Das Eis auf meiner Seele begann zu tauen.

Am nächsten Morgen öffnete ich das Fenster, sah hinaus auf die grünen Hügel und die Bucht, die sich zur Keltischen See hin öffnete, und fasste einen Entschluss: Ich würde Frieden schließen mit dem Schicksal und Brians Tod akzeptieren. Es war genug Zeit vergangen, und auch wenn der Schmerz noch tief saß, er hatte seine schneidende Kälte verloren. Da draußen in den Wellen war Brians Grab. Dort würde er für immer sein. Und ich konnte ihn besuchen, wann immer ich wollte, ich war in seiner Nähe, sobald ich am Meer war. Endlich wusste ich, dass ich mit meinem Leben weitermachen konnte.

3.

»Du siehst gut aus«, sagte Sam.

»Danke, mir geht es auch gut. Besser.« Ich hielt ihm die Tür zur Küche auf, wo er die Gemüsekisten abstellte. Sam wischte sich die Hände an der Jeans ab und sah mich aufmerksam an. »Irgendwas ist anders. Gut anders.«

»Was hast du uns heute mitgebracht?« Ich inspizierte die Kisten. Sam brachte uns alle paar Tage frisches Gemüse und Kräuter für das Pub. Milch, Eier und Fleisch bezogen wir ebenfalls von einem lokalen Bauern. Die Speisekarte von Ralph richtete sich nach dem, was verfügbar war, und nach anfänglichem Gebrummel unter den Gästen hatte er sich schließlich mit seiner Strategie durchgesetzt und verfolgte sie nun seit fast zehn Jahren. Er und Mary waren besonders stolz darauf, schon so »grün« gedacht und gehandelt zu haben, bevor Kinsale offiziell zu einer Transition Town wurde: einer Umwelt- und Nachhaltigkeitsinitiative, deren teilnehmende Städte und Gemeinden ein Leben weg von der Abhängigkeit von fossilen Brennstoffen und hin zu einer regionalen Wirtschaftsstruktur förderten.

Sam kannte ich noch von der Schule. Mit vierzehn hatten wir eine Weile schüchtern Händchen gehalten und uns heimlich geküsst. Als die Schulzeit vorbei war, hatten wir uns für fast zwanzig Jahre aus den Augen verloren, und im vergangenen Dezember, nach meinem Einzug bei Ralph und Mary, wiedergesehen. Seitdem begegneten wir uns häufig im Pub, weil er uns belieferte. Er war mir gegenüber zu Beginn schweigsam und zurückhaltend gewesen, und erst langsam hatte er angefangen, etwas von sich zu erzählen. So erfuhr ich, dass er zum Studium nach Dublin gegangen war, weil er »rauswollte«.

»Was ganz anderes machen und die Welt sehen«, hatte er vor einigen Wochen mit einem unsicheren Lachen gesagt. »Aber auf keinen Fall nach England gehen. Oder in die USA. Und Australien war viel zu weit weg. Ganz schön feige, was? Nach vier Jahren Dublin hab ich dann eingesehen, dass ich die große weite Welt nicht brauche.«

»Du warst am Trinity College?«

»Dazu hat's nicht gereicht. University College. Eingeschrieben für Wirtschaft. Gerade so einen Abschluss hinbekommen. Keine ruhmreiche Zeit.« Sam verzog das Gesicht. »Dann kam ich zurück nach Kinsale, sah, dass der Laden meiner Eltern schlecht lief, kratzte alle meine betriebswirtschaftlichen Kenntnisse aus dem Studium zusammen, übernahm Einkauf und Buchführung und kam nach ein paar weiteren verschwendeten Jahren zu dem Urteil: Patient tot. Gegen die großen Märkte kommt man auf Dauer nicht an.«

»Und dann hast du umgesattelt?«

»Hey, ich pflanze vielleicht nur Gemüse an, aber ich kann gut davon leben.« Es klang, als würde er sich verteidigen. »Ich hab Angestellte, und ich tu noch was für die Umwelt. Ich bin viel an der frischen Luft, und niemand quatscht mir rein. Nicht mal meine Eltern.«

»Klingt perfekt«, sagte ich.

»Ehrlich?« Er sah mich misstrauisch an. »Weißt du, ich habe durch die Pleite mit dem Laden meiner Eltern eine Menge gelernt. Was Service und so angeht. Kundenbindung. Marketing. Das alles.« Sam machte eine ausladende Handbewegung, und ich nickte: »Du machst das bestimmt ganz richtig.«

Als ich nun an dieses Gespräch zurückdachte, daran, wie wenig Energie ich an diesem Tag gehabt hatte, wie sehr ich mich auf die Worte konzentrieren musste, um zusammenhängend antworten zu können, dann kam es mir vor, als lägen Welten dazwischen. In Wirklichkeit waren es nur ein paar Wochen. Wenn man in einer grauen, bedrückenden Enge gefangen ist, wird ein Monat zu einer Ewigkeit.

Umso mehr freute ich mich darüber, dass er mir die innere Veränderung, die ich spürte, ansah.

»Und? Diese Woche neue Gäste?«, wollte er wissen.

Neben dem Pub hatten Mary und Ralph noch ein paar Gästezimmer. Da Kinsale ein beliebtes Touristenziel und nicht allzu weit vom Flughafen entfernt ist, konnten sie sich über die Auslastung der Zimmer nicht beschweren. Wegen der Krise hatten sie mit den Preisen etwas runtergehen müssen, aber sie kamen immer noch gut über die Runden. Auch im Pub zeigte sich die Rezession nur mäßig. Einige der teureren Restaurants hatten weniger Glück gehabt: Die Gäste blieben aus. Alle sparten, wo sie konnten.

Ich ging zurück zum Tresen, wo ich auf Ralphs Laptop die Anmeldungen sehen konnte. »Das Ehepaar aus Schottland bleibt noch drei Nächte. Heute kommen zwei

Deutsche, offenbar nur für zwei Nächte, zwei Frauen aus Belgien, wenn ich das richtig lese ... Ralph macht immer so seltsame Abkürzungen. Und ein einzelner Herr aus den USA. NY? Ja, New York. Natürlich.«

»Um was wetten wir, dass er auf der Suche nach seinen Wurzeln ist?«, spottete Sam. »Wie heißt er?«

»Matthew Callaghan«, las ich vor.

»Bingo. Bei *dem* Nachnamen sucht er nach Opas Geburtshaus oder so was in der Art. Die Wette hab ich gewonnen.«

»Wir haben noch gar nicht gewettet«, protestierte ich.

»Na gut. Du hast recht. Dann wetten wir ... Ich weiß: Ich wette, dass er über sechzig ist, Akademiker, seine Eltern sind gerade gestorben, und er macht sich auf die Suche nach seinen Wurzeln.« Seine Augen weiteten sich, und er schlug eine Hand vor den Mund. »Oh! Ich bin ein Idiot. Entschuldige!«

»Was?«

»Weil ich ... wegen ...«

»Weil du gesagt hast, die Eltern seien gerade gestorben?«

Sam nickte.

»Damit kann ich umgehen. Keine Sorge. Also, die Wette gilt. Ich sage: Er ist Anfang zwanzig, kommt mit einem Rucksack und will einfach nur ein bisschen rumreisen und Leute kennenlernen.«

»Moment. Um was wetten wir? Du bestimmst den Einsatz.«

Ich überlegte. »Wie wäre es mit ... Kino? Ich war schon hundert Jahre nicht mehr im Kino.«

Sam strahlte. »Wer verliert, zahlt Karte und Getränke.

Und Popcorn.« Er hielt mir seine Hand hin, und ich schlug ein. Dann zog er lachend weiter. »Und nicht schummeln, ja?«, rief er zum Abschied.

Ich winkte ihm hinterher. Als er fort war, begann ich, die Spülmaschine auszuräumen. Wie sehr sich Sams Verhalten mir gegenüber in der letzten Zeit doch geändert hatte... Sein Selbstvertrauen schien gewachsen zu sein. Er hatte wohl gespürt, wie viel Respekt ich für seine Arbeit hatte. Ich nahm mir vor, ihm in den nächsten Tagen zu sagen, dass ich sein Engagement bewunderte. In Kinsale war er nämlich eine angesehene und einflussreiche Persönlichkeit. Er setzte sich intensiv für den Umweltschutz ein und hatte so gut wie alle Landwirte und Viehzüchter auf seine Seite gezogen. Er hatte es geschafft, Politiker davon zu überzeugen, Projekte wie Lachsfarmen direkt vor unserer Küste zu verhindern. Er hatte kleine Unternehmer in Kinsale und Umgebung kostenlos beraten und gecoacht, um sie fit zu machen für den Wettbewerb gegen die großen Handelsketten. Wenn er von sich als einfachem Gemüsegärtner sprach, untertrieb er maßlos. Ich hatte noch nicht herausgefunden, ob er absichtlich tiefstapelte oder ob er sich wirklich so sah.

Wer weiß, was mit Kinsale geschehen wäre, wenn Sam nicht zurückgekommen, sondern in Dublin geblieben wäre, um Unternehmensberater zu werden und astronomische Summen in London zu verdienen. Ich musste grinsen, als ich ihn mir dabei vorstellte, wie er im smarten Anzug, glatt rasiert und stylisch frisiert irgendwelchen Vorständen vermeintlich kluges Zeug erzählte.

Ich putzte gerade das Gemüse, als Ralph hereinkam und sagte: »Wenn du so weitermachst, gewöhnen wir uns so sehr an dich, dass du leider nicht mehr gehen kannst.« Es sollte wie eine Warnung klingen, aber etwas Schöneres hätte er nicht zu mir sagen können. Gerade jetzt, da es mir besser ging, tat es so gut, diese Worte zu hören, denn endlich konnte ich sie annehmen. Ein klein wenig zwickte das schlechte Gewissen, weil ich mich immer noch nicht zu einer Entscheidung hatte durchringen können, wie lange ich bleiben wollte.

Ich lächelte ihn an.

»Oh, die Sonne geht auf!«, rief er und zwinkerte mir zu. »Schon jemand da?«

»Nein, alles ruhig. Sonst wäre ich nicht hier hinten.«

Er nickte und spähte in den Gastraum. »Heute Abend wird es wieder wild. Bist du bereit?«

Jetzt musste ich lachen. Jeden Freitag fanden sich Musiker, junge und alte, im Jacob's Ladder ein und spielten zusammen. Und jeden Freitag war es brechend voll. Die Leute sangen und tanzten, als ginge am Wochenende die Welt unter. Das Jacob's Ladder war mit Abstand das beliebteste Pub in Kinsale. Dabei hatte es auf den ersten Blick nichts Besonderes. Einfache Stühle und Tische aus dunklem Holz, die Wände bis zur Hälfte ebenfalls mit dunklem Holz getäfelt, darüber grün gestrichen. Ralph hatte, dem Namen des Pubs folgend, Strickleitern an der Decke angebracht, und die Wände waren mit Schiffstauen, Netzen, Steuerrädern und allem möglichen Kram verziert, der den Gästen sagen sollte, was sie längst wussten: dass sie am Meer waren. Die Beliebtheit war auch nicht einfach nur mit der Küche zu erklären. Es gab überall in Kinsale gutes Essen. Die Restaurants versuchten, sich gegenseitig mit ihren Gourmetangeboten zu übertreffen, um den guten Ruf des Städtchens bei den internationalen Touristen zu wahren. Trotzdem gingen die Leute zu Ralph. Vielleicht war es genau das, was Ralph auszeichnete: Er versuchte nicht, Eindruck auf andere zu machen. Er tat einfach, was er für richtig hielt. Das spürten die Menschen.

»Freu mich auf heute Abend«, sagte ich, und es war nicht einmal gelogen.

»Dann freu ich mich auch«, sagte Ralph und tätschelte mir die Schulter. Er war etwas unbeholfen, was das Zeigen von Gefühlen anging.

»Haben die neuen Gäste gesagt, wann sie ungefähr eintreffen?«

Er hob die Schultern. »Wie üblich waren sie sehr vage, haben aber versprochen, bis spätestens sechs Uhr hier zu sein. Mal sehen.«

»Hast du ihre Handynummern?«

»Nein. Ach, wozu auch? Die haben doch unsere Nummer.« Jetzt lachte er. »Junge Frau, du interessierst dich jetzt wohl richtig für meinen Laden! Die Lebensgeister sind erwacht. Was für eine Freude. Also, meine Philosophie ist – und sie wird dir wahrscheinlich nicht gefallen: Entweder die Leute kommen bis um sechs, oder sie kommen nicht. Ganz einfach. So groß ist der Andrang nun leider auch wieder nicht, dass ich bei jeder Buchung zwanzig anderen absagen müsste.« Wieder tätschelte er meine Schulter, dann ging er raus in den Schankraum, und ich schälte kopfschüttelnd Kartoffeln. In etwa einer Stunde würden die ersten Mittagsgäste kommen, und ich hatte noch so einiges zu tun. Es machte mir Spaß zu helfen, zu arbeiten, mich nützlich zu machen. Nicht nur, um Ralph und Mary einen Gefallen zu tun, sondern vor allem auch für mich selbst. Um etwas zu haben, was mir Routine gab und dadurch Halt. Sicherheit.

Ich war ganz versunken in meine Arbeit, als die Tür zum Schankraum aufgestoßen wurde. »Besuch für dich, Kate«, sagte Ralph.

»Für mich? Wer denn?«

»Keine Ahnung, wer es ist, aber sie will dich unbedingt sprechen.«

Ich überlegte, wer mich wohl besuchen würde. Eine Kollegin von der Uni? Eine Bekannte aus Cork? Es gab niemanden, über dessen Besuch ich mich gefreut hätte. Zu lange war nämlich keiner meiner früheren Bekannten für mich da gewesen.

»Ich bin noch nicht ganz fertig«, sagte ich widerstrebend. »Die Karotten müssen noch geputzt werden.«

»Lass mich das machen. Außer ihr ist sowieso noch keiner da.«

Verwundert ging ich raus und sah mich in dem leeren Raum um. Ich entdeckte die Frau in der hinteren Ecke, wo der Durchgang zu den Gästezimmern im oberen Stock war. Sie saß mit dem Rücken zur Wand und trommelte nervös mit den Fingern auf der Tischplatte herum. Als sie mich auf sich zukommen sah, erhob sie sich langsam. Ihr Gesicht war blass, und sie wirkte unsicher. Aber ihr Lächeln war warm und echt.

Ich begrüßte sie und fragte, ob ich ihr etwas bringen könnte. Sie sah aus, als könnte sie etwas im Magen vertragen.

»Danke, nur ein Glas Wasser«, sagte sie, und ich ging hinter die Theke, um es ihr zu holen.

Sie kam mir nach und setzte sich an die Bar.

»Sie wollten mit mir sprechen?«

»Du erkennst mich nicht mehr, oder?«, sagte sie und trank einen Schluck.

Ich sah sie mir genau an: große blaue Augen, glattes blondes Haar, Stupsnase. Sehr groß und schlank, eigentlich sogar zu dünn, und dennoch trug sie ein weites Kleid, wie um ihre Figur zu verbergen. Oder es war ihr zu groß geworden, weil sie in kurzer Zeit viel Gewicht verloren hatte. Ich kannte das von mir, als ich nach Brians Tod kaum noch etwas gegessen hatte und alle meine Sachen an mir herumschlackerten.

»Tut mir leid, ich weiß wirklich nicht ...«

»Es ist auch fünfundzwanzig Jahre her«, sagte sie. »Ich hab dich aber gleich erkannt. Ich sah dich ... vor einer Weile. Zufällig. Und jetzt war ich gerade in der Nähe und dachte, vielleicht bist du bei deinem Onkel. Oder er kann mir sagen, wie ich dich finde. Ich dachte, ich frag einfach mal. Du erkennst mich immer noch nicht?«

»Nein, wirklich, das ist mir sehr unangenehm, aber...«

»Emma.«

»Emma?« Ich ging im Geiste alle Emmas durch, die ich kannte. Keine passte. Bis mir einfiel, was sie gesagt hatte: »Es ist auch fünfundzwanzig Jahre her ...« Emma Mulligan. Meine beste Freundin aus Kindertagen.

»Wirklich, du hast dich so verändert, ich hätte dich niemals wiedererkannt!«, rief ich, rannte um die Theke herum und umarmte sie. Unter der weiten Kleidung fühlte ich ihren zerbrechlichen Körper. Ich ließ sie schnell wieder los. »Emma, was machst du hier? Ach, ist das eine schöne Überraschung!« Früher war sie das genaue Gegenteil von mir gewesen. Ich: eine wahre Bohnenstange, lang und dünn, dazu eine unzähmbare Mähne dunkler Locken. Emma: immer etwas kleiner als alle anderen, dazu noch recht pummelig, und ihre blonden dünnen Haare hatten ausgesehen wie abgebrochene Spaghetti, weil ihre Mutter sie nie zum Friseur gelassen, sondern immer selbst geschnitten hatte. Außerdem hatte sie die Kleidung ihrer älteren Schwestern auftragen müssen. Die anderen Kinder in unserer Klasse waren nicht unbedingt aus wohlhabenderen Familien, aber irgendwie schaffte es Emma, gleich in der ersten Klasse in eine Außenseiterposition zu geraten – wo ich ohnehin war. Das uneheliche Kind einer protestantischen Frau, die sich nicht mal dafür zu schämen schien. Weder für ihre Tochter noch für ihren Glauben. Wir waren vorher schon wie siamesische Zwillinge gewesen, in der Schule änderte sich nichts daran. Wir verstanden uns blind.

»Wie gesagt, ich war in der Nähe. Ich muss auch gleich wieder los ... meine Tochter ...« Sie zögerte.

»Du hast eine Tochter? Wie schön! Wie heißt sie?«

»Kaelynn«, sagte sie. Ihre Stimme versagte fast, sie musste sich räuspern. Ihre Augen glänzten, als würde sie gleich weinen.

Ich erschrak. Durch meinen Kopf schossen schreckliche Gedanken: Stimmte etwas nicht mit dem Kind? War es etwa krank? Müsste eine Mutter nicht strahlen, wenn sie von ihrer Tochter spricht?

»Was ist los?«, fragte ich.

Sie schüttelte heftig den Kopf, fuhr sich mit den Händen übers Gesicht und lächelte wieder. »Entschuldige. Schon okay. Ich sollte längst wieder bei ihr sein.«

»Ist mit Kaelynn alles in Ordnung?« Ich hielt den Atem an aus Angst vor der Antwort.

»Ja, natürlich! Sie wurde ein bisschen zu früh geboren und ist noch im Krankenhaus ... und ich fürchte, meine Hormone haben sich noch nicht umgestellt.« Sie lachte auf. »Ich fange dauernd aus heiterem Himmel an zu heulen. Aber es ist wirklich alles in Ordnung. Ehrlich. Und ich freu mich so, dich zu sehen.«

»Wo lebst du? Hier in der Nähe?«

»In Cork. Wieder. Seit ... einer Weile.«

»Mit deinem Mann, oder? Was macht er? Und was machst du?«

»Oh, ich kann mich im Moment nur um meine Kleine kümmern. Aber sag mal, weshalb ich eigentlich gekommen bin – wollen wir uns mal in Ruhe treffen? Nur wenn du willst! Wenn du Zeit hast. Ich weiß, ich überrumple dich hier ...«

»Nein, überhaupt nicht!«, sagte ich. »Natürlich hab ich Zeit für dich. Und ich bin so neugierig, ich will alles von dir wissen! Wann sehen wir uns?«

Emma lachte, umarmte mich und drückte mich dabei ganz fest an sich. »Ich melde mich bei dir, ja? Ich weiß ja jetzt, wo ich dich finde.« Sie ließ mich los, griff in ihre Handtasche und reichte mir einen Zettel, auf den sie bereits ihre Telefonnummer geschrieben hatte. »Visitenkarten habe ich keine«, sagte sie entschuldigend.

Ich nahm den Zettel, riss ein kleines Stück davon ab und notierte in winziger Schrift meine Handynummer darauf. »Ich auch nicht«, sagte ich und grinste.

Sie grinste zurück. »Schön, dich wiederzusehen.«

»Find ich auch.«

»Ich muss leider los. Ich hab kein Auto, und der Bus fährt gleich.« Sie sah auf die Uhr. »Oh.«

»Beeil dich! Und wenn du ihn verpasst, komm wieder her.«

Sie winkte mir zu und lief aus dem Pub. Ich grinste immer noch wie ein kleines Mädchen, als sie längst weg war.

»Ne Freundin von dir?« Ich hatte Ralph gar nicht kommen hören.

»Von ganz, ganz früher«, sagte ich. »Damals war sie noch ziemlich moppelig. Du erinnerst dich vielleicht an sie. Emma. Wir waren in dem Sommer gemeinsam bei Margaret, bevor Mutter ...«

»Oh, ja, Emma!«, rief er, bevor ich die Gelegenheit hatte, über das Wort »starb« zu stolpern. »Trägt immer noch Kleider, als wäre sie moppelig.«

»Sie hat vor Kurzem ein Kind bekommen.«

»Aaah.« Mein Onkel kratzte sich am Kinn und starrte an die Decke. »Ich erinnere mich. Bei Mary hat es ewig gedauert, bis sie ihren Schwangerschaftsbauch loswurde. Ein paar Wochen nach Sophies Geburt wollte sie sich was Neues zum Anziehen kaufen, und die Verkäuferin fragte: ›Wann ist es denn so weit?‹ Kam heulend aus dem Laden gerannt, die Arme. Und bei so einem dünnen Ding wie deiner Freundin fällt das natürlich besonders auf.«

Ich musste lächeln. Onkel Ralph, der schon immer ein Auge für schöne Frauen gehabt hatte, aber seiner Mary immer treu war, wie er behauptete. Und es gab niemanden, der sich etwas anderes vorstellen konnte.

»Zuletzt haben wir uns vor fünfundzwanzig Jahren gesehen. Ich habe sie nicht wiedererkannt, sie hat sich so sehr verändert. Sie ist richtig hübsch geworden!«

»Ihr wart doch damals richtig gute Freundinnen, nicht?«

»Die besten«, sagte ich.

Ralph winkte den ersten Gästen zu, die gerade reinkamen. »Ich koch euch mal was Schönes«, rief er und verschwand in der Küche.

Ich dachte noch lange über Emma nach. So eine Frühgeburt musste schlimm sein, mit vielen Sorgen und Ängsten verbunden. Vielleicht brauchte sie Tapetenwechsel, und es tat ihr gut, mit einer alten – uralten! – Freundin zu reden und ein wenig aufs Meer zu sehen. Früher, wenn Emma und ich uns etwas unbedingt gewünscht hatten, dann hatten wir die Hände ganz fest zu Fäusten geballt, die Augen geschlossen und dreimal hintereinander den Wunsch im Kopf aufgesagt. Ich kam mir albern vor, als ich dieses Kindheitsritual heimlich hinter der Theke wiederholte, aber ich wünschte mir in diesem Moment nichts mehr, als Emma ganz bald wiederzusehen.

Weißt du noch, unser erstes Schulfest? Ich hatte kein schönes Kleid. Meine Kleider stammten von meinen älteren Schwestern, die jüngste zehn Jahre älter als ich. Und sie hatte schon abgelegte Kleidung aufgetragen. Ich schämte mich jeden Tag, wenn ich zur Schule ging, aber ich gewöhnte mich daran. Als aber das Schulfest, mein erstes großes Fest, anstand, war ich verzweifelt. Du fandest mich heulend in einer einsamen Ecke auf dem Schulhof. Die anderen waren längst nach Hause gegangen, nur du warst noch da, weil du mich gesucht hattest. Wir gingen ja immer zusammen nach Hause. Du kamst also zu mir und konntest nicht begreifen, warum ich weinte, wo die Lehrerin doch an diesem Tag von dem Schulfest erzählt hatte. Ich sagte dir, dass ich nicht hingehen konnte, weil ich nichts zum Anziehen hatte. Und da sagtest du - ich weiß es noch wie heute: »Wieso ist dir denn so wichtig, wie du aussiehst? Mir ist das egal. Willst du mein Kleid haben?«

Dabei hattest du nur ein einziges gutes Kleid für besondere Anlässe. Ihr hattet ja auch nicht viel Geld. Aber du hast es mir gegeben. Ohne deiner Mutter etwas zu verraten. Und du selbst bist in einem deiner Schulkleider hingegangen. Es hat dir nichts ausgemacht, dass die anderen Mädchen mit dem Finger auf dich gezeigt und getuschelt haben. Du hast es für mich in Kauf genommen. Aber du warst auch immer schon die Schönere von uns beiden. Ich glaube, die anderen Mädchen waren neidisch, weil sie sich so rausgeputzt hatten und immer noch nicht hübsch genug waren, um es mit dir aufnehmen zu können. Kate, ich wusste damals noch nicht, wie großartig es war, dich als Freundin zu haben. Ich kannte dich mein Leben lang, es war normal, dass es dich gab. Erst als du weg warst, verstand ich, was Freundschaft wirklich bedeutete. Du hast so viel getan, nur damit es mir gut ging... Später, als wir etwas älter waren, dachte ich immer darüber nach, wie ich mich bei dir bedanken könnte. Wir hatten kein Geld, also konnte ich dir nie ein Geschenk kaufen. Ich verschob es immer wieder auf später und träumte davon, dir von meinem ersten eigenen Geld etwas zu kaufen. Weißt du, was ich dir kaufen wollte? Ein neues Kleid natürlich. Und eine wunderschöne gebundene Gesamtausgabe von Jane Austen. Ich wusste ja nicht, wie viel das alles kosten würde. Deshalb dauerte es so lange, bis ich das Geld zusammengespart hatte. Mit zehn fing ich an, von meinem Taschengeld etwas zu sparen, was natürlich lange nicht reichte. Einmal spürte einer meiner Brüder meine Ersparnisse auf. Du erinnerst dich an Jeff? Er beklaute uns dauernd, weil er nie Arbeit hatte und zu viel trank. (Es war natürlich nicht viel, aber für mich erschienen damals zwei Pfund wie ein kleiner Schatz. Heute ist Jeff übrigens verheiratet und trinkt keinen Tropfen mehr. Aber mit dem Arbeiten tut er sich weiterhin schwer.)

Na, und dann warst du ja irgendwann weg.

Würdest du mir glauben, wenn ich dir sage, dass ich wirklich eines Tages die Jane-Austen-Gesamtausgabe gekauft habe? Da hatten wir uns schon acht Jahre lang aus den Augen verloren. Ich wollte sie dir die ganze Zeit schon geben, aber ich konnte nicht.

4.

»Der Amerikaner ist nicht gekommen«, rief mir Mary im Vorbeigehen zu, während sie leere Gläser einsammelte. Es war halb acht, und das Pub war zum Bersten voll. »Hier sind zwei Wanderer aus Frankreich oder Spanien oder so, die brauchen ein Zimmer. Zeigst du's ihnen?«

Ich musste nicht fragen, wer die neuen Gäste waren. Ich erkannte sie an ihren fabrikneuen Wanderoutfits und ihren schmerzverzerrten Gesichtern. Wäre Sam da gewesen, er hätte mit mir gewettet, dass sich die beiden in ihren kaum getragenen Schuhen Blasen gelaufen hatten. Ich zeigte ihnen das Zimmer, erledigte die Formalitäten und ging wieder zurück ins Pub, um Mary hinter der Bar zu helfen.

»Wir haben so ein verdammtes Glück«, raunte sie mir zu. »So ein verdammtes Glück, dass wir nicht schließen müssen.«

»Das sagst du jeden Freitag.«

»Wirklich? Na, es ist auch jeden Freitag so wahr wie am Freitag zuvor.«

»Aber warum sagst du es immer freitags?«

Mary zapfte ein Guinness, und ich dachte schon, sie hätte mich entweder nicht gehört oder wollte nicht antworten, weil sie nichts erwiderte. Aber dann sagte sie:

»Freitags sind die Leute anders, weil die Woche vorbei ist. Früher ... Jetzt sage ich schon ›früher‹, wie sich das anhört! Also, vor ein paar Jahren, vor der Krise, kamen sie rein und wollten eine Woche Arbeit hinter sich lassen. Sie haben getrunken, um das Wochenende zu feiern. Heute kommen sie rein, um eine Woche *ohne* Arbeit zu vergessen, und sie trinken, um auf die neue Woche anzustoßen, die vielleicht Arbeit bringt. Oder eine gute Idee, wie man sich Arbeit beschaffen kann.«

»Sich selbstständig machen, meinst du?«

»Genau. Die guten Jahre sind vorbei. Sie kommen nicht mehr wieder. Wir haben keine Regierung, sondern eine Insolvenzverwaltung. Von denen da oben brauchen wir nichts mehr zu erwarten. Außer ein paar blöden Vorschriften aus Brüssel. Und wir sollen uns dann auch noch dran halten. Aber ich sage dir: Man muss selbst schauen, wie man zurechtkommt. So wie Sam das schon vor Jahren gemacht hat. Guter Junge, übrigens. Magst du ihn?«

Ich schnappte nach Luft. »Ist es nicht ein bisschen früh, mich zu verkuppeln?«

Mary zuckte mit den Schultern. »Wenn du mich fragst: nein.« Sie zapfte noch ein Guinness und drehte mir den Rücken zu. Ich konnte nichts erwidern, zu viele Gäste warteten darauf, bedient zu werden. Also überspielte ich meinen Unmut über ihre Bemerkung und gab Getränke aus. Wie konnte sie so etwas sagen? Wusste sie nicht, wie sehr sie mich damit verletzte? Es klang brutal in meinen Ohren, und trotzdem hatte sie es mit einer Leichtigkeit gesagt ... Ein anderer Mann? Jetzt schon? Ich konnte mir nicht einmal vorstellen, in fünf Jahren einen anderen Mann zu haben! Ich dachte Tag und Nacht an Brian. Auch wenn der Schmerz langsam nachließ, mein Herz war noch lange nicht frei. Es schien nicht einmal Platz in meinem Kopf für neue Pläne zu sein – wie konnte Mary da von einer neuen Beziehung reden?

In der nächsten Stunde verrauchte mein Ärger, und ich hatte schon fast vergessen, worüber wir gesprochen hatten. Dann wurde es etwas ruhiger an der Bar, weil die meisten Gäste sich um die Musiker scharten. Wie üblich waren drei Männer und eine Frau aus dem Ort da, die traditionelle Folkmusik spielten. Die Frau hatte eine tiefe, klare Stimme und sang auf Keltisch. Oft kamen Freunde der Musiker vorbei, um sie bei dem einen oder anderen Stück zu begleiten. Nicht selten wanderten die Instrumente, und Gäste spielten mit.

Ich genoss bewusst die Musik. Etwas in mir hatte sich geöffnet, seit ich im Radio den Song von The La's gehört hatte. Die Farben waren nicht mehr nur grau, ich sah und roch und schmeckte und hörte wieder, wie nach einem Dornröschenschlaf. Ich war Teil der Welt, die mich umgab. Das alles war nicht mit einem Schlag passiert, ich nahm diese Veränderung an mir nur endlich bewusst wahr: Ich verzog die Nase, als mich eine von Marys Freundinnen mit ihrem Parfum besprühte, das sie eigentlich gar nicht hatte kaufen wollen. Ich freute mich über das satte Rot des Weins, den Ralph für mich gekauft hatte. Wie schön, diese Kleinigkeiten zu empfinden. Ich bemerkte auch eine Veränderung in der Musik: nicht mehr länger traditioneller Folk, sondern ...

»Ah, guter, erdiger Sechziger-Gitarrenpop«, sagte Ralph mit Kennermiene. »Aber auf modern.« Er stand neben mir und wippte auf den Fußballen herum.

»Jemand Neues«, sagte ich, als ich die Stimme des Sängers hörte. Sie kam mir bekannt vor, aber ich konnte nicht sagen, an wen sie mich erinnerte. Ich schenkte zwei doppelte Whiskeys an einen Stammgast aus und wandte mich wieder Ralph zu. »Gefällt mir.«

»Mir auch«, sagte er.

Ich versuchte, einen Blick auf den Sänger zu erhaschen. Das Pub war zu voll, und die Gäste drängten sich vor den Musikern. Als das Lied zu Ende war, toste der Applaus, und alle riefen nach mehr. Der nächste Song wurde angestimmt, und als ich ihn erkannte, jagte es mir einen angenehmen Schauer über den Rücken. Es war »There She Goes« in einer ganz ähnlichen Version, wie ich sie am Tag zuvor im Radio gehört hatte. Mir fiel nun ein, an wen mich die Stimme erinnerte: an den Sänger der Coverversion. War das möglich? Ich schüttelte den Kopf und musste über mich selbst lachen. Natürlich hatte der Mann, der gerade sang, dieselbe Version im Radio gehört und imitierte sie nun, weil er eine ähnliche Stimme hatte.

»Mein Lieblingssong«, sagte ich.

»Meiner auch«, sagte Ralph, tanzte in Richtung Küche, von wo ihm Mary entgegenkam. Er nahm sie tanzend in den Arm, drehte eine unbeholfene Pirouette und verschwand in der Küche. Mary hob eine Augenbraue, dann schüttelte sie den Kopf und gesellte sich wieder zu mir.

»Endlich mal was anderes«, murmelte sie und verstaute neue Saft- und Colaflaschen, die sie aus dem Lager geholt hatte, im Kühlschrank.

Ich hatte Zeit, mir das Lied bis zum Ende anzuhören. Keiner der Gäste rührte sich vom Fleck, als wären sie genauso gebannt wie ich. Im Anschluss folgte eine Ballade über zwei Menschen, die nicht zusammenzupassen schienen. Sie floh vor ihm, und er bat um eine Chance, um Zeit, damit sie erkannte, wie stark ihre Liebe sein könnte. Es war ein schönes Lied, aber ich sträubte mich dagegen. Weil es um eine neue Liebe ging. Um eine Frau, die davor weglief. Ich musste wieder an das denken, was Mary zu mir gesagt hatte.

»Wie hast du das vorhin gemeint? Brian ist gerade mal ein halbes Jahr tot, und ...«, fragte ich sie.

»Hör auf eine weise alte Frau, die schon jede Menge mehr im Leben gesehen hat als du«, unterbrach sie mich, und bevor ich etwas erwidern konnte: »Ich weiß, was du sagen willst. Du denkst, ich bin nie wirklich aus Kinsale rausgekommen, wie will ich da mehr wissen als du, schließlich bist du schon ein paarmal um die ganze Erde geflogen. Aber das kannst du mir glauben: Die Menschen sind überall gleich. Sie lieben, sie streiten, sie sind eifersüchtig, sie sind einsam ... Warum soll das in der Stadt anders sein? Oder im Norden? Oder von mir aus in Australien?«

»Ich wollte eigentlich nur sagen, dass du nicht alt bist«, protestierte ich.

Sie hob amüsiert die Augenbrauen. »Lass mal gut sein, Katie. Jedenfalls: Brian ist tot. Der kommt nicht mehr zurück. Das ist schlimm und tut weh, aber das ist so. Dein Leben geht weiter. Wenn du dich mit einem anderen Mann triffst, hat das mit den fünfzehn Jahren, die ihr zusammen wart, überhaupt nichts zu tun. Die kann und wird dir keiner mehr wegnehmen. Okay?«

Ich sagte, um Fassung bemüht: »Allein der Gedanke

daran kommt mir vor, als würde ich Brians Andenken mit Füßen treten. Außerdem ist alles noch so frisch.«

»Es ist ein halbes Jahr her. Vielleicht wird es dir noch in drei Jahren passieren, dass du an ihn denkst und weinst. Oder in zehn. Aber wenn du dann immer noch einsam und verbittert im Jugendzimmer meiner Tochter rumsitzt, hat da keiner was davon. Am wenigsten Brian.«

Ich sah sie prüfend an. »Du willst, dass ich ausziehe.«

»Quatsch.«

»Was denn dann?«

»Katie, ich will nur, dass du in deinem Kopf Platz machst für die Möglichkeit, eines Tages einen anderen Mann kennenzulernen und dich in ihn zu verlieben. Und du musst begreifen, dass das kein Vergehen ist. Mehr wollte ich dir damit nicht sagen. Vielleicht nur noch eins: Je früher du damit anfängst, desto besser. Sonst wirst du noch wunderlich.«

»Ich werde was?«, rief ich wütend. Ich starrte Mary an, die mir gelassen ins Gesicht sah. Sie lächelte. Und ich konnte die Tränen nicht zurückhalten. Wie eine Welle stiegen sie in mir auf. Mary legte den Arm um meine Schultern und schob mich nach hinten in die Küche. Sie wies meinen Onkel an, die Theke für ein paar Minuten zu übernehmen. Dann umarmte sie mich und strich mit einer Hand über mein Haar.

»Entschuldige. Ich war wohl wie immer ein bisschen zu direkt.«

»Schon okay«, sagte ich.

»Alles wird gut, das verspreche ich dir«, fügte sie entschieden hinzu, fast schon grimmig. »Alles wird gut.«

Als wir um Viertel nach zwölf zur letzten Runde läuteten, kam einer der Musiker an die Bar. Er war keiner von denen, die regelmäßig bei uns spielten. Als ich ihn nun von Nahem sah, war ich verwirrt, weil ich dachte, ich müsste ihn irgendwoher kennen. Er war ungefähr in meinem Alter, vielleicht ein paar Jahre älter, hatte dunkelblondes verwuscheltes Haar und einen Dreitagebart, dunkelgraue Augen und ein Lächeln, aus dem ich schloss, dass er sehr genau wusste, wie gut er aussah.

Ich lächelte geschäftsmäßig zurück.

»Eine Runde für euch?«, fragte ich und zeigte auf die anderen Musiker, die gerade ihre Instrumente verstauten.

»Eigentlich bin ich hier, um meinen Schlüssel abzuholen.«

Ich verstand nicht, was er wollte, und dachte schon, ich hätte mich verhört.

»Für mein Zimmer«, fügte er hinzu, als ich noch immer nichts sagte und ihn wohl nur dämlich anstarrte.

»Dein Zimmer?«, fragte ich, und da dämmerte es mir langsam. Sein amerikanischer Akzent ... Er war der Gast, dessen Zimmer wir vergeben hatten, weil er nicht rechtzeitig aufgetaucht war. »Matthew ...?«

»Callaghan. Richtig. Nenn mich Matt.« Er strahlte, streckte die Hand aus, damit ich sie schütteln konnte. Ich ließ meine Finger schlaff in seine gleiten und überlegte angestrengt. Ihn jetzt wegzuschicken wäre nicht nur wahnsinnig unhöflich, sondern würde bedeuten, dass er am Strand schlafen müsste. Um diese Zeit fand er nirgendwo mehr eine Unterkunft. Aber wir waren vollständig ausgebucht. »Einen Moment bitte, ich muss nur kurz...« Ich deutete vage auf Mary, die eben in der Küche verschwand, und lief ihr hinterher.

»Der Amerikaner ist *doch* da.«

»Bisschen spät«, sagte sie trocken.

»Er war die ganze Zeit hier. Er hat Musik gemacht. Er hat uns nur nicht Bescheid gegeben. Was machen wir denn jetzt? Wir können ihn unmöglich wegschicken.«

»Oh. So was ist noch nie passiert«, murmelte Ralph. »Aber irgendwann muss es ja mal so weit sein.«

Mary hob nur wortlos die Augenbrauen und ging wieder in den Schankraum, um leere Gläser einzusammeln.

»Kümmert sie das nicht weiter?«, fragte ich erstaunt.

»Zimmerbelegung ist meine Aufgabe«, erklärte Ralph. »Falls du es noch nicht bemerkt hast, unsere Ehe funktioniert deshalb so gut, weil Mary irgendwann mal ganz klar aufgeteilt hat, wer wofür zuständig ist. Mit der Auflage, dass keiner dem anderen übermäßig reinfunkt.« Er grinste. »Kluge Frau. Also dann, was machen wir mit dem Kerl? Eine Nacht auf dem Sofa?«

»Auf welchem Sofa?«

»Na, bei uns. Was sollen wir sonst machen? Wir haben kein freies Zimmer mehr.« Ralph rieb sich den Nacken. »Dass mal ein Zimmer leer bleibt, okay, aber ein Gast zu viel... Das ist neu.«

»Und es gibt sonst niemandem, bei dem er übernachten könnte? Jemand von den anderen Musikern? Es wäre ja nur für eine Nacht...«

»Glaub ich nicht. Nein. Das können wir auch nicht machen. Ich muss mit ihm reden. Eine Nacht auf dem Sofa... Natürlich muss er dafür nicht bezahlen... Und danach bekommt er das größte Zimmer. Schließlich hat er für zwei Wochen reserviert.«

»Zwei Wochen? Wow. Was will er denn so lang in Kinsale?«

»Die Gegend erkunden? Frag ihn doch. Dann kannst du ihn gleich wegen des Sofas fragen.«

»Das machst du schön selbst«, sagte Mary, die gerade mit einem Tablett Gläser zurück in die Küche kam und seinen letzten Satz gehört hatte. »Und würde sich mal einer von euch nach draußen bequemen, da gibt es noch genug zu tun.«

Ralph seufzte theatralisch, legte seine Hand auf meinen Rücken und schob mich vor sich her.

Der Amerikaner stand immer noch an der Theke und lächelte freundlich, als Ralph auf ihn zukam. Ich räumte Gläser zusammen und konnte deshalb nicht hören, was mein Onkel zu ihm sagte, aber das Lächeln rutschte ihm langsam aus dem Gesicht, während Ralph sprach. Es kam zu einer längeren, etwas lebhafteren Diskussion, während sich das Pub weiter leerte. Ich wischte nun Tische sauber und stellte Stühle hoch, und die beiden schienen sich langsam zu einigen. Oder vielmehr: Der Amerikaner fügte sich in sein Schicksal, weil ihm keine Wahl blieb. Zusammen mit Ralph ging er rüber ins Wohnhaus. Mary und ich verabschiedeten die letzten Gäste und räumten weiter auf. Bis mir wieder einfiel, was sie vorhin zu mir gesagt hatte. Ich wartete, bis wir allein waren.

»Mary?«

»Hm?«

»Wegen eben ...«

»Hab mich doch schon entschuldigt.«

»Nein. Ich meine was anderes. Bin ich schon wunderlich?«

»Dass du mich so was fragst, ist das einzig Wunderliche an dir«, entgegnete sie.

»Ich weiß, du wolltest mich nur aufziehen, aber ...« Ich geriet ins Stocken und setzte mich auf einen der Barhocker.

»Was ist los, Kate?« Mary legte den Lappen zur Seite und setzte sich neben mich. »Ich weiß, ich sage viel zu oft, was ich denke, ohne es ein bisschen hübsch zu verpacken, und wahrscheinlich sollte ich lieber einfach öfter die Klappe halten. Ist es das? Bist du mir böse?«

»Nein. Wirklich nicht. Vorhin war ich richtig wütend auf dich, aber es ist wieder okay.«

»Was ist es dann?«

Ich zögerte, weil ich mir nicht sicher war, ob Mary die Richtige war, um darüber zu reden. »Ich muss die ganze Zeit schon an meine Mutter denken. Sie war ein bisschen ... wunderlich, oder? Damals kam mir natürlich alles, was sie tat, ziemlich normal vor, aber heute ...«

Mary seufzte. »Zerbrich dir doch nicht den Kopf, nur weil ich eine dumme Bemerkung gemacht habe. Mit dir ist alles in Ordnung. Du hattest eine schwere Zeit, aber du warst unglaublich tapfer. Du hast angefangen, hier mitzuarbeiten, statt dich ganz einzuigeln, und seit ein paar Tagen hast du auch schon wieder so was wie Farbe im Gesicht. Ich glaube, die schlimmsten Wunden sind schon ganz gut verheilt.«

Ich dachte einen Moment nach, bevor ich antwortete. »Wahrscheinlich hast du recht. Es ist nur so, dass Mutter nie eine Beziehung hatte. Sie hat sich nie mit einem

Mann getroffen. Ich dachte immer, es hätte damit zu tun, dass ich ein uneheliches Kind war und keiner mit uns etwas zu tun haben wollte. Großmutter sagte mal, Hannah hätte einfach keine Zeit gehabt, sich auch noch nach einem Mann umzusehen, weil sie arbeiten musste und so viel Zeit wie möglich für mich haben wollte. Aber mittlerweile kommt mir ihr Verhalten schon sehr komisch vor. Wunderlich eben. Sie lebte so zurückgezogen. Keine Freundschaften, keine Besuche ...«

»Wie gesagt, mach dir keine Gedanken«, sagte Mary, sprang vom Barhocker und schnappte sich ihren Lappen.

»Mary«, sagte ich. Sie drehte sich nicht um. »Wenn ich so werde wie meine Mutter, sag mir rechtzeitig Bescheid.«

Sie sah mich immer noch nicht an, und ich verstand kaum, was sie vor sich hin murmelte.

Als ich sie bat, es zu wiederholen, sagte sie: »Schatz, es ist schon spät. Geh schlafen, ich mach den Rest allein.« Sie lächelte und wedelte mit der Hand vor mir herum, als wollte sie mich wie eine Fliege verscheuchen. »Na los. Bevor sich der Amerikaner noch dein Zimmer schnappt.«

5.

In dieser Nacht konnte ich nicht schlafen. Das Gespräch über meine Mutter hatte mich seltsam aufgewühlt. Ich wälzte mich unruhig von einer Seite auf die andere, zählte Sterne, sagte im Geist Gedichte auf, nichts wollte helfen. Immer wenn ich an Marys Gemurmel dachte, war mir, als hätte sie so etwas gesagt wie: »Wir werden schon dafür sorgen, dass du nie wie deine Mutter wirst.« Natürlich war das nur Einbildung. Aber dann dachte ich daran, dass Mary nie wirklich über meine Mutter gesprochen hatte. Sie gab immer nur ausweichende Antworten. Oder bildete ich mir auch das ein?

Du bist überreizt, Kate, sagte ich mir. Du hast viel zu dünne Nerven bekommen und siehst Gespenster.

Gegen halb drei schrieb ich eine SMS an Sophie, dass ich nicht schlafen konnte. Sie war die einzige Person, die ich kannte, die so gut wie nie vor vier Uhr schlafen ging. Sophie begann ihren Arbeitstag selten vor Mittag, dafür machte sie oft auch erst gegen Mitternacht Feierabend. Ich öffnete mein Fenster, das zur Straße hinausging, die vollkommen ruhig dalag. Auf der anderen Straßenseite war der Parkplatz, der zum Jacob's Ladder gehörte. Er grenzte direkt ans Wasser der Bucht. Ich atmete tief die salzige Luft ein und lauschte auf das leise Plätschern der kleinen Wellen.

Das Jacob's Ladder lag im äußersten Osten von Kinsale. Wenn man ein Stück weiter am Wasser entlangging, kam man zu Charles Fort, einer Festung aus dem 17. Jahrhundert. Auf der Landzunge gegenüber lag James Fort. Die beiden Festungen hatten einst die schmale Öffnung zum Hafen von Kinsale bewacht.

Das Klingeln meines Handys ließ mich zusammenzucken. Ich hatte die SMS an Sophie schon fast vergessen.

»Der Vollmond?«, fragte sie anstelle einer Begrüßung. Wir konnten uns tagelang nicht gesehen haben, aber wann immer wir miteinander sprachen, war es, als würden wir ein Gespräch wieder aufnehmen, das nur ein paar Sekunden unterbrochen worden war.

»Keine Ahnung. Alles Mögliche. Und bei dir?«

»Wie immer. Ich bete, dass im Sommer genügend Touristen kommen, und ich bete noch mehr, dass das Programm unserer Truppe auf dem Edinburgh Festival im August gut ankommt. Die laufende Produktion hat einen Durchhänger, die Kritiken sind mies, ich bin froh, dass es ein Gastprogramm ist, und dann ist uns noch die Kostümbildnerin abgesprungen, und der Bühnenbildner hat seinen Entwurf an eine andere Produktion verkauft. Und der Hauptdarsteller hat eine Fernsehrolle und will deshalb mehr Geld.«

»Ah. Der übliche Wahnsinn.«

»Du sagst es. Ich liebe es.«

»Ich versuche, mir dich bei einem normalen Job vorzustellen. Mit geregelten Arbeitszeiten und anständigem Einkommen.«

»Wenn ich versuche, mir das vorzustellen, schlafe ich sofort ein. Klappt bei dir nicht, was?«

Ich lachte. »Nicht wirklich.«

»Und jetzt sag mir, warum du nicht schlafen kannst. Was purzelt dir durch den Kopf?«

Sophie war nur ein Jahr älter als ich und damit auch mehr große Schwester als Cousine. Ihren konsequenten Lebensstil hatte ich immer sehr bewundert. Mir hätte der Mut gefehlt, aber sie hatte von Anfang an nur getan, was sie tun wollte: für das Theater gelebt. Ich hatte auf Sicherheit gesetzt. Wir hatten oft darüber gesprochen, wie unterschiedlich unsere Lebenswege doch waren und wie sie sich letztlich doch für jede von uns richtig anfühlten. Was mich jetzt jedoch plagte, war selten ein Thema zwischen uns gewesen.

»Deine Mutter hat so etwas Komisches zu mir gesagt ...«

»Nur *ein* Grund, warum ich mit sechzehn ausgezogen bin.«

Ich ignorierte ihren Kommentar. »Sie hat gesagt, ich müsste aufpassen, damit ich nicht wunderlich werde. Natürlich sollte das ein Scherz sein.«

»Sie hat noch nie besonders gute Scherze gemacht. Du weißt, ich liebe sie, aber ... wir passen einfach nicht zusammen, sie und ich.« Sophie seufzte. »Und jetzt glaubst du, du bist wunderlich? Was ist das überhaupt für ein Wort – *wunderlich*?«

»Ich musste an meine Mutter denken. Wenn ich sie mit einem Wort beschreiben müsste ... dann wäre es das.«

Sophie schwieg.

»Warum sagst du nichts?«

»Weil ich gerade Schokolade gegessen habe. Du hast Angst, dass du wie deine Mutter wirst? Das haben wir doch alle.« Sie klang, als hätte sie den Mund immer noch voll.

»Nein, Sophie, das ist es nicht. Jedenfalls nicht allein. Manchmal denke ich, ich habe sie nie richtig gekannt.«

»Weil sie so früh gestorben ist?« Eine Decke raschelte im Hintergrund. Offenbar legte sie sich gerade ins Bett.

»Vielleicht. Und dein Vater erzählt immer nur dieselben netten Geschichten von ›Damals, als wir noch Kinder waren‹.«

»Kate, Liebes, kann es sein, dass du einfach unglücklich sein willst? Geh schlafen. Alles ist in Ordnung. Es geht dir schon so viel besser. Das weißt du auch. Okay? Genieß es, du musst kein schlechtes Gewissen haben.«

»Ich hab kein ...«, begann ich. Aber ich wollte mich nicht vom Thema abbringen lassen. »Meinst du nicht, ihr habt mich lange genug in Watte gepackt? Darf ich nur noch über das Wetter reden, und auch das bitte nur, wenn die Sonne scheint?«

Sophie stöhnte. »Ich weiß nicht, was du hast. Meine Mutter hat was Dummes gesagt. Sie hat garantiert keine Hintergedanken dabei gehabt. Du weißt doch, wie sie ist. Und subtile Anspielungen passen wirklich nicht zu ihr. Wenn sie etwas über deine Mutter hätte sagen wollen, dann hätte sie das getan.«

»Vielleicht.«

»Vielleicht? Natürlich!«

»Hm.«

»Denk nicht so viel an die Toten. Sonst vergisst du noch, dass du selbst ein Leben hast. Gute Nacht.«

Das Gespräch mit Sophie hatte mich nicht wirklich beruhigen können. Ich fand immer noch keinen Schlaf. Ich zog mich wieder an und ging nach draußen. Die kühle Nachtluft, hoffte ich, würde mich beruhigen und ein

Spaziergang müde machen. Ich ging so leise wie möglich die Treppe hinunter, weil ich niemanden wecken wollte, schon gar nicht unseren Gast, der im Wohnzimmer auf der Couch schlief, und schlich mich aus der Haustür, die ich mit einem sanften Klicken hinter mir ins Schloss zog.

Das Wohnhaus lag direkt neben dem Pub. Ralph hatte auf beiden Ebenen die Wände durchbrechen und Verbindungstüren einbauen lassen, damit man nicht immer auf die Straße musste, wenn man von einem Gebäude ins andere wollte. Vor zwei Jahren hatte er die beiden Häuser leuchtend rot gestrichen. Seitdem jammerte er über diese Entscheidung und ließ seine Gäste alle paar Wochen darüber abstimmen, ob er neu streichen sollte.

Ich überquerte die leere Straße und warf einen Blick auf den dunklen Parkplatz, auf dem Ralphs Wagen und die Fahrzeuge der Gäste standen. Neben einem Auto saß jemand regungslos auf dem Boden. Hoffentlich kein betrunkener Gast, der den Nachhauseweg nicht mehr gefunden hatte und jetzt seinen Rausch ausschlief, dachte ich und ging über den Parkplatz, um nachzusehen.

»Hallo«, sagte ich. »Alles okay?«

Der Mann reagierte sofort und drehte sich zu mir um. »Hi.« Es war der Amerikaner. »Ich kann nicht schlafen. Jetlag. Und du?«

»Ich kann auch nicht schlafen. Ganz ohne Jetlag. Ich wollte eine Runde spazieren gehen.« Ich nickte ihm freundlich zu. »Also dann, gute Nacht.«

Er stand auf und kam auf mich zu. »Kann ich mitkommen? Ich bin so aufgedreht, ich muss irgendwas tun.« Offenbar bemerkte er trotz der Dunkelheit meinen irritierten Blick, denn er fügte schnell hinzu: »Oh, wie dämlich.

Klar. Fremder Mann will mitten in der Nacht mit hübscher junger Frau spazieren gehen.« Er hob die Hände, als wollte er sich ergeben. »Sorry. Ich geh einfach wieder rein und schaue fern oder lese irgendwas. Gute Nacht.«

Bevor ich etwas sagen konnte, überquerte er schon die Straße und ging ins Haus. Ich war erleichtert, denn ich wollte wirklich allein sein und hätte nicht gewusst, wie ich ihn abwimmeln sollte, ohne unhöflich zu sein. Ich ging ein Stück am Wasser entlang und stieg dann den Haven Hill hinauf. Als Kind schon hatte ich den Namen geliebt: Haven bedeutete Hafen, aber auch Zufluchtsort oder Oase. Es klang nach einem Ort, an dem man sich aufgehoben fühlte. Der Teil von Kinsale, in dem auch das Jacob's Ladder war, hieß Summercove, Sommerbucht, vielleicht die schönste Gegend des Orts, in jedem Fall die beliebteste allein durch die malerische Lage an der Bucht. Haven Hill war der Hügel, der sich hinter dem Jacob's Ladder erhob. Die großen, neu gebauten Häuser dort waren sehr begehrt.

In so einem Haus hätte ich gerne mit Brian gelebt, aber es wäre unvernünftig gewesen. Viel zu weit weg von seiner Agentur und meinem Arbeitsplatz. Mittlerweile bereute ich, das Haus meiner Großmutter damals verkauft zu haben. Hätte ich es behalten, wäre ich jetzt vielleicht dort eingezogen. Damals musste ich die Studiengebühren und meinen Lebensunterhalt finanzieren. Es wäre nicht möglich gewesen, es zu halten.

Ich setzte mich auf eine niedrige Mauer, die den Garten eines Hauses begrenzte, um auf den Sonnenaufgang zu warten. Unter mir lag die Bucht von Kinsale. Auf dem Wasser tanzten gespiegelte Lichter, und hier und da zeugten erleuchtete Fenster in den umliegenden Häusern der Stadt davon, dass sich noch andere Schlaflose die Zeit vertrieben.

Juni, dachte ich, in zwei Wochen ist Mittsommer. Ein Fest, das ich schon lange nicht mehr gefeiert hatte. Mir fielen die Feste am Strand ein, zu denen ich mit Margaret gegangen war. Die großen Sonnwendfeuer, die Musik, das Lachen und Tanzen bis tief in die Nacht ... Warum war ich mit Brian nie zu einem Mittsommerfest gegangen? Hatte es nicht zu unserem Leben in Cork gepasst? Wir hatten sonst viele Feste gefeiert. Waren zu unzähligen Partys von Brians Kunden und Mitarbeitern gegangen, von meinen Kollegen, von Nachbarn und Bekannten. War wirklich nie ein Mittsommerfest dabei gewesen?

Ich würde Ralph fragen, ob im Jacob's Ladder nicht eine Feier stattfinden könnte. Es wäre das erste Fest ... ohne Brian.

Als sich der Himmel im Osten heller färbte, bot sich mir ein atemberaubender Blick über Kinsale, die Bucht und das Meer. Ich sah zu, wie sich der rote Streifen am Horizont durch den frühmorgendlichen Dunst kämpfte, wie das Meer an tiefblauer Farbe gewann, wie die kleinen, bunten Häuser der Stadt langsam erwachten – immer mehr Lichter wurden eingeschaltet, Motoren waren zu hören. Die Vögel waren längst munter und schrien um die Wette. Ein neuer Tag begann, die Zeit blieb nicht stehen, selbst wenn sich das Leben für immer änderte.

Das erste Fest ohne Brian, dachte ich erneut. Wie es wohl sein würde, ohne ihn zu feiern? Ohne ihn Spaß zu haben?

»Ich muss es wohl ausprobieren«, sagte ich leise mit Blick auf das Meer. »Ein Leben ohne dich, Brian.«

6.

Ein paar Stunden später scheuchte mich Mary aus der Küche und verordnete mir einen freien Tag.

»Kauf dir mal was Schönes zum Anziehen. Neue Schuhe. Irgendwas, das dir Freude macht. Und sag jetzt nicht, dass du schon alles hast oder es dir nicht leisten kannst oder so was in der Art.«

Ihrem entschlossenen Gesichtsausdruck nach war sie bereit, mich persönlich nach Cork zu tragen, wenn ich mich nicht freiwillig auf den Weg machte.

»Es ist Samstag, die Geschäfte werden knallvoll sein«, wagte ich einen schwachen Protest.

»Umso besser. Dann kommst du mal unter Menschen. Und zwar unter welche, die nicht jeden Abend im Pub deines Onkels versacken.«

Ich nahm mir Ralphs Wagen und fuhr in die Stadt, streifte durch die Geschäfte in der St. Patrick's Street. Vor nicht ganz zehn Jahren war die gesamte Straße neu gestaltet worden, weil Cork die Kulturhauptstadt Europas gewesen war. Seitdem galt die St. Patrick's Street als eine der besten Shoppingmeilen in Irland. Ich fand aber nichts, das mich interessierte. Waren diese eng und gerade geschnittenen Hosen nicht auch schon im letzten Jahr und in dem davor aktuell gewesen? Und die kurzen Blazer?

Ein Schaufenster wirkte wie das nächste, die knalligen Blau- und Rottöne, das schrille Orange und das leuchtende Grün änderten nichts daran.

Wie hatte ich hier zugeschlagen, als es uns finanziell noch gut gegangen war! Teilweise hatte ich die Kleiderschränke so voll gehabt, dass ich nicht einmal mehr wusste, was alles darin war. Statt zu sparen, hatten wir alles ausgegeben, weil wir daran geglaubt hatten, dass es immer weiter bergauf gehen würde. Dann war die Krise gekommen, und alles hatte sich verändert. Ich hatte die Kleidung aus meinen überfüllten Schränken getragen, statt ständig etwas Neues zu kaufen. Und dabei hatte ich die absurde Feststellung gemacht, dass mir kaum etwas von dem, das ich besaß, wirklich gefiel. Warum hatte ich mir diesen ganzen Blödsinn gekauft? Was gefiel mir eigentlich? Was passte zu mir?

Ich lief die Schaufenster ab, immer noch nicht davon überzeugt, dass ich dort etwas kaufen wollte, ging weiter bis zur Grand Parade. Ich wollte mein Vorhaben, mir etwas Schönes zum Anziehen zu kaufen, schon aufgeben und stattdessen etwas essen. Zunächst dachte ich an den English Market, aber dann bog ich in die Washington Street ab, wo sich ein Restaurant an das nächste reihte. Der English Market würde vor Touristen bersten, schließlich war Wochenende. Hier würde es netter sein.

Mir fiel ein indisches Restaurant ein, in dem ich einmal sehr gut gegessen hatte. Ich versuchte, mich zu erinnern, auf welcher Höhe der Straße es gewesen war, kam aber nicht weit. Das Schaufenster eines Secondhandladens gleich in einem der ersten Häuser zog mich unwiderstehlich an: Drei Schaufensterpuppen standen inmitten bunter Accessoires wie hübsch drapierten Halstüchern, Handtaschen aus Cord und anderen Stoffen, Plateauschuhen, Lackstiefeln, Holzketten, Hüten aus Samt und anderen verrückten Sachen aus vergangenen Jahrzehnten. Die linke Puppe trug ein rot-schwarz getupftes Kleid im Rockabilly-Stil, dazu eine kurze schwarze Lederjacke, ein rotes Haarband und eine riesige, ebenfalls rot-schwarz getupfte Sonnenbrille. Die Puppe rechts sah aus, als hätte sie gerade noch Charleston getanzt, bevor sie erstarrt und in dieses Fenster geschafft worden war, wo sie der Nachwelt für immer zeigen würde, wie man vor fast hundert Jahren gefeiert hatte: in einem cremefarbenen, ärmellosen, knielangen Kleid, mit langen schwarzen Handschuhen, die bis zum Ellenbogen reichten, einer langen Zigarettenspitze, schwarzer Federboa und breitem, schwarzem Stirnband. Die dritte Figur hatte es mir richtig angetan. Weit weniger exzentrisch und provokant als ihre Nachbarinnen stand sie ruhig und gelassen zwischen ihnen, die Hände in die Taschen eines halblangen dunkelroten Ledermantels gesteckt, darunter ein hellgrauer Rollkragenpullover zu einer abgewetzten, weit ausgestellten hellen Jeans.

Dieses Schaufenster war so ganz anders als die Auslagen der immer gleichen Läden, die ich vorher gesehen hatte und die sich genauso auch in wohl jeder anderen größeren Stadt Europas hätten finden können. Das hohe Backsteinhaus aus dem 19. Jahrhundert schien den kleinen Laden, den es beherbergte, fast zu erdrücken, und es war, als würde dieses Schaufenster mit all seinen Farben und exzentrischen Kleidern dagegen ankämpfen.

Ich wollte gerade die Tür öffnen, als eine schwarzhaarige Frau in meinem Alter heraustrat und sich eine Zigarette anzündete. Sie sah mich mit einem unverbindlichen Lächeln an.

»Ist das Ihr Laden?«, fragte ich sie.

Sie nickte. »Ziemlich leer heute, leider. Ich verstehe es nicht. Manchmal tummeln sich die Menschen in der Innenstadt und wissen nicht, wo sie hintreten sollen, aber niemand findet den Weg zu mir. An der Lage kann's nicht liegen. Ist es die Dekoration? Vielleicht kann ich einfach nicht dekorieren.«

»Die Deko ist großartig«, sagte ich. »Ich laufe schon seit gefühlten zehn Stunden in der Innenstadt herum und finde nichts, was mich interessiert. Aber hier wollte ich unbedingt rein.«

Sie lächelte, diesmal sehr viel verbindlicher. »Gut! Suchen Sie was Bestimmtes?«

»Nein.«

»Nein?« Sie zog an ihrer Zigarette und hob eine Augenbraue.

»Na ja. Ich suche einfach etwas, das mir gefällt. Aber nichts Bestimmtes.«

»Wollen wir reingehen und ›nichts Bestimmtes‹ suchen?«

»Sehr gern.«

Der Laden hielt, was das Schaufenster versprach: statt alles vollzustopfen, hatte die Besitzerin Kleidung und Accessoires mit viel Liebe arrangiert und sortiert, und ich konnte mir vorstellen, wie es jeden, der hier hereinkam, auf den ersten Blick zu genau dem Stück zog, das schon seit Jahren, wenn nicht Jahrzehnten auf diesen neuen Besitzer wartete. Denn mir ging es so mit dem dunkelroten Ledermantel aus dem Schaufenster. Ich bat sie, ihn für mich von der Puppe zu nehmen.

»Das dachte ich mir«, hörte ich die Frau sagen. »Da gehören zwei zusammen.«

Sie hatte recht. Der kurze Mantel passte perfekt, und ich war auf den ersten Blick schrecklich in ihn verliebt. Ich drehte und wendete mich vor dem großen Standspiegel, um ganz sicherzugehen. War er vielleicht an den Schultern zu weit? Waren die Ärmel zu kurz? Gab es Risse im Leder? Oder kaputte Nähte? Nein, alles war perfekt. Ich zog ihn aus, inspizierte das Innenfutter, aber auch da war kein Makel zu finden. Dann zog ich ihn wieder an und konnte nicht anders, als bis über beide Ohren zu strahlen.

»Und? Sie wollen ihn nie wieder ausziehen und werden heute Nacht darin schlafen, was?«

Ich lachte. »Genau. Was kostet er?«

Der Preis war akzeptabel, besonders da es ein sehr schönes, hochwertiges Leder war.

»Die Vorbesitzerin scheint ihn nicht oft getragen zu haben«, sagte ich.

»Gut für Sie.« Die Frau lächelte wissend.

»Gibt's eine Geschichte dazu?«

»Es gibt zu jedem Stück hier im Laden eine Geschichte.«

Ich sah sie erwartungsvoll an.

»Nur kenne ich sie leider nicht.« Sie zwinkerte mir zu. »Erfinden Sie einfach eine, die Ihnen gefällt.«

Ich musste an Brian denken und seine Zeitreisen und überlegte, ob ihm die Antwort der Verkäuferin gefallen hätte. Mir gefiel sie. Gut gelaunt verabschiedete ich mich und trat auf die Straße ins helle Sonnenlicht. Ein wunderschöner Tag, dachte ich, wie gut, dass ich diesen Laden gefunden hatte. Bestimmt würde ich wiederkommen. Ich wandte mich nach links, um den Inder zu suchen. Ich war hungrig und durstig und freute mich auf eine gute, warme Mahlzeit. Ich fand nach wenigen Minuten das Restaurant, stellte erfreut fest, dass es noch immer denselben Besitzer hatte und das Essen genauso gut schmeckte, wie ich es in Erinnerung behalten hatte.

Wurde am Ende doch noch alles gut? Konnten die Wunden tatsächlich heilen, von denen ich dachte, sie würden sich niemals mehr schließen?

Als ich eine Stunde später auf dem Rückweg zum Auto durch eine Seitenstraße der St. Patrick's Street kam, stand ich unvermittelt Emma gegenüber.

»Emma, das ist ja schön!«, rief ich.

»Hey, was für ein Zufall!« Sie strahlte und umarmte mich stürmisch. »Bist du hier zum Einkaufen? Schöner Mantel, übrigens«, sagte sie.

»Neu«, sagte ich.

Mit einem skeptischen Lächeln musterte sie das Stück.

»Also, neu gebraucht«, verbesserte ich mich lachend.

»Gute Wahl. Und jetzt? Bist du auf dem Rückweg nach Kinsale?«

Ich nickte. »Es sei denn, du hättest Zeit für einen Kaffee?«

»Oh, ich bin gerade... Ich wollte eben ins Krankenhaus. Ich wohne gleich hier drüben.« Sie zeigte auf ein schmales, blaues Haus.

»Natürlich, du musst zu deiner Tochter.« Ich ging

einen Schritt zurück, um sie besser ansehen zu können. »Ich will dich nicht aufhalten. Aber vielleicht magst du ja in den nächsten Tagen wieder nach Kinsale rauskommen? Oder wir treffen uns hier?«

Sie nickte. »Ja, das wäre schön!« Dann schien ihr etwas einzufallen. »Oder, warum kommst du nicht einfach jetzt mit? Ich meine, wenn du nichts anderes vorhast? Dann kannst du die Kleine mal kennenlernen ... Also nur, wenn du willst?«

»Und ob ich will! In welchem Krankenhaus ist sie? University Hospital? Soll ich fahren?«

»Das wäre toll. Wir müssten sonst den Bus nehmen.«

Ich hakte mich bei ihr unter, und wir gingen zu meinem Wagen.

»Wie ist es so, in Kinsale zu wohnen?«, fragte Emma.

»Es ist ja nur vorübergehend«, sagte ich schnell. »Aber es ist schön. Anders. Anders schön.«

»Anders als in Cork?«

»Anders, als es damals war. Weißt du noch, wie wir die Ferien dort verbracht haben?«

»Natürlich! Es war wunderbar, aber man traut sich nicht recht, daran zu denken.«

Emma hatte es auf den Punkt gebracht. Der Tod meiner Mutter, kurz bevor die Ferien zu Ende waren, hatte alles überschattet und die schönen Erinnerungen begraben. Ich blieb stehen und sah sie an.

»Schade, dass wir uns aus den Augen verloren haben.«

Sie nickte. »Es passiert leicht in dem Alter.«

»Dabei war ich nicht so weit weg.«

»Das andere Ende der Stadt hätte wahrscheinlich schon gereicht«, sagte Emma, und ich nickte.

»Ich ... ich hab von deinem Mann gehört«, sagte sie. »Dass er einen Unfall hatte. Es tut mir sehr leid.«

»Danke. Es war schon Ende November. Aber es ist immer noch ... Na ja, es ist schwer, damit klarzukommen. Dass er so einfach weg ist.« Ich überlegte, ob ich ihr von Brian erzählen sollte, entschied mich aber dagegen. Ich wollte nicht, dass wir nach so vielen Jahren gleich über traurige Dinge sprachen. Also fragte ich sie: »Erzähl von deinem Mann! Kommt er auch ins Krankenhaus? Trefft ihr euch da?«

Emma zögerte. »Ich bin alleinerziehend«, sagte sie schließlich.

Ich blieb stehen und drehte sie zu mir, damit sie mich ansehen musste. »Wow. Das ist nicht leicht«, sagte ich zu ihr. »Darf ich fragen ... Ich meine, war es eine Affäre? Oder hat der Mann kalte Füße bekommen? Oder war es ein One-Night-Stand? Sorry, das ist natürlich alles deine Sache ... Ich glaube, ich will einfach nur wissen, wie es dir geht.«

Emma nickte langsam. »Das ist lieb. Ich komm damit klar, mach dir keine Sorgen. Und ...« Sie lächelte kurz. »Ich bin geschieden.«

»Oh. Obwohl du ein Kind ...?«

Emma schüttelte heftig den Kopf. »Bitte, anderes Thema. Ich erzähl's dir irgendwann.« Sie verdrehte die Augen. »Es ist nur so furchtbar kompliziert, und ehrlich gesagt brauche ich meine ganze Kraft für Kaelynn.«

»Klar«, sagte ich schnell.

Wir gingen schweigend weiter. Mein Auto stand in der nächsten Seitenstraße, und als wir eingestiegen waren, sagte Emma: »Kaelynns Vater ... Er interessiert sich nicht für Kinder. Er wollte keine haben. Deshalb haben wir uns heftig gestritten. Und jetzt...« Ihre Stimme brach, und sie drehte den Kopf zum Seitenfenster.

»Deshalb kümmert sich dein Exmann nicht um die Kleine?« Ich startete den Wagen und fuhr los.

»Nein, es ist... Wie gesagt. Es ist sehr kompliziert.«

Ich nickte nachdenklich. Emma wollte nicht darüber reden, jedenfalls nicht jetzt, und das musste ich respektieren. Aber das Thema wühlte mich auf. Mein Leben lang hatte ich es vermisst, keinen Vater zu haben, nicht einmal seinen Namen zu kennen. Ich hoffte nun für die Kleine, dass sie trotz der Probleme, die ihre Eltern miteinander hatten, ein gutes Verhältnis zu beiden aufbauen würde.

Emma wechselte zu etwas Belanglosem und fragte mich nach dem Secondhandladen aus. Sie erzählte, dass sie einen Shop gefunden hatte, in dem es sehr gute gebrauchte Babysachen gab. Das leichte Geplauder konnte mich aber nicht darüber hinwegtäuschen, wie angespannt sie nun war. Mir ging es nicht besser. Und der Anblick des Krankenhauses, vor dem wir schließlich ankamen, drückte meine Stimmung noch mehr.

Ich parkte, und wenige Minuten später waren wir auf der Neugeborenenstation. Dort wurden wir durch eine Schleuse geleitet und mussten uns desinfizieren. Eine sehr junge Krankenschwester führte uns zu der kleinen Kaelynn. Sie lag nicht, wie ich befürchtet hatte, in einem Brutkasten. Wir mussten nicht die Hand durch eine Öffnung stecken, um sie zu berühren. Aber ihr kleines Bettchen war von Geräten umgeben. Dünne Schläuche führten zu dem winzigen Körper. Einer steckte in ihrer Nase.

»Das ist zur künstlichen Ernährung«, erklärte Emma.

»Und dieses Ding«, sie zeigte auf einen anderen Schlauch, der sich bei näherer Betrachtung als Kabel erwies und an ihrem Füßchen befestigt war, »ist zum Herzschlag- und Blutdruckmessen.«

»Sie wird immer kräftiger«, sagte die Schwester zu Emma.

»Mit der Atmung alles in Ordnung?«

»Keine Komplikationen. Sie ist stabil.«

»Ich kann sie also bald mit nach Hause nehmen?«

»Mal sehen, wie es als Nächstes mit dem Essen geht.« Die Schwester lächelte, nickte uns zu und wandte sich einem anderen Baby zu. Am anderen Ende des Raums stand ein junges Paar vor einem Bettchen. Er wischte sich Tränen aus dem bleichen Gesicht, sie hielt ihr Baby, nur wenig größer als ihre Hände, an ihren Hals gedrückt und wandte ihm den Rücken zu.

»Viele Beziehungen zerbrechen an so etwas«, sagte Emma leise.

»Ich dachte, es schweißt zusammen?«

Sie hob die Schultern. »Jeder ist auf sein eigenes Elend fixiert. An erster Stelle steht die Sorge um das Kind und an zweiter der eigene Schmerz. Da ist kein Platz mehr für deinen Partner und dessen Gefühle.«

Ich sah wieder zu dem Paar. Sie flüsterte ihrem Baby etwas ins Ohr, und er stand immer noch hilflos daneben.

»Gleich kommen die Eltern von dem Kleinen.« Emma zeigte auf das Bettchen rechts neben ihrer Tochter. »Sie wechseln sich normalerweise ab, aber samstags kommen sie gemeinsam. Ich glaube, anders würden sie es nicht aushalten. Beide machen sich Vorwürfe – nicht gegenseitig, jeder sich selbst.«

»Vorwürfe? Warum denn?«

Emma hob die Schultern. »Man überlegt, was man während der Schwangerschaft vielleicht falsch gemacht haben könnte. Bewegung, Ernährung, Schlaf, Stress, alles ist dann rückblickend ein Thema. Glaub mir, ich weiß, wie es ist.«

Ich nickte stumm und versuchte es mir vorzustellen. Ich schaffte es nicht.

»Beide geben jetzt hundertfünfzig Prozent, damit es ihrem Sohn gut geht«, fuhr sie fort. »Dabei stehen sie sich selbst im Weg.« Sie lächelte traurig. »Ich bin jeden Tag ein paar Stunden hier und spreche mit Kaelynn. Ich streichle sie, damit sie genug Liebe und Wärme hat.« Sie sah mich an. »Ich fahre natürlich mit dem Bus nach Hause. Du kannst ja nicht so lange hierbleiben.«

»Ich bleibe auf jeden Fall noch so lange, wie du mich hier haben willst«, sagte ich. »Meine Güte, ist die Kleine hübsch!« Vorsichtig hielt ich einen Finger an ihr Händchen und bewunderte das winzige Wesen. »So viel Schönheit! Hat sie von ihrer Mutter, ganz klar. Die Augen und die Nase, das bist du!«

Emma beugte sich lächelnd über die Kleine, küsste sie sacht auf den dunklen Flaum auf ihrem Kopf. Dann sagte sie: »Willst du auch noch Kinder?«

Ich strich sanft über Kaelynns Arm und freute mich, dass sie auf mich reagierte. »Ich weiß nicht. Brian, so hieß mein Mann, wollte keine. Er sagte: Lass uns zu zweit glücklich sein. Das war für mich okay. Ich hatte nie den großen Kinderwunsch.«

»Vielleicht kommt der noch?«

»Ich weiß nicht«, sagte ich. »Kann ich mir nicht vorstellen.« Ich sprach es aus, und es fühlte sich an wie eine Lüge. Was mich verwirrte. Doch während ich im Krankenhaus mit Emma an Kaelynns Bettchen saß und mir erklären ließ, was all die Maschinen zu bedeuten hatten und welche Untersuchungen wann an der Reihe waren, kam ich nicht dazu, diesem Gefühl nachzuhorchen. Nach einer guten Stunde verabschiedete ich mich von meiner Freundin. Wir versprachen, uns bald wieder zu melden, ich umarmte Emma und strich Kaelynn ganz sanft über die winzige Nase.

Es dauerte nur ein paar Minuten, bis ich aus der Stadt draußen war. Das Krankenhaus lag im Südwesten von Cork, danach ging es weitere zwanzig Minuten über Land. Während der Fahrt dachte ich darüber nach, was das Gespräch mit Emma über meinen Kinderwunsch in mir ausgelöst hatte. War das Thema für mich doch noch nicht ganz abgeschlossen?

Ich parkte vor dem Jacob's Ladder. Tief in Gedanken versunken ging ich auf mein Zimmer. Vorbei an dem amerikanischen Gast, den ich mechanisch anlächelte, vorbei an Mary, die meinen neuen Mantel bewundern wollte und die ich auf später vertröstete mit den Worten »muss mich kurz hinlegen«.

Als ich allein in meinem – Sophies – Zimmer war, warf ich mich aufs Bett, verschränkte die Arme hinter dem Kopf und starrte an die Decke.

Wir hatten ein schönes Leben gehabt. Nichts und niemand stand zwischen uns. Wir hatten einige Bekannte, deren Ehen daran gescheitert waren, dass sie sich wegen der Kinder auseinandergelebt hatten oder dass sie das

Gefühl hatten, ihr Leben verpasst zu haben. So hatten wir nie werden wollen.

Und jetzt? Was war geblieben? Brian war tot, ich war allein. Bereute ich es, dass wir keine Kinder gehabt hatten? Ich versuchte, mir zu sagen, dass unsere Beziehung eine andere gewesen wäre. Vielleicht hätten auch wir uns auseinandergelebt, keine Zeit mehr für Zweisamkeit gefunden. Vielleicht wären wir an den Alltagssorgen zerbrochen. Wären wir überhaupt gute Eltern gewesen?

Der Anblick von Emmas Töchterchen ging mir nicht aus dem Kopf, und ich konnte nicht anders als zu denken: Vielleicht hätte uns so ein winziges Wesen auch erst einen echten Lebensinhalt gegeben. Mein Verwaltungsjob an der Uni war kein Lebenstraum gewesen, und Brian hatte sich die letzten Jahre mehr gequält – mit seiner Agenturpleite und der Arbeitslosigkeit – , als dass er Erfüllung gehabt hätte. Was, wenn wir ein Kind bekommen hätten? Wäre dann alles anders gekommen? Würde er dann noch leben?

Absurd. Es wäre alles möglich gewesen. Auch dass ich wie Emma geschieden und als alleinerziehende Mutter ohne Brian hätte dasitzen können. Brian hatte keine Kinder gewollt. »Wir wollen doch beide unabhängig sein. Reisen. Spontan sein. Vielleicht in eine andere Stadt ziehen. Und mit Kindern? Da muss man sich jede Entscheidung zwanzigmal überlegen. Rücksicht nehmen. Die eigenen Bedürfnisse zurückstecken. Wollen wir das? Wollen wir nicht erst einmal richtig leben?« Und ich hatte zugestimmt, aus vollem Herzen.

Ich hatte immer gedacht, wir hätten noch so viel Zeit miteinander. Die Frage, wie es in mir aussah – hatte ich sie verdrängt? Hatte sie sich mir einfach irgendwann nicht mehr gestellt? Oder hatte ich mir einfach nicht zugestehen wollen, dass ich Zweifel an der Entscheidung hatte, die ich letztlich doch gemeinsam mit Brian getroffen hatte?

Meine Gedanken drehten sich im Kreis, und ich kam keinen Schritt weiter. Ich beruhigte mich schließlich damit, dass mich der Besuch auf der Frühchenstation emotional überfordert hatte. Waren nicht alle Menschen überwältigt, wenn sie ein Baby sahen? Und wenn das Baby dann noch sehr viel kleiner und zarter war, weil es keine neun Monate im Bauch der Mutter gewesen war? Brachte das nicht jeden aus der Bahn und ganz besonders kinderlose Frauen in meinem Alter?

Ich nahm mir ein Buch, um mich abzulenken. Darüber schlief ich ein, bis mich Mary weckte und fragte, ob ich denn kein Abendessen wollte. Sie ließ sich meinen Ledermantel vorführen, ich aß eine Kleinigkeit, ging anschließend sehr lang spazieren und fiel später in einen unruhigen Schlaf. Ich träumte von Emmas Töchterchen, das mit seinen Miniaturfingern nach mir griff, mich aber nicht erreichen konnte, weil lauter Schläuche und Kabel zwischen uns waren. Ich träumte von einem Autounfall, den ich auf der Landstraße verursachte, weil ich kein Benzin mehr im Tank und die rot blinkende Anzeige übersehen hatte. Ich träumte schließlich von Brian, der mich fragte, ob ich ihn heiraten wollte, und dieser Traum war so klar wie die Erinnerung an diesen besonderen Tag, dass ich sogar im Traum darüber nachdachte, ob ich nicht vielleicht doch wach war.

7.

Ich war damals gerade mit meiner Promotion fertig. Brian arbeitete bei einer großen, internationalen Werbeagentur in Dublin, und wir führten seit drei Jahren eine Fernbeziehung. Es war eine wunderschöne Zeit. Unter der Woche die Sehnsucht und Vorfreude, an den Wochenenden die Erfüllung. Ich fuhr manchmal nach Dublin, aber meistens kam Brian zu mir nach Cork.

»Tapetenwechsel«, sagte er. Brian arbeitete fast rund um die Uhr an seinen Projekten. Er war in Rekordzeit zum Creative Director aufgestiegen. Mit seinen Ideen gewann die Agentur nicht nur neue Kunden, sondern auch internationale Preise. Er war außerdem sehr gut im Präsentieren der Ideen, im Umgang mit schwierigen Kunden, und er hatte ein gutes Händchen dafür, die richtigen Teams zusammenzustellen. Bald war er unentbehrlich geworden.

Brian kam oft erst nach Mitternacht aus dem Büro. Morgens musste er sehr früh wieder raus, und wenn er an den anderen Agenturstandorten in London oder New York Meetings hatte, war der Stress noch größer. »In Cork kann ich mich erholen.« Wir unternahmen dann nicht viel, blieben einfach zu Hause, ruhten uns aus.

Unsere Urlaube, so kurz sie oft auch waren, führten uns anfangs nach Schottland, Nordfrankreich und Spanien; als Brians Karriere steil bergauf ging, nach Hawaii, Südafrika, Neuseeland. Ich wünschte mir, als ich meinen Doktorhut aufsetzte, eine Reise nach New York, aber Brian sagte: »Da bin ich doch schon dauernd geschäftlich. Was wäre dein zweitliebster Ort?« Ich entschied mich für Marrakesch, und Brian entführte mich für drei Tage dorthin. Wir wohnten in einem Luxushotel mit Marmorbad und goldenen Wasserhähnen, frühstückten unter Palmen am Pool, mussten nur wenige Meter gehen, um mitten im Jardin de la Ménara zu sein. Natürlich gingen wir auch in der Altstadt auf den Djemaa el Fna, den berühmten Marktplatz, den ich aus *Der Mann, der zu viel wusste* kannte. Ich war im ersten Moment überwältigt von den vielen Menschen, den unterschiedlichen Gerüchen, dem Lärm, und ich brauchte eine Weile, um mich orientieren zu können. Brian legte sanft den Arm um meine Schultern und fragte: »Wie findest du es?«

»Herrlich«, antwortete ich.

Ich betrachtete die Menschen, ließ die Geräusche und die Düfte wirken. Wir sahen einen Schlangenbeschwörer, hörten Männern zu, die Geschichten erzählten, von denen wir kein Wort verstanden, sahen tanzende junge Männer, Musiker, Künstler. Wir probierten das Essen von den vielen Ständen, bis wir fast platzten. Eine Wahrsagerin, die in bunten langen Gewändern – Haare und Gesicht fast vollständig von Tüchern verdeckt – auf einem Plastikhocker saß, ließ mich erst auf Französisch und dann in sehr schlechtem Englisch wissen, dass ich eine glühende Zukunft als Berühmtheit vor mir hatte, was uns unglaublich erheiterte. Sie wurde unwirsch, weil wir lachten, steckte das Geld weg und wandte sich von uns ab.

»Ich bin müde«, sagte ich. Es war dunkel geworden. Ich hatte gar nicht bemerkt, dass die Sonne untergegangen war. An allen Ständen glänzten Lichter, und der Platz wurde eher voller als leerer. »Brian, das war wunderbar.«

»Und was machen wir jetzt?«

»Hotel. Ich kann kaum noch aufrecht stehen!«

Er lächelte mich an. »Ein bisschen musst du noch durchhalten. Ich habe eine Kleinigkeit mit dir vor.«

Neugierig sah ich ihn an. »Ach ja?«

Er nahm meine Hand und zog mich offenbar ziellos über den Platz. Dann aber schien er gefunden zu haben, wonach er gesucht hatte. Er blieb stehen, beugte sich ganz nah an mein Ohr und flüsterte: »Ich hab dich angelogen. Es ist keine Kleinigkeit.«

»Keine Kleinigkeit«, wiederholte ich und versuchte ernst zu bleiben. Er machte ein so drolliges Gesicht, dass ich mir das Lachen nur schwer verkneifen konnte. »Dann hast du was Großes vor? Die Nacht durchtanzen?«

»Alle Nächte von nun an durchtanzen.«

In dem Moment setzte laute Musik ein. Wir standen unweit einer Gruppe Musiker, die offenbar nur kurz eine Pause gemacht hatten. Touristen drängten sich um das Grüppchen, klatschten und wippten im Takt mit.

»Oh«, sagte Brian und sah enttäuscht aus.

»Was ist denn los? Wolltest du jetzt tanzen oder nicht?«, rief ich. Man verstand kaum noch sein eigenes Wort. Die Musik gab mir neue Energie, ich war wieder hellwach.

Er überlegte einen Moment und sah mich dabei sehr ernst an. Dann beugte er sich vor und sagte direkt in mein Ohr: »Willst du mich heiraten?«

»Was?«

»Du hast mich verstanden.«

Heiraten? Wir hatten nie, wirklich nie übers Heiraten gesprochen. Nicht darüber und bis zu diesem Zeitpunkt auch nicht über Kinder. Es hatte mich nicht gestört. Ich war fünfundzwanzig, ich hatte nur vage Zukunftspläne. Wir wohnten nicht einmal in derselben Stadt. Müsste man nicht erst eine Weile zusammenwohnen, um zu wissen, ob man heiraten wollte? Wäre es nicht besser, erst fest im Berufsleben zu stehen?

Oder war das alles am Ende doch vollkommen egal, wenn man sich nur liebte?

Brian sah mich ängstlich an. Er wartete darauf, dass ich etwas sagte. Ich stand dort und brachte keinen einzigen Ton heraus. Ließ nur meinen Blick wild umherschwirren, als fände ich die Antwort auf diesem Platz in dem bunten Menschengewirr. Ich fühlte mich wieder so überwältigt wie in dem Moment, als wir den Djemaa el Fna betreten hatten.

»Lass uns einen ruhigeren Ort suchen«, sagte ich.

Als wir in einer fast menschenleeren Straße angelangt waren, blieb ich stehen, drehte mich zu ihm und küsste ihn.

»Danke«, sagte ich.

»Wofür?«

»Dass du einfach du bist.«

»Oh. Ja. Ich bin ja auch das Beste, was dir passieren konnte. Wusstest du das schon?« Er grinste. »Ich mache nur gerade ein bisschen unverschämt Werbung für mich. Was Besseres ist mir auf die Schnelle nicht eingefallen.«

»Ja.«

»Was, ja?«

»Ja. Du hattest mich was gefragt, und ich sage Ja.«

Brian stutzte. »Ja, ich bin das Beste, das dir passieren kann?«

»Du weißt genau, was ich meine«, lachte ich. »Ja, ich will dich heiraten.«

Ohne ein weiteres Wort umarmte mich Brian. Wir hielten uns eine Ewigkeit einfach nur in den Armen. Ich spürte, wie gut es mir tat, von ihm gehalten zu werden. Mein Kopf lehnte an seiner Brust, und ich weiß nicht, wie lange wir dort standen in der einsamen kleinen Straße in Marrakesch, bis Brian sagte: »Ich bin so wahnsinnig glücklich.«

Wir heirateten im folgenden Jahr am 28. April, als Brian nach Cork gezogen und seine eigene Agentur gegründet hatte. Ich hatte mich auf einen Verwaltungsposten an der Uni beworben. Ich war zwar im Grunde aus akademischer Sicht überqualifiziert, konnte meine zukünftige Chefin aber davon überzeugen, dass ich genau die Richtige für den Job war.

Brian versuchte noch, es mir auszureden. »Willst du nicht lieber etwas machen, das dir Spaß macht?«

»Die Leute, die dort arbeiten, sind wahnsinnig nett. Es wird bestimmt Spaß machen«, sagte ich.

»Und was ist mit deinem Traum, Reisejournalistin zu werden?«

Ich hatte mir alles genau überlegt, bevor ich meine Bewerbung abgeschickt hatte, und deshalb fiel mir die Antwort leicht. »Bisher hatte ich Glück, dass ich ein paar Artikel gut unterbringen konnte. Aber wenn ich damit meinen Lebensunterhalt verdienen will, müsste ich viel mehr Zeit investieren. Ich wäre ständig unterwegs.«

»Ich werde gut verdienen, du musst nicht so viel arbeiten«, sagte er.

»Du meinst, ich müsste nicht so viel *verdienen*«, korrigierte ich. »Aber sehr viel arbeiten. Brian, wir sind deinen Businessplan gemeinsam durchgegangen. Wir brauchen wenigstens in der ersten Zeit ein konstantes Einkommen.« Ich wusste, dass er nicht eine Sekunde daran glaubte, mit seiner Agentur zu scheitern, aber mir war wohler dabei, wenn wir finanziell abgefedert waren. Außerdem verlangte die Bank Sicherheiten, um seine Existenzgründung zu unterstützen.

Meinen Traum konnte ich immer noch verwirklichen, dachte ich. Ich könnte auch neben meiner regulären Arbeit Artikel schreiben. Und irgendwann, wenn wir sicher waren, dass seine Agentur gut lief, könnte ich richtig einsteigen. Brian schlug vor, es mit einer Festanstellung in einer Zeitungsredaktion zu versuchen, aber auch darüber hatte ich nachgedacht und die Idee wieder verworfen. »Ich müsste erst ewig ein Praktikum machen. Und dann hätte ich auch nur einen Bürojob. Oder müsste über Themen schreiben, die mich nicht interessieren. Es wäre außerdem viel mehr Arbeit und viel schlechter bezahlt als der Unijob. Nein, Brian, es ist alles ganz wunderbar so.«

»Ich will nicht, dass du unglücklich bist.«

»Bin ich nicht. Wir sind ein Team, wir halten zusammen. Okay? Und jetzt freuen wir uns erst einmal darüber, dass ich ein konstantes Einkommen habe und wir im schlimmsten Fall über die Runden kommen, egal was passiert.«

Der »schlimmste Fall« sollte erst nach zehn Jahren eintreten. Zehn Jahre, in denen ich den Absprung nicht gefunden hatte, weil ich mich schnell an die Sicherheit und an das Geld gewöhnt hatte. In der Zeit hatte ich keinen einzigen Artikel verkauft, ich hatte es nicht einmal versucht. Aber ich war froh, dass ich meinen Job so lange behalten hatte. Er rettete uns davor, alles zu verlieren.

An unserem zehnten Hochzeitstag wollte Brian spontan nach Marrakesch fliegen. Ich redete es ihm aus.

»Wir müssen sparen.«

»Aber doch nicht bei so einem Anlass!«, protestierte er. Brian tat sich sehr schwer damit, seine Gewohnheiten umzustellen. Etwas in ihm schien nicht akzeptieren zu können, dass er arbeitslos war. Dass wir nicht mehr so leben konnten wie vorher.

»Außerdem ist es viel zu unsicher. Mitten im Arabischen Frühling, wer weiß, was alles noch passiert!«

»In Marokko ist es nicht so tragisch«, sagte er.

»Tragisch genug. Viel zu unsicher«, hielt ich dagegen.

»Man kann auch auf dem Weg zum Briefkasten überfahren werden!«, murrte er.

Er cancelte aber die bereits gebuchten Flüge, und eine Woche später, als wir auf unseren zehnten Hochzeitstag in einem hübschen kleinen Hotel in der Nähe von Galway anstießen, ging in einem Café auf dem Djemaa el Fna eine Bombe hoch. Siebzehn Menschen starben. Die meisten von ihnen waren Touristen.

»Da gibt uns jemand ein zweites Leben«, sagte er, als wir es in den Nachrichten erfuhren. Er war ganz bleich. »Gut, dass ich auf dich gehört habe.«

Ich sagte ihm nicht, dass ich ihm die Reise ausgeredet

hatte, weil ich vor Kurzem erst gelesen hatte, welche Bedeutung der Name Djemaa el Fna hatte. Im Reiseführer hatte gestanden, es hieße »Platz vor der Moschee«. Aber eine weitere Deutung war auch »Versammlung der Toten«. Ich war so erschrocken darüber, dass ich mir von da an schwor, nie wieder dorthin zurückzukehren. Ein alberner Aberglaube, aber vielleicht hatte Brian recht, und wir waren damals wirklich dem Tode entronnen.

Sein »zweites Leben« aber, wie er es von da an scherzhaft nannte, sollte nur sieben Monate dauern.

8.

Ich schreckte an der Stelle aus meinem Traum hoch, als die Musik auf dem Marktplatz einsetzte. Komischerweise waren nämlich leise Gitarrenklänge zu hören, die sich in meinem Kopf zu der Melodie von »The Star of the County Down« zusammensetzten. Ich blinzelte, hob den Kopf, lauschte. Aber es war nichts zu hören, ich musste es tatsächlich geträumt haben. Ein irischer Folksong auf einem marokkanischen Marktplatz! Was für einen Streich spielte mir mein Unterbewusstsein da? Ich legte mich wieder hin und dämmerte in einen Halbschlaf, der mich mit wirren Traumbildern überflutete. Die Klarheit der marokkanischen Szene war vergangen und auch die Stimmung des Traums. Ich ging nun auf eine wilde Reise über irische Landstraßen. Felder mit Kühen und Schafen flogen an mir vorbei, ich sah Dörfer, einzelne Häuser, Zäune, entgegenkommende Fahrzeuge... Alles wirbelte durcheinander, stand teilweise auf dem Kopf, drehte sich im Kreis. Mir wurde schwindelig. Dann hörte ich mich selbst sagen: »Wo warst du?« Brians Gesicht tauchte auf, aber es war das Gesicht eines Toten. Er lag in einem weißen Raum, und auch der Raum drehte sich. Ich fragte wieder: »Wo warst du?« Und dann wurde ich wieder wach.

Wie war so schnell aus einer schönen Erinnerung ein

solcher Albtraum geworden? Nur weil mich die Musik irritiert hatte? Es musste noch etwas anderes gewesen sein, irgendetwas ...

Wieder hörte ich Töne. Unzusammenhängende Gitarrenakkorde. Ich setzte mich auf, lauschte lange und angestrengt, aber es blieb ruhig. Hatte ich es mir eingebildet? Zweimal hintereinander?

Ich versuchte einzuschlafen, war aber durch den Albtraum viel zu unruhig. Was hatte ich den toten Brian gefragt? »Wo warst du?« Die Antwort hatte ich längst gefunden. Er hatte den Job nicht bekommen, für den er sich beworben hatte. Er war frustriert über Land gefahren. Ziellos. Um nachzudenken. Dann hatte er an einem Pub gehalten, zu viel getrunken, den Rückweg angetreten ... Es war die einzige Erklärung. Doch sie reichte mir nicht mehr. Im Gegenteil, sie nagte an mir und ließ mich nicht zur Ruhe kommen. Was hatte dieser seltsame Traum nur in mir ausgelöst?

Ich sah auf die Uhr: halb drei. Entschlossen stand ich auf, zog mir eine Strickjacke über den Pyjama und ging nach draußen. Ich wollte mich ans Wasser setzen und den Kopf frei bekommen. Barfuß überquerte ich die leere Straße und setzte mich auf das kleine Mäuerchen, das den Parkplatz zum Wasser hin abgrenzte. Dort starrte ich eine Weile auf die Lichter, die auf der Wasseroberfläche tanzten, und versuchte, meine düsteren Gedanken zu verscheuchen. Als ich hinter mir hörte, wie sich eine Autotür öffnete, setzte mein Herz fast aus.

»Oh, hab ich dich erschreckt?« Es war der Gast aus New York. Er stieg aus seinem Wagen und schlug die Tür leise zu.

»Ja! O Gott, ich dachte, ich bin allein!« Ich war immer noch damit beschäftigt, meine Atmung unter Kontrolle zu bekommen.

»Ich kann wieder mal nicht schlafen«, sagte er.

»Ich auch nicht.« Und dann kam mir ein Gedanke. »Kann es sein, dass du vorhin Gitarre gespielt hast?«

Er grinste schuldbewusst. »Ich dachte, hier draußen ginge das okay, aber dann hab ich gemerkt, dass es viel zu ruhig ist und ich am Ende noch die ganze Stadt aufwecke.«

»Vielleicht nicht die ganze Stadt. Aber ich bin wach geworden.«

»Ehrlich? Ich hab wirklich nur ganz kurz ein paar Akkorde angeschlagen.«

»Und einen Song gespielt.«

»Na ja, vielleicht schon. Aber auch nur ganz kurz.« Ohne zu fragen, setzte er sich neben mich. »Ihr habt es echt verdammt ruhig hier draußen.«

»Die meisten Leute würden sagen: schön ruhig.«

»Verdammt schön ruhig«, bekräftigte er.

»Was hast du eigentlich im Auto gemacht?«

»Gitarre weggeräumt. Mich ein bisschen in das Rechtslenken reingedacht.«

»Reingedacht?«

»Okay, ich gestehe. Die Stunde der Wahrheit«, scherzte er. »Meine erste Fahrt mit dem Mietwagen vom Flughafen war die Hölle, ehrlich. Ich hatte Schweiß auf der Stirn! Jedes Mal, wenn mir jemand entgegenkam, dachte ich, es ist ein Geisterfahrer! Und deshalb hatte ich mir überlegt, wenn ich ein bisschen auf der Fahrerseite rumsitze, sickert das alles wie von selbst in mein Hirn.« Er lachte. »Du musst mich für vollkommen bescheuert halten, was?«

»Unsinn«, grinste ich. »Nur für einen Amerikaner.«

Er hob mit gespieltem Ernst seinen Zeigefinger. »Ich bin so gesehen kein Amerikaner. Meine Eltern sind beide gebürtige Iren.«

»Und du bist hier, um nach Vorfahren zu suchen«, stellte ich fest. Was hatten Sam und ich noch mal gewettet? Sam hatte einen Sechzigjährigen erwartet, der nach seinen Wurzeln sucht. Ich einen Studenten, der herumreisen will. Sam war der Wahrheit näher gewesen als ich.

»Was für ein Klischee, was?«, sagte Matthew Callaghan vergnügt. »Aber eigentlich ist mein Vater das Klischee. Er war ziemlich oft hier auf der Suche nach der Vergangenheit, und vor zwei Jahren ist er dabei gestorben. Ich bin zum ersten Mal in Europa.«

»Tut mir leid«, sagte ich betreten.

»Ja, mit vierzig zum ersten Mal den Kontinent verlassen, da kann man einem wirklich leidtun.«

»Nein, ich meinte …«

Lachend unterbrach er mich. »Ich weiß, ich weiß. Und danke. Aber es ist jetzt zwei Jahre her, ich hab meinen Frieden damit gemacht. Es ist die Neugier, die mich hergetrieben hat.«

»Ist dein Vater tatsächlich hier gestorben?«

Matt nickte. »Die genaue Stelle weiß ich nicht. Er ist beim Tauchen umgekommen, es hieß vor der Küste von Kinsale. Natürlich ist es nicht wichtig, ob es eine Meile weiter östlich oder westlich war.«

»Ein Tauchunfall?« War die Sache damals durch die Medien gegangen? Ein mindestens sechzigjähriger amerikanischer Tourist, der beim Tauchen ums Leben kommt, war mit Sicherheit Thema in der Presse gewesen. Ich konnte mich spontan allerdings nicht daran erinnern, darüber gelesen zu haben.

»Er hat sich einfach übernommen. Wir haben versucht, ihn davon abzuhalten, aber es war wie eine Sucht für ihn ...« Matts Stimme verlor sich.

»Tut mir wirklich leid. Ich weiß, wie es sich anfühlt, wenn man jemanden verliert, der einem so nahestand.«

Er sah mich kurz an, dann richtete er den Blick gedankenversunken aufs Wasser. »Dieser verdammte Schatz hat ihm den Verstand geraubt.«

Ich glaubte im ersten Moment, ich hätte mich verhört. Was er sagte, klang wie ein Satz aus einem Abenteuerroman aus dem 19. Jahrhundert. »Hast du gerade was von einem Schatz gesagt?«

»Der Schatz der *Lusitania*, ja.«

Ich runzelte die Stirn. »Dein Vater hat versucht, den Schatz der *Lusitania* zu heben? Ich dachte, da gibt es außer Wrackteilen nichts mehr zu holen?«

Matt schüttelte den Kopf. »Er war wirklich besessen, anders kann man es nicht nennen. Willst du die ganze Geschichte hören?«

Ein Schiffswrack auf dem Meeresgrund, ein versunkener Schatz, eine Tragödie, die den Ersten Weltkrieg maßgeblich beeinflusst und zwei Jahre später zum Eintritt der USA in den Krieg geführt hatte? Natürlich wollte ich die ganze Geschichte hören!

»Gerne«, sagte ich und stützte die Arme hinter mir ab, um mich etwas zurückzulehnen.

»Gut. Es fing vor ziemlich genau dreißig Jahren an.

1982 startete die *Archimedes* eine Forschungsexpedition mit Feuerwerkern, Historikern und Tauchern. Ein Journalist von der *BBC* begleitete sie. Mein Vater befand sich zu dem Zeitpunkt gerade wegen eines Vortrags in London – er war Informatikprofessor. Er sah die Dokumentation im Fernsehen. Eine amerikanische Offshore-Ölfirma hatte ein paar Millionen investiert, um den Kapitänsschatz zu finden. Ohne Erfolg. Man gelangte zwar in den Tresorraum, aber der Safe war nicht zu sehen. Wahrscheinlich war er auf dem Meeresgrund im Schlick versackt. Sie hatten sich Diamanten und Gold erhofft, dessen Wert fünfmal so hoch war wie ihre Investitionen. Aber – sie gingen leer aus. Allerdings fand man heraus, dass der vordere Frachtraum schon von jemand anderem geleert worden war. Viele offene Fragen, viele Rätsel, kein Schatz.«

»Und deshalb suchte dein Vater nach den Diamanten?«

»Oh, die haben ihn nie interessiert.«

Ich stutzte. »Was hat er dann gesucht?«

»Seinen *persönlichen* Schatz.« Er legte seine Hand leicht auf meinen Arm und sah mich, soweit ich das im Mondlicht beurteilen konnte, forschend an. »Es ist eine verrückte Geschichte.«

»Umso besser.«

»Stehst du auf verrückte Geschichten?«

»Unbedingt.« Ich sah ihn nun ebenso forschend an. »Und ich kann gerade gut etwas Ablenkung gebrauchen. Verrückte Geschichten sind eine hervorragende Ablenkung.«

»Was ist los?«, fragte er ernst.

»Ich habe ... Na ja. Ich habe wirres Zeug von meinem Mann geträumt.«

»Oh. Wo ist denn dein Mann? Ich hab ihn hier noch gar nicht ...«

»Er ist tot«, unterbrach ich ihn schnell. »Seit über einem halben Jahr. Seine Asche ...« Ich machte eine ausladende Handbewegung über das Wasser und deutete in Richtung des Meeres, denn weiter kam ich nicht. Meine Stimme zitterte, und ich hielt mit Mühe die Tränen zurück.

Wir schwiegen eine Weile, und als ich mir sicher sein konnte, dass ich mich gefangen hatte, sagte ich: »Erzähl mir mehr von deinem Vater.«

Er nickte und deutete mit dem Kinn ebenfalls in Richtung Meer. »Er ist auch dort. Seine Leiche wurde nie gefunden.«

»Wie ist es jetzt für dich, hier zu sein?«

»Anders.«

»Anders als erwartet?«

Er nickte. »Ich dachte, es wäre, als würde ich zum ersten Mal an seinem Grab stehen. Aber das Gefühl ist ganz anders. Eher, als ob er ... Nein. Das kann ich nicht sagen.«

»Was?«

»Du wirst mich auslachen.«

»Vielleicht.«

»Wenigstens bist du ehrlich. Also gut. Wenn ich auf das Meer schaue, dann kommt es mir vor, als würde er noch irgendwo da draußen herumspuken.«

»Oh.«

Er lachte. »Du denkst, ich bin total wahnsinnig, was?«

»Geschichten von Wassergeistern haben in Irland eine lange Tradition«, sagte ich und versuchte, todernst zu klingen.

Matt sah mich irritiert an. Dann merkte er, dass meine Mundwinkel zuckten, und wir mussten beide lachen.

»Tut gut, so mit jemandem darüber zu reden«, sagte er dann.

»Erzähl weiter.«

»Mein Vater war wie besessen«, nahm er seine Geschichte wieder auf. »Er sah damals zufällig diese Dokumentation im britischen Fernsehen, und da klingelte etwas in seinem Kopf. Ein enger Freund seines Großvaters – meines Urgroßvaters – war bei dem Schiffsunglück ums Leben gekommen, die Leiche nie geborgen worden. Offenbar hatte ihm sein Großvater häufig davon erzählt. Meine Eltern hielten mir gegenüber damit hinter dem Berg, ich hörte erst als Teenager davon und interessierte mich kein bisschen dafür. Hätten sie mir bei Vaters erster Tauchexpedition davon erzählt, als ich zehn oder elf war, wäre es wohl etwas anderes gewesen. Jungs in dem Alter interessieren sich noch für Abenteuer und versunkene Schätze. Ich muss fünfzehn gewesen sein, als ich davon erfuhr, da hat man andere Interessen.«

»Mädchen«, sagte ich lächelnd.

»Musik«, entgegnete er. »Nichts war wichtiger als meine Musik. Aber zurück zu meinem Vater. Und den Geschichten über meinen Urgroßvater. James Callaghan, geboren 1878 in Cork, war Sohn eines Lehrers und einer reichen Frau, die eine für damalige Verhältnisse beträchtliche Mitgift erhalten und ihr Vermögen zudem durch eine nicht unerhebliche Erbschaft angereichert hatte. Er ging nach Dublin, um Medizin zu studieren, und wurde Augenarzt. Eines Tages lernte er Sir Hugh Lane kennen, einen Kunstsammler und Mäzen. Lane eröffnete 1908 die

Municipal Gallery of Modern Art in Dublin, und mein Urgroßvater, sehr an Kunst interessiert und begeistert von dem damals neuen Konzept, sie öffentlich auszustellen, traf dort auf ihn.«

»Und?«, drängte ich, als er schwieg.

»Und verliebte sich in ihn.«

»Das war sicher schwierig.« Ich dachte an Oscar Wilde, der wenige Jahre zuvor zu Zuchthaus und Zwangsarbeit verurteilt worden war, weil er seine Homosexualität gelebt hatte.

»Oh, es ist meine Interpretation. Natürlich wurde nie darüber geredet. Es hieß immer nur, James und Hugh seien gute Freunde gewesen, James habe ihn verehrt und so weiter. Einen Spätzünder nannten sie James, weil er erst mit Ende dreißig heiratete und vorher nie Interesse an einer Frau gezeigt hatte. Nach dem Untergang der *Lusitania* im Mai 1915 verbrachte er Wochen hier in Kinsale, weil er hoffte, Hugh, der an Bord gewesen war, würde doch noch lebend auftauchen. Oder wenigstens seine Leiche, damit er ihn beerdigen konnte. Er brach irgendwann völlig zusammen, kam in eine Klinik – die Nerven, wie man es damals nannte – und heiratete direkt danach sehr überraschend eine entfernte Cousine, die dann bereits nach vier Monaten im Januar 1916 einen gesunden Sohn zur Welt brachte, der ihr einziges Kind bleiben sollte. – Na, wie hört sich das an?«

Ich hob die Schultern. »Er war schwul, die Cousine von irgendwem schwanger, der sie nicht heiraten konnte oder wollte, und um die Reputation der beiden zu retten, wurden sie verheiratet?«

»Denke ich auch.«

»Zeiten waren das«, sagte ich.

»Macht ihr das nicht mehr so in Irland? Ich höre immer nur, wie schrecklich katholisch ihr seid.«

»Ich bin Protestantin.«

»Und noch nicht auf dem Scheiterhaufen?«

»Kommt bestimmt noch.« Vielleicht war es die Müdigkeit, die mich langsam befiel, vielleicht der Mondschein und das leise Plätschern des Wassers, aber ich musste ausgiebig gähnen – und dann, weil es mir etwas peinlich war, lachte ich los. Er stimmte mit ein, und als wir uns wieder beruhigt hatten, sagte er: »Reicht es dir für heute?«

»Ich will doch noch wissen, wie es weitergeht.«

»Wirklich? Du bist doch müde.«

»Wirklich«, beruhigte ich ihn.

»Gut. James wusste von Hugh, dass dieser einige sehr wertvolle Gemälde aus Amerika mit nach Europa bringen wollte. In einer wasserdichten Kiste. Bilder von Monet, Rubens, Tizian, Rembrandt. Die nie gefunden wurden.«

»Und dein Vater suchte nach dieser Kiste?«

»Er schwor, sie im Schlick gesehen zu haben. Die irische Regierung missbilligte aber seine Tauchexpeditionen, die übrigens fast sein gesamtes Vermögen verschlangen, und schob ihm einen Riegel vor. Ab den Neunzigerjahren musste jeder Tauchgang zur *Lusitania* genehmigt werden. Daran hielt er sich anfangs noch, aber dann war es ihm irgendwann zu lästig. Da er immer weniger Geld zur Verfügung hatte, konnte er nicht aufhören zu arbeiten. Er kam einmal im Jahr hierher, um zu tauchen, dann kehrte er zurück und arbeitete wie ein Wilder. Nach seiner Pensionierung wollte er ganz herziehen, sollte er den Schatz bis dahin nicht gefunden haben. Zurück in die Heimat, sagte er. Seine Eltern waren ausgewandert, als er ein kleiner Junge war, meine Mutter war noch ein Baby, als sie in die Staaten kam. Sie hatte keine Erinnerung an Irland, kannte nur die Erzählungen ihrer Eltern und wollte niemals einen Fuß auf irischen Boden setzen. Als meine Mutter also merkte, dass er es ernst meinte, ließ sie sich scheiden. Das war vor ungefähr zehn Jahren. Sie hoffte allerdings noch länger, er würde endlich Vernunft annehmen, aber im Gegenteil, er schien nicht einmal zu merken, dass Mutter nicht mehr da war. Bald darauf heiratete sie wieder und zog nach Kanada. Mein Vater machte weiter: arbeitete viel, sparte Geld für seine jährliche Expedition, und dann, vor zwei Jahren, tauchte er einfach nicht mehr auf.«

»Das tut mir so leid«, sagte ich.

»Meine Mutter kam nicht einmal zur Trauerfeier, und ich ging ebenfalls nicht hin. Heute schäme ich mich dafür, aber damals brachte ich es nicht über mich. Irgendwie hatte ich noch so eine große Wut auf ihn, weil er seine Familie so vernachlässigt hatte. Jemand, der beruflich schon so viel unterwegs gewesen war, suchte sich dann auch noch ein … Hobby, das ihn weit von zu Hause wegbrachte. Die vielen Geburtstagsfeiern, an denen er nicht bei uns war, die Momente, in denen wir ihn dringend gebraucht hätten und er nicht einmal versuchte anzurufen. Meine Mutter und ich nahmen ihm all das so übel … Dumm von uns, oder? Meine Schwester flog nach Irland, um weiter nach ihm suchen zu lassen und schließlich alle Formalitäten zu erledigen. Sie ist heute noch sauer auf uns, zu Recht.« Er lächelte traurig.

»Tja, und jetzt sitze ich hier und glaube, ich könnte irgendwas wiedergutmachen. Oder ihn besser verstehen. Ich weiß es nicht. Ich habe keine Ahnung, was ihn so in Bann gezogen hat, dass er immer wieder hierherkam...«

»Ein geheimnisvoller Schatz. Das kennt man doch. Goldrausch, Jagdfieber, alles Namen für dieselbe... Sache.« Fast hätte ich »Krankheit« gesagt.

»Es muss mehr gewesen sein. Er muss nach etwas gesucht haben, das mit seinem Großvater, mit James Callaghan, zu tun hatte. Mit ihm und Sir Hugh Lane.«

»Was soll das gewesen sein? In einem alten Schiffswrack, das seit Jahrzehnten auf dem Meeresgrund vermodert? Und schon mehrfach geplündert worden ist?«

Matt zuckte mit den Schultern. »Ich sag ja. Eine fixe Idee. Da wird man mit Logik nicht sehr weit kommen.«

Ich hatte einen Einfall. »Vielleicht wollte er wissen, wer sein echter Großvater war? Obwohl – vergiss es. Dazu hätte er nicht tauchen gehen müssen. Nein.«

Matt sah mich aufmerksam an. »Mein Vater glaubte offenbar, Sir Hugh könnte sein Großvater sein.«

»Oh, dann kommt es darauf an, wann der Gute nach Amerika aufgebrochen ist, um die Bilder zu holen! Wie kam er denn zu der Annahme?«

»Mein Vater hat ziemlich umfangreiche Aufzeichnungen hinterlassen, eine Mischung aus Fakten und Spekulationen, nicht leicht, da durchzublicken...« Er seufzte. »Als Hugh Lane in New York an Bord der *Lusitania* ging, sagte er jedenfalls zu Reportern, dass er John Singer Sargent beauftragt hatte, die schönste Frau Englands für ihn zu malen.«

»Und die entfernte Cousine, die James Callaghan heiratete...«

»Meine Urgroßmutter.«

»Sie kam aus England?«

»In der Tat.«

»Dann wärst du ein Urenkel von Sir Hugh Lane«, sagte ich. »Würde dir das gefallen?«

Er hob die Schultern. »Es wäre mir egal. Ich weiß, wer meine Eltern sind, aber die Generationen davor – welchen Unterschied macht es?«

»Wenn es dir egal wäre, wärst du nicht hier.«

»Ich will nur meinen Vater verstehen.«

»Ich glaube, du willst verstehen, wer *du* bist.«

»Und ein Urgroßvater, dem ich nie begegnen konnte, hätte maßgeblichen Einfluss darauf, wer ich heute bin?«

»Manchen Menschen ist es wichtig, welche Gene sie haben.«

Er schwieg, diesmal sehr lange. Ich fürchtete, ihn beleidigt zu haben. Nach einer Weile stand ich sacht auf und wollte mich wegschleichen, zurück in mein warmes Bett.

»Nein«, hörte ich ihn sagen, noch bevor ich mehr als drei Schritte von ihm weg war, und ich war mir nicht sicher, ob er es zu mir sagte oder zu sich selbst. »Nein, ich glaube, ich will wirklich einfach nur wissen, warum mein Vater uns im Stich gelassen hat.«

Dieser Satz hätte von mir sein können. Ich hatte ihn oft genug als Kind in mein Tagebuch geschrieben.

Die sechs Wochen mit dir in Kinsale waren der schönste Urlaub meiner Kindheit. Selbst die Reisen, die ich später mit Freunden oder meinem Mann unternahm, hatten nichts von dem Zauber, den diese Zeit damals für mich in der Erinnerung behielt. Ein Zauber, den wohl nur die Kindheit haben kann...

Danach wurde alles anders. Du warst nicht mehr da, und ich hatte keine Zuflucht mehr. Ständig war unser Haus überfüllt, weil meine Geschwister den Absprung nicht schafften oder wieder ins Haus zurückkamen, weil sie sich mit ihren Partnern zerstritten hatten, ihnen das Geld für eine eigene Wohnung fehlte oder weil sonst irgendwas war. Janet zog für über ein Jahr mit ihren zwei Kindern ein. Bei euch zu sein war himmlisch gewesen. So ruhig, so viel Platz... Du weißt es vielleicht noch, ich schrieb dir Briefe, und manchmal telefonierten wir. Von dir kamen irgendwann, es war noch nicht ganz ein Jahr seit deinem Wegzug vergangen, keine Briefe mehr zurück. Ich schrieb weiter, weil ich dachte, vielleicht ist die Post in Kinsale etwas langsamer. Oder der Briefträger hat ein paar Briefe verloren. Oder du hast so viel zu tun, dass du nicht sofort antworten kannst. Und dann dachte ich: Vielleicht ist dir etwas passiert? Ich wollte anrufen, aber meine Eltern sagten mir, sie hätten mit deinem Onkel gesprochen und du hättest dich so gut in Kinsale eingewöhnt, dass du keinen Kontakt mehr mit deinem alten Leben - so nannten sie es - haben wolltest.

Ich fühlte mich, als hätte mir jemand in den Bauch getreten. Stundenlang lag ich auf meinem Bett und heulte, und meine Mutter sagte immer wieder, dass es sicher so besser für mich sei und ich jederzeit andere Freundinnen finden würde. Aber ich fühlte mich so schrecklich betrogen und alleingelassen. Egal in welchem Alter man so eine Erfahrung machen muss, sie ist nie schön. Mit dreizehn, verwirrt von der Pubertät und dem Durcheinander der Hormone, ist es der Weltuntergang.

Ich weiß, was du jetzt denkst – dass es nicht stimmt und dass du mir immer weiter geschrieben hast, so wie ich dir. Es dauerte einige Zeit, bis ich die Wahrheit erfuhr: Meine Eltern hatten deine Briefe abgefangen. Und meine an dich ebenso. Ich erinnere mich, dass meine Mutter irgendwann sagte, ich solle ihr einfach die Briefe und Postkarten geben, sie würde sie zur Post bringen. Ich hatte eine Brieffreundin in Schottland, der ich manchmal schrieb, und eine entfernte Cousine lebte in Kanada. Mit beiden bestand der Kontakt fort, nur du antwortetest nicht mehr. Warum also hätte ich damals zweifeln sollen?

Die Sache kam heraus, als ich ungefähr sechzehn war und es sich abzeichnete, dass ich meinen Schulabschluss nicht schaffen würde. Ich musste daran denken, wie sehr du mir immer geholfen hattest. Du wusstest, wie ich denke, und deshalb konntest du mir alles so wunderbar erklären, was ich im Unterricht nicht verstanden hatte. Aber seit du weg warst, wurden meine Noten immer schlechter. Ich verlor das Interesse am Unterricht, und weder meine Eltern noch meine Geschwister waren mir eine Hilfe. Die neuen Freunde, die ich fand, waren keine guten Schüler. Ich rutschte immer weiter ab. Eines Tages fragte mein Va-

ter, was ich mir denn vorstellen würde, später, beruflich. Ich sagte, ich wüsste es nicht. Vater sagte, ich sei doch früher eine so gute Schülerin gewesen, ich solle mich mehr anstrengen, es könnte doch nicht alles nur an Kate gelegen haben. Für mich hatte der Gedanke an unsere Freundschaft damals einen sehr bitteren Beigeschmack. Ich dachte ja, du hättest mich einfach aus deinem Leben gestrichen. Ich sagte also patzig, dass du mir gestohlen bleiben könntest und die Schule gleich mit dazu. Es folgte eine Predigt darüber, wie wichtig ein guter Schulabschluss sei, und ich schleuderte ihm ins Gesicht, dass er und Mutter ja wohl die besten Beispiele dafür waren.

Meine Bemerkung ließ ihn einen Moment verstummen, ich hatte ihn verletzt. Er hatte nie einen Schulabschluss gemacht, und er hatte ohne Ausbildung in einer Autowerkstatt ausgeholfen. Später, als die Werkstatt von einem großen Autohaus aufgekauft wurde und nur noch ausgebildete Fachkräfte dort arbeiten durften, hatten sie ihn zum Hausmeister gemacht. Vater sagte: »Das waren andere Zeiten, wir mussten als Kinder schon arbeiten, da war keine Zeit für Schule.« Er tat immer so, als wäre er mitten in der Hungersnot groß geworden. Mutter sagte, sie wolle nun einmal, dass ich es später besser haben würde als sie, die nie etwas anderes als Hausfrau und Mutter gewesen war. »Willst du so enden wie Kates Mutter? Mit einem Bastard statt einer Ausbildung?« Und Vater zischte sie an: »Halt dich zurück, lass das Thema.«

Ich wollte wissen, was das alles mit mir zu tun hatte. Mutter kam mit der üblichen Leier, dass ich mich angeblich zu aufreizend kleiden würde und zu viel mit Jungs unterwegs war.

Sie hatte in gewisser Weise recht. Ich war zu dieser Zeit schon recht feist. Du weißt, wie meine Mutter aussah, und ich hatte ihre Figur geerbt. Mit »feist« meine ich, dass ich nur noch in Kleidergröße XL passte, und so, wie du aussiehst, hattest du nie etwas anderes als schlimmstenfalls M, nicht wahr? Ich versuchte, meine Komplexe wegen meiner ausladenden Figur damit zu kompensieren, dass ich sehr heftig mit Jungs flirtete. Wenn die Hormone verrücktspielen, sind den Jungs ein paar Kilo zu viel egal, Hauptsache, sie kommen zum Zug. Meiner streng katholischen Mutter passte das nicht. Es hätte keiner Mutter gepasst. Ich behauptete, gar nichts mit den Jungs zu tun zu haben, Mutter nannte mich eine Lügnerin, es ging hin und her, und irgendwann sagte sie: »Es war wirklich gut, dass wir den Kontakt mit den Rileys unterbunden haben, wer weiß, wie tief du unter ihrem Einfluss noch gesunken wärst!«

Eine Sekunde später begriff meine Mutter, was sie gesagt hatte, und lief rot an. Mein Vater versuchte, die Situation zu retten, indem er betonte, wie nett die kleine Kate doch immer gewesen war und wie sehr sie mir in der Schule geholfen hatte, aber ich ließ mich nicht ablenken. Ich sagte zu meiner Mutter: »Was meinst du damit, den Kontakt unterbunden?«

Sie wich mir aus: »Hannah Riley war ein schlechter Mensch! Ihre Tochter wäre früher oder später ganz nach ihr gekommen.«

Ich wiederholte meine Frage, aber sie sagte nichts mehr.

Ich verließ Türen schlagend das Haus und kam erst mitten in der Nacht zurück. Da saß sie verheult im Wohnzimmer und wartete auf mich. Sie erzählte mir von deinen

Briefen, die sie abgefangen und ungeöffnet weggeworfen hatte, von meinen Briefen, die sie nie abgeschickt hatte, von deinen Anrufen und wie sie mich verleugnet hatte.

»Sie war das uneheliche Kind einer ledigen Protestantin«, sagte sie und bekreuzigte sich, als hätte sie vom Teufel gesprochen.

»Sie war meine beste Freundin«, sagte ich.

Aber Mutter meinte nur, in dem Alter zählten Freundschaften noch nichts, später hätte man sowieso andere Vertraute. Ich verstand, dass ihr gar nicht leidtat, was sie getan hatte, sondern nur, dass ich nun davon wusste. Sie hatte Angst, mich zu verlieren, weil ich sie bei einer Lüge erwischt hatte. Sie begriff nicht, dass es um sehr viel mehr ging. Alles, was sich bei mir in den letzten Jahren angestaut hatte, brach heraus. Ich sah meine Mutter vor mir und begriff, dass ich sie hasste. Ich sah meinen Vater und wusste, dass er viel zu schwach war, um sich gegen Mutter durchzusetzen, schon gar nicht, wenn es um mich ging. Ich wusste, dass ich hier falsch war.

9.

»Du siehst ein bisschen müde aus«, sagte Sam gut gelaunt, als er am Sonntagmorgen seine Kisten mit frischem Gemüse, Eiern und Milch in der Küche des Jacob's Ladder abstellte. »Gefeiert?«

»Nein, nur festgestellt, dass keiner von uns wirklich die Wette gewonnen hat. Warum hast du Milch und Eier dabei?«

»Kooperation mit Bauer Healy. Welche Wette?« Er zog die Augenbrauen zusammen und kratzte sich das Kinn. »Ich fürchte, ich wette ein bisschen zu oft drauflos.«

»Der Amerikaner.« Ich erzählte ihm kurz von Matt.

»Hört sich an, als müssten wir uns die Kinokarte teilen. Oder ich zahle die Karten, du das Popcorn?«

»Ich weiß noch nicht mal, welche Filme im Moment laufen«, sagte ich.

»Macht nichts. Wir finden schon was. Wann hast du Zeit? Heute Abend? Da ist sowieso Tina dran, oder?«

Tina, eine junge Frau aus Kinsale. Sie hatte schon hier gearbeitet, bevor ich eingezogen war, und ohne sie hätte ich vermutlich stur jeden Tag durchgeschuftet, ohne mir eine Pause zu gönnen, nur um nicht zum Nachdenken zu kommen. Anfangs war ich sogar trotz ihrer Anwesenheit ins Pub gekommen und hatte jedem im Weg gestanden. Nun war ich froh darüber, dass es sie gab.

Ich sah Sam entschuldigend an: »Wie wäre es mit nächstem Wochenende? Ich bin wirklich noch sehr müde von gestern.«

Er hob die Augenbrauen. »Ach ja, der Amerikaner. Hat er dich so gelangweilt, dass du am liebsten immer noch ins Koma fallen würdest?«

Ich lachte. »Wir konnten beide nicht schlafen. Wir sind uns zufällig draußen am Wasser begegnet und ins Gespräch gekommen.«

»Aha. War offenbar ein anregendes Gespräch.«

»Was?« Ich bekam schlagartig schlechte Laune.

»Wenig Schlaf und so«, sagte er giftig.

»Es hat etwas länger gedauert, ja.«

»Und? Cooler Typ?«

»Was soll das gerade?«

»Ich frag doch nur. Ich meine, er muss ja schwer interessant sein, wenn du dich die halbe Nacht mit ihm ... unterhältst.«

»Es war wirklich ganz interessant«, sagte ich.

Sam sah aus, als wollte er noch etwas sagen. Aber dann überlegte er es sich offenbar anders. Er warf den Lieferschein auf den Tisch. »Hier, Buchhaltung.« Dann drehte er sich weg. »Muss weiter«, sagte er im Rausgehen und rannte Ralph fast um, der im selben Moment in die Küche kam.

»Was ist denn mit dem?«, fragte er und deutete mit dem Daumen über die Schulter.

»Hat es wohl eilig«, sagte ich leichthin. Ich wollte ihm nicht sagen, was wirklich los war: Sam war eifersüchtig.

Ich hätte es kommen sehen müssen. Mary hatte wohl auch nicht umsonst eine Andeutung gemacht, die sich direkt auf Sam bezogen hatte. Wie dämlich von mir. Natürlich hatte sich Sam Hoffnungen gemacht. Natürlich arbeitete er sich schon seit Wochen an mich heran. Natürlich hatte er jedes nette Wort von mir überinterpretiert. Und außer mir hatte es vermutlich jeder kapiert.

Wie stand ich zu Sam? Er war eine Jugendliebe gewesen, eine Verliebtheit voller Unsicherheiten und Ängste, voller Hoffnungen und Neugier. Ich war bereits vierzehn gewesen, als ich mir langsam selbst zugestehen konnte, dass ich mich für Jungs interessierte. Damit war ich ein Spätzünder. Die anderen Mädchen in meinem Jahrgang hatten längst Erfahrungen gesammelt, die über einfaches Händchenhalten hinausgingen. Als ich mir zum ersten Mal von einem Jungen einen flüchtigen Kuss auf die Wange geben ließ, sprachen die anderen schon davon, wie sie sich ihren ersten Sex vorstellten. Dabei war ich die Einzige, die nicht katholisch war. Ein paar Mädchen unterstellten mir sogar, ich würde mich nur nach außen hin so keusch und brav geben, in Wirklichkeit hätte ich es bestimmt schon mit ganz vielen Jungs »gemacht«.

Das sprach sich an der Schule herum. Ich bemerkte viel zu spät, was über mich hinter vorgehaltener Hand getratscht wurde. Bei den Jungs kam es schneller an als bei mir, und sie lauerten mir auf, stellten mir nach, schrieben mir eindeutige Botschaften auf Zettelchen, die sie mir in die Schultasche steckten.

Einer fasste mir sogar an die Brust. Er wartete mit seinen Freunden auf mich, als ich auf dem Nachhauseweg war. Sie waren mir nachgegangen bis zu dem kleinen

Feldweg, der eine Abkürzung zum Haus meiner Großmutter war. Ich schrie und schlug seine Hände weg, er aber packte meine Handgelenke und sagte: »Stell dich nicht so an, du lässt doch jeden ran!« Seine Freunde lachten.

Ich hatte noch nie so große Angst gehabt wie in diesem Moment. Vergewaltigung war mir ein Begriff, wenn auch ein diffuser. Zum Glück kam es nicht so weit. Ein anderer Junge kam angerannt und prügelte meinen Angreifer zu Boden, dessen Freunde verzogen sich, als hätten sie mit alledem nichts zu tun. Ich weinte und hielt mir schützend die Arme vor die Brust. Jemand sagte zu mir, nun sei alles in Ordnung, er würde mich nach Hause bringen. Es war Sam, ich kannte ihn zu der Zeit nur vom Sehen. Schließlich war er ein Jahr älter als ich, im selben Jahrgang wie Sophie. Dankbar ließ ich mich von Sam zu meiner Großmutter bringen, die ihn freundlich, aber bestimmt nach Hause schickte, mich mit einer Kanne Tee ins Bett steckte und die Eltern des Jungen anrief, der mich angefasst hatte, um ihnen einen Vortrag über sexuelle Belästigung zu halten. Sie ließ sich nie viel im Leben gefallen, und sie wollte dafür sorgen, dass ich ebenso tapfer und unerschrocken wurde wie sie. Margaret blieb den ganzen Tag bei mir, und wir sprachen über sexuelle Selbstbestimmung, über Träume und Ängste, über Jungs und Männer, Mädchen und Frauen, einfach über alles.

»Du darfst nie vergessen, dass du ein ganz wertvoller Mensch bist. Du bist schön und klug. Jeder Mensch ist wertvoll und schön und klug, jeder auf seine Art. Und deshalb darf man niemanden abwerten und sich selbst auch nie herabsetzen lassen. Wenn dir jemand etwas tut, das dir nicht gefällt, musst du dich wehren. Du hast es nicht verdient, gedemütigt zu werden. Niemand hat es. Denk immer daran«, sagte sie zu mir.

Ihre Worte hatten mir nicht nur in dem Moment gutgetan, sondern sie hatten mich auch stark genug gemacht, um am nächsten Tag erhobenen Hauptes zurück in die Schule zu gehen. Sam war von nun an immer in meiner Nähe. Der Vorfall hatte sich natürlich mit der Geschwindigkeit eines Orkans herumgesprochen, und alle starrten mich an. Ich hielt es aus, mir Margarets Worte immer wieder ins Gedächtnis rufend. Von diesem Tag an sagte niemand mehr ein böses Wort zu mir. Es war kein Mitleid, das sie davon abhielt, sondern Respekt – der Respekt davor, dass ich am nächsten Tag wiedergekommen war, statt mich zu verstecken. Den Jungen, der mich belästigt hatte, sah ich allerdings nicht mehr an der Schule, es hieß, er sei von seinen Eltern auf ein Internat geschickt worden, aber ich wusste nie, ob es wirklich der Wahrheit entsprach oder nur eine Legende war. Dass er mir an die Brust gefasst hatte, war Teil einer Wette gewesen, wie ich irgendwann erfuhr. Sie hatten um ein Sixpack Bier gewettet.

Sam und ich wurden mit der Zeit Freunde, und dann fingen wir an, schüchtern Händchen zu halten, uns an den Nachmittagen immer öfter zu treffen und irgendwann sogar zu küssen. Weiter gingen wir nie. Ich weiß nicht, warum ich ihn nie ermutigte. Ich glaube, ich hatte Angst vor dem, was mit unserer Freundschaft passieren würde. Und er hielt sich zurück, weil er nicht wollte, dass ich ein weiteres Trauma erlitt.

Heute denke ich, dass es einfach keine körperliche

Anziehungskraft zwischen ihm und mir gegeben hatte. Er war mein bester Freund, aber mehr auch nicht. Erst an der Uni, als ich Sam längst aus den Augen verloren hatte, sollte ich meine ersten sexuellen Erfahrungen sammeln und einen festen Freund haben. Und dann lernte ich auch schon Brian kennen, meine große Liebe ...

»Ich brauche deine Hilfe«, riss mich Ralph aus meinen Gedanken.

»Gerne. Wobei?«

»Mittsommerfest. In knapp zwei Wochen. Lust?«

Ich strahlte. »*Sehr* gerne. Ich wollte dich schon darauf ansprechen, ob wir eins ausrichten. Was kann ich tun?«

»Planen. Mit Mary. Und Sophie. Die hat bestimmt Ideen. Bisschen dekorieren, bisschen Programm auf die Beine stellen ... Du weißt schon. Im ganzen Ort wird die Hölle los sein, und ich will verdammt sein, wenn ich mich da diesmal raushalte!«

Ich rief meine Cousine an und fragte sie, wann wir loslegen wollten.

»Heute Abend?«

»Du bist ja schnell«, wunderte ich mich.

»Anders, als du denkst. Ich wollte spontan meinen Geburtstag nachfeiern.«

»Du hattest im Januar!«

»Und seit Januar habe ich vor lauter Arbeit keine Gelegenheit gehabt, meinen Geburtstag zu feiern. Deshalb dachte ich: Warum nicht heute? Ich habe schon ein paar Leuten Bescheid gesagt. Du kommst doch?«

»Natürlich!« Dann hatte ich eine Idee. »Darf ich vielleicht noch jemanden mitbringen?«

»Ooooh«, gurrte sie. »Wurde auch Zeit.«

»Und du glaubst, du bist anders als deine Mutter?« Ich lachte. »Nein, nicht was du denkst. Eine Freundin.«

»Wen denn?«

»Emma, erinnerst du dich? Ich war in den Ferien mit ihr in Kinsale, um Margaret zu besuchen. Bevor Mutter starb. Emma war meine allerbeste Freundin damals in Cork.«

»Das ist doch schon ewig her, und du erwartest, dass ich mich an sie erinnere?«, sagte sie lachend. »Ich bin älter als du, mein Kind!«

»O ja, ein ganzes Jahr«, spottete ich.

»Das macht viel aus in unserem Alter. Aber klar, bring sie mit. Freu mich auf euch!«

Danach rief ich Emma an, die ohne zu zögern zusagte. Bis ich das Richtige zum Anziehen ausgewählt hatte, war es schon Abend, und ich fuhr aufgekratzt nach Cork, um Emma abzuholen. Sie wartete bereits vor ihrem Haus auf der Straße auf mich. Auch sie hatte sich besonders hübsch gemacht, trug aber immer noch ein betont weites, langärmeliges Oberteil.

»Ich habe einfach keine Zeit für Rückbildungsgymnastik«, sagte sie seufzend und zupfte an dem ausgestellten Top herum. »Dabei habe ich die Kleine nicht mal bei mir zu Hause. Wie machen das andere Mütter, die ihre Kinder vierundzwanzig Stunden am Tag um sich herum haben?«

»Ich finde nicht, dass du so schrecklich dick bist, wie du gerade tust.«

Sie lachte. »Wahrscheinlich, weil ich früher so fett war, dass mich heute noch jedes Gramm zu viel verunsichert.«

»So ein Unsinn. Du warst nie fett! Ein bisschen Babyspeck, und den hast du doch offensichtlich in der Pubertät hinter dir gelassen.«

Wir gingen das letzte Stück zu Fuß zu dem Haus, in dem Sophie wohnte. Ich hatte den Wagen so geparkt, dass ich ihn über Nacht stehen lassen konnte, falls ich zu viel trank, um zurück nach Kinsale fahren zu können. Allerdings hatte ich nicht vor, mich zu betrinken.

Emma blieb stehen. Ich merkte es erst, als ich schon ein paar Meter weitergegangen war. Schnell ging ich zurück zu ihr. Sie sah mich ernst an.

»Oje, hab ich was Falsches gesagt? Du siehst aus, als wärst du verärgert.«

Einen Moment lang schwieg sie. Ich wurde schon nervös, dann lächelte sie, als sei nichts geschehen, und sagte: »Na los, gehen wir.«

Ich hielt sie zurück, indem ich eine Hand auf ihre Schulter legte. »Emma, ich weiß, wir haben uns ewig nicht gesehen, aber es gibt keinen Grund, übertrieben höflich zu sein. Wenn ich etwas sage, das dir nicht passt, dann raus damit.«

Sie sah mich nicht an. »Schade, dass wir uns aus den Augen verloren haben. Eine Freundin wie dich hätte ich in all den Jahren wirklich gebrauchen können.«

Ich verdrehte die Augen. »Wir waren zwölf. In dem Alter verliert man sich leicht aus den Augen, wenn man nicht mehr auf dieselbe Schule geht. Und jetzt sag schon. Was war gerade los?«

Sie zuckte mit den Schultern, verschränkte die Arme. »Als du sagtest, mein Babyspeck hätte sich doch bestimmt in der Pubertät erledigt … Ich habe mit achtzehn weit über hundert Kilo gewogen.«

Mir blieb für einen Moment der Mund offen stehen. Ich glaubte sogar, nicht richtig gehört zu haben. »Jetzt machst du einen Witz«, sagte ich endlich.

»Nein«, sagte sie ruhig.

Ich sah sie mir noch einmal genau von Kopf bis Fuß an: Emma war ungefähr eins siebzig groß, und den zarten Schultern, den dünnen Handgelenken und schmalen Hüften nach zu urteilen wog sie im Moment offenbar die Hälfte von ihrem damaligen Gewicht. Ich erinnerte mich daran, ihre Knochen gespürt zu haben, wann immer ich sie seit unserem Wiedersehen umarmt hatte. In diesem Moment kam mir ein schrecklicher Verdacht: Trug sie diese weite Kleidung etwa gar nicht, um zu verbergen, dass sie nach der Schwangerschaft noch keine Idealfigur hatte, sondern vielmehr um davon abzulenken, wie dünn sie in Wirklichkeit war?

»Wie hast du abgenommen?«, fragte ich.

»Ich war in einer Spezialklinik. Und danach hielt ich mich ganz streng an meinen Ernährungsplan und machte unheimlich viel Sport. Bis ich mit Kaelynn schwanger wurde.« Sie lächelte wieder. »Aber genug damit. Ich dachte, wir wollten Spaß haben?« Emma wandte sich zum Gehen, und ich brauchte ein paar Sekunden, um ein ungutes Gefühl von mir abzuschütteln und ihr zu folgen.

Noch in derselben Nacht packte ich meine Sachen und ging zu meinem Freund. Er war der erste Mann, mit dem ich wirklich schlief, und wenn ich sage Mann, dann meine ich damit, dass er schon achtundzwanzig war, zwölf Jahre älter als ich. Er wohnte am anderen Ende der Stadt, sodass mich meine Eltern so schnell nicht finden würden. Ich schmiss die Schule, blieb einfach bei ihm. Wir rauchten und tranken und nahmen Drogen. Das Leben mit ihm war eine einzige Party. Ständig waren Freunde von ihm im Haus und feierten mit. Er war Schlagzeuger in einer Band, und als die nächste Tour anstand, nahm er mich einfach mit. Die Party ging weiter. Ich lebte nachts und schlief tagsüber, meist im Tourbus, und oft wusste ich nicht einmal, in welchem Ort wir gerade waren. Ich glaube, ich wollte zunächst einfach nur vergessen. Nicht mehr an meine Eltern denken, die mir ständig nur in alles hineinreden und mein Leben verpfuschen wollten. Die mir sogar die beste Freundin genommen hatten. Ich dachte damals immer, wenn wir Freundinnen bleiben, kann ich alles erreichen. Dann kann ich studieren und ein besseres Leben haben, ebendieses bessere Leben, das die beiden so sehr für mich wollten. Das Gegenteil aber hatten sie erreicht: Ich war nun eine sechzehnjährige Ausreißerin ohne Schulabschluss, die sich regelmäßig betrank, Drogen nahm und mit einem Mann schlief, der viel zu alt für sie war.

Wir waren irgendwo in Nordengland, als ich die

schlimmsten Bauchschmerzen bekam, die man sich vorstellen kann. Ich konnte vor Krämpfen nicht mehr laufen, und dann fing ich auch noch an zu bluten. Mein Freund lud mich vorm Krankenhaus ab und verschwand. Er ließ mich tatsächlich allein. Eine Krankenschwester rief sofort Ärzte herbei. Man brachte mich in den OP, ich wurde untersucht und schließlich narkotisiert. Als ich aufwachte, erzählte man mir, was geschehen war: Ich hatte ein Kind geboren. Es war noch bei der Geburt gestorben.

Ich war schwanger gewesen und hatte es nicht einmal bemerkt. Ich war immer dicker geworden und hatte gedacht, es läge am Alkohol und am schlechten Essen und einfach an meiner körperlichen Veranlagung. Ich war nie auf die Idee gekommen, schwanger zu sein. Daran, dass ich schon ewig meine Tage nicht mehr bekommen hatte, hatte ich gar nicht gedacht, schließlich hatte ich dafür gesorgt, dass meine Sinne ständig betäubt waren.

Noch nicht ganz siebzehn und schon eine Totgeburt.

Die Krankenschwester sagte mir, dass das Kind schwere Missbildungen gehabt hatte und es nicht lebensfähig gewesen war. Ob ich während der Schwangerschaft geraucht oder getrunken oder irgendwelche Medikamente genommen hätte?

Für einen kurzen Moment dachte ich darüber nach, mich ihr anzuvertrauen, aber der Moment ging viel zu schnell vorüber. Ich verschloss mein Innerstes und schwieg. Ich machte falsche Angaben zu meiner Person, und sobald ich mich kräftig genug fühlte, verließ ich das Krankenhaus, um nach meinem Freund zu suchen. Die Band war längst weitergezogen. Ich versuchte, mich an den Tourplan zu erinnern, und trampte nach Brighton, wo er an dem Abend prompt einen Auftritt hatte. Einer der Roadies drückte mir eine Tüte mit meinen Sachen in die Hand und verzog sich. Ich wartete.

Als ich meinen Freund nach dem Auftritt endlich zu sehen bekam, fragte er nicht, wie es mir ging oder was geschehen war. Er sagte nur: »Sorry, Kleines, aber ich kann keine Probleme gebrauchen.« Dann ließ er mich stehen.

Die nächste Zeit war die Hölle. Ich schlief unter freiem Himmel, wurde von der Polizei aufgegriffen, in ein Frauenhaus gesteckt, wo ich es nicht länger als zwei Nächte aushielt. Ich hing anschließend mit ein paar obdachlosen Jugendlichen herum, die Zeit verstrich, ohne dass ich es bemerkte. Mit einem Schlag war es Weihnachten, und ich fühlte mich schrecklich einsam. Das letzte Weihnachten hatte ich mit der Band verbracht. Dieses Mal war ich der Freak unter den Freaks. Bei aller Solidarität, die man auf der Straße füreinander haben mag - es scheint das Menschlichste zu sein, immer nach jemandem zu suchen, der noch schlechter dran ist als man selbst. Doch niemand war so fett wie ich.

Am zweiten Weihnachtsfeiertag geschah etwas, das mein Leben endlich ändern sollte: Eine Sozialarbeiterin fand mich am Bahnhof von Brighton, wo ich gerade ein paar frisch erbeutete Schokoriegel verschlang. Die Frau setzte sich zu mir auf den kalten Boden und bot mir eine Zigarette an. Sie schaffte es, dass ich anfing zu reden, und nahm mich mit in eine Unterkunft, aus der ich nicht sofort wieder verschwinden wollte. Hier war es nicht nur warm und halbwegs sauber, hier waren die Leute auch nett zu mir. Die meisten anderen waren ebenfalls in meinem Alter, und sie hatten etwas im Blick, das ich gut verstand: die Sehnsucht, irgendwo anzukommen, und die Angst, gleich wieder alles zu verlieren. Ich bekam kleine Aufgaben zugeteilt und wurde gelobt, wenn ich sie ordentlich erledigte. Ich hatte sogar ein eigenes Zimmer. Es war winzig, aber ich musste es mit niemandem teilen.

Die Sozialarbeiterin vermittelte mich schließlich in ein Programm für essgestörte Jugendliche. Dort bekam ich Hilfe, die ich annehmen konnte, weil ich spürte, dass ich diesen Weg von nun an gehen musste, wenn ich noch eine Chance in diesem Leben haben wollte. Ich machte einen Drogenentzug und eine Therapie. Dann bekam ich Beratung in Sachen Ernährung und Sport, die Therapie ging außerdem weiter... Was ich hier so knapp erzähle, zog sich über ein Dreivierteljahr. Danach wurde mein Therapieplatz nicht weiter verlängert, ich musste mir einen Job und eine kleine Wohnung suchen. Aber ich konnte weiter zur Therapie gehen und die Ernährungsberatung in Anspruch nehmen. Ich traf auf Menschen, die mir halfen, und ich glaubte, es würde immer so weitergehen.

Natürlich kam ich irgendwann wieder in der Realität an. Ich musste lernen, mich selbst um mich zu kümmern. Dafür sorgen, dass mein Kühlschrank voll war, dass die Rechnungen bezahlt wurden, dass die Wäsche gewaschen wurde. Zu diesem Zeitpunkt war ich allerdings sehr viel stabiler, als ich es während meiner gesamten Pubertät war. Ich jobbte und holte meinen Schulabschluss nach. Wieder ins Lernen reinzukommen war wohl die schwierigste Aufgabe. Mich jeden Tag zu motivieren und den Stoff zu bewältigen kam mir anfangs so unmöglich vor wie eine Bergbesteigung ohne Ausrüstung. Aber ich schaffte es. Ich ließ nicht locker. Ich machte meinen Abschluss.

Ich schrieb mich für ein Psychologiestudium ein. Damit hatte ich mich allerdings vollkommen überschätzt. In der Uni zu sitzen und Vorlesungen zu hören war einfach nicht mein Ding. Und das, was sie dort erzählten, hatte nichts mit dem zu tun, was ich erwartet hatte. Hinzu kam, dass ich immer noch viel zu sehr mit mir zu tun hatte. Ich musste mein Sportprogramm einhalten, extrem auf meine Ernährung achten, viel arbeiten, um das Geld für mein Studium zu verdienen, denn zu meinen Eltern hatte ich immer noch keinen Kontakt. Auch hätten sie sowieso keine Studiengebühren zahlen können. Nach dem ersten Jahr brach ich zusammen und musste noch einmal für drei Monate in eine Klinik, doch diesmal wegen eines Burn-outs. In dieser Zeit beschloss ich, die Ausbildung zur Krankenschwester zu machen. Ich bekam einen günstigen Studentenkredit und hielt die Ausbildung sogar durch, und das, obwohl ich mich schon wieder in Schwierigkeiten brachte.

Während meiner Ausbildung lernte ich Tom kennen. Tom arbeitete als Koch in einem der Hotels an der Strandpromenade in Brighton. Ich lernte ihn bei der Ernährungsberatung kennen. Man hatte ihn eingeladen, um uns zu zeigen, wie wir gesundes, schmackhaftes Essen einfach und gut zubereiteten, denn natürlich hatten viele von uns auch deshalb Gewichtsprobleme, weil sie sich nur von Fertiggerichten ernährt hatten. Ich wog damals schon seit Längerem konstant fünfundsechzig Kilo. Entsprechend hatte ich an Selbstbewusstsein hinzugewonnen. Tom gefiel mir. Ich flirtete offensiv mit ihm. Nicht lange, und wir waren ein Paar. Kate, ich war so glücklich, und als er mir einen Heiratsantrag machte, zögerte ich keine Sekunde. Ich sagte Ja.

Ich schaffte es, noch ein paar weitere Kilo abzunehmen. Für meinen Ehemann wollte ich wunderschön sein. Es war vollkommen unnötig. Ein Jahr nur dauerte es, bis unsere Ehe kaputt war. Ich konnte nicht aufhören, Kalorien zu zählen und mein Gewicht zu kontrollieren. Tom war bald schon genervt von mir und wandte sich einer anderen zu. Meine Therapeutin war meine einzige Rettung. Sie ließ nicht locker, bis ich endlich einsah, was ich mir antat. Ich reichte die Scheidung ein, brach die Zelte in Brighton ab und ging nach London.

10.

Emma und ich kannten uns eigentlich schon unser ganzes Leben. Sie war nur zwei Monate älter als ich, und unsere Mütter lernten sich kennen, als sie uns in unseren Kinderwagen herumschoben. Da wir nicht weit voneinander entfernt im Stadtteil Fair Hill wohnten, besuchten sie sich oft gegenseitig, um uns miteinander spielen zu lassen. Wobei meistens Emmas Mutter bei uns vorbeikam, um Emma abzugeben. Sie hatte noch fünf ältere Kinder, um die sie sich kümmern musste. So wuchsen Emma und ich eine Zeit lang wie Geschwister auf. Wir wurden gleichzeitig eingeschult, saßen im Unterricht nebeneinander, machten alles gemeinsam, schrieben sogar dieselben Noten, selbst wenn man uns für die Arbeiten ganz weit auseinandersetzte.

Beide waren wir nicht besonders beliebt bei den anderen Kindern. Wir waren Außenseiterinnen, aber das Schlimmste war wohl, dass wir nicht einmal versuchten, zu den anderen zu gehören. Wir genügten uns selbst. Hannah, meine Mutter, fragte mich jedes Jahr an meinem Geburtstag, ob ich nicht auch andere Mädchen aus meiner Klasse einladen wollte, aber ich wünschte mir immer nur, den Tag mit Emma zu verbringen. Hannahs Versuche, meinen Freundeskreis zu erweitern, waren auch nicht sehr umfangreich. Sie legte wenig Wert auf Besuch, ging kaum aus und hatte nicht einmal eine beste Freundin. Emmas Mutter war die Einzige, die ab und zu einen Fuß in unser Haus setzte.

Emma und ich lasen dieselben Bücher, hörten dieselben Lieder, erlebten dieselben Abenteuer, wenn wir über die Felder am Stadtrand streiften. Das größte Abenteuer aber war, als unsere Mütter uns erlaubten, gemeinsam einen Monat Ferien bei meiner Großmutter in Kinsale zu verbringen. Sophie hatte damals einen Bogen um uns gemacht, wahrscheinlich war sie eifersüchtig, da sie mich normalerweise für sich allein hatte, wenn ich nach Kinsale kam. Sie merkte gleich am ersten Tag, dass niemand zwischen Emma und mich passte und drei einer zu viel waren.

Wir bekamen sie so gut wie gar nicht zu Gesicht, was mir entgegenkam. Ich hatte insgeheim sogar schon Angst gehabt, Emma könnte sich mit Sophie ebenso gut verstehen wie ich. Oder Emma könnte eifersüchtig sein auf Sophie. Dass es umgekehrt war, traf mich damals kaum. Es erleichterte mich sogar. Ich wollte nicht, dass etwas die Idylle zwischen Emma und mir störte. Ich dachte nie darüber nach, wie es sein würde, wenn sich eine von uns einmal verlieben würde. Das schien noch so unendlich weit weg zu sein. Natürlich sprachen wir über Jungs, aber eher abfällig. Als würden sie uns nicht interessieren, als seien sie es nicht wert, dass man sich mit ihnen beschäftigte. Nie hätten wir voreinander, nicht einmal vor uns selbst, zugegeben, wenn einer uns interessiert hätte. Aber irgendwann wäre es passiert, irgendwann hätten wir uns natürlich in jemanden verknallt. Bevor es so weit kommen konnte, wurde aber alles anders.

Wir erlebten einen fantastischen Sommer. Es war sehr heiß, wir verbrachten jeden Tag unter freiem Himmel und waren, sooft wir konnten, am Wasser. Erst rückblickend wurde mir klar, dass schon die ganze Zeit etwas nicht stimmte. Meine Großmutter war ungewöhnlich still und sanft und ließ uns übermütigen Geschöpfen mehr Unfug durchgehen, als gut für uns war. Meine Mutter rief fast nie an, um zu hören, wie es uns ging. Dass meine Mutter nicht nach Kinsale kam, obwohl es nicht weit war – ungefähr eine Stunde mit dem Bus –, verwunderte mich hingegen nicht. Sie war auch sonst nie vorbeigekommen. Überhaupt sah ich Hannah und Großmutter selten zusammen, abgesehen von Geburtstagen, Weihnachten und anderen Feiertagen, wenn Margaret uns gemeinsam mit Ralph, Mary und Sophie in Cork besuchte. Ich kannte es nicht anders, und wenn ich mal nachfragte, behauptete Mutter, sie sei eben nicht gerne in Kinsale, und Margaret äußerte sich geradezu enthusiastisch über die Möglichkeit, uns in Cork besuchen zu können.

Meine Mutter hatte oft Migräne. Wenn sie eine Attacke bekam, musste ich für zwei, drei Tage bei Emma bleiben, manchmal holten mich auch Ralph und Mary zu sich nach Kinsale. Als ich mit Emma nun bei meiner Großmutter war, hieß es, Mutter hätte eine sehr schwere Migräne, sie wäre sogar ins Krankenhaus gekommen, wo man ihr gut hatte helfen können. Ich kam eine Woche, bevor die Schule anfing, zurück nach Cork und fand meine Mutter bleich und elend im abgedunkelten Schlafzimmer. Sie sagte, sie könne nicht aufstehen, und ich rannte zu Emmas Eltern, weil ich nicht wusste, an wen ich mich sonst wenden sollte. Sie riefen einen Arzt und warteten mit mir im Wohnzimmer darauf, dass er mit seiner Untersuchung fertig wurde.

»Die Migräne ist ungewöhnlich schlimm, ich fürchte, ich muss darauf bestehen, dass sie wieder ins Krankenhaus geht«, sagte er. Emmas Eltern nickten mit einem Seitenblick auf mich.

»Darf ich mitfahren?«, fragte ich, und alle Erwachsenen schüttelten den Kopf.

»Du besuchst sie, wenn es ihr besser geht. Bestimmt geht es ihr ganz schnell besser, aber erst einmal braucht sie absolute Ruhe«, meinte der Arzt. »Sie hat jetzt solche Kopfschmerzen, dass sie sich gar nicht freuen könnte, dich zu sehen.«

Ich nickte traurig. Wir warteten auf den Krankenwagen, und ich sah zu, wie man meine Mutter aus dem Haus trug und wegbrachte.

»Du bleibst die nächsten Tage bei uns«, sagte Emmas Vater. Ich hatte großen Respekt vor ihm, weil er schon so alt war in meinen Augen. Emma war nicht nur das jüngste Kind, sondern auch eine Nachzüglerin. Ihre Eltern hatten sie mit Mitte vierzig bekommen. Sie waren jetzt fast so alt wie meine Großmutter, und ich fand es immer ganz befremdlich, dass Emma so alte Eltern hatte. Und sie fand es komisch, dass meine Mutter ein Jahr jünger war als ihre älteste Schwester.

Am selben Abend rief ich von Emmas Eltern aus bei Margaret an, um ihr alles zu erzählen, und eine Stunde später kam Onkel Ralph vorbei.

»Es ist besser, wenn das Kind bei uns wohnt«, sagte Ralph zu Emmas Eltern. Ich wollte nicht wieder nach Kinsale, ich wollte bei Emma bleiben, und vor allem wollte ich in der Nähe meiner Mutter sein. Was, wenn es ihr morgen besser ginge und sie mich sehen wollte?

»Dann fahren wir mit dem Auto ins Krankenhaus, und du kannst sie sehen«, sagte Ralph und tätschelte mir den Kopf, als wäre ich fünf. Ich packte also wieder meinen Koffer.

»Bekomme ich auch Migräne, wenn ich älter werde?«, fragte ich meinen Onkel, als wir auf dem Weg nach Kinsale waren.

»Nein«, sagte Ralph. »Du bist kein Migränetyp.«

»Was ist denn ein Migränetyp?«

Er zögerte. »Ich kann das schlecht erklären. Aber bei deiner Mutter wussten wir schon immer, dass sie später mal ... na ja. Irgendwie passte das zu ihr. Und zu dir passt das nicht.«

»Aber ich weiß, dass man manche Krankheiten von seinen Eltern erben kann.«

»Was ihr alles in der Schule lernt«, sagte Ralph.

»Ich habe es in der Zeitung gelesen.«

»Schlaues, neugieriges Kind.«

»Kann man Migräne von seinen Eltern erben?«

»Ich hab dir doch gerade gesagt, dass du keine bekommst.«

»Was ist, wenn mein Vater auch Migräne hatte? Dann bekomme ich es von beiden Seiten.«

Ich merkte, wie unangenehm es Ralph war, dass ich von meinem Vater sprach. Mutter hatte mir verboten, über ihn zu reden oder nach ihm zu fragen. Margaret bog das Thema ebenfalls immer ab. Ralph hatte es mir nicht verboten, er sagte nur jedes Mal, dass ich meine Mutter fragen sollte. Und natürlich sprach ich mit Emma darüber, malte mir aus, wie mein Vater wohl wäre, dass ich ihn eines Tages suchen und finden würde ...

»Kate, bitte ...«, sagte Ralph leise.

»Was denn? Ich bin zwölf, ihr könnt mir nicht ewig erzählen, dass ihr darüber nicht reden wollt.«

»Was hat dir deine Mutter denn über ihn gesagt?«

Ich sah störrisch aus dem Fenster. »Warum, was kannst du mir denn über ihn sagen?«

»Kate, Schatz. Bitte nicht.«

»Du weißt doch genau, was sie dazu gesagt hat. Dass sie achtzehn war und wahnsinnig verliebt in ihn und er in sie, aber dann musste er nach Neuseeland gehen, und erst als er weg war, hat sie gemerkt, dass sie mit mir schwanger war, und dann hatte sie keine Adresse von ihm und konnte ihm nicht Bescheid sagen. Aber sie hat mir nie gesagt, wie er heißt. Sie hat immer nur gesagt: ›Frag bitte nicht, irgendwann sag ich dir alles, aber ich bin immer noch so traurig.‹«

»Er hieß Frank.«

»Frank?«

»Ja.«

»Jeder heißt Frank. Das denkst du dir aus!«

»Doch, er hieß Frank.«

»Und wie weiter?«

»Hab ich vergessen.«

»Du lügst.«

Ralph schwieg und tat so, als würde er sich sehr auf den Verkehr konzentrieren müssen. Er war ein schlechter Lügner und ein schlechter Schauspieler. Er konnte nicht einmal einer Zwölfjährigen etwas vormachen.

»Wie weiter?«, fragte ich noch mal.

»Frank O'Neill.«

»Dann würde ich Kate O'Neill heißen, wenn die beiden geheiratet hätten?«

Ralph brummte nur.

»Und was macht er in Neuseeland?«

»Weiß ich doch nicht. Das ist fast dreizehn Jahre her.«

»Warum ist er nach Neuseeland gegangen? Kommt er aus Neuseeland? War er nur zu Besuch? Oder kommt er hier aus der Gegend?«

Mein Onkel seufzte tief. »Schau mal, Liebes, wir sind jetzt da. Lauf rein zu Margaret, sie hat bestimmt schon im Krankenhaus angerufen, um zu fragen, wie es deiner Mutter geht. Ja? Ich bring deinen Koffer rein.«

Es gab keine Neuigkeiten aus dem Krankenhaus. Sophie und Mary waren ebenfalls da, und alle sahen irgendwie angespannt aus.

»Sie wird doch wieder gesund?«, fragte ich. »Sie hat doch nur Migräne, die hat sie doch ganz oft?« Soviel ich wusste, konnte man an Migräne nicht sterben. Ich hatte schon alle meine Lehrer gefragt.

Trotzdem schlief ich in der Nacht sehr schlecht. Ich stand irgendwann auf, machte das Licht an und schrieb einen Brief an Emma. Alles, was mir so durch den Kopf ging: Dass ich es blöd fand, jetzt ohne sie in Kinsale zu sein. Dass ich lieber bei ihr und ihren Eltern geblieben wäre, auch wenn sie dort nie genug Platz hatten, weil immer noch vier der sechs Kinder bei ihnen im Haus mit drei Schlafzimmern wohnten. Dass ich Onkel Ralph nach meinem Vater gefragt hatte und endlich wusste, wie er hieß, aber immer noch nicht herausbekommen hatte, wo er herkam und warum er nach Neuseeland gegangen war. Dass ich mich auf die Schule freute, weil wir dann wieder jeden Tag zusammen sein würden. Ich durchwühlte Margarets wuchtigen Schreibtisch nach einem Umschlag und einer Briefmarke. Dann schlich ich mich aus dem Haus und ging zum nächsten Briefkasten. Mitten in der Nacht, ganz allein, als zwölfjähriges Mädchen. Ich hatte überhaupt keine Angst, weil ich die Straßen und Wege fast besser kannte als die Gegend, in der ich aufgewachsen war. Außerdem schien der Vollmond sehr hell. Wenn ich später daran dachte, wie oft ich mich heimlich nachts aus dem Haus geschlichen hatte, weil ich nicht schlafen konnte, musste ich mir eingestehen, dass ich einen Schutzengel gehabt hatte, denn mir war wirklich nie etwas geschehen.

Nachdem ich den Brief an Emma eingeworfen hatte, rannte ich noch runter ans Wasser. Ich saß damals schon gerne auf dem Parkplatzmäuerchen gegenüber vom Jacob's Ladder. Als ich endlich müde wurde, ging ich zurück zu Margarets Haus. Ich sah, dass ich die Schreibtischschubladen nicht richtig zugemacht hatte, und machte mich daran zu schaffen. Eine ging nicht richtig zu, etwas klemmte fest. Ich zog sie ganz raus, um nachzusehen, und dabei fiel ein großformatiges Foto auf den Boden. Über mir hörte ich Schritte – war Margaret wach geworden? Schnell hob ich das Foto auf und warf einen kurzen Blick darauf. Ein Klassenfoto. Ich wollte es schon weglegen, als ich auf der Rückseite die Namen der Schüler geschrieben sah, und einer davon lautete Frank O'Donnell. O'Neill, hatte Ralph gesagt, aber vielleicht hatte er ja gelogen? Oder einfach etwas verwechselt? Ich drehte das Foto um, und ich erkannte sofort meine Mutter. Ich kam aber nicht dazu, es mir in Ruhe anzusehen, weil ich wieder Schritte über mir hörte. Im nächsten Moment zerriss das Schrillen des Telefons die nächtliche Stille, und ich ließ das Foto vor Schreck fallen. Es segelte unter den großen Bücherschrank, und der Spalt war zu schmal, um es mit der bloßen Hand hervorzuziehen.

Das Telefon klingelte unbeirrt weiter. Ich rannte hin, aber meine Großmutter war schneller. Ich hatte nicht gehört, wie sie die Treppe heruntergekommen war.

»Hallo?«, rief sie atemlos in den Hörer. »Ja, das bin ich, ich bin die Mutter, ja.«

Mehr musste ich gar nicht hören. Ich wusste es in dem Moment. Ich bekam nur noch aus dem Augenwinkel mit, wie Margaret sich hinsetzte und mit leiser Stimme ein paar kurze Antworten stammelte. Ich war längst auf den Boden gesunken und hatte angefangen zu weinen.

Meine Mutter war tot.

An die nächsten Tage kann ich mich kaum erinnern. Und von der Beerdigung selbst weiß ich auch nur wenig. Alles zog an mir vorbei, ohne einen bleibenden Eindruck zu hinterlassen. Ich weiß aber noch, wie es sich in mir anfühlte, wie ich immer nur dachte: Das ist alles nicht wahr, es ist ein böser Traum, ich muss endlich aufwachen. Aber ich wachte nicht auf. Ich weiß auch noch, dass ich nichts zum Anziehen hatte und mit Mary nach Cork zum Einkaufen fahren musste. Ich besaß überhaupt keine schwarze Kleidung.

Ich fragte, wie meine Mutter gestorben war. Wieso überhaupt im Krankenhaus? Da kümmerte man sich doch darum, dass die Leute *nicht* starben. Ich verstand es nicht. Mary sagte: »Ihr Herz hat aufgehört zu schlagen. Vielleicht hatte sie einen Herzfehler, von dem niemand wusste. Es war einfach zu schwach, um noch länger zu schlagen. Aber eins ist sicher: Als sie gestorben ist, ist sie ganz friedlich eingeschlafen und hatte keine Schmerzen. Sie hat nicht gelitten.«

»Natürlich hatte sie Schmerzen«, sagte ich. »Sie hatte Migräne, das tut fürchterlich weh. Das hat sie mir immer wieder gesagt!«

Mary erwiderte: »Aber gegen die Migräne haben sie ihr im Krankenhaus etwas gegeben. Daran ist sie ja nicht gestorben.«

»Wäre sie auch gestorben, wenn sie zu Hause geblieben wäre?«

Mary nickte. Sie nahm mich in die Arme und flüsterte: »Manche Leute sagen, der liebe Gott holt die, die er besonders lieb hat, früher zu sich als die anderen.«

Ich weinte. »Ich habe meine Mama auch besonders lieb, warum nimmt er sie mir da weg?«

Natürlich hatte sie darauf keine Antwort, weil es keine Antwort gab.

Sie wurde in Kinsale beigesetzt. Emma und ihre Eltern kamen zur Trauerfeier, das war der Tag, an dem ich sie zum letzten Mal sah, denn von nun an sollte ich bei meiner Großmutter leben. Ich weiß noch, wie lustig ihre dünnen, blonden Haare an dem Tag abstanden und wie blass sie in ihrem weiten schwarzen Kleid aussah.

Emma und ich schrieben uns natürlich. Wir telefonierten auch manchmal. Aber wir schafften es nicht, uns zu treffen. Allein sollten wir nicht mit dem Bus fahren, und ihre Eltern hatten keine Zeit, sie zu bringen, sagte sie.

Dabei hatten sie in Wirklichkeit kein Geld. Ralph sprach zwar ab und zu davon, mich mitzunehmen, wenn er nach Cork fuhr, aber auch da kam meistens etwas dazwischen. Er fuhr schon los, wenn ich noch in der Schule war, oder er hatte seine Fahrt verschoben, oder irgendetwas anderes war gerade wichtiger. Ich glaube, meine Großmutter und die Familie meines Onkels wollten mir den Übergang erleichtern und verhindern, dass ich zu viel Heimweh hatte. Sie setzten darauf, dass eine Mädchenfreundschaft in diesem Alter schnell vergessen war, weil sich neue Freundschaften auftaten. Meine Cousine Sophie war mir eine gute Freundin in der Zeit, in der es mir schlecht ging.

Die Erinnerung an den gemeinsamen Sommer in Kinsale verblasste unter dem Eindruck des Todes meiner Mutter, und je älter, je erwachsener ich wurde, desto weiter schien diese Kinderfreundschaft weg zu sein. Mit Sophie, die eine Klasse über mir war, hatte ich das Gefühl, dem Erwachsensein schon ganz nah zu sein. Ich hörte die Musik, die sie mochte, ich las ihre Bücher, und der Abstand zu meinen Klassenkameradinnen wurde noch größer, als er allein deshalb schon war, weil ich aus der großen Stadt kam und nicht katholisch war. Immer seltener stellte ich mir vor, wie ich Emma von dem, was ich erlebte, erzählen würde. Immer seltener schrieben wir uns. Irgendwann telefonierten wir gar nicht mehr, und nachdem wir uns ein Jahr lang nicht gesehen hatten, schlief unsere Freundschaft ein. Ich hätte niemals gedacht, dass es nur ein Dornröschenschlaf war, aus dem sie wieder erwachen würde, um wieder in mein Leben zu treten.

Ich muss hier eine kurze Pause mit meinem Bericht machen. Ich hatte nicht damit gerechnet, dass es so anstrengend ist, alles an mir vorbeiziehen zu lassen. Fünfzehn Jahre und mehr liegt das alles zurück, und doch reißen die Wunden gerade wieder auf. Ich bin so verletzlich und dünnhäutig geworden... Und nun erzähle ich dir davon, ich sehe mich durch deine Augen und schäme mich... Dabei bin ich noch längst nicht dort angelangt, wo es uns beiden am meisten wehtun wird.

Meine Therapeutin sagte, du wärst wohl so etwas wie eine Schwester für mich gewesen. Jedenfalls sehr viel mehr als nur eine Freundin. Der Altersunterschied zu meinen richtigen Geschwistern war viel zu groß. Sie spielten nicht mit mir, sie beachteten mich kaum, ich war ihnen nur im Weg. Wenn ich bei deiner Mutter und dir war, war alles ganz anders. Dass du irgendwann fort warst, hat mich schwer getroffen, noch mehr allerdings, dass ich glauben musste, du wolltest nichts mehr mit mir zu tun haben. Du hast mir so gefehlt...

Wahrscheinlich hast du dich gefragt, warum ich mich nicht gleich bei dir meldete, nachdem ich erfahren hatte, dass meine Mutter uns auseinandergebracht hatte.

Es war zu viel Zeit vergangen. Wir hatten uns als Kinder aus den Augen verloren, und nun waren wir auf dem besten Weg, erwachsen zu werden. Vielleicht hatte ich Angst, du würdest mich nun wirklich abweisen - aus vielerlei Gründen. Was, wenn wir uns beide so sehr verändert hat-

ten, dass wir uns nicht mehr verstehen würden? Was, wenn du böse wärst und mir nicht glauben würdest, dass ich dir immer weiter geschrieben habe? Außerdem schämte ich mich. Fett, hässlich, eine Schulversagerin.

Immer wenn ich an dich dachte, überlegte ich, ob ich mich wirklich eines Tages bei dir noch melden sollte. Wenn ich mein Leben im Griff hatte, vielleicht. Und ich hoffte so sehr, in dir dann noch die Freundin zu finden, die ich früher gehabt hatte.

11.

»O nein«, murmelte ich, als wir uns durch den Flur an einem Haufen Menschen vorbeiquetschten, um in die Küche zu kommen. »Ich glaube, ich habe Sam gesehen.«

»Wer ist Sam?«, fragte Emma.

»Händchenhalt-Exfreund«, sagte ich knapp und schob mich an einem sehr dicken Mann vorbei, der den Türrahmen zur Küche fast vollständig ausfüllte, aber nicht merken wollte, dass er im Weg stand.

In der Küche angekommen, grinste mich Emma an und sagte: »Und du willst ihm nicht begegnen, weil...?«

Ich öffnete Sophies Kühlschrank und nahm eine Dose Bier heraus. »Was möchtest du trinken?«, fragte ich Emma.

Sie zeigte auf die Dose. »Hab ich lang nicht mehr.«

Ich nahm eine zweite heraus. Wir öffneten die Dosen und prosteten uns damit zu. Da der dicke Mann immer noch den Zugang blockierte, waren wir allein in der schmalen Küche. Die anderen Leute drängten sich in Sophies kleinem Wohnzimmer und dem Flur.

»Ich sehe Sam so ziemlich jeden Tag, seit ich wieder in Kinsale bin. Er beliefert das Jacob's Ladder mit Gemüse und solchen Sachen aus ökologischem Landbau.«

»Ein sexy Bauer?«, spöttelte Emma.

»Hey, er ist wirklich okay. Ich mag ihn.«

»Wo ist dann das Problem?«

Ich hob die Schultern. »Er macht sich Hoffnungen. Er ist ... Vergiss es. Nicht so wichtig. Ich denke nur gerade, es ist besser, wenn ich ihm aus dem Weg gehe.« Ich sagte nicht mehr, weil ich merkte, dass zu viele Jahre seit der Zeit vergangen waren, in der wir Freundinnen waren. Mit Sophie konnte ich über so etwas reden, aber mit Emma war ich noch nicht so weit. Ich wechselte das Thema. »Sag mal, du musst mir endlich ein bisschen mehr von dir erzählen. Ich weiß, dass du eine süße kleine Tochter hast, dass du geschieden bist und dass du mit achtzehn ... dass du abnehmen musstest und heute eine beneidenswerte Figur hast. Aber irgendwie fehlen mir da ein paar Jahre.« Ich lächelte sie aufmunternd an.

Sie trank von ihrem Bier und ließ den Blick träge durch die Küche wandern. »Da ist nicht viel Ruhmreiches, das ich berichten könnte.«

»Ach komm schon, ich bin's doch nur! Du musst dich doch nicht bewerben oder so was.«

»Na ja. Schule, Klinikaufenthalt, Psychologiestudium abgebrochen, Ausbildung zur Krankenschwester, erste Ehe nach einem Jahr gescheitert, nach London gezogen für einen Neuanfang, dort im Krankenhaus gearbeitet, den Chefarzt geheiratet, zweite Ehe gescheitert ... Das war's.«

»Du bist Krankenschwester? Wow. Harter Job«, sagte ich, ehrlich beeindruckt.

»Nicht mein Traumjob, aber das Psychologiestudium habe ich einfach nicht durchgehalten.«

»Du würdest jetzt lieber Leuten zuhören, die Angst

haben, mit dem Aufzug zu fahren oder in ein Flugzeug zu steigen?«, sagte ich augenzwinkernd.

Emma lachte. »Wenn ich dir erzähle, was ich auf der Station schon alles erleben durfte...«

»Dann ist also der Chefarzt Kaelynns Vater?«

Sie trank die Dose aus. Dann sagte sie: »Er ist mein Exmann. Frisch geschieden. Und was ist mit dir?«

»Literatur studiert, promoviert, Job in der Univerwaltung, Mann mit Werbeagentur. Damit ging er allerdings irgendwann pleite. Er war auf Jobsuche, als er...« Ich brach den Satz ab. Wie lange es wohl noch dauern würde, bis ich über Brian reden konnte, ohne dass mir die Tränen kamen?

»Muss schwer gewesen sein«, sagte Emma.

Ich nickte. »Wir mussten umdenken und konnten nicht mehr so große Sprünge machen wie zuvor. Aber es ging natürlich. Das Haus war noch nicht ganz abbezahlt, aber auch das haben wir geschafft, zum Glück.«

Sie sah mich an. »Ich meinte, es muss für *ihn* schwer gewesen sein. Erst der Hauptverdiener, dann arbeitslos. Sich von seiner Frau das Geld geben lassen zu müssen, statt es selbst zu verdienen.«

Ich schüttelte den Kopf. »Wie viele Frauen lassen sich von ihren Männern Geld geben, statt es selbst zu verdienen? Nein, ich denke nicht, dass es ihm etwas ausgemacht hat. Er wusste, dass er bald etwas Neues finden würde. Er hatte viele Gespräche mit potenziellen Arbeitgebern. Brian war sehr zuversichtlich und ich auch.«

Ich trank mein Bier in einem Zug aus, um Emma nicht sehen zu lassen, welche Gefühle sich in mir regten. Brians Bewerbungsgespräche, zu denen er gefahren war und die allesamt im Sand verlaufen waren. Die vagen Hoffnungen, denen er sich hingegeben hatte. Emma hatte vermutlich recht, Brian hatte schrecklich darunter gelitten, dass er keinen neuen Job bekam. Ich hatte ihm immer wieder gesagt: »Sieh es als willkommene Pause. Du hast viel zu viel gearbeitet.« Aber natürlich war es nicht so leicht, von Vollgas in die Parkposition zu wechseln. Schon gar nicht für jemanden in seinem Alter. Ich dachte an seinen Unfall, daran, dass ich wohl nie erfahren würde, wo er an dem Abend gewesen war und warum. Vielleicht hatte es doch endlich geklappt, endlich war ein Job in Sicht gewesen, und vor lauter Übermut... Aber hätte er sich dann allein betrunken? Nein, es musste wieder schiefgegangen sein, nur dass er es diesmal gleich schon vor Ort gesagt bekommen hatte und nicht nach Hause fahren wollte. Diesmal hatte er nicht erzählen können, dass er ein »gutes Gefühl« hatte. Ob er sich zu sehr geschämt hatte, mir davon zu erzählen? Oder war er etwa absichtlich ...

»Kate? Alles in Ordnung?« Emma berührte mich an der Schulter. Ich schreckte aus meinen Gedanken hoch.

»Entschuldige, ich bin immer noch nicht ganz... Reden wir nicht mehr über Brian, ja? Oder wenigstens nicht hier. Reden wir von dir, okay? Erzähl mir einfach was.«

Emma nickte. »Mein Exmann war eigentlich ein richtig netter Kerl. Aber wir haben es geschafft, uns komplett auseinanderzuleben. Völlig verschiedene Welten. Wir waren uns am Ende fremder als zu Beginn.«

»Und ihr habt euch im Krankenhaus kennengelernt?«

Sie lachte. »Das gelebte Klischee, was? Chefarztgattin!«

»Passt doch zu dir«, sagte ich.

Emma sah mich irritiert an und brauchte einen Moment, um den Spaß zu verstehen. Dann lachte sie wieder.

Ich öffnete die neue Dose, die sie mir gegeben hatte.

»Wie lange hast du es mit ihm ausgehalten?«

»Oh! Nein, nein«, sagte sie schnell. »Das hört sich an, als wäre meine Ehe ganz furchtbar gewesen. War sie aber nicht. Sie war nur eben nicht ... mein Ding. Wir waren sechs Jahre verheiratet und sind seit ... also, die Scheidung ist gerade durch.«

»Dann wird er sich um Kaelynn kümmern?«, fragte ich.

»Es ist alles geregelt«, sagte sie.

Der dicke Mann schob sich nun aus dem Türrahmen und gab dadurch den Startschuss für einige, die sich im Flur zusammenquetschten, endlich in die Küche zu drängen.

»Es war damals wirklich schön zu sehen, wie sehr mich Frank liebte«, fuhr sie fort. »Frank, das ist mein Exmann. Ich hatte vorher kein gutes Händchen für Männer gehabt. Da erschien er mir wie der Jackpot.«

»Kein gutes Händchen für Männer? Aber sie müssen dir doch scharenweise ...«

Sie unterbrach mich. »Ich hatte noch sehr lange das Selbstbewusstsein einer über hundert Kilo schweren Pubertierenden. Die Seele braucht sehr viel länger als der Körper, um sich auf Veränderungen einzustellen, glaub mir.«

Ich dachte darüber nach. Wenn es stimmte, würde das vielleicht auch erklären, warum sie so eine Angst davor hatte, zu dick zu sein.

»Und warum war er so dagegen, Kinder zu haben?«,

fragte ich. Im selben Moment merkte ich, dass ich die völlig falsche Frage gestellt hatte: Emmas Gesicht verschloss sich.

»Entschuldige«, sagte ich schnell. »Vergiss es.« Ich stellte die Bierdose weg und nahm sie kurz in den Arm. »Alles zu seiner Zeit. Wenn du drüber reden willst, ich bin da. Wenn nicht, auch kein Thema.«

»Danke«, sagte sie.

Ich überlegte mir schnell unverfänglichere Fragen. »Seit wann bist du wieder in Irland?«

Sie stand dicht neben mir. Die Küche war nun genauso voll wie zuvor der Flur. »Ich bin vor Kaelynns Geburt hergekommen«, sagte sie und sah sich um. »Sieh mal, dieser Sam kämpft sich gerade hierher durch.« Sie klang amüsiert. »Ich fürchte, wir sitzen in der Falle. Er sieht wild entschlossen aus. Und ziemlich schlecht gelaunt.«

Sam schlug sich, beide Ellenbogen im Einsatz, in unsere Richtung.

»Weißt du, wen wir noch gar nicht begrüßt haben? Sophie. Wir sollten das dringend nachholen«, raunte ich Emma zu, und mit einem entschuldigenden Schulterzucken in Sams Richtung ließ ich mich von Emma an ihm vorbei aus der Küche schieben.

Sophie war im Wohnzimmer. Sie saß mit zwei Freundinnen auf der Couch, trank Rotwein und amüsierte sich prächtig.

»Ich hätte dich ja nie erkannt«, sagte Sophie zu Emma. »Ich erinnere mich noch sehr dunkel an ein pummeliges ...«

»Ja, schon gut«, unterbrach ich sie hastig. »Emma war ganz lange in London, und jetzt lebt sie wieder in Cork.«

»Wie schön«, sagte Sophie desinteressiert. Offenbar war sie immer noch eifersüchtig auf die Zwölfjährige, die ihr einen Sommer lang die Cousine als Spielkameradin genommen hatte. Sie musterte Emma von oben bis unten. »Und was hat dich zurückgetrieben? Die Liebe oder der Job? Oder gar beides?«

»Das Heimweh«, parierte Emma. Ich sprang schnell ein und erzählte wie ein Wasserfall von Sophies Theater und den Produktionen, die dort liefen, um Emma der Inquisition zu entziehen. Die beiden Frauen, die mit Sophie auf der Couch saßen, gehörten einer Theatergruppe an – eine Regisseurin, eine Bühnenbildnerin –, und damit waren die weiteren Themen des Gesprächs klar. Emma schien sich sehr dafür zu interessieren, oder vielleicht tat sie auch nur so, um nicht wieder nach ihrem Leben gefragt zu werden. Nach einer Weile drückte sie meine Hand und flüsterte mir zu: »Ich hätte es wissen müssen, natürlich wird man ständig gefragt, was man macht, wenn man auf eine Party geht. Aber mir geht es gut, ehrlich. Es ist alles in Ordnung.«

»Hast du Spaß?«, fragte ich.

Emma nickte begeistert. »Sehr nette Leute. Danke, dass du mich mitgenommen hast.« Sie ließ sich von ein paar Schauspielern überreden, mit ihnen zusammen in die Küche zu wechseln und eine Flasche Weißwein zu leeren. Sie warf mir noch einen fragenden Blick zu, ob es okay für mich wäre. Ich freute mich zu sehen, wie sie immer mehr auftaute.

Sam hatte offenbar auf eine Gelegenheit gewartet, mich allein zu erwischen. Als Emma verschwunden war, bahnte er sich seinen Weg durch die anderen Gäste zu mir und sagte: »Du hast den ganzen Abend nicht mit mir geredet.« Er sprach schleppend und musste sich auf seine Worte konzentrieren.

»Hi, Sam. Schön, dich zu sehen«, sagte ich.

»Du hast eine Freundin dabei.«

»Ja, Emma. Wir sind früher zusammen in die Schule gegangen. Das war noch in Cork.«

»Komisch. Dachte, du nimmst diesen Kerl mit.«

Ich sah ihn irritiert an. »Welchen Kerl?«

»Diesen Amerikaner.«

»Wieso das denn?«

»Tu doch nicht so.« Jemand rempelte im Vorbeigehen Sam an. Er verlor das Gleichgewicht und hielt sich mühsam an einer Sessellehne fest. »Hey, Vollidiot!«, rief er demjenigen nach.

»Sam, bitte, das war doch keine Absicht«, versuchte ich ihn zu beschwichtigen.

»Dieser Amerikaner«, fing er wieder an, als er sich in eine aufrechte Position gebracht hatte. »Ich weiß, was da los war. Die ganze Nacht wart ihr zusammen.«

»Was?«

»Sogar eure Gäste reden schon drüber. So hab ich's nämlich erfahren. Sie haben drüber geredet, dass ihr die ganze Nacht zusammen verbracht habt.« Er schwankte bedenklich, und seine Stimme wurde immer lauter.

»Beruhig dich mal wieder. Das ist totaler Unsinn. Ich habe mit ihm gesprochen, als ich nicht schlafen konnte. Er war auch noch wach, und ...« Ich hielt inne. »Sag mal, wieso muss ich mich eigentlich vor dir rechtfertigen?«

Er sah mich mit glasigem Blick an. Wie anders ein Mensch sein kann, wenn er getrunken hat, dachte ich.

Sam war kaum wiederzuerkennen. Ich bekam langsam Angst vor ihm und war froh, dass so viele Menschen um uns herum waren.

»Du musst dich nicht rechtfertigen. Du bist sowieso eine Lügnerin. Bei mir tust du so, als ob du noch nicht so weit wärst, und dem Amerikaner wirfst du dich an den Hals.«

»So ein Quatsch!«, rief ich.

»Ich weiß es doch! Alle reden schon drüber!«

»Das kann gar nicht sein, weil es nichts zu reden gibt!« Selbst wenn uns jemand beobachtet hatte, wie Matt und ich am Wasser gesessen und uns unterhalten hatten – was gäbe es da zu reden? Wir waren danach nicht einmal zusammen ins Haus gegangen, weil Matt beschlossen hatte, noch einen Spaziergang zu machen, um endlich müde zu werden. Der Jetlag machte ihm noch immer zu schaffen.

»Muss ja ein toller Kerl gewesen sein, dein Brian.«

»Ja, das war er! Aber was soll das jetzt?«

»Wenn du dich jetzt dem nächstbesten Penner an den Hals wirfst? Muss die große Liebe gewesen sein, was? Dein Brian und du?«

Ich war so fassungslos, dass ich mich nicht rühren konnte. Und ich verstand auch im ersten Augenblick nicht, was dann geschah. Es ging viel zu schnell. Ich bekam einen Stoß in die Seite, taumelte der Bühnenbildnerin in die Arme, und als Nächstes sah ich, wie Emma ihre Hand in einen Sektkühler hielt und Sams Nase blutete. Es wurde wild durcheinandergerufen, aber ich konnte nicht verstehen, wer was sagte. Emma gestikulierte mit der freien Hand herum, sagte etwas zu den Leuten, die um sie herumstanden und sie anstarrten, und zeigte dann auf mich. Zwei der Schauspieler packten Sam an den Armen und schleiften ihn aus der Wohnung.

»Wow«, sagte Sophie, die neben mir aufgetaucht war. »Was genau hat Sammy-Boy denn angestellt, dass Klein-Emma ihm so dermaßen eine reinhaut?«

»Sie hat mich verteidigt«, sagte ich, selbst erstaunt und erschüttert über meine Worte. »Sam hat mich wild beschimpft und dann noch über Brian gelästert. Emma hat das wohl mitbekommen. Ich war viel zu perplex und wusste nicht, was ich sagen sollte.«

»Und da hat dann Supergirl Emma übernommen«, nickte Sophie.

»Neidisch?«

»Nur wenn ihre Hand nicht gebrochen ist. Seine Nase ist es nämlich.«

Ich ging zu Emma, um nach ihrer Hand zu sehen. Vorsichtig tastete ich die Knochen ab.

»Es geht schon«, sagte sie. »Entschuldige, ich ... Keine Ahnung, was da in mich gefahren ist. Aber er hat so gemeine Sachen gesagt und einfach nicht aufgehört, und du sahst ganz mitgenommen aus, und da hab ich ...« Sie biss sich auf die Lippen.

»Schon gut. Er wird's überleben. Wie fühlt sich die Hand an? Es scheint nichts gebrochen zu sein, aber vielleicht sollten wir sie zur Sicherheit im Krankenhaus röntgen lassen.«

Emma lächelte mich an. »Ich bin Krankenschwester, schon vergessen? Ich weiß selbst, dass nichts gebrochen ist. Und morgen bin ich sowieso in der Klinik, um nach Kaelynn zu sehen. Falls etwas ist, kann ich mich dann immer noch behandeln lassen.«

»Sicher?«

»Ich habe sie noch keinen einzigen Tag allein gelassen«, sagte Emma mit Nachdruck.

»Nein, das meinte ich nicht. Sicher, dass du so lange warten willst?«

»Ja. Es ist alles okay.«

»Soll ich mitkommen?«, fragte ich. »Wir können zusammen zu Kaelynn fahren. Dann musst du nicht den Bus nehmen. Und ich kann sicher sein, dass mit dir alles okay ist. Ich weiß, es ist nur die Hand, aber ... Na ja. Ich will einfach, dass es dir gut geht.«

Sie sah mich mit so viel Wärme an, dass mein Herz einen Sprung machte. »Du bist wirklich die beste Freundin, die man haben kann, Kate.«

In London sollte mein schönes, neues Leben beginnen. Ich nahm mir fest vor, diesmal alles richtig zu machen. Ich wollte, dass ich eines Tages sagen konnte: Seht her, ihr habt alle an mir gezweifelt, aber das hier hab ich mir ganz allein aufgebaut, ohne euch! Ich hab euch nicht gebraucht, und ich brauche euch immer noch nicht!

Ja, damit meinte ich natürlich meine Eltern. Und meine Geschwister. Ich hatte nach wie vor keinen Kontakt mehr zu ihnen. Einmal nur hatte ich zu Hause angerufen, es war an diesem schrecklichen Weihnachten in Brighton gewesen, bevor mich die Sozialarbeiterin fand und - wie ich heute wohl zugeben muss - mir das Leben rettete. Ich rief von einer Telefonzelle aus bei ihnen an. Eine meiner Schwestern, es war Jenny, ging ans Telefon. Sie meldete sich nur mit »Hallo?«. Im Hintergrund hörte ich Stimmen und Gelächter und Weihnachtsmusik. Jenny sagte noch ein paarmal: »Hallo? Wer ist denn da?« Und als ich immer noch nichts sagte: »Na dann, frohe Weihnachten, wer immer das auch sein mag.« Und sie legte auf.

Ich hatte nichts sagen können, und danach musste ich heftig weinen. Da war ich seit über einem Jahr verschwunden, und sie feierten fröhlich Weihnachten? Jenny war nicht einmal auf die Idee gekommen, dass ich am anderen Ende der Leitung hätte sein können.

Ich hatte einen Job in einem Londoner Krankenhaus im Westen der Stadt gefunden, in Hounslow. Ich bezog ein

Haus, das ich mir leisten konnte. Die Bank stellte mir dank meines regelmäßigen Einkommens einen günstigen Kredit.

Es dauerte etwas, bis ich mich eingewöhnt hatte. Vieles war anfangs sehr fremd, weil ich allein zurechtkommen musste. Ich merkte nun erst, wie viel mir mein Exmann an Verantwortung abgenommen hatte. Oder davor die Therapeuten und Sozialarbeiter, die ich jederzeit um Rat hatte fragen können, wovon ich reichlich Gebrauch gemacht hatte. Und davor natürlich meine Eltern...

Die meisten Menschen, die ich nun kennenlernte, waren Inder. Mein Haus war nicht weit von einer Straße, in der fast nur Inder wohnten. Sie lebten schon sehr viele Jahre in Hounslow und natürlich auch länger als ich in England. Sie halfen mir mit all meinen Fragen zu Müllabfuhr, Behördengängen und wo der nächste Laden war. Meine neuen Nachbarn waren entzückend. Sie fragten mich ständig nach meiner Heimat aus, wie ich aufgewachsen war. Sie wollten einfach alles wissen und waren bei aller Distanzlosigkeit so herzlich und freundlich und auf ihre eigene Art extrem höflich, dass ich mich schnell aufgehoben fühlte.

Im Krankenhaus hatten wir ebenfalls viele Patienten und Mitarbeiter aus Indien. Ich lernte eine ganze Menge dazu. Wie viele Sprachen es in Indien gibt, zum Beispiel. Und wie unterschiedlich die Regionen sind. Ich erfuhr viel über die Bedeutung ihrer Mythologie. Wie sehr sich einige von ihnen wünschten, als englische Muttersprachler akzeptiert zu werden.

Es waren auch sehr viele andere Nationen vertreten. Mir schwirrte am Anfang wirklich der Kopf - wenn ich da an unser ruhiges, mehrheitlich weißes irisches Viertel in

Cork denke… und hier hatte ich die ganze Welt auf einem Fleck. Oder das British Commonwealth…

Ich verliebte mich nach ein paar Wochen in einen jungen Inder, Sanjay. Nicht nur, dass mich seine Schönheit, sein perfektes Gesicht mit den schwarzen Augen, so sehr faszinierte. Ich hatte das Gefühl, dass er mich vollkommen ernst nahm und in mir einen Menschen sah, den sonst keiner bemerkte. Sanjay umgab eine tiefe Ernsthaftigkeit, eine stille, sehnsuchtsvolle Romantik, eine konsequente Disziplin, ein trockener Humor. Er war der vielschichtigste Mensch, den ich je kennengelernt hatte, und seine Freundschaft bedeutete mir in diesem Moment noch mehr als seine Liebe.

Seine Eltern führten mehrere gut gehende Restaurants. Er wurde gerade mit dem Studium fertig und wollte als Journalist arbeiten. Nicht fest bei einer Zeitung, sondern überall auf der Welt. Ich war froh, gerade einen Platz gefunden zu haben, an dem ich mich wohlfühlte. Wir sahen nach vier Monaten ein, dass wir uns zwar sehr viel bedeuteten, unsere Lebenspläne aber offenbar nicht miteinander zu vereinen waren. Er nahm schließlich einen Job bei der BBC in Neu-Delhi an. Ich trauerte sehr um das Ende dieser besonderen Freundschaft mit Sanjay.

Einer der Chefärzte interessierte sich schon seit Längerem für mich, hatte sich aber dezent zurückgehalten. Als er nun erfuhr, dass ich wieder Single war, lud er mich nach unserer Schicht zum Essen ein. Ich mache es kurz: Dr. Sebastian Baker-Harlington und ich wurden ein Paar. Er war gut zwanzig Jahre älter als ich und sprach schnell von Heirat. Ich wollte mich einfach nur trösten, weil ich immer noch an Sanjay hing. Sebastian war geschieden und hatte zwei Söhne, Zwillinge, die kurz vor ihrem Schulabschluss auf einer der renommiertesten Privatschulen im Land, Uppingham, standen. Seine Exfrau war Geschäftsführerin einer Pharmafirma, und ich - war einfach nur ich. Schon auf dem ersten Gartenfest bei seinen Freunden merkte ich, wie falsch am Platz ich war. Ich wusste, ich würde mich nicht nur langweilen, sondern richtig unglücklich werden, wenn ich mich auf diesen Mann wirklich einließ. Ich beendete die Beziehung. Ein Schritt, auf den ich sehr stolz war. Für mich bedeutete er: Ich wusste, was ich wollte und was nicht, und ich handelte danach.

Mit den Kolleginnen hatte ich mich nach und nach gut angefreundet, und auch die Freundschaften mit den Indern in meiner Nachbarschaft hielten an. Nach einem Jahr konnte ich sagen: Ich hatte mich eingelebt, fühlte mich zu Hause, wusste, dass ich keinen Mann zum Glücklichsein brauchte - und doch starb die Sehnsucht nach meiner Familie nicht einfach so.

Es war mein fünfundzwanzigster Geburtstag, an dem ich es nicht mehr aushielt und zu Hause anrief. Diesmal ging mein Vater ran, und es geschah etwas ganz Merkwürdiges. Er meldete sich nicht mit »Hallo« oder seinem Namen, er sagte: »Herzlichen Glückwunsch.«

Ich musste lachen, und gleichzeitig kamen mir die Tränen. »Woher weißt du, dass ich es bin?«, fragte ich nach einer Ewigkeit.

»Es ist dein Geburtstag«, sagte er nur. Und dann: »Deine Mutter kommt gleich nach Hause.«

Ich verstand sofort, was er mir damit sagen wollte: Sie wünschte keinen Kontakt. Sie hatte wohl auch allen in der Familie mitgeteilt, dass ein Kontaktverbot verhängt worden war. Natürlich von ihr höchstpersönlich. Ich war eine unerwünschte Person, obwohl sie diejenige war, die schlimme Fehler begangen hatte.

»Danke«, sagte ich zu ihm.

»Wofür?«

»Dass du mir gratulierst.« Es war in der Tat das schönste Geburtstagsgeschenk seit Langem.

»Geht es dir gut?«, fragte er, und ich bejahte. Ich erzählte rasch, dass ich in London lebte und als Krankenschwester arbeitete und dass ich glücklich sei. Es stimmte, ich fühlte mich in diesem Moment wirklich glücklich. Er erkundigte sich nach meiner Gesundheit, und ich sagte ihm, er würde mich nicht wiedererkennen, wenn er mich auf der Straße sähe, so sehr hätte ich abgenommen. Ich erzählte ihm, dass ich dreimal in der Woche Sport machte und mich gesund ernährte und die Arbeit toll wäre und ich viele neue Freunde hätte. Ich spürte, wie sehr er sich darüber freute. Als er durch ein Fenster sah, dass meine Mutter zurückkam, legten wir auf. Ich versprach nicht, bald wieder anzurufen, und er bat auch nicht darum. Er wusste jetzt, dass es mir gut ging, und er würde hoffentlich denken, dass es mir all die Jahre gut gegangen war. Dieser kurze Anruf versöhnte mich etwas, zumindest mit meinem Vater. Ich wusste nun, dass er jeden Tag an mich dachte und, gläubig, wie er war, für mich betete.

Ich arbeitete damals in der Notaufnahme. Ein Knochenjob, aber ich machte ihn gerne. Ich hatte zu der Zeit engere Freundschaft mit einer Kollegin geschlossen, sie hieß Samira. Wir unternahmen viel zusammen und hatten sehr viel Spaß. Mittlerweile war mein Selbstbewusstsein gesundet, die tiefen Wunden von früher waren geschlossen. Ich fühlte mich stark und sicher. Und ich verliebte mich.

Frank O'Donnell hatte es mir von meinem ersten Tag im Krankenhaus an angetan. Er war Ire, schien sogar ebenfalls aus dem Süden zu kommen. Sein Akzent war schon sehr verwaschen durch die vielen Jahre, die er in England war. Aber wann immer ich mich mit ihm unterhielt, fiel er in meinen Dialekt zurück. Dr. Frank O'Donnell stieg zum Chefarzt auf, nachdem mein Exfreund Sebastian gegangen war, um eine Privatklinik irgendwo im Norden zu leiten. Frank war ein vollkommen anderer Chef. Demokratisch und offen, gleichzeitig aber auch von einer niederschmetternden Direktheit, wenn man einen Fehler gemacht hatte. Wenn er eine Entscheidung getroffen hatte, setzte er sie nicht einfach durch, sondern begründete sie in kurzen, klaren Sätzen. Ich respektierte ihn. Und war total in ihn verknallt.

Irgendwann sagte er mal zu mir: »Schwester Emma, Sie sehen anders aus. Was ist los? Gute Nachrichten?«

Ich schüttelte den Kopf. »Eigentlich nichts Besonderes.«

Er sagte nur: »Na, irgendwas wird schon sein. Find ich jedenfalls gut. Gut für Sie.«

Ich zog die Augenbrauen zusammen. »Seit gestern hat sich nichts bei mir verändert.«

»Wirklich nicht? Dann liegt es wohl an mir.« Er lächelte. Ich wartete, bis er gegangen war, und dann grinste ich fröhlich vor mich hin. Dr. O'Donnell hatte gerade mit mir geflirtet. Wenn das kein gutes Zeichen war.

Am nächsten Tag sorgte ich dafür, dass wir - als wäre es ein Zufall - zur gleichen Zeit unsere Kaffeepause machten.

»Wie sehe ich heute aus, Dr. O'Donnell?«, fragte ich ihn.

»Wie immer«, sagte er.

Ich hob eine Augenbraue und sah ihn herausfordernd an.

»Das ist ein Kompliment«, schob er nach und grinste.

Ich verzog keine Miene, sondern sah ihn weiter einfach nur an.

»Okay. Emma, Sie sehen wie immer grandios aus. Wollten Sie das hören?«

»Nein. Nicht ganz«, sagte ich.

»Sondern?«

»Eher: Emma, wir sollten mal etwas anderes als Kaffee an einem anderen Ort als dem Aufenthaltsraum trinken.«

Frank sagte: »Ich dachte schon, Sie fragen nie.«

Ich musste lachen. Er war wirklich ein ungewöhnlicher Mann. Wenn auch kein sehr romantischer. Unser erstes richtiges Date war in einem Pub, in dem ein Rugbyspiel live übertragen wurde. Aber wir küssten uns schon, bevor das Spiel zu Ende war, und dann kam Frank mit zu mir.

»Wir lassen uns auf der Station besser nichts anmerken«, sagte ich am nächsten Morgen. Ich wollte nicht, dass getratscht wurde, bevor wir beide uns wirklich sicher waren.

Wir hatten allerdings die Rechnung ohne unsere Kollegen gemacht. Obwohl wir zeitversetzt eintrafen, begrüßten sie uns mit breitem Gegrinse, und zwei Stunden nach Schichtbeginn wusste jeder Bescheid.

Samira sagte vergnügt zu mir: »Ihr hättet euch wenigstens umziehen können. Den Fehler machen wirklich alle nach der ersten Nacht.«

Wie ich war Frank bereits verheiratet gewesen, und wie Sebastian war er fast zwanzig Jahre älter als ich. Anders als diesem aber machte ihm der Altersunterschied schwer zu schaffen. Er wollte ständig von mir wissen, ob er mir nicht zu alt wäre. Dass er mir nach fast zwei Jahren einen Heiratsantrag machte, erstaunte mich mehr als alles andere. Ich sagte diesmal nicht sofort Ja. Erst überlegte ich hin und her, horchte in mich hinein, was ich wirklich wollte, hatte Angst, schon wieder einen Fehler zu machen. Eine Beziehung war eine Sache, aber Heiraten etwas ganz anderes. Ich wollte nicht noch einmal auf eine gescheiterte Ehe zurückblicken müssen. Frank ließ mir Zeit, wartete geduldig auf meine Antwort. Ich gab sie ihm nach ungefähr zwei Wochen. Ich bewunderte Frank, schätzte ihn als Mensch und Arzt, war immer noch verliebt. Was sollte schon schiefgehen? Immerhin waren wir seit zwei Jahren ein Paar. Das Risiko, dachte ich, war minimal.

Ich hätte allerdings längst wissen müssen, dass ich mir selbst in Gefühlsdingen nicht trauen durfte.

12.

Am nächsten Tag kam Sam nicht im Jacob's Ladder vorbei, sondern einer seiner Mitarbeiter.

»Hat wohl einen Kater von der Party«, sagte Mary und zwinkerte mir zu. Offenbar hatte ihr Sophie nichts erzählt.

Als er an den beiden darauffolgenden Tagen immer noch nicht persönlich erschien, wollte sie von mir wissen, was mit ihm los war. Mary konnte einem innerhalb weniger Sekunden das Gefühl geben, wieder acht Jahre alt zu sein und etwas Schreckliches angestellt zu haben.

»Er hatte einen kleinen Unfall bei Sophie«, stotterte ich.

»Wie das denn?« Mit in die Hüften gestemmten Armen stand sie vor mir und sah mich streng an.

»Ich glaube, er hat sich die Nase gebrochen.« Sophie hatte mich am Tag nach ihrer Party angerufen und erzählt, dass Sam von einem ihrer Bekannten in die Notaufnahme gebracht worden war. Aber er hatte sich weder bei Sophie noch bei sonst jemandem seither gemeldet.

»Ist er ausgerutscht und hingefallen? War er so betrunken? Oder hat er sich geprügelt? Wie bricht man sich denn auf einer Party die Nase?« Sie klang, als wüsste sie, dass ich sie anlüge.

»Er hat sich geprügelt«, murmelte ich. »Sieh mal, sie haben den Salat vergessen. Soll ich noch mal anrufen?«

»Dann gibt es heute eben keinen Salat«, bestimmte sie und setzte sich damit über die Speisekarte ihres Mannes hinweg. »Mit wem hat sich Sam geprügelt?«

»Sollten wir das nicht besser Ralph entscheiden lassen? Es ist doch nur ein Anruf, und ich bin mir ziemlich sicher, dass er den Salat schon eingeplant hat.«

»Mit wem hat sich Sam geprügelt, Katie?«

»Ach, das war nichts Wichtiges. Ich hab das auch gar nicht richtig mitbekommen.«

»Lüg mich nicht an, junge Frau. Ich kenn dich dein ganzes Leben, und wenn du was von deinem Onkel hast, dann die Unfähigkeit, mich vernünftig anzulügen.«

Das hatte ich also von meinem Onkel. War ja interessant, was man alles so nebenher erfuhr, dachte ich. »Na gut. Sam war schrecklich betrunken und hat ein paar ziemlich miese Sachen zu mir gesagt.«

»Du hast ihm die Nase gebrochen?«

»Nein. Emma.«

»Welche Emma?«

»Emma Mulligan. Natürlich heißt sie jetzt anders, denke ich. Sie war verheiratet.«

»Und wer ist das?«

»Mary, sie war damals meine beste Freundin, bevor Mutter starb.«

»Ach, *die* Emma! An die hab ich seit Jahren nicht mehr gedacht. Über zwanzig Jahre ist das jetzt her!«

»Sie ist letztens hier im Pub aufgetaucht.«

»Wirklich? Woher wusste sie, dass du hier bist? Ich meine, ihr hattet doch ewig keinen Kontakt mehr?«

»Sie hat mich irgendwann mal zufällig gesehen und wollte sich eigentlich nur bei dir danach erkundigen, wo sie mich finden kann.«

»Ah. Und Emma hat Sam eins auf die Nase gegeben?«, unterbrach Mary mich ungeduldig.

Ich nickte. »Er war wirklich richtig fies zu mir. Ich war so schockiert von dem, was er zu mir gesagt hatte, dass ich mich nicht mal bewegen konnte.«

»Und Emma hat es gesehen und – zack.«

»Ja.« Ich musste grinsen.

Mary grinste mit, aber dann unterdrückte sie es, um vorwurfsvoll zu sagen: »Und ich dachte, Sam und du ...«

»Nein. Wirklich nicht.«

»Wie hat er dich denn beleidigt?«

Ich wollte ihr nicht alles sagen. Nicht dass sie noch auf komische Gedanken kam, was unseren Gast anging. »Er ist über Brian hergezogen.«

»Idiot«, sagte sie ungnädig. »Dann hat er es verdient. Hör mal, was hast du heute so vor?«

Ich hob die Schultern. »Arbeiten. Was sonst?«

»Ah ja. Genau darüber wollte ich mit dir reden. Tina scheint gerade wieder mal mehr Geld zu brauchen und hat gefragt, ob sie öfter aushelfen kann. Ich habe Ja gesagt. Dann hättest du auch mehr Zeit für dich.«

»Aber ich helfe euch gerne!«, protestierte ich.

»Du brauchst mehr Zeit für dich. Du musst mehr raus und dir Gedanken machen, wo die Reise des Lebens so hingeht.«

»Vielleicht will ich gar nicht verreisen, hm?« Ich meinte es nur halb im Scherz.

»Für solche Sprüche gibt es die rote Karte. Heute hast

du frei. Na los, geh und tu was für dich! Du bist siebenunddreißig, hast eine gute Ausbildung, du wirst etwas anderes arbeiten wollen, als hier hinter dem Tresen zu stehen.«

»Es macht mir Spaß! Ihr könnt das auch nicht mehr ewig machen, und wer übernimmt dann das Jacob's Ladder?«

»Du nicht.«

»Wieso nicht?«

»Weil du keine Gastwirtin bist.«

»Mach ich das so schlecht?«

»Du machst es gut, aber es ist nicht das Richtige für dich. Ich weiß, wie jemand aussieht, der das mit dem Herzen macht. Okay? Und jetzt raus hier.« Sie deutete mit dem Kopf in Richtung Ausgang, aber sie lächelte dabei.

Ich fühlte mich immer noch gute dreißig Jahre jünger und schwer gedemütigt, und deshalb tat ich brav, was sie sagte. Ich verschwand auf mein Zimmer, setzte mich aufs Bett, starrte die Wand an – und hatte nicht die leiseste Ahnung, was ich mit meinem Leben machen sollte.

Es stimmte, ich könnte niemals dieses Pub führen. Ich konnte natürlich aushelfen, aber ich hätte keine Ahnung, wie ich den Betrieb managen müsste. Ich könnte alles lernen, ich hatte schon eine Menge aufgeschnappt. Aber sie hatte recht, mein Herz hing nicht daran. Die Vorstellung, bis ins hohe Alter Zimmer zu vermieten und Tag für Tag Gäste zu bewirten, immer der gleiche Trott, niemals eine Pause... Andererseits gingen Ralph und Mary in ihrer Arbeit vollkommen auf. Sie zogen so viel aus den Begegnungen mit den Gästen, sie konnten stundenlang über neue Lieferantenpreise diskutieren oder über den bevorstehenden Austausch der Zapfanlage. Sie wurden es nicht müde, sieben Tage in der Woche zu arbeiten, jahrein, jahraus. Wenn in der Wintersaison wenig los war, schlossen sie für zwei Wochen, aber selten fuhren sie weg. Beide waren noch nie irgendwohin geflogen, hatten noch nie eine Schiffsreise unternommen, waren noch nie im Ausland gewesen. Nicht einmal in Nordirland. Aber sie waren glücklich. Nicht einfach nur zufrieden, sondern glücklich. Ich hatte es in den letzten Monaten schon oft gesehen, wenn sie sich allein glaubten. Wie sie sich anlächelten, umarmten, wie sich ihre Hände leicht im Vorbeigehen berührten. Und das nach fast vierzig Jahren Ehe. Ob sie wussten, was das für ein unglaubliches Geschenk war?

Ralph hatte mir mal erzählt, seine Frau wäre eine Zeit lang unglücklich gewesen, weil sie nach Sophie keine Kinder mehr hatte bekommen können. Sophies Geburt war sehr schwer gewesen, der Arzt hatte mit Ralph gesprochen und gesagt: »Wie es aussieht, werden wir eine Entscheidung treffen müssen – Mutter oder Kind. Wir können nicht beide retten.« Es war anders gekommen, aber man hatte Mary direkt nach der Geburt operieren müssen, weil die Blutungen nicht zu stoppen waren. Sophie war zwei Wochen überfällig gewesen, man hatte sie holen müssen, und wie sich später dank einer Krankenschwester, die ihr Gewissen beruhigen musste, herausstellte, hatte der Arzt, ein Gewohnheitstrinker, wohl einiges während der Geburt verpfuscht. Mein Onkel hatte es an Sophies erstem Geburtstag erfahren, kurz vor meiner Geburt. Damals war er dreiundzwanzig gewesen. Jung, hitzig und voller Liebe für die beiden Frauen in seinem Leben. Gleichzeitig auch voller Angst davor, was dieser Arzt noch alles anrichten könnte. Wenn beispielsweise seine geliebte Schwester Hannah, meine Mutter, ausgerechnet bei ihm entbinden würde. Ralph fuhr, damals noch mit dem Bus, zum Krankenhaus, wartete in der winterlichen Kälte, bis der Arzt Feierabend hatte und zu seinem Auto ging, versetzte ihm einen kräftigen rechten Haken und stiefelte anschließend zur nächsten Polizeistation, um sich selbst anzuzeigen. Vorher aber hatte er noch bei der Zeitung angerufen, damit auch ja jeder von der Sache erfuhr. Der Arzt versuchte, die Sache finanziell zu regeln, um noch größeres Aufsehen zu vermeiden, aber das ließ Ralph nicht zu. Bei nächster Gelegenheit ging er auch damit an die Presse. Letzten Endes verlor der Arzt seinen Job, und Ralph wurde verwarnt.

Kein Wunder also, dass Mary größte Sympathien hegte für Emma und ihren rechten Haken, der in Sams Gesicht gelandet war. Kein Wunder aber auch, dass Ralph und Mary eine so enge Bindung hatten. Das Erlebte hatte sie zusammengeschweißt, offensichtlich für die Ewigkeit.

Es erfüllte mich, die beiden so zu sehen, und gleichzeitig löste es in mir Wehmut aus. Ich dachte an Brian und wie es mit ihm hätte sein können. Was wir noch alles im Leben hätten machen können.

Ich starrte an die Wand, die Gedanken überschlugen sich. Wie lange hätte Brian wohl gebraucht, einen neuen Job zu finden? Und was für ein Job wäre das gewesen? Hätte er genauso gut verdient wie zuvor? Wohl kaum. Hätten wir bessere Chancen gehabt, wenn wir aus Cork weggezogen wären? Je länger ich darüber nachdachte, desto klarer wurde mir, dass ich keine Ahnung hatte, womit Brian glücklich gewesen wäre. Ich wusste nicht einmal, was mich glücklich gemacht hätte. Ich verstand, dass uns ein Ziel gefehlt hatte: Brian wusste nach der Agenturpleite nicht mehr, was er beruflich eigentlich wollte, außer endlich wieder Geld zu verdienen. Und ich war zwar froh über meine Stelle an der Uni, aber ich konnte nicht behaupten, dass sie mich wirklich auf Dauer erfüllte. Anfangs hatte ich gedacht, sie sei eine Zwischenstation, eine Sicherheitsmaßnahme, und mit einem Mal hatte ich mich daran gewöhnt, und die Jahre waren verstrichen. Nein, Glück sah anders aus. Allerdings hatte ich auch keine Ahnung, was mich glücklich gemacht hätte ...

Ich erschrak vor diesem Gedanken. Und schließlich sah ich mich dem Gespenst gegenüber, dem ich die ganze Zeit über ausgewichen war. Dem Gespenst Wahrheit.

Die Wahrheit war, dass wir in den letzten Monaten unserer Ehe nicht mehr glücklich gewesen waren.

13.

Es war der Tag vor Brians Tod. Ein nasskalter Novembertag, an dem dichter Nebel die Stadt lahmlegte. Alle Geräusche schienen gedämpft, alles Leben ruhte, wartete darauf, dass das Licht zurückkam und mit dem Licht vielleicht auch etwas Wärme. Ich kroch widerwillig aus dem Bett und warf mir sofort eine Strickjacke über, weil die Wohnung ausgekühlt war. Wir versuchten, Heizkosten zu sparen, und noch war der Punkt nicht erreicht, an dem es mir egal gewesen wäre, wie viel Geld mich eine warme Wohnung kostete, weil ich kurz davor war, an Unterkühlung zu sterben. Ich warf einen Blick auf Brian, der mit Schal und Mütze schlafen gegangen war. Ich sah fast nichts von ihm, weil er sich unter den Decken vergraben hatte. Wann er gestern ins Bett gekommen war, wusste ich nicht. Er hatte am Computer gesessen und war seine Bewerbungsunterlagen durchgegangen.

»Komm mit ins Bett«, hatte ich gesagt.

»Ich brauch noch ne Weile.«

»Deine Unterlagen sind völlig in Ordnung. Du hast tolle Zeugnisse, und die Projekte deiner Agentur sprechen für sich. Was willst du denn noch mehr? Willst du was erfinden?«

»Ich versuche rauszufinden, warum mich niemand

will. Vielleicht sollte ich die Reihenfolge der Projekte ändern. Sie anders präsentieren. Oder etwas ist mit meinem Lebenslauf.«

»Brian«, sagte ich ungeduldig. »Du wirst doch immer wieder eingeladen.«

»Ja, und dann nehmen sie mich nicht. Es muss an der Präsentation liegen. Daran muss ich arbeiten. Und vielleicht brauche ich ein Coaching. Kennt Sophie nicht jemanden, der mich coachen könnte? Stimme, Auftreten, solche Sachen.«

»Frag sie. Du hast ihre Nummer. Ich geh ins Bett.« Ich behielt meine Gedanken für mich, schon lange: Jedes Bewerbungsgespräch führte zu einer Absage. Wenn er überhaupt eingeladen wurde. Ich fürchtete, dass es an seinem Alter lag. Mit vierzig war er zu alt für die ausgeschriebenen Stellen. Sie wollten junge, unverbrauchte, aufopferungswillige Leute, die sie verbrennen konnten, sieben Tage die Woche, vierzehn Stunden pro Tag mindestens. Und das alles für kleines Geld. Brian passte nicht mehr in eine dieser Agenturen, die international konkurrenzfähig sein wollten, denen es darum ging, Preise zu gewinnen. Es sei denn in einer deutlich gehobenen Position. Er musste seine Ansprüche zurückschrauben und bei den weniger angesagten Agenturen anfragen. Als auch von dort Absagen kamen, schien er langsam den Glauben an sich zu verlieren.

Am nächsten Morgen ließ ich Brian, wie mittlerweile üblich, schlafen. Ich ging ins Bad, duschte lauwarm, weil ich nicht zu viel heißes Wasser verbrauchen wollte, frühstückte allein, zog mich leise an, um ihn nicht zu wecken, und fuhr zur Arbeit. Manchmal nahm ich das Auto, wenn ich wusste, dass er keinen Termin hatte. Oft auch den Bus. Es war nicht weit zur Uni, aber gerade zu weit, um bei diesem ekelhaften Wetter zu laufen. Bei schönem Wetter ging ich gerne zu Fuß, es dauerte etwas über eine halbe Stunde. Am Anfang seiner Arbeitslosigkeit war Brian manchmal mitgekommen, um mich zu begleiten. Aber damit hatte er schnell aufgehört.

Den ganzen Tag hörte ich nichts von ihm. Das war nicht ungewöhnlich. Ich machte meine Arbeit, ging mit einer Kollegin Mittag essen, arbeitete weiter – es war kein aufregender Job. Ich war bis vor drei Jahren noch für die Studentenzulassungen zuständig gewesen, jetzt war ich die rechte Hand des akademischen Vizepräsidenten, was sehr viel interessanter und abwechslungsreicher war. Ich verstand mich mit fast allen Kollegen gut, mein Chef war auf unaufdringliche Art charmant, und hin und wieder waren wir beide bei seiner Familie zum Abendessen eingeladen.

Doch auch das war seit Brians Arbeitslosigkeit anders geworden. Er weigerte sich schlicht, die Einladungen weiterhin anzunehmen.

»Was soll ich sagen, wenn sie mich fragen, wie es beruflich läuft? Ich meine, du hast doch nicht gesagt, dass ich arbeitslos bin, oder? Du hast mir versprochen, dass du es keinem erzählst.« Er hatte Panik im Blick. Ich beruhigte ihn, ich hatte es wirklich niemandem erzählt. Allerdings nicht, weil er mich darum gebeten hatte. Nicht nur. Sondern – und da war es wieder, das Gespenst der Wahrheit – weil es mir selbst unangenehm war.

Am Abend vor Brians Todestag kam ich müde nach Hause. Der Nebel hatte sich immer noch nicht verzogen, und so wie es zu Hause aussah, hatte Brian den ganzen Tag die Wohnung nicht verlassen.

»Was hast du heute so gemacht?«, fragte ich, um einen ruhigen Tonfall bemüht. Dabei war ich sauer, weil er nicht eingekauft hatte. Die Wäsche war nicht gewaschen, das Geschirr von gestern nicht gespült. Brian saß wieder am Computer und drehte sich nicht einmal nach mir um, als ich reinkam.

Selbst die größte Liebe scheitert früher oder später an Alltäglichem, wenn man nicht aufpasst.

Ich hatte immer versucht aufzupassen, dass es nicht so weit kam. Wir waren zu dem Zeitpunkt schon fünfzehn Jahre zusammen, ich hatte mir immer große Mühe gegeben, alles so zu gestalten, dass wir uns nicht wegen Kleinigkeiten in die Haare kriegen würden. Aber mittlerweile waren auch meine Nerven dünn geworden. Ich atmete tief durch, stellte meine Tasche ab, ging ins Schlafzimmer, um mich umzuziehen, und fing dann an, mich um den Haushalt zu kümmern. Früher hatte es mir nichts ausgemacht. Früher hatte Brian deutlich länger gearbeitet als ich, da war es nur logisch gewesen, dass ich zu Hause mehr tat als er. Aber früher hatten wir auch eine Haushaltshilfe gehabt. Wir hatten einen Teil unserer Wäsche in die Wäscherei gegeben. Wir mussten beim Einkaufen nicht auf die Preise achten und auf Sonderangebote warten. Es war für mich kein Problem, dass wir heute weniger Geld hatten. Aber ich sah es nicht ein, dass er mir nicht zur Hand ging.

Trotzdem sagte ich nichts. Ich hoffte immer noch, er würde es von selbst merken. Doch er saß weiter ungerührt am Computer, und als ich ihn fragte, ob er mit zum

Einkaufen kommen würde, murmelte er nur: »Nee, muss hier noch was fertig machen.«

»Was denn?«

»Präsentation.«

»Immer noch?«

Er zuckte mit den Schultern. »Nicht so einfach.«

Früher hatten wir in ganzen Sätzen miteinander gesprochen. War das schon so lange her?

»Vielleicht tut es dir gut, wenn du mal rauskommst.« Dabei hätte ich am liebsten gesagt: Ich glaube dir kein Wort, du arbeitest doch nicht an dieser Präsentation!

»Einkaufen ist nicht Rauskommen.«

»Doch. Hast du heute überhaupt schon geduscht?«

»Wozu, ich hab ja nichts vor.«

Für mich!, dachte ich genervt. Für mich könntest du duschen und dich aufraffen und etwas tun!

Stattdessen sagte ich: »Was soll ich denn holen? Brauchst du was Bestimmtes?«

Ich bekam keine Antwort. Ich ging zum Kühlschrank, sah nach, was noch da war, inspizierte die Speisekammer, machte einen Einkaufszettel und verließ das Haus.

Der Nebel war immer noch so dicht, dass ich glaubte, ganze Stücke aus ihm herausschneiden zu können. Wir lebten in Togher, einem Vorort von Cork. Sicherlich gab es noch bessere Gegenden, aber unser Haus lag in einer ruhigen Sackgasse, und wir liebten es sehr. Die meisten Nachbarn hatten die grauen Fassaden ihrer Häuser beibehalten. Unseres war mintgrün gestrichen, hatte große Sprossenfenster und eine dunkelblaue Eingangstür. Das Grundstück war deutlich größer als die anderen. Wir hatten nach allen Seiten hin eine schöne Rasenfläche. Eine weitere Besonderheit war die mit Hecken begrenzte Auffahrt. Natürlich konnten wir uns nun auch niemanden mehr leisten, der sich um den Rasen und die Pflanzen kümmerte. Und Brian hatte keinen grünen Daumen. Es blieb, wie so vieles, an mir hängen.

Ein paar Fußminuten entfernt war ein Lidl, wo wir seit einiger Zeit fast nur noch einkauften. Ich mochte diesen Supermarkt nicht besonders, aber ich hatte keine Wahl. Resigniert stand ich vor dem hässlichen, lang gezogenen Bau auf dem Parkplatz. Ich musste jedes Mal daran denken, dass dieses Gebäude aussah wie ein Ufo, das versehentlich auf einem großen Feld gelandet war. Dann hatte man das Ufo eingezäunt und die Fläche davor für Parkplätze geteert. Die Ufoidee hatte ich immer, wenn ich an Gewerbe- und Industriegebieten vorbeikam. Für mich passten diese riesigen Hallen nicht ins Stadtbild, nicht in die Landschaft. Ich liebte die kleinen Läden in den Erdgeschossen und Souterrains der alten Häuser in der Innenstadt. Kate, du bist hoffnungslos altmodisch, dachte ich, gab mir einen Ruck und betrat den Laden.

Eine halbe Stunde später war ich mit drei großen Einkaufstüten zu Hause. Ich hatte mehr gekauft als geplant. Mir war der Gedanke gekommen, heute Abend etwas Besonderes zu kochen, um Brian eine Freude zu machen. Lachs mit Fenchelgemüse. Er hatte es sich immer gerne im Restaurant bestellt. Ich hatte sogar Sekt besorgt.

»Kommst du zum Essen?«, rief ich, als nach einer Stunde alles fertig war.

Keine Antwort.

Ich ging ins Wohnzimmer, wo er immer noch am Computer saß. Jetzt tippte er eifrig herum und sah hoch konzentriert aus. Er zuckte heftig zusammen, als ich meine Hand auf seine Schulter legte.

»Verdammt, hast du mich erschreckt!«

»Ich hatte nach dir gerufen, aber du hast mich wohl nicht gehört.«

»Was ist denn?« Missmutig klappte er seinen Laptop zu.

»Ich habe eine Überraschung für dich.«

»Was denn?«

»Dein Lieblingsessen.« Ich lächelte und gab ihm einen Kuss. Er roch nicht gut. »Es gibt auch Sekt.«

»Warum?«

»Einfach so?«

Er seufzte. »Das ist sehr, sehr lieb. Aber ... ich habe keinen Hunger. Sorry. Ich hab schon gegessen.«

Ich starrte ihn an und brauchte einen Moment, um antworten zu können. »Wann denn?«

»Vorhin. Als du weg warst. Ich hab mir ein Brot gemacht.«

»Du hast gegessen, als ich für uns Abendessen gekauft habe?«

»Ich wusste nicht, dass du Abendessen kaufst. Ich dachte, du gehst einfach so ... einkaufen eben.«

Er hatte Ringe unter den Augen, obwohl er mehr schlief als früher. Seine Haut war schlaff, der Dreitagebart alles andere als sexy. Ich wollte meinen Mann nicht mehr in diesem Zustand vor mir sehen.

»Ich habe doch gekocht«, sagte ich, und völlig überflüssig noch mal: »Dein Lieblingsessen.«

»Tut mir leid«, sagte er. »Ich kann ja eine Kleinigkeit mitessen.«

Wir setzten uns ins Esszimmer und nahmen schweigend die Mahlzeit zu uns. Brian war mit seinen Gedanken ganz woanders, und den Sekt trank er, ohne mir auch nur zuzuprosten. Mir war zum Heulen zumute. Nachdem er gut die Hälfte gegessen hatte, stand er auf und sagte: »Danke. Das war sehr gut. Und entschuldige noch mal.« Er gab mir einen flüchtigen Kuss auf mein Haar. »Ich muss jetzt mal an die Luft.« Dann drehte er sich um zum Gehen, doch bevor er das Haus verließ, kam er noch einmal zurück und steckte den Kopf durch die Tür. »Ach so, morgen habe ich ein Bewerbungsgespräch.«

»Das ist toll!«, sagte ich und bemühte mich, zuversichtlich zu klingen. »Wo denn?«

»Flughafen. Wird wahrscheinlich sowieso wieder nichts«, sagte er und verschwand.

An diesem Abend trank ich die Flasche Sekt allein leer und warf mich missmutig und einsam auf das kalte Bett. Brian war irgendwann zurückgekommen, nur um sich gleich wieder an seinen Laptop zu setzen, und wieder merkte ich nicht, wann er ins Bett kam. Ich hatte aufgehört, ihn zu fragen, was er nächtelang am Rechner machte, vielleicht weil ich nicht wollte, dass er mich anlog.

Am nächsten Morgen nahm ich den Bus zur Arbeit, damit Brian mit dem Wagen zu seinem Gespräch fahren konnte. Wenn ich den Wagen genommen hätte, wäre alles anders gekommen, dachte ich seitdem. Dann würde er noch leben. Vielleicht hätte er den Job sogar bekommen. Oder einen anderen. Alles wäre wieder gut geworden. Wie früher. Wir hätten wieder miteinander geredet und gelacht, uns geliebt und ... Ja, wir wären wieder ein glückliches Paar gewesen.

Heute dachte ich: Unsere Beziehung war am Boden. Und wer weiß, ob ich sie jemals hätte retten können.

Die ersten Jahre führten wir eine gute Ehe. Wir hatten Spaß, guten Sex, stritten fast nie. Ich kam mit seinen beiden Kindern, die uns jedes zweite Wochenende besuchten, gut klar. Zweimal in der Woche war eine Haushaltshilfe bei uns. Frank liebte mich, war immer rücksichtsvoll, vergaß nie einen Geburtstag oder Jahrestag und überraschte mich mit tollen Geschenken. Zu meinem dreißigsten Geburtstag flogen wir für vier Wochen ans andere Ende der Welt - nach Neuseeland. Kate, es war großartig. Die Landschaft war atemberaubend, und ich hatte meinen Mann nur für mich.

Dieser tolle Urlaub änderte jedoch alles: Frank sprach davon, dass er gerne ein Kind mit mir zusammen hätte.

»Willst du denn keine?«, fragte er, als ich sprachlos blieb. Wir waren in dieser Nacht in einem Hotel in Queenstown. Zwei Wochen lagen bereits hinter uns.

»Wir haben nie über Kinder gesprochen«, sagte ich verwundert. »Ich bin davon ausgegangen, dass das Thema Familienplanung bei dir abgeschlossen ist. Du hast schon zwei.«

»Sie sind schon fast erwachsen. Außerdem will ich ein Kind mit dir.« Wir lagen im Bett. Er drehte sich auf die Seite, stützte den Kopf auf und sah mich verliebt an. »Ich glaube, es ist so was wie... na ja... ehrlich gesagt...« Er lachte. »O Gott, hör ich mich vielleicht blöd an!«

Ich strich zart über seine Schulter. »Sag schon.«

»Okay. Aber Vorsicht, ganz viel Pathos.«

»Sag schon!«, drängelte ich.

»Also. Es wäre mein größter Wunsch.«

»Was?«

Er verdrehte die Augen. »Ein Kind. Mit dir.«

Ich war immer noch viel zu überrascht, um eine vernünftige Antwort zu geben. »Ehrlich?«, stammelte ich nur.

Daraufhin nahm er mich in den Arm und küsste mich. Ich merkte, dass er meine überraschte Nachfrage als Zustimmung aufgefasst hatte. Sanft schob ich ihn weg.

»Frank, warte! Du willst doch wohl nicht sofort auf der Stelle loslegen?«, lachte ich. »Wir haben da doch noch ein bisschen Zeit!«

Er wurde schlagartig ernst. »Ich wollte dich nicht unter Druck setzen. Deine Entscheidung, wann du die Pille absetzt. Ich wollte nur… Du solltest es einfach nur wissen.« Wieder umarmte er mich, aber diesmal hatte es nichts Sexuelles, nichts Drängendes. Es war beschützend und liebevoll und warm.

Doch im selben Moment wurden mir zwei Dinge klar: Zum einen brachte ich es nicht fertig, mit Frank über meine Vergangenheit zu sprechen. Dass ich schon eine Schwangerschaft hinter mir hatte. Alles in mir sperrte sich dagegen. Vielleicht hatte ich Angst davor, wie er reagieren würde. Oder ich wollte einfach nur vergessen, so als wäre es nicht Teil meines Lebens, sondern nur ein grässlicher Albtraum.

Die andere Sache aber war fast noch schlimmer: Ich musste mir eingestehen, dass ich mit ihm kein Kind wollte. Und ich hatte keine Erklärung dafür.

14.

Ich hielt es in meinem Zimmer nicht mehr aus. Draußen war es bewölkt und windig, sodass ich beschloss, nicht ans Meer zu fahren, sondern nach Cork. Ein bisschen bummeln, einen Kaffee trinken, vielleicht Sophie anrufen, vielleicht Emma. Ich saß bereits im Auto, als ich es mir anders überlegte und mich für eine Tour über die schmalen malerischen Straßen bis nach Monkstown und Passage West entschied, um nach Cobh zu gelangen. In Glenbrook wartete ich auf die Fähre über den Fluss zur Great Island. Das Wetter war immer noch nicht besser geworden, aber auch ohne Sonnenschein war es ein schöner Anblick, der sich bei der Überquerung des Flusses Lee bot. Nur ein kurzes Stück weiter südlich öffnete er sich zu einem der größten Naturhäfen der Welt. Ich war immer der Meinung gewesen, der Hafen von Cork sei der zweitgrößte Naturhafen nach Sydney, aber dann hatte ich gehört, dass Poole diese Stellung für sich beanspruchte. Ich verlor mich in müßigen Überlegungen, ob es dabei allein um die Fläche oder um die Anzahl der Schiffe und Güter, die ein Hafen aufnehmen konnte, ging, als die Fähre endlich kam und ich mit dem Wagen an Bord fahren durfte.

Die Überfahrt ging schnell, sie dauerte ungefähr fünf

Minuten, und kurze Zeit später war ich in Cobh angekommen.

Ein halbes Jahr war vergangen, seit ich zu Brians Seebestattung hier gewesen war. Jetzt parkte ich mit Ralphs Wagen am Spy Hill, umklammerte das Lenkrad und wusste nicht, ob ich wirklich aussteigen sollte, weil ich Angst vor der Konfrontation mit der Erinnerung hatte.

Aber konnte es wirklich schlimmer werden als vorhin in meinem Zimmer in Kinsale? Als ich mir endlich eingestanden hatte, dass unsere Beziehung zuletzt in keinem guten Zustand mehr gewesen war? Ich überlegte: Das Schlimmste, was passieren konnte, war, dass ich am Hafen von Cobh stand und anfing zu weinen.

Es gab wirklich Schlimmeres.

Ich stieg aus, ging den Spy Hill hinunter und steuerte den Hafen an, aber dann blieb ich stehen. Nein, ich war noch nicht so weit. Ich beschloss, erst noch ein wenig herumzuspazieren, bevor ich zum Hafen ging und die Wunden aufriss. Denn sie würden aufreißen, die Frage war nur, wie tief. Ich änderte meine Richtung, und wenige Minuten später stand ich vor dem Cobh Heritage Centre, einem Museum über die Geschichte der irischen Auswanderer. Bei dem Wetter genau das Richtige: Ich könnte mich aufwärmen, mich umsehen, noch einen Kaffee trinken. Ich wollte schon hineingehen, als sich mein Handy meldete: Mary hatte eine SMS geschickt.

»Na, wo steckst du?«

Ich tippte meine Antwort ein: »Doch nicht Cork, sondern Cobh.« Gerade als ich auf »Senden« drückte, sprachen mich zwei ältere Frauen an, dem Akzent nach Amerikanerinnen oder Kanadierinnen.

»Entschuldigen Sie, wir suchen den Treffpunkt der Titanic Trail Tour, sehen Sie, wir haben diesen Flyer ...«

»Wir dachten, hier sei der Treffpunkt, aber offenbar ist es ein Hotel ...«

»Commodore Hotel ... Wo ist das denn? Hoffentlich verpassen wir jetzt nicht die Tour!«

Die beiden fielen sich aufgeregt gegenseitig ins Wort. Ich warf einen Blick auf den Flyer, erklärte ihnen, wie sie zu dem Hotel kamen. Als ich fertig war, sah ich in zwei hilflose Gesichter.

»Soll ich sie hinbringen?«, fragte ich.

»Würden Sie das denn tun? Sie haben sicher etwas anderes vor?«

»Oh, nein. Ich habe eigentlich nichts Bestimmtes vor.«, sagte ich. »Außerdem ist es nur hier die Straße runter ...«

»Kennen Sie die Tour schon?«, fragte die eine, als wir losgegangen waren. »Ich bin übrigens Karen, und das ist meine Freundin Becca. Wir kommen aus Belfast.«

»Belfast in *Maine*«, schaltete sich Becca ein. »In den USA.«

»Natürlich wissen Sie, warum wir hier sind«, lachte Karen. »Bei mir war es die Großmutter, die als kleines Mädchen mit ihren Eltern auswanderte.«

»Bei mir beide Großeltern. Meinen Vater hatten sie schon dabei.« Sie klopfte sich auf den Bauch. »Als blinden Passagier, sozusagen. Und Sie, sind Sie hier aus der Gegend?«

»Ja, ich komme aus Cork.« Gerade wollte ich mich korrigieren und sagen, dass ich in Kinsale wohnte, aber ich wollte keine Verwirrung stiften. »Kate. Freut mich,

Sie kennenzulernen. Und sehen Sie, schon sind wir am Treffpunkt. Viel Spaß!«

»Ach!«, rief Becca. »Sie wollen nicht mit?«

»Nein, ich ...«

»Sie kommt doch von hier«, unterbrach mich Karen. »Sie hat die Tour bestimmt schon mal gemacht.«

Die beiden sahen mich an und warteten darauf, dass ich etwas sagte.

»Ehrlich gesagt, ich habe noch nie so eine Tour mitgemacht«, sagte ich.

»Höchste Zeit! Na los, wir fragen, ob man Sie noch mitnehmen kann. Wir haben unsere Tickets ja schon vor Wochen im Internet gebucht«, sagte Becca.

»Es ist ein Segen, dieses Internet«, bestätigte Karen. »Sind Sie auf Facebook? Wir sind beide auf Facebook, es ist herrlich. Wir haben alle unsere Schulkameraden wiedergefunden. Na ja, fast alle. Einige sind schon tot. Wir könnten uns befreunden, wenn Sie auch auf Facebook sind. Diese Tour hier haben wir auch im Internet gefunden.« Sie zog mich am Arm zum Tourguide, um zu fragen, ob ich noch teilnehmen konnte. Er lud mich mit großer Geste ein.

»Eine Einheimische, umso besser«, rief er begeistert.

In der nächsten Stunde erfuhr ich mehr über meine Heimatstadt und ihren Hafen, als ich für möglich gehalten hatte. Zweieinhalb Millionen Iren waren von hier in hundert Jahren ausgewandert – zwischen 1848 und 1950 –, weil sie auf ein besseres Leben in Amerika gehofft hatten. Einige von ihnen waren als Passagiere auf der *Titanic* gewesen.

»Die Unterbringung in der dritten Klasse auf der *Titanic*

war nicht nur besser als die der anderen Passagierschiffe. Sie bot auch weit mehr Komfort als die Häuser, die diese Menschen hinter sich ließen«, sagte der Tourguide. »Man kann nur ahnen, wie groß die Hoffnungen auf ein besseres Leben gewesen sein müssen.« Er erzählte von den Zuständen in Irland zu Beginn des 20. Jahrhunderts. Von den Krankheiten, an denen besonders Säuglinge und Kleinkinder starben, von dem Dreck, in dem die Armen lebten, von Arbeitslosigkeit und Hunger und von den Verheißungen der Neuen Welt.

Wir gingen durch Cobh, in dem sich seit dem Auslaufen der *Titanic* vor hundert Jahren nicht viel verändert hatte, wie er behauptete. »Natürlich müssen Sie sich die Stromkabel wegdenken. Und die Autos.« Er lachte. »Aber die Häuser und Straßen, das alles gab es damals schon. Und dieses Kopfsteinpflaster hier, darüber sind schon Ihre Vorfahren gelaufen. Damals hieß es noch Queenstown, und zwar bis 1922.« Immer wieder sah er Becca, Karen und die anderen amerikanischen Touristen bedeutsam an.

Natürlich erzählte er viel von den technischen Eckdaten der *Titanic* und wie sie gebaut worden war, zeigte Fotografien, die überall in Cobh aushingen, präsentierte Kopien alter Zeitungen, malte ein lebendiges Bild von den reichen Passagieren der ersten Klasse, von den Berühmtheiten, die an Bord waren, von dem Luxus, der dort geherrscht hatte. Schließlich kam er auf die Katastrophe zu sprechen.

»Sie haben alle den Film gesehen, nehme ich an. Dann wissen Sie ja, wie das war mit dem Eisberg. Nachts um zwanzig vor zwölf kam es zum Zusammenstoß, und von den über zweitausendzweihundert Menschen starben mehr als eintausendfünfhundert. Warum? Weil es zu wenig Rettungsboote gab. Weil die Crew sich damit nicht auskannte. Es gab Boote, in die passten vierzig Menschen. Sie ließen sie schon zu Wasser, als noch nicht einmal die Hälfte drin war. Sie wussten es nicht besser. Selbst wenn sie die Boote nach ihren Kapazitäten ausgenutzt hätten, wäre nur etwa die Hälfte der Passagiere gerettet worden.«

»Und die Band, spielte die wirklich bis zum Schluss? Oder war das nur so im Film?«, fragte Karen.

»Die spielte bis zum Schluss. Keiner der Musiker überlebte. Man hatte sie angewiesen, fröhliche Songs zu spielen, um eine Massenpanik zu verhindern. Das hatten sie leider so gut geschafft, dass viele aus der ersten Klasse die Rettungsmaßnahmen nicht ernst nahmen und keine Schwimmwesten anlegen wollten, weil sie dachten, es handele sich um eine Übung.«

»Was war mit denen aus der dritten Klasse?« Wieder Karen.

»Oh. Von denen überlebten natürlich die wenigsten. Ich sage ›natürlich‹, weil es dafür verschiedene Gründe gab. Zum einen hatten sie keinen Zugang zum Deck. Sie *durften* während der regulären Überfahrt nicht an Deck. Deshalb kannten sie gar nicht den Weg dorthin. Viele der Gänge, die nach oben führten, waren auch verriegelt, selbst dann noch, als das Schiff schon zu sinken begann. Hinzu kam, dass es kein Notrufsystem, keine Lautsprecher oder so etwas gab. Sie erfuhren also erst, was geschehen war, als jemand von der Mannschaft sie informierte. Sie können sich vorstellen, welche Priorität die dritte Klasse hatte ... Aber das war nicht alles. Viele dort waren Ausländer aus anderen europäischen Ländern. Sie verstanden kaum Englisch und wussten nicht, was zu tun war.«

Die meisten Opfer waren Männer, da man Frauen und Kindern den Vortritt gegeben hatte. Doch während alle Kinder der ersten und zweiten Klasse – mit einer Ausnahme – überlebten und auch fast alle Frauen aus diesen Klassen gerettet wurden, schaffte es weit weniger als die Hälfte aus der dritten Klasse.

»Ich erzähle an dieser Stelle immer noch ganz gerne, dass es beim Auslaufen in Southampton schon einen Beinahezusammenstoß mit einem anderen Schiff im Hafen gab. Als die *Titanic* ablegte, rissen die Seile der *New York* durch die starke Sogwirkung. Die *New York* trieb auf die *Titanic* zu, und man konnte gerade noch eine Kollision verhindern. Ein Vorbote auf das, was später geschah? Jedenfalls hätte man sich danach gewünscht, es wäre zu der Kollision gekommen und die *Titanic* wäre nicht ausgelaufen. Oder erst später. Man weiß ja nie, manchmal muss sich nur eine scheinbar unbedeutende Kleinigkeit im Ablauf ändern, und die Geschichte würde neu geschrieben werden. Jedenfalls dauerte es noch gute zwei Stunden, bis die *Titanic* sank. Eine Ewigkeit verglichen mit den achtzehn Minuten, die die *Lusitania* nur gebraucht hatte.«

»Achtzehn Minuten!«, rief jemand, und auch Karen und Becca stöhnten entsetzt auf.

»Achtzehn Minuten. Stellen Sie sich vor, Sie müssten sich in zwei Stunden um mehr als zweitausend Menschen in Lebensgefahr kümmern. Das kommt einem schon knapp vor. Bedenken Sie, dass die ersten Rettungsboote erst gut eine Stunde nach der Kollision mit dem Eisberg gefiert wurden. Und dann stellen Sie sich vor: achtzehn Minuten. Interessieren Sie sich auch für die Lusitania?«

»Ja!«, rief ich, ohne nachzudenken. Ein paar Köpfe drehten sich zu mir um, manche mit ungeduldigem Blick, weil sie nur wegen der Titanic hier waren, andere nickten mir zu, weil sie sich offenbar ebenfalls dafür interessierten.

Der Tourguide beschloss einen Kompromiss. »Ein paar Fakten zum Vergleich der beiden Dampfer: Bevor die Titanic gebaut worden war, galt die Lusitania eine Weile als das größte Passagierschiff der Welt. Und auch sie erachtete man als unsinkbar. Man hatte keine Angst vor Angriffen, denn die Lusitania war, als sie 1915 ihre letzte Fahrt antrat, sehr viel schneller als jedes Schiff, das jemals von einem U-Boot getroffen worden war. Sie schaffte über 26 Knoten. U-Boote schafften 13 Knoten, und das schnellste der bisher getroffenen Schiffe hatte 15 Knoten Geschwindigkeit. Den anfänglichen Bestand von nur sechzehn Rettungsbooten, die jeweils Platz für neunzig Passagiere boten, erhöhte man nach dem Untergang der Titanic. Aber es fuhren ja über zweitausend Menschen mit, und es dauerte wie gesagt achtzehn Minuten, bis das Schiff sank ... Jetzt gehen wir weiter, und ich zeige Ihnen als Nächstes – nein, meine Damen, nicht Leonardo DiCaprio, das hätten Sie wohl gerne ...«

»Pst«, machte Becca zu mir und winkte mich von der Gruppe weg. Karen stand bereits vor dem Schaufenster eines kleinen Antiquariats und spähte neugierig hinein. Es gab dort neben alten Büchern auch Nachdrucke von Schiffsfotografien, Karten, anderen alten Fotos. »Karen liebt diesen alten Plunder«, sagte Becca kichernd und sah auf ihre Armbanduhr. »Der Zeit nach ist die Führung sowieso gleich vorbei. Was meinen Sie? Wollen wir reingehen?«

»Ich geh da auf jeden Fall rein«, sagte Karen, ohne sich nach uns umzudrehen, und öffnete die Tür zum Laden.

»Es gibt nichts, was sie aufhält. Wenn ich sage: Wir gehen später hin, dann sagt sie: Später ist der Laden vielleicht geschlossen, oder wir finden ihn nicht mehr...« Becca lachte, und ich ließ mich von ihr in das Antiquariat ziehen.

Wir wurden von dem Besitzer freundlich begrüßt. Er bot Tee an. Ich lehnte dankend ab, aber Karen und Becca gingen erfreut auf sein Angebot ein. Es dauerte ein wenig, bis sich meine Augen an das schummrige Licht gewöhnt hatten und ich mich in dem Laden orientieren konnte.

»Suchen Sie was Bestimmtes?«, fragte der Mann, nachdem er die beiden mit Tee versorgt und auf einem alten, gemütlichen Plüschsofa, das im hinteren Teil des Ladens stand, platziert hatte. »Oder haben Sie Fragen?«

»Oh, eigentlich nicht. Wir waren gerade bei dieser *Titanic*-Tour...«

»Ah, der *Titanic Trail*! Hat es Ihnen gefallen?«

Becca kicherte, und Karen rief: »Sehr lehrreich!«

Ich hob die Schultern. »Es gibt so Fakten, die man kennt, wenn man hier lebt, aber irgendwie verbindet man nichts damit. Und in der letzten Dreiviertelstunde habe ich mehr über meine Vorfahren und ihr Leben hier erfahren als – in der Schule, zum Beispiel.«

Der Mann lächelte. »Das geht vielen so. Ich empfehle jedem, diese Tour oder eine ähnliche mitzumachen. Vielleicht nicht denen, die hier in Cobh leben. Die haben ja überall die Bilder und Gedenktafeln und was nicht noch alles vor Augen. Aber so manch einer aus der Stadt...«

»So wie ich.« Jetzt lächelte ich auch.

»Wir Iren sind große Geschichtenerzähler. Das waren wir immer. Aber irgendwie hat es mit der letzten Generation abgenommen.«

»Was glauben Sie, woran das liegt?«

»Ach, ich will jetzt nicht klingen wie ein alter, sturer Mann, der sich dem Fortschritt in den Weg stellt. Ich habe nichts gegen Fernsehen und Internet und das ganze Zeugs. Ich glaube einfach nur, dass wir dadurch viel zu viele Geschichten erzählt bekommen. Wir brauchen nicht mehr unsere Großeltern zu fragen. Oder Freunde. Überall sind Geschichten. Nur haben die nichts mehr mit uns zu tun, und sie sagen uns auch nichts darüber, wo wir herkommen und wer wir sind. Verstehen Sie?«

Ich musste nicht lange darüber nachdenken. Ich verstand sofort, was er meinte. »Wie gut, dass es Ihren Laden gibt. Da findet man wenigstens die Geschichten, die sich lohnen. Oder nicht?«

Jetzt lachte er. »Also suchen Sie doch etwas Bestimmtes.«

»Nein, eigentlich nicht...«

»Wirklich nicht?«

Ich zögerte. Auf der Führung hatte ich nach der *Lusitania* gefragt, Matts Geschichte ließ mich einfach nicht in Ruhe. »Ich glaube ja nicht, dass Sie da etwas haben...«

»Probieren Sie's aus.«

»Jemand namens Hugh Lane? Er hatte irgendwas mit Kunst zu tun. Mit Bildern. Aber vermutlich...«

»Da habe ich tatsächlich etwas«, sagte er zu meinem Erstaunen. Er stand auf und ging zu der Bücherwand, vor der ich gerade stand. Nach einigem Gemurmel und

Herumsuchen zog er ein vergilbtes Büchlein aus einem der Regale und sah es andächtig an.

»Hier ist es. Seine Tante hat es geschrieben.«

»Seine Tante?«

»Oh, sie war zu ihrer Zeit eine Berühmtheit. Lady Gregory. Selbst eine Schriftstellerin. Eine Dramatikerin. Schauderhafte Stücke hat sie geschrieben, ganz ehrlich. Aber sie hat viel für die irische Literatur getan. Unterhielt einen literarischen Zirkel. Förderte irische Literatur, wo sie nur konnte. Mit Yeats zusammen führte sie die ersten drei Jahrzehnte des 20. Jahrhunderts das Abbey Theatre in Dublin. Yeats und sie waren gute Freunde. Shaw verehrte sie. Interessante Frau. Aber wirklich gut schreiben konnte sie nicht. Sagen Sie bloß keinem, dass ich das gesagt habe.« Verschwörerisch hielt er mir das Büchlein hin.

»Danke.« Ich schlug es auf. »Und dieser Hugh Lane?«

»Das werden Sie ja dann wohl nachlesen. Wenn Sie das Buch wollen. Ich wäre ein schlechter Geschäftsmann, wenn ich Ihnen erzähle, was drinsteht.« Er grinste.

»Da haben Sie recht.« Ich hielt das Buch unschlüssig in der Hand. »Was ... ich meine, wie viel ...«

Er verdrehte die Augen. »Geht es Ihnen um den Inhalt oder um das Buch? Wenn es Ihnen nur um den Inhalt geht, dann sage ich Ihnen lieber gleich, dass Sie eine Reproduktion übers Internet bestellen können. Wird *on demand* gedruckt, kostet um die dreißig Euro. Wenn Sie das Original von 1923 wollen – und das halten Sie gerade ein bisschen verschüchtert in der Hand – , dann müssten Sie mit ein paar Euro mehr rechnen. Schließlich ist es das Original. Es hat ein paar Stockflecken, aber ansonsten ... Sehen Sie selbst. Was möchten Sie mir dafür geben?«

Wir verhandelten, einigten uns dank Karens energischer Einmischung auf vierzig Euro, und ich steckte das Buch in meine Handtasche. Karen hatte ganz offensichtlich nicht nur einen Narren an dem Laden, sondern auch an dem Inhaber gefressen. Sie flüsterte mir zu, dass sie noch eine Weile bleiben würde, ich könnte ja schon mal mit Becca vorgehen. Becca erahnte die Pläne ihrer Freundin und gab ihr zu verstehen, dass sie nicht vorhatte, sie allein zurückzulassen. Es gab eine kurze, hitzige Diskussion, bis wir drei vor Lachen fast nicht mehr sprechen konnten. Ich verabschiedete mich von den beiden und dem mittlerweile wohl alles andere als ahnungslosen Antiquar. Als ich vor die Tür trat, war es fast so dunkel wie im Antiquariat geworden. Die Wolken sahen nach Regen aus, der Wind hatte aufgefrischt. Ich beschloss, mir ein nettes Café mit Blick auf den Hafen zu suchen, um dann ein wenig in dem Buch zu lesen. Auf dem Weg dachte ich: Was habe ich da getan? Ich habe für einen fremden Gast ein Buch gekauft, einfach so. Ich habe mich auf die Spur seiner Familiengeschichte begeben, ohne dass er mich darum gebeten hätte. Vielleicht fasst er es als Einmischung auf. Und dann dachte ich: *Warum* habe ich das getan? Was geht mich dieser Matt an? Ich musste mir eingestehen, dass mich die Geschichte um seine Herkunft, die Geheimnisse, die es da vielleicht gab, berührt hatten, ebenso wie der Tod seines Vaters, der besessen gewesen war von dem Gedanken, einen Schatz zu heben und herauszufinden, wer seine Vorfahren waren.

War es, weil ich selbst so viele Fragen zu meiner Herkunft hatte? Oder steckte noch mehr dahinter?

Kurz nach unserer Hochzeit schlug Frank mir vor, mein Psychologiestudium wieder aufzunehmen. Aber das wollte ich nicht. Stattdessen machte ich Fortbildungen und spezialisierte mich auf Frühgeborene und deren Nachsorge. Ich gründete mit seiner Hilfe ein Zentrum für Eltern, die ein Frühchen bekommen hatten und auch über die Zeit nach dem Krankenhausaufenthalt hinaus Hilfe benötigten. Wir finanzierten uns teils aus öffentlichen Geldern, die ich hartnäckig einforderte, und aus privaten Spenden.

Wie hätte ich ahnen können, dass ich Jahre später selbst einmal in die gleiche Situation käme? Als wäre es Bestimmung gewesen, mich genau darauf zu spezialisieren...

Von nun an war ich die Hälfte der Zeit im Krankenhaus, die andere Hälfte bei den Familien zu Hause. Im ersten Jahr schon war die Nachfrage so groß, dass ich fünf neue Mitarbeiterinnen einstellen konnte.

In dieser Zeit hatte ich Einblick in jede Londoner Gesellschaftsschicht. Ich lernte verwahrloste obdachlose junge Mädchen kennen, die es nie schaffen würden, ihr Leben zu ändern, auch wenn sie es um des Kindes willen versuchten, bis hin zu wohlhabenden adeligen Ehepaaren, die sich mit Anfang vierzig endlich ihren Kinderwunsch erfüllt und nun Angst um die letzte Möglichkeit auf gemeinsame Weitergabe ihrer Gene hatten. Ich betreute eine zwangsverheiratete arabische Frau, die zum fünften Mal eine Frühgeburt hatte, weil sie und ihr Mann miteinander verwandt waren und einen Gendefekt weitergaben, der es ihnen eigentlich unmöglich machte, jemals gesunde Kinder zu haben - auch diesmal würde das Kind nur wenige Monate überleben. Ich wurde zu einer Schauspielerin gerufen, die ihr Kind in große Gefahr gebracht hatte, weil sie während der Schwangerschaft Diätpillen genommen und zu wenig gegessen hatte. Ich war für all diese Frauen und Familien Krankenschwester, Engel, Vertraute, Therapeutin, Sozialarbeiterin... Ich sah Partnerschaften, Hoffnungen und Kinder sterben. Aber ich sah auch sehr viel Glück und Freude, ich sah Hoffnung wachsen und zu Gewissheit werden, wenn die winzigen Körper mit jedem Tag kräftiger wurden.

Ich setzte mich mit den Behörden in Verbindung, wann immer ich auf unhaltbare Zustände aufmerksam wurde: Du glaubst nicht, wie viele Wohnungen vermietet werden, in denen es nicht mal fließendes Wasser gibt. Von Ungeziefer und Ratten ganz zu schweigen. Vermieter bekamen Ärger durch mich. Frank sagte immer: »Eines Tages flattert dir die erste Morddrohung ins Haus.« Er meinte, einen Witz zu machen, aber vermutlich lag er damit gar nicht so weit daneben. Viele Frauen hatten keine Ahnung von der richtigen Ernährung, weder für sich noch für ihre Kinder. Nicht wenige konnten nicht genug Englisch, um bei Ärzten oder Behörden das zu verlangen, was sie brauchten. Wir organisierten Übersetzer. Ich zeigte Ehemänner an, die ihre Frauen misshandelten. Ich hielt mehr als eine Mutter davon ab, ihr schreiendes Kind an die Wand zu werfen. Es gab eine, bei der ich zu spät kam.

Es war der fünfte Jahrestag meiner Initiative. Ich hatte mit zwei Mitarbeiterinnen angefangen, im ersten Jahr waren es fünf gewesen, und mittlerweile hatte ich ein Netzwerk in ganz London aufgebaut. Andere Städte folgten unserem Beispiel. Frank war unheimlich stolz auf mich. Wir hielten eine kleine Feier in unserem Büro in Hounslow ab - dort, wo alles begonnen hatte. Gerade als wir auf fünf erfolgreiche Jahre die Gläser erheben wollten, wurde Frank angepiept. »O nein, ich hab vergessen, Bereitschaft zu tauschen.« Er sah mich zerknirscht an. »Es tut mir so leid!«

Ich lächelte ihn an und sagte: »Ist schon gut, bis später!« Ich wette, alle um uns herum waren neidisch, wie harmonisch unsere Ehe verlief und wie gut wir aufeinander eingespielt waren.

Es gab unzählige Momente wie diesen: Ich spürte, wie wichtig ich Frank war und wie sehr er mich liebte. Aber ich konnte nichts davon erwidern. Meine Liebe zu ihm war während unserer Reise durch Neuseeland abgekühlt, ich war innerlich auf Distanz gegangen, und ich hatte nicht den Weg zu ihm zurückgefunden. Das war der Zustand unserer Ehe vor gut zwei Jahren.

Als ich dann auch noch Sanjay durch Zufall auf der Straße wiederbegegnete, musste ich einsehen, dass mein Herz nie frei gewesen war. Mit Frank war es für immer vorbei.

15.

»Dass ich *dich* hier treffe!«

Ich ließ vor Schreck fast das Buch fallen. Vor mir stand Matt. Klatschnass vom Regen, dem ich eine halbe Stunde zuvor in das kleine Café entflohen war.

»Du bist aber auch schreckhaft«, sagte er grinsend.

»Was machst du denn hier?«, fragte ich. Mein erster Impuls war, das Buch über Hugh Lane verschwinden zu lassen. Was albern war – schließlich hatte ich es für ihn gekauft.

»Darf ich?« Er zeigte auf den freien Stuhl an meinem Tisch und zog sich die nasse Jacke aus.

»Natürlich. Bitte.«

»Deine Tante hat mir verraten, wo du bist.«

»Mary hat ...?« Ich seufzte.

»Ich hab sie gefoltert und bedroht, damit sie es mir verrät.« Er versuchte, ein ernstes Gesicht zu machen, und setzte sich zu mir. Das Wasser tropfte ihm aus den Haaren.

»Was liest du?«

Ich spürte, wie ich rot wurde. »Ein Buch über Hugh Lane. Seine Tante hat es geschrieben. Wo wir gerade von Tanten reden«, murmelte ich. Ich würde mir Mary heute Abend vornehmen müssen.

Matt hatte bei der Erwähnung des Buches ganz große Augen bekommen. »Wo hast du das her?«

Ich reichte ihm das Buch, mein Gesicht brannte immer noch. »Gerade durch Zufall in einem Antiquariat entdeckt. Ich dachte, ich nehme es für dich mit. Falls es dich interessiert...«

»Natürlich interessiert es mich!« Er fing an zu blättern. »Steht etwas über meinen Urgroßvater drin?«

Ich lachte. »So weit bin ich noch nicht gekommen. Der Antiquar sagte übrigens, das Buch sei übers Internet als Reproduktion zu beziehen.«

Matt hob die Schultern, ohne seinen Blick von dem Buch zu nehmen. »Ich wusste gar nicht, dass es das gibt«, meinte er abwesend.

»Du kannst es haben«, sagte ich.

Er sah mich an. »Nein! Wirklich?«

»Aber erst wenn ich es gelesen habe. Ich fange gerade an, mich für den Herrn zu erwärmen.«

»Ich kenne ja nur die allgemeinen Fakten über ihn. Dass er das perfekte Auge für wertvolle Bilder gehabt haben muss. Und dass er die Municipal Gallery of Modern Art in Dublin gegründet hat. Die erste öffentliche Sammlung für moderne Kunst auf der ganzen Welt, heißt es. Das habe ich dir schon erzählt, oder? Aber ich habe nie etwas Privates über ihn in Erfahrung gebracht. Ich habe ehrlich gesagt auch gerade erst angefangen, mich mit ihm zu beschäftigen.« Er drehte sich um und rief dem Mädchen hinter der Theke zu, dass er gerne dasselbe trinken würde wie ich. Sie nickte und machte sich an die Arbeit.

»Bist du sicher? Ich trinke Fencheltee.«

»Urgs. Warum?«

»Weil ich ihn mag und sowieso viel zu viel Kaffee trinke.«

»Soll ja außerdem gut für den Magen sein«, sagte er kopfschüttelnd und wandte sich wieder dem Buch zu. »Wow, ist das spannend! Irgendwie hoffe ich, den Namen meines Urgroßvaters hier drin zu lesen. Und gleichzeitig habe ich Angst davor. Ich weiß nicht, ob ich mir wünsche, dass mein Vater einem Hirngespinst nachgejagt ist, oder ob ich will, dass alles wahr ist.«

»Ich kann schon so viel sagen: Verheiratet war Lane nie. Frauengeschichten schienen auch kein Thema zu sein. Er hat Umgang mit Damen gepflegt, die ihm bei seiner Sammelleidenschaft hilfreich waren. Aber so einige Männer bezeichnen ihn als den besten Freund, den man haben kann.«

»Schwul?«

»Wenn dem so war, hätte es seine Tante nicht geschrieben. Sie stellt es eher so dar, als hätte nichts anderes in seinem Leben Platz gehabt, weil er mit ganzer Leidenschaft für die Kunst lebte. Eine Heirat hätte einen riesigen Verlust für die irische Kunstszene bedeutet.«

»Hast du schon das ganze Buch durch?«, fragte Matt beeindruckt.

»Nein. Ich bin gut im Querlesen und im schnellen Aufstöbern der wichtigen Stellen.«

»Was für ein Talent!«

»Das lernt man an der Uni. Besonders wenn man ein bisschen faul ist.« Ich grinste. »Aber seine Leidenschaft für Bilder war schon unglaublich. Ich meine, er war bereit, auf alles zu verzichten. Er hat gehungert und in schlechten Unterkünften gehaust, nur um genug Geld für Bilder zu haben.«

»Hmmm. Und da steht wirklich nichts von Frauengeschichten?«

»Vergiss nicht, seine Tante hat das Buch geschrieben. Es wird nicht wahnsinnig objektiv sein, wenn es um dunkle Seiten seines Privatlebens geht. Wer weiß, vielleicht hatte er jede Woche eine andere Liebschaft. Vielleicht hat er heimlich deine Urgroßmutter geschwängert. Vielleicht war er schwul. Hier wird es wohl leider nicht drinstehen.«

Matt seufzte. »Ich finde es wohl nie raus.«

Ich sah ihn neugierig an. »Was? Ob Sir Hugh Lane dein Urgroßvater war? Ich dachte, das interessiert dich nicht so sehr.«

»Doch. Aber vor allem weil ich begreifen will, was meinen Vater so angetrieben hat, nach diesem Schatz zu tauchen.«

»Hat er sich denn so für Bilder interessiert?«

»Eben nicht. Nur für die verlorenen Gemälde, die Hugh Lane auf der *Lusitania* von Amerika nach Europa bringen wollte.«

»Eins hatte er dann mit Lane gemeinsam: eine gewisse – entschuldige das Wort – Besessenheit.«

»Nennen wir's Leidenschaft. Das hört sich schöner an.«

»Hast du etwas davon geerbt?«

Er antwortete nicht sofort, weil ihm endlich sein Tee gebracht wurde. Vorsichtig schnüffelte er daran und zupfte an dem Bändchen des Teebeutels herum. »Ob ich Leidenschaft geerbt habe? Ich denke schon. Sonst könnte ich meinen Beruf nicht ausüben.«

»Ich wette, du machst was mit Musik.«

Er sah mich mit hochgezogener Augenbraue an. »Äh ... ja. Das ist nicht nur ein Hobby. Und ich bin echt froh, dass man das merkt.« Er grinste, als er das sagte, sah aber nicht mich an, sondern nach draußen. Ich folgte seinem Blick: vor uns der Hafen, das schiefergraue Wasser unter schiefergrauen Wolken. Am Horizont war es heller, bald würde es aufklaren.

»In den USA und in Kanada bin ich gut im Geschäft und relativ bekannt«, fuhr er fort. »Es gibt sogar Leute, die mich auf der Straße erkennen, und es reicht, um zu einigen VIP-Partys eingeladen zu werden und hin und wieder für die Boulevardpresse interessant zu sein, wenn ihnen sonst nichts einfällt.« Wieder grinste er, aber es war, um seine Worte abzuschwächen. Er wollte nicht eitel wirken. »Einige meiner Songs haben es auf Soundtracks von Hollywoodproduktionen geschafft. In Europa wurde ich am bekanntesten mit einer Coverversion. Wenn mich hier also jemand kennt, dann nicht wegen meiner Musik.«

»Welchen Song hast du gecovert?«

»There She Goes.«

»Nein! Von den La's?«

Matt verdrehte die Augen. »Du also auch.«

»Hör mal, das ist der Soundtrack meiner Jugend!«

»Ja, ja ...«

»Und die anderen Songs, die du am Freitagabend gespielt hast, waren von dir?«

Er nickte.

»Die waren großartig!«

»Danke.«

»Ich meine das ernst!« Dann fiel mir etwas ein. »Jetzt weiß ich auch wieder, dass ich damals etwas über deinen Vater in den Nachrichten gehört habe. Sie haben die ganze Sache aber ziemlich an deiner Person festgemacht. ›Vater von berühmtem Musiker bei Schatzsuche spurlos verschwunden‹, so etwas in der Art. Nur dass mir der berühmte Musiker vor zwei Jahren so gar nichts gesagt hat ...« Ich hob entschuldigend die Schultern. »Aber immerhin kamst du mir vage bekannt vor, als ich dich zum ersten Mal im Pub sah.«

»Wie gesagt, den Sprung über den Teich habe ich nicht so richtig geschafft. Erst mit dieser Coverversion kam die ›Irgendwoher kenn ich Sie doch‹-Berühmtheit.«

»Ich muss dich noch was fragen. Warum wohnt jemand wie du in einem winzigen B&B über einem Pub?«

»Weil es schön ist«, sagte er schlicht.

»Waren die großen Hotels voll?«, neckte ich ihn.

»Ich weiß es nicht. Ich habe nicht gefragt.« Er lächelte vergnügt. »Und jetzt weißt du alles über mich, was du wissen wolltest. Du bist dran.«

»Womit?«

»Was machst du?«

»Ich arbeite im Pub meines Onkels. Wie du weißt.«

»Und was sind deine Interessen? Mal abgesehen von ... irischem Bier?«

»Ehrlich gesagt ist das Pub nur eine Art Übergangslösung. Vor Brians Tod hab ich an der Uni gearbeitet. Das war ein guter Job. Ich habe da für den Vizepräsidenten ...«

»Halt«, unterbrach er mich lächelnd. »Das war nicht meine Frage.«

Ich wandte den Blick ab und schwieg.

Er ließ mich einen Moment in Ruhe und probierte endlich seinen Tee. »Ich denke, auf Dauer bleibe ich doch bei Kaffee.« Er nahm noch einen Schluck. Draußen rissen die Wolken auf, die Sonne kämpfte sich durch. Es regnete aber immer noch.

»Gleich gibt es einen Regenbogen«, sagte Matt, als ich immer noch schwieg.

»Ich weiß es nicht«, sagte ich endlich.

»Du kennst deine eigenen Interessen nicht? Ich meine, das weiß man doch. Ob man sich für Synchronschwimmen interessiert oder Orchideen oder Schlittschuhlaufen oder ...«

»Da ist der Regenbogen.« Ich zeigte darauf, und Matt drehte den Kopf.

»Ich kann deinen Vater verstehen«, sagte ich dann.

Matt wandte sich zu mir. »Wieso?«

»Weil ... Wenn man nicht sicher ist, wo man herkommt, dann kann man das entweder ignorieren und man rührt nie daran, oder es wird zur Besessenheit und man fängt an, überall Gespenster zu sehen.«

Wir schwiegen sehr lange. Ich sah weiter aus dem Fenster, sah, wie der Regenbogen sich voll entfaltete, konnte sogar einen zweiten ausmachen, bis sich die Wolken verzogen hatten, der Regen nachließ und der Regenbogen komplett verschwand.

»Was ist dein Geheimnis?«, fragte Matt. »Bist du ... adoptiert und kennst deine Eltern nicht? Ist es so etwas?«

Ich sah ihm nicht in die Augen. »Ich weiß nicht, wer mein Vater ist.«

16.

In den ersten Jahren nach dem Tod meiner Mutter war es mir so gut wie unmöglich, etwas über meinen Vater in Erfahrung zu bringen. Wie hätte ich recherchieren sollen? Alle Frank O'Neills im Telefonbuch anschreiben oder anrufen? Und was, wenn der Name doch nicht stimmte? Doch mit der Zeit vergaß ich das Klassenfoto und den Namen O'Donnell. Ich glaubte fest daran, mein Vater hieße Frank O'Neill.

Einmal, ich war bereits vierzehn, schrieb ich an den Moderator einer Fernsehserie, in der Menschen, die sich aus den Augen verloren hatten, zusammengeführt wurden. Ich hörte wochenlang nichts. Als ich es schon fast wieder vergessen hatte, sprach mich meine Großmutter darauf an:

»Du suchst deinen Vater, hm?«

»Natürlich!«

»Warum schreibst du ans Fernsehen?«

»Woher weißt du davon? Das geht dich nichts an!«, rief ich trotzig.

»Ich bin deine Erziehungsberechtigte. Sie haben sich an mich gewandt und wollten mehr über die Geschichte erfahren.«

»Klasse. Ich auch. Was hast du ihnen gesagt?«

»Dass er ausgewandert ist und nichts von dir weiß.«

Mein Herz schlug wild. »Was haben sie gesagt? Werden sie ihn suchen?«

Margaret sah mich nicht an. »Sie haben gesagt, sie können nichts versprechen, und erfahrungsgemäß sähe die Sache eher schlecht aus. Du sollst dir keine Hoffnungen machen. Natürlich melden sie sich, wenn sie etwas gefunden haben.«

Ich glaubte ihr damals, weil ich ihr glauben wollte. Ich war enttäuscht, als nach drei Monaten immer noch nichts passiert war. Nach einem halben Jahr bat ich sie, noch einmal beim Sender anzurufen.

Sie sagte: »Kate, tut mir leid, aber sie finden ihn nicht. Sie sagen, wenn er aufzufinden wäre, hätten sie ihn längst aufgespürt.«

Es sollte Monate dauern, bis ich mehr und mehr zu der Überzeugung kam, dass sie mich angelogen und die Suche nach meinem Vater verhindert hatte. Also wurde ich selbst aktiv und durchstöberte nun zwar nicht die Telefonbücher, sondern die Melderegister nach jedem Frank O'Neill, der im Jahr vor meiner Geburt in Kinsale gelebt hatte. Es waren siebzehn, von denen ich fünf streichen konnte, weil sie entweder unter fünfzehn oder über siebzig waren. Weiter einzugrenzen war mir zu riskant – was wusste ich schon, ob nicht meine Mutter auf der Suche nach einer Vaterfigur gewesen war? Oder ob sie sich in einen sehr frühreifen Jungen verliebt hatte? Tatsächlich fand ich einen Frank O'Neill, der damals sechzehn Jahre alt gewesen war. Hatte meine Mutter ihn nicht als Vater angegeben, weil Sex mit unter Siebzehnjährigen in Irland strafbar war und sie Angst hatte, ins Gefängnis zu wandern? Irgendwann aber hätte sie doch darüber reden können. Verjährte so etwas nicht? Oder hatte sie Angst gehabt, es hätte mich dazu bringen können, zu früh Sex zu haben? All diese Gedanken gingen mir durch den Kopf, bis ich diesem Frank O'Neill gegenüberstand. Er lebte immer noch in Kinsale und arbeitete als Schlachter. Frank O'Neill war groß, breitschultrig und rothaarig. Ihm fehlten zwei Finger an der linken Hand. Von meiner Mutter hatte er noch nie gehört, und ich glaubte ihm sofort, denn er strahlte so viel herzliche Offenheit und burschikose Fröhlichkeit aus, dass ich mir ihn gar nicht beim Lügen vorstellen konnte. Als ich ihm erzählte, dass ich auf der Suche nach meinem Vater war, wurde sein Blick ganz weich.

»Tut mir leid, Mädchen, aber vor sechzehn, siebzehn Jahren war ich gerade in der Ausbildung, da hatte ich gar keine Zeit für so was. Und auch kein Geld, um mal eine ins Kino einzuladen oder auf ein Eis. Nee, ich hab mit neunzehn meine Nathalie kennengelernt, ein Jahr später haben wir geheiratet, und sie war und ist die erste und einzige Frau in meinem Leben.« Er strahlte, als er von seiner Nathalie sprach. Ich glaubte ihm.

Auch alle anderen Franks nahm ich mir vor und hakte sie nach und nach ab. Ich fiel nicht mit der Tür ins Haus, ich fragte nur, ob sie meine Mutter gekannt hatten, sie sei verstorben, und in ihrem Nachlass wäre ich über den Namen Frank O'Neill gestolpert. Keiner reagierte auf ihren Namen, aber vielleicht war auch ein sehr guter Schauspieler unter ihnen. Die Franks, die nicht mehr in Kinsale lebten, schrieb ich an, und bis auf einen antworteten sie mir. Teils nett und höflich, teils ungelenk und verwundert, aber auch da kam ich nicht weiter. Sie hatten so unterschiedliche Berufe wie katholischer Geistlicher, Automechaniker, Tierarzt und Bäcker. Nur ein Einziger war tatsächlich ausgewandert. Es dauerte ein halbes Jahr, bis ich Kontakt zu ihm bekam. Mittlerweile hatte ich meinen achtzehnten Geburtstag gefeiert und war kurz davor, die Schule abzuschließen.

Dieser Frank O'Neill war so alt wie meine Mutter, und auf ihn hatte ich natürlich alle meine Hoffnungen gesetzt. Er erklärte sich bereit, mit mir zu telefonieren.

»Natürlich kannte ich sie«, sagte er. »Es tut mir so leid, dass sie tot ist! Wie ist das passiert?«

»Sie war sehr krank.« Mehr sagte ich nie, und die Leute fragten auch nie nach. Ich wusste, dass sie dann sofort an Krebs dachten.

»Oh, es tut mir wirklich, wirklich leid«, sagte Frank O'Neill mit einem kleinen Seufzer. »Wann ist das passiert?«

»Es ist schon eine Weile her«, antwortete ich vage.

»Und was hat sie in ihrem Nachlass für mich gehabt? Du hast doch so etwas in deinem Brief geschrieben.« Mit dieser Notlüge hatte ich versucht, sein Interesse so weit zu wecken, dass er mit mir reden würde, und offensichtlich hatte es funktioniert. »Ich wundere mich ehrlich gesagt, weil wir uns so gut gar nicht gekannt haben. Ich war zwar im selben Jahrgang, aber wir hatten ... nicht dieselben Interessen.«

Das klang seltsam. »Wie meinen Sie das, nicht dieselben Interessen? Was hatte denn meine Mutter für Interessen?« Ich war auf das Schlimmste gefasst.

»Nicht die Interessen deiner Mutter. Meine vielmehr.

Ich bin schwul. Das wusste ich damals so gut wie heute. In den Siebzigerjahren war das bei euch in Irland noch verboten. Da drohten schwere Strafen, wenn einen jemand anzeigte. Und ich war die Sorte Schwuler, die man schon auf fünf Kilometer Entfernung erkennt.« Jetzt lachte er. »Deshalb habe ich mich gleich nach der Schule aus dem Staub gemacht. Hier in New York sah man das alles ein bisschen lockerer.«

Er konnte mir auch nicht sagen, mit wem meine Mutter zu der Zeit enger befreundet gewesen war. Ich bedankte mich höflich und bekam wenige Wochen später riesigen Ärger mit Margaret wegen der Telefonrechnung. Als ich ihr sagte, warum ich in den USA angerufen hatte, wurde sie so wütend, wie ich sie noch nie erlebt hatte.

»Du hast mich hintergangen!«, rief sie.

»Wer hintergeht mich denn seit Jahren? Und erzählt mir Lügen über meine Mutter? Glaubst du denn, ich weiß nicht, dass das mit der Migräne ein Märchen ist?«

Sie sah mich erschrocken an. »Wie meinst du das?«

»Niemand stirbt an Migräne!«

Margaret wandte mir den Rücken zu. Ich sah, dass ihre Schultern bebten, ich hörte sie leise schluchzen, aber ich brachte es nicht über mich, zu ihr hinzugehen und sie zu trösten. Dazu war ich selbst immer noch viel zu aufgebracht.

»Also hab ich recht«, murmelte ich.

Sie drehte sich zu mir, die Tränen noch im Gesicht. »Nein. Natürlich ist sie nicht an der Migräne gestorben. Ihr Herz hat einfach versagt. Es war zu schwach, und sie hat die große Belastung nicht mehr ausgehalten.«

»Welche Belastung? Ihre Migräne?«

»Der ganze Stress. Diese fürchterlichen Schmerzen. Ihr Herz war zu schwach.« Margaret wischte sich die Wangen trocken und sagte: »Hör auf, nach deinem Vater zu suchen. Du kannst ihn nicht finden.«

»Warum nicht?«

»Wie denn, wenn du nicht weißt, nach wem du suchen sollst?«

»Also ist Frank O'Neill nur eine Erfindung?«, rief ich empört. »Ich glaube, jetzt wäre ein guter Zeitpunkt, mit diesen ganzen dunklen Familiengeheimnissen aufzuräumen. Immerhin bin ich schon achtzehn!« Ich benahm mich allerdings eher wie acht, da ich die Arme verschränkte und mit dem Fuß aufstampfte.

»Nein, Kate, so ist es nicht«, rief Margaret verzweifelt.

»Wie ist es denn dann? Redet endlich mal jemand mit mir? Ralph hat gesagt, mein Vater heißt Frank O'Neill. Also? Stimmt das?«

»Nein. Ich weiß es nicht. Vielleicht weiß Ralph mehr und hat mir nichts gesagt. Aber ich höre diesen Namen zum ersten Mal von dir.«

»Du meinst, du weißt gar nicht, wer ...«

»Nein.«

Ich zögerte. »Das glaub ich dir nicht.«

Margaret fing wieder an zu weinen, aber diesmal wandte sie sich nicht von mir ab. »Deine Mutter wollte nicht, dass es jemand erfährt. Wirklich niemand. Mehr kann ich dir nicht sagen!«

Wieder musste ich erst einen Moment darüber nachdenken. Es fühlte sich so falsch an, was sie sagte, und gleichzeitig dachte ich: Das ist meine Großmutter. Ich liebe sie, und sie liebt mich, das weiß ich. Warum sollte sie mich so anlügen?

»Ralph hat behauptet, es sei jemand gewesen, in den Hannah sehr verliebt gewesen war.«

»Kate, bitte. Ich kann dir nicht mehr sagen.« Sie drehte sich um und ging eilig die Treppe hinauf. Dann hörte ich, wie sie die Badezimmertür hinter sich schloss und den Wasserhahn andrehte. Ich wusste, sie würde sich jetzt das Gesicht waschen, um dann mit einem Lächeln zurückzukommen. Ich kannte sie gut genug, um vorhersagen zu können, was sie als Nächstes tun würde. Aber ich traute mir nicht zu, sagen zu können, wann sie log und wann nicht. Es musste ein sehr tiefes Geheimnis sein.

Am selben Tag noch ging ich zu Ralph, um ihn zur Rede zu stellen.

»Frank O'Neill«, sagte ich.

»Wer?«, fragte er verwundert.

»Aha. Damit wäre schon mal einiges geklärt.«

»Wovon redest du?« Er stand in der Küche und schälte Kartoffeln. Mary war nirgendwo zu sehen. Ich war froh, ihn allein erwischt zu haben.

»Mein angeblicher Vater. *Der* Frank O'Neill.«

»Oh«, sagte er nur und ließ Kartoffel und Schälmesser sinken.

»Warum hast du das getan?«

»Du hast... mich so bedrängt. Ich dachte, ich sage einfach irgendwas, und dann... ach, ich weiß auch nicht.« Er war tiefrot im Gesicht.

»Ralph, ich habe monatelang alle Frank O'Neills, die hier vor siebzehn Jahren gewohnt haben, abgeklappert. Lüg mich nicht noch mal an. Wer ist mein Vater?«

Ralph schüttelte den Kopf. »Nicht, Kate, bitte.«

»Warum nicht?«

Er warf das Messer auf den Boden und fuhr sich mit der Hand über sein Gesicht. »Weil ... deine Mutter wollte nicht darüber reden. Sie wollte nicht, dass ... Du solltest es nie wissen. Okay? Sie hat es für sich behalten. Ich ... Das muss man respektieren, weißt du?«

»Wie heißt er?«, fragte ich.

»Kate, ich hab dir doch gerade gesagt ...«

»Wenn du seinen Namen kennst, solltest du ihn mir besser sagen. Ich lasse mich nicht länger anlügen.«

Ralph machte ein unglückliches Gesicht. »Frank. Wirklich. Das ist nicht gelogen.«

»Frank. Und wie weiter?«

»Keine Ahnung. Ich kenne ihn doch gar nicht.«

»Ralph! Ich meine es ernst. Ich gehe!«

»Ich kann dir nicht mehr sagen! Er lebt nicht hier. Ich habe keine Ahnung, wo er heute ist, weil ich ihn nie gekannt habe!«

Ich schwieg und starrte ihn so lange an, bis er meinen Blick nicht mehr ertragen konnte und sich von mir wegdrehte. Sein Gesicht war immer noch dunkelrot, und er atmete schwer.

»Ich weiß nicht, ob ich dir das glauben kann.«

»Es hat keinen Sinn, nach ihm zu suchen«, sagte Ralph. »Wir wissen nichts über ihn.«

Ich drehte mich auf dem Absatz um und ging zurück in Margarets Haus, mein Zuhause.

Als wenig später der alte Bücherschrank meiner Großmutter abgeschlagen werden musste, weil er vom Holzwurm befallen war, fanden wir das Klassenfoto meiner

Mutter. Ich zeigte es erst Margaret, dann Ralph, aber beide beteuerten, dass ihnen dieser junge Mann völlig unbekannt und er nie mit meiner Mutter befreundet gewesen sei. Diesmal glaubte ich ihnen sofort. Die Überraschung in ihren Gesichtern schien aufrichtig, als sie das Bild betrachteten. Aber sie erzählten mir wieder nichts Neues über meinen Vater.

In den folgenden Jahren kam es immer wieder zu solchen Gesprächen, aber nie sollte ich etwas Neues erfahren. Schließlich gab ich es auf, Margaret und Ralph weiter zu quälen, und versuchte, mich damit abzufinden, dass meine Mutter wohl den Namen meines Vaters mit ins Grab genommen hatte und ich ihn niemals finden würde.

Aber daran, dass er ihre große Liebe gewesen war und nichts von mir gewusst hatte, konnte ich nicht mehr glauben. Es passte nicht zusammen. Wenn Hannah nicht gewollt hatte, dass jemand seinen Namen kannte, obwohl die Liebe zu ihm so groß war – welchen Grund hatte sie? War er sehr viel älter als sie? Vielleicht ein Lehrer? Ein verheirateter Mann? Der Vater einer Freundin? Meine Fantasie sollte sich noch lange mit allen Möglichkeiten beschäftigen und sich die abenteuerlichsten Geschichten ausmalen. Ich sah mich als Tochter eines Schwerverbrechers, eines jungen katholischen Theologiestudenten, der einen letzten Fehltritt beging, bevor er sein Gelübde ablegte. Und irgendwann, als ich schon zwei Jahre nicht mehr in Kinsale wohnte und studierte, wachte ich eines Morgens auf und glaubte, die Lösung gefunden zu haben: Meine Mutter hatte einfach nicht gewusst, wer mein Vater war.

17.

Matt und ich spazierten eine Weile durch Cobh, vorbei an den regennassen bunten Häuschen, die in der Nachmittagssonne glänzten.

»Ist das jetzt so eine Art Kreativpause, die du in Europa machst?«, fragte ich Matt. »Oder sitzt du nachts auf dem Parkplatz vorm Pub und schreibst einen Song?«

»Nein ... ich habe schon lange nichts Neues mehr geschrieben. Vielleicht ist es mehr als nur eine Pause«, sagte er nachdenklich. »Es gibt so vieles, worüber ich mir klar werden muss. Meine Familie zum Beispiel. Und eben auch, wie es mit mir weitergeht. Wie lange ich noch auf Tour gehen will. Ich bin es leid, jede Nacht in einem anderen Club aufzutreten, in schlechten Hotels zu schlafen und meilenweit durch die immer gleichen Landschaften zu kurven.«

»Keine Sucht nach dem Jubel deines Publikums?«

Er lachte. »Ich liebe meine Musik, und ich finde es grandios, dass da draußen Menschen sind, denen es genauso geht. Aber ich würde gerne mehr Ruhe in mein Leben bringen.«

»Hört sich an, als wärst du sechzig.«

»Ja, nicht? Aber ich bin seit fast zwanzig Jahren unterwegs.«

»Zwanzig Jahre! Erzähl mir davon.«

»Interessiert dich das wirklich?«

»Unbedingt!«

Wir waren am Ortsrand angelangt. Ohne es zu verabreden, gingen wir einfach weiter an der einsamen Straße entlang.

»Na gut. Aber du musst mir Fragen stellen. Sonst weiß ich nicht, wo ich anfangen soll.«

Ich musste nicht lange nachdenken. »Wie bist du zur Musik gekommen? Wolltest du schon immer Musiker werden? Das fragt dich wahrscheinlich jeder. Kannst du dieses dumme Zeug überhaupt noch hören?«

»Es kommt immer drauf an, wer fragt«, sagte er. »Natürlich war Musik immer schon ein Thema. Mir war auch klar, dass ich es studieren würde. Meine Eltern sahen mich schon als Musiklehrer. Ich hatte mich auf Gesang, Gitarre und Klavier konzentriert. Nicht sehr einfallsreich, aber das waren nun mal meine Instrumente. Ich belegte auch Kurse in Komposition, und während dieser Zeit lernte ich andere tolle Musiker kennen. Wir gründeten eine Band, abseits von den eher klassisch ausgerichteten Inhalten unserer Kurse, probten in einer Garage, spielten kleine Gigs – und bekamen einen Plattenvertrag. Mit der Zeit entwickelte ich immer mehr meinen eigenen Stil, spielte mit unterschiedlichen Musikern, tourte ständig durch Nordamerika, oft durch Japan, sehr selten durch Europa, und – ja. Jetzt bin ich hier und weiß nicht, ob es so weitergehen soll.«

»Aber du hast deine Gitarre dabei. Es wird wohl kein Leben ohne sie geben.«

»Ich weiß es nicht.«

»Quatsch! Du liebst sie doch.«

»Ich weiß es wirklich nicht«, sagte er.

Schweigend gingen wir eine Weile nebeneinanderher. Ich hatte nicht bemerkt, dass wieder dunkle Wolken aufgezogen waren. Erst als die ersten schweren Regentropfen auf uns fielen, sah ich, wie der Himmel hinter uns schwarz geworden war.

»Wir sollten besser zurückgehen«, sagte Matt.

»Das schaffen wir nicht, dann werden wir klatschnass. Da vorn stellen wir uns unter.« Ich zeigte auf ein paar größere Bäume, die hoffentlich etwas Schutz bieten würden.

»Bäume? Soll man sich nicht von Bäumen fernhalten?«, rief Matt mir hinterher, als ich schon losgerannt war.

»Nur bei Gewittern! Es kommt kein Gewitter«, rief ich zurück. »Komm schon!« Der Regen wurde immer stärker. Wir drängten uns an den Stamm des dicksten Baums. Ich zog die Kapuze meiner Jacke über.

»Man merkt, dass du ein Stadtkind bist«, sagte ich.

»Du bist deutlich besser auf so ein Wetter eingestellt als ich«, sagte Matt und schaute neidisch auf meine Kapuze.

»Dafür sehe ich jetzt wahrscheinlich ziemlich dämlich aus«, sagte ich. Die leichte Regenjacke war nicht unbedingt das Lieblingsstück aus meinem Kleiderschrank. Aber sie war vernünftig. Und sah leider eben auch aus wie etwas, das man nur trägt, weil es vernünftig ist.

»Du siehst bezaubernd aus«, sagte Matt. Er sprach so leise, während der Regen mit voller Wucht herunterprasselte, dass ich ihn fast nicht gehört hatte. Ich sah ihn verwundert an. Die Blätter des Baums hielten dem starken

Regen kaum stand. Matts Haar wurde langsam wieder nass, und über sein Gesicht liefen Wassertropfen.

»Du hast mich gehört«, sagte er, meinen Blick erwidernd.

»Danke«, sagte ich und war immer noch verwirrt.

»Ich bin froh, dass ich dich getroffen habe.«

»Oh«, sagte ich unsicher. »Schön. Ja.«

»Ist es dir unangenehm, dass ich so etwas sage?«

»Was? Nein! Ich freu mich natürlich, aber ... Na ja, ich weiß nicht, was ich dazu sagen soll ...«

»Nichts. Sag einfach nichts.« Dann beugte er sich zu mir und berührte mit seinen Lippen ganz sanft meine Wange. »Irgendwas trägst du mit dir herum«, sagte er mir leise ins Ohr.

Erschrocken über die Nähe ging ich einen Schritt zurück. »Natürlich ... Mein Mann ist tot.«

Er sah mich ruhig an. »Nein, das ist es nicht. Da ist etwas anderes. Vielleicht auch Trauer, aber die hat mehr mit dir zu tun als mit einem anderen Menschen.«

Ich wusste nicht, was ich sagen sollte. Hatte er recht damit? Als ich nicht reagierte, hob er fragend die Schultern. »War das ein Schritt zu weit?«

»Nein. Alles in Ordnung«, behauptete ich. Dabei hatte er etwas in mir angestoßen. Aber ich war mir selbst nicht sicher, was ich da gerade fühlte. Eine Trauer, die nicht mit mir zu tun hat, nannte er es. Lag er damit richtig?

Endlich nahm er seinen prüfenden Blick von mir. »Na gut, es klart langsam auf. War wohl nur ein kurzer Schauer. Ich geh dann mal wieder zurück.« Er löste sich von dem Baumstamm und wandte sich in die Richtung, aus der wir gekommen waren.

»Warte«, rief ich ihm nach. »Ich komme mit. Du verläufst dich sonst noch.«

Lächelnd drehte er sich zu mir. »Da hinten sind schon wieder Häuser. Ich glaube, ich schaffe das.« Er ging weiter, und ich beeilte mich, um ihn zu erreichen.

»Bist du nächstes Wochenende noch hier?« Ich hatte mich für einen Wechsel zu weniger verfänglichen Themen entschieden. »Hoffentlich wird da das Wetter besser sein. Wir planen eine Mittsommerfeier.«

Er überlegte. »An dem Wochenende wollte ich abreisen. Aber ich kann das natürlich ein wenig verschieben.«

»Das wäre schön. Dann darf ich dich als Musik-Act einplanen?«

»Du weißt nicht, wie viel ich koste!« Er grinste.

»Hey, wir Iren sind ein gastfreundliches Volk. Unsere Freundlichkeit muss Bezahlung genug sein«, grinste ich zurück.

»Harter Verhandlungspartner, ich muss schon sagen.« Matt blieb stehen und sah hinunter zur Bucht. Der Regen hatte nun ganz aufgehört.

»Wo fährst du als Nächstes hin? Oder fliegst du wieder zurück nach New York?«

Er hob die Schultern. »Ich habe drei Monate Europa geplant. Bis Ende August werde ich mich hier herumtreiben. Und dann, um meinen Geburtstag herum, fliege ich wieder zurück. Ich habe mir eine Liste gemacht mit Städten, die ich mir ansehen möchte.«

»So spontan bist du?«

»So spontan, ja! Wohl zum ersten Mal seit sehr langer Zeit. Ich habe nur Kinsale geplant. Als erste Station und als Abschluss der Reise.«

»Gute Wahl«, sagte ich lächelnd.

»Ich habe das Gefühl, dass ich jahrelang nichts anderes gemacht habe, als nach einem Stundenplan zu leben. Angefangen in der ersten Klasse. Dann an der Uni. Dann als Musiker.«

»Ach, sag bloß, Musik machen ist Arbeit!« Ich tat überrascht.

Lachend boxte er mir leicht gegen den Arm. »Ich sag nur: Probentermine. Studiotermine. Meetings mit der Plattenfirma. PR-Auftritte. Tourneedaten. Da ist so ein Jahr schnell mal rum, und der Tag hat zu wenig Stunden.«

»Macht es da überhaupt noch Spaß?«

Er nickte. »Genau das ist das Problem. Ich muss mir wirklich überlegen, wie es weitergehen soll. Und ich weiß jetzt immer noch nicht, was du vorhast, wenn du irgendwann nicht mehr hinter der Theke deines Onkels stehen willst.«

»Du lässt nicht locker, hm?«

»Weil ich recht habe. Da ist etwas in dir.«

Ich ging jetzt schneller. »Wenn ich so weit bin, werde ich mich erkundigen, ob ich wieder an der Uni arbeiten kann. Ganz einfach. Man hat mir dort angeboten, dass ich zurückkommen kann. Sie haben meine Stelle bisher nur vorübergehend besetzt, und ich kann relativ kurzfristig einsteigen.«

»Ah ja.« Er klang gelangweilt.

»Du hast doch gefragt, und jetzt interessiert es dich doch nicht?«

Er blieb stehen, den Blick wieder auf die Bucht gerichtet. »Doch, natürlich. Ich frage mich nur gerade, ob es dich interessiert.«

Er drehte sich von mir weg und ging eilig weiter die Landstraße hinunter. Erst wollte ich protestieren, weil er mich einfach stehen ließ, aber dann schwieg ich. Nachdenklich sah ich ihm eine Weile hinterher. Dann stopfte ich die Hände tief in die Taschen meiner Regenjacke, wie ein trotziges kleines Kind, und ging querfeldein auf die Küste zu.

Es hatte mir schon immer geholfen, einfach nur aufs Wasser zu sehen, wenn ich nachdenken musste.

18.

»Und wieso promovieren?«, fragte mich Sophie damals verständnislos. »Sorry, aber ich bin so froh, dass ich diesen akademischen Staub hinter mir habe.«

Ich verdrehte die Augen. »Ich will sicher sein, dass man mich ernst nimmt. Wenn ich jetzt in der Redaktion einer Zeitschrift einsteige und keinen höheren Abschluss vorzuweisen habe, stecken sie mich irgendwo hinter einen Schreibtisch. Und das auch nur mit viel Glück. Jeder will Journalist werden, hab ich den Eindruck!«

Es war mein Abschlussjahr an der Uni. Sophie, die seit drei Monaten mit einer Theatergruppe quer durch Irland und Großbritannien unterwegs war, machte gerade einen kleinen Heimaturlaub, wie sie es nannte.

»Und du glaubst, das wird besser, wenn du eine Phalanx akademischer Grade mit dir herumschleppst?«

»Ich habe natürlich einen Plan. Ich kann während der Promotion freiberuflich arbeiten. Ich schreibe meine Artikel, verkaufe sie, und am Ende habe ich eine schöne Arbeitsmappe und einen Doktortitel. Dann wollen wir mal sehen, wie sie sich um mich als Reisejournalistin prügeln. Und irgendwann bin ich Auslandskorrespondentin. Am liebsten in New York.«

»Puh«, machte Sophie nur.

»Was denn? Ich finde New York toll!«

»Nicht deshalb puh. Überhaupt puh.«

»Glaubst du, dass ich das nicht schaffe?«

Sie lachte. »Doch! Natürlich! Ich frage mich nur, ob es sein muss, dass du jetzt noch drei Jahre oder so an der Uni vertrödelst.«

»Ich vertrödele die Zeit nicht.«

»Na gut. Dass du jetzt noch drei Jahre oder so an der Uni verstaubst.«

»Hey, ich verstaube auch nicht! Ich werde viel unterwegs sein und über alles Mögliche schreiben!«

»Ich kapier's immer noch nicht. Warum versuchst du es nicht gleich? Gib dir doch, sagen wir mal, ein Jahr Zeit. Geh auf Reisen, schreib über das, was du in der Welt siehst. Schreib schöne Reiseberichte, schreib kritische Reportagen über das Elend in den Schwellenländern und die Zustände in China. Und dann, wenn du danach keine feste Stelle bekommst, machst du eben deine Promotion.«

Wir saßen in einem indischen Restaurant in der Oliver Plunkett Street in Cork und hatten gerade riesige Portionen Curry verschlungen. Wie so oft nach einem guten Essen konnte Sophie nicht anders, als ernste Themen zu wälzen. Es war, als würde die Energie, die sie gerade zu sich genommen hatte, sofort umgewandelt in eine unbändige Lust, kontrovers zu diskutieren.

»Das ist nicht so einfach. So etwas muss doch von langer Hand geplant werden. Und wenn ich ein Jahr unterwegs war, werde ich bestimmt nicht ohne Weiteres einen Job finden. Zuerst wird es mit den Bewerbungen eine Ewigkeit dauern, dann ist es nicht sicher, ob man wirklich dort bleibt, falls man eine Stelle anfängt, und so weiter. Die Vorlaufzeiten für die Promotionsbewerbungen darfst du auch nicht vergessen.«

Diesmal war sie es, die die Augen verdrehte. »Okay. Dann ist es offenbar noch etwas anderes, das ich nicht verstehe: Wieso brauchst du unbedingt eine feste Stelle? Du sagst doch selbst, dass du nicht hinter irgendeinem Redaktionsschreibtisch versauern willst?«

»Ich bin nicht wie du, Sophie. Ein bisschen Sicherheit fände ich schon ganz gut.«

Jetzt stöhnte sie auf, als hätte sie Magenschmerzen. Einer der Kellner warf ihr einen besorgten Blick zu. »Ich an deiner Stelle, und jetzt fang nicht wieder an mit deinem ›Ich bin ja so anders als du‹-Gerede, ich an deiner Stelle würde es einfach riskieren. Tu doch das, was du tun willst! Raus in die Welt! Augen auf, drüber schreiben, genug Geld verdienen, um über die Runden zu kommen. Und wenn's mal nicht so toll läuft, kellnerst du eine Weile. Warum denn nicht? Wenn du das ein paar Jahre gemacht hast, bekommst du mit Sicherheit irgendwo einen festen Job. Du musst es nur einfach probieren. Wir sind jetzt Anfang zwanzig. Wieso willst du dich jetzt schon festlegen? Du hast bewiesen, dass du tolle Artikel schreiben kannst. Du bist sogar im *National Geographic Magazine* gewesen mit deinem Artikel über die Maori und wie sie ihre telepathischen Fähigkeiten verloren haben. Also bleib dran!« Sie atmete genervt aus. Dann winkte sie dem Kellner und bestellte sich eine riesige Portion Eis zum Nachtisch.

Ich konnte Sophie und ihre Einwände nicht nur verstehen, ich fühlte sogar ganz ähnlich wie sie. Gleichzeitig aber ängstigte mich die Vorstellung, keine finanzielle Sicherheit und keine feste Adresse zu haben. Was, wenn ich die ganze Zeit unterwegs wäre? Monatelang im Ausland? Was wäre mit Brian, mit dem ich gerade zusammengekommen war? Sophie hatte noch beide Eltern. Sie hatte nicht schon zwei fundamentale Verluste in ihrem Leben erleiden müssen. Ich sehnte mich nach Stabilität und Sicherheit. Und andererseits wollte ich die Welt sehen, als Journalistin selbstständig von überall aus arbeiten können, wo ich gerade war, unterwegs sein, so viel erleben, wie ich nur konnte.

Der Kampf, der in mir stattfand, war kaum auszuhalten. Es war die Vernunft, die letztlich siegte. Am selben Abend erzählte ich Brian von meinem Gespräch mit Sophie. Für ihn war die Sache klar. »Sie verdient so gut wie kein Geld mit dem, was sie tut. Wie will sie denn später mal leben? So etwas kann sie nicht ewig machen. Irgendwann ist sie zu alt, um durch die Weltgeschichte zu ziehen, und dann ist sie mittellos und ohne Familie.« Er zuckte mit den Schultern. »Für mich wäre das nichts. Und ganz ehrlich, ich würde mich natürlich sehr freuen, wenn du mir noch eine Weile erhalten bliebst«, flüsterte er mir ins Ohr, und dann küsste er mich. Erst zärtlich, dann voller Leidenschaft.

Ich fühlte mich nicht nur wohl in seiner Gegenwart. Ich fühlte mich sicher, behütet und unendlich geliebt. Dafür liebte ich ihn. Ich entschied mich dafür, den sicheren Weg zu gehen. Journalistisch konnte ich schließlich jederzeit einsteigen. Ob nun jetzt oder in fünf Jahren. Was zählte, waren die Arbeiten, die ich vorlegte. Aber die Promotion war fast nur jetzt möglich. Ich hatte mein

Thema, ich hatte meinen Doktorvater, ich hatte ein Stipendium beantragt.

Es fühlte sich gut und richtig an. Ich glaubte, alle Chancen zu haben und meinen Drang, die Welt zu erobern, nur ein wenig auf später zu vertrösten. Dann aber kam alles anders. Brian gründete seine eigene Firma. Das Risiko, dass wir beide ohne gesichertes Einkommen sein würden, war mir zu hoch, und ich nahm den Job in der Verwaltung der Universität an. Ich wollte ihn unterstützen. Wir unternahmen viele Urlaubsreisen ins Ausland. Natürlich waren die Luxushotels und Fünfsterne-Ressorts kein wirklicher Ersatz für das, was ich immer gewollt hatte: ein Land kennenlernen, etwas über die Menschen dort erfahren. Einen Monat mindestens vor Ort sein, um wenigstens ein Gefühl dafür zu bekommen, welche Verhältnisse dort herrschten. Um dann darüber zu berichten. Um dadurch vielleicht sogar etwas zu bewirken, etwas zu ändern. Das war mein Traum gewesen, vor dem ich aber gleichzeitig zurückschreckte, weil ich eben Angst vor der Unsicherheit hatte. Deshalb begrub ich ihn nach und nach, bis er so weit weg erschien, dass ich fast nicht mehr glauben konnte, davon einmal geträumt zu haben.

Es war ein schleichender Prozess gewesen, und Brian hatte ihn sogar noch gefördert. Anfangs hatte er sich dafür begeistert, als ich davon sprach, die Welt auf diese Art bereisen und kennenlernen zu wollen. Er hatte den Abenteuergeist an mir bewundert. Mit seinem Job und seiner eigenen Firma war alles anders geworden. Abenteuer stand nicht mehr auf dem Plan. Auch er hatte sich an die bequemere Lösung gewöhnt.

Mit Brians Tod war das Gefühl, keine Sicherheit mehr zu haben, stärker als jemals zuvor zurückgekehrt, und ich konnte mir nach dem Gespräch mit Matt, der all diese Gedanken heraufbeschworen hatte, überhaupt nicht mehr vorstellen, in ein fremdes Land zu fliegen, dort ein paar Wochen in einer billigen Pension zu leben, auf Menschen zuzugehen, Fotos zu machen, Geschichten zu recherchieren ... Hatte ich das wirklich als Studentin gemacht? Es kam mir vor, als hätte es eine andere Kate gegeben.

Ich saß mit Matt wieder einmal am Parkplatzrand. Es war mitten in der Nacht, der Nacht, nachdem er mich in Cobh einfach hatte stehen lassen. Dafür hatte er sich bei mir entschuldigt, und ich hatte mich ebenfalls für mein komisches Verhalten herausgeredet. Vorher am Abend hatte er im Pub Musik gemacht. Nur er mit seiner Gitarre. Es musste sich wie ein Lauffeuer herumgesprochen haben, denn eine halbe Stunde nachdem er angefangen hatte, war das Pub brechend voll. Matt sang diesmal nur eigene Lieder. Vor jedem neuen Stück erzählte er etwas dazu. Wann er es geschrieben hatte, wie es dazu gekommen war, worum es ging. Fast alle Songs hatten mit ihm zu tun, was er erlebt oder was ihn beschäftigt hatte. Er erzählte von einer Begegnung mit einem obdachlosen Jungen. Er sang von einer Frau, die dabei hatte zusehen müssen, wie ihr Kind in eine Straßenschlacht zwischen Demonstranten und Polizisten geraten und dabei totgequetscht worden war. Es ging um einen Mann, der verlorenen Schätzen nachjagte und darüber alles andere vergaß – seinen Vater. Ich konnte mich kaum auf meine

Arbeit konzentrieren, weil ich keine Silbe verpassen wollte. Gegen Ende kam ein Lied, von dem er sagte, er hätte es erst vor wenigen Tagen geschrieben und es sei das erste Mal, dass er es vortrug. Es ging darin um die Liebe, die man manchmal einfach so erkannte, ohne sie erklären zu müssen.

Als wir nach Mitternacht nun auf dem Parkplatz am Wasser saßen, erzählte ich ihm meine Geschichte. Von meinen Träumen, meinen Plänen und was daraus geworden war.

Er hörte zu, ohne mich zu unterbrechen, bis ich fertig war.

»Hast du seinen Namen bei der Hochzeit angenommen?«

Ich nickte. »Richardson.«

»Okay. Und dein Mädchenname? Riley, wie dein Onkel?«

»Ja.«

»Vielleicht solltest du dich wieder Kate Riley nennen.«

Ich sah ihn zweifelnd an. »Was hat denn das damit zu tun?«

»Nichts. Oder alles. Je nachdem. Ich kenne das aus einem anderen Zusammenhang. Es gibt Bands, die sitzen in ihrem Proberaum und jammern, dass sie keinen Erfolg haben. Dann hat einer die Idee, sich einfach umzubenennen. Und plötzlich läuft alles anders.« Er lächelte mich an. »Kate Riley, du hast Artikel für die großen Magazine geschrieben, obwohl du eine kleine Studentin warst. Kate Richardson, du hast in der Verwaltung der Universität gearbeitet, obwohl du einen Doktortitel hast. Bin ich zu direkt?«

Ich nickte, schüttelte den Kopf. »Ja, bist du. Ich will es nicht hören, es tut weh, ich weiß, dass es stimmt, und ich will nicht darüber nachdenken. Ich bin ein bisschen verrückt, oder?«

»Nicht verrückt genug«, sagte er sanft.

Ich sah ihn fragend an.

»Kate Riley, falls du mich hören kannst, ich würde gerne mehr von dir erfahren. Ich glaube nämlich, ich bin gerade dabei, mich in dich zu verlieben.« Er wollte mich küssen, aber ich wich ihm aus. »Was ist?«, fragte er, ohne beleidigt zu sein.

»Das Lied vorhin, was du zuletzt gespielt hast.«

»Das war für dich.«

Ich schluckte. »Oh.«

»Findest du's kitschig?«

»Gar nicht. Nur ...«

»Es hat dir nicht gefallen. Verdammt.« Matt sah mich zerknirscht an.

»Doch, doch, nur ... Es hat noch nie jemand ein Lied für mich geschrieben, ich weiß gar nicht, was ich sagen soll.«

Diesmal legte er den Arm um mich und zog mich sachte zu sich. »Darf ich jetzt?« Und statt einer Antwort küsste nun ich ihn.

Gerade habe ich noch einmal alles durchgelesen, um sicherzustellen, dass ich auch nichts vergessen habe. Du wirst dich fragen, warum wir nie nach Irland gefahren sind, wenn doch auch Frank von dort kam. Und du wirst wissen wollen, was ich ihm über meine Eltern erzählt habe. Ich sagte, ich sei zu Hause ausgezogen, als ich sechzehn war, und seitdem bestünde kein Kontakt mehr. Ich erwähnte meine Geschwister nicht einmal. Von der furchtbaren Zeit, die ich anschließend erlebte, erzählte ich ihm nie. Sollte man in einer Beziehung nicht immer offen und ehrlich sein? Müsste man nicht eine Grundlage schaffen, die dazu dient, dass man sich alles gegenseitig anvertrauen kann? Wenn du darauf eine Antwort findest, würdest du wohl vielen Menschen helfen.

Bei Sanjay hatte ich das Gefühl, dass ich ihm alles erzählen konnte. Ich konnte ich selbst sein. Bei Frank versperrte sich etwas in mir. Er würde die wahre Emma niemals lieben können, das wusste ich.

Frank hatte einen Bruder, zu dem er guten Kontakt pflegte, aber der lebte mit seiner Familie in Nordfrankreich, und die Eltern waren nach Chicago ausgewandert. Er lebte, seit er die Schule abgeschlossen hatte, in London, und ich... Ja, unsere Gespräche drehten sich selten um die Vergangenheit. Meist ging es um das Hier und Jetzt. Ich fürchte, Frank kannte mich nie wirklich. Und kannte ich ihn? So wie man einen Menschen kennen sollte, um ihn wirklich lieben zu können? Ich mache mir heute noch

Vorwürfe, dass diese Ehe gescheitert ist. Ich denke, alles wäre anders gekommen, wenn ich von Anfang an offen und ehrlich mit ihm gewesen wäre und ihm mein wahres Ich, meine wirkliche Vergangenheit offenbart hätte anstelle einer weich gespülten Version. Vielleicht hätte es auch etwas geändert, wenn ich ihn mehr ausgefragt hätte. Vielleicht aber auch nicht. Aber was bringt es noch, jetzt darüber nachzudenken?

Ich glaube jedenfalls, wenn Frank wirklich der Richtige gewesen wäre, hätte ich ihm einfach alles erzählt, ohne mir Gedanken darüber zu machen, ob es der geeignete Zeitpunkt war und wie er es aufnehmen würde. Das muss die Antwort auf die Frage sein, die ich dir eben noch gestellt habe.

Wie es mit Frank und mir zu Ende ging? Ich sagte ihm, dass ich nicht mehr mit ihm zusammen sein konnte. Er verstand es natürlich nicht und wollte reden. Ich versuchte es ihm zu erklären, aber es gelang mir nicht. Er hatte keine Ahnung, wovon ich sprach.

»Wie kann denn Liebe einfach so verschwinden?«, wollte er wissen.

Selbst jetzt, als ich ihn verließ, brachte ich es nicht fertig ihm die Wahrheit zu sagen. Dabei wäre es so viel leichter für uns beide gewesen, oder nicht? Wenn ich gesagt hätte: »Ich will kein Kind mit dir, es fühlt sich falsch an, wahrscheinlich weil ich tief im Innersten einen anderen liebe, auf eine sehr andere Art als dich. Für ihn wäre ich bereit, durchs Feuer zu gehen. Mit dir kann ich mir ein ruhiges gemeinsames Leben vorstellen, nur leider reicht mir das nicht mehr.«

Der andere war Sanjay.

Ich sagte es ihm nicht.

Ich sagte ihm nur, ich würde ihn nicht mehr lieben.

Er versuchte alles, um mich zurückzubekommen. Ich war noch am selben Tag ausgezogen und schlief im Büro. Er kam in den ersten Tagen ständig vorbei. Er schrieb mir Briefe, schickte Fotos von uns aus glücklichen Zeiten, brachte gemeinsame Freunde dazu, mit mir zu reden, um mich umzustimmen. Er kämpfte. Aber ich hatte mich entschieden und längst alles in die Wege geleitet.

Ich arbeitete bereits eine Nachfolgerin für mein Frühchen-Projekt ein. Es würde zwei Jahre dauern, bis die Scheidung durch war. Ich verkaufte mein Haus in Hounslow - ich hatte es während unserer Ehe behalten und vermietet - und überwies das Geld auf ein in Indien eröffnetes Konto. Dann flog ich nach Neu-Delhi.

19.

Ich hatte kein Auge zugemacht, nachdem Matt und ich uns geküsst hatten. Es war beim Küssen geblieben, er hatte mich nicht bedrängt, sondern war sehr rücksichtsvoll und vorsichtig gewesen. Am nächsten Morgen fuhr ich müde, aber glücklich nach Cork, um die letzten Details für unser Mittsommerfest zu erledigen. Ich war mit einem Ausstatter verabredet, den mir Sophie empfohlen hatte, und mit ihm klärte ich die Dekoration des Pubs. Außerdem traf ich mich noch mit der Sängerin einer Folkband, die auftreten würde. Am Nachmittag klopfte ich bei Sophie, die aber nicht zu Hause war. Ich fuhr weiter zu dem schmalen, blauen Haus, in dem Emma wohnte, und klingelte dort. Ich musste unbedingt mit einer Freundin über Matt reden, sonst würde ich noch platzen.

Zu meinem Erstaunen öffnete mir Emmas Vater die Tür. Er starrte mich ebenso perplex an wie ich ihn, und auch er erkannte mich sofort. »Kate Riley! Was für eine Überraschung! Komm rein, bitte, komm rein! Wie hast du uns denn gefunden?«

Ich hatte kaum Zeit, darüber nachzudenken, warum Mr. Mulligan nichts davon wusste, dass Emma und ich uns wiedergefunden hatten. Emma kam nämlich schon die Treppe heruntergerannt.

»Dad, ist es okay für dich, wenn wir uns ins Wohnzimmer setzen und du ein bisschen nach oben gehst?«

Emmas Vater nickte, strahlte mich an und ging die Treppe hinauf.

»Wo ist deine Mutter?«, fragte ich Emma.

»Vor fünf Jahren gestorben.«

»Tut mir leid.«

»Ja, danke. Seitdem ist er ein bisschen ... durcheinander.«

»Warum hast du mir gar nichts davon gesagt?«

Emma hob die Schultern. »Ich weiß nicht. Es ergab sich nicht.«

»Und dass du mit deinem Vater zusammenwohnst ...«

Sie lächelte. »Er braucht jemanden, der ihm zur Hand geht. Und ich auch. So gesehen sehr praktisch.« Sie umarmte mich. »Schön, dass du vorbeischaust! Wie geht es dir?«

Wir gingen ins Wohnzimmer. Dort standen altmodische, abgewohnte Möbel. Sofa und Sessel waren durchgesessen, und der Stoff glänzte speckig. Auf dem Tisch lag eine gehäkelte Zierdecke. Wenig Licht fiel durch die Fenster, wodurch die Szenerie wirkte wie ein Film aus den Fünfzigerjahren. Der dreckige Kamin und der alte Fernseher verstärkten diesen Eindruck.

»Sehr gut«, murmelte ich geistesabwesend. Irgendwie hatte ich mir Emmas Haus anders vorgestellt. »Du bist also nach deiner Scheidung bei deinem Vater eingezogen?«

»Das ergab sich so«, sagte sie und wurde rot. »Möchtest du Tee? Ich kann uns schnell einen machen.«

»Danke.« Ich schüttelte den Kopf. »Wie geht es ihm?

Ich hatte nicht den Eindruck, dass er durcheinander ist. Im Gegenteil, er schien gut drauf zu sein.«

Emma drehte sich zur Seite und begann, ein Sofakissen in Form zu bringen. »Ja, zum Glück. Man merkt es nicht sehr. Er verwechselt nur manchmal ein paar Dinge.« Sie strahlte mich an. Es wirkte nicht echt. »Ich war heute schon bei Kaelynn. Sie behalten sie noch eine Weile im Krankenhaus, aber nicht mehr sehr lange. Ein paar Blutwerte waren nicht ganz optimal, aber so etwas kommt vor.«

»O ja, ganz bestimmt«, sagte ich automatisch. »Ich freu mich drauf, wenn du uns mal in Kinsale mit ihr besuchst.« Ich wurde das Gefühl nicht los, dass mit ihr etwas nicht stimmte, und ich beschloss, einfach nachzuhaken. »Emma, du weißt, dass du mir nichts vormachen musst, oder? Irgendwas ist doch mit dir. Ist es wegen Kaelynn? Oder wegen deinem Vater?«

Sie sah mich mit großen Augen an und schüttelte den Kopf. »Nein, wirklich, es ist ...« Sie ließ sich aufs Sofa fallen und schloss die Augen. »Es ist alles ein bisschen viel.« Ich setzte mich neben sie, legte einen Arm um ihre Schultern.

»Glaub ich dir.«

»Ein Kind in dieser Situation allein erziehen zu müssen ... Die Ärzte sagen, sie wissen nicht, wie sie sich entwickelt. Sie scheint so weit gesund zu sein, aber wer weiß schon, vielleicht bleibt sie immer kleiner und schwächer als andere Kinder? Oder ist anfälliger für Krankheiten? Vielleicht kommt sie in der Schule nicht mit? Was, wenn sie gar nicht auf eine normale Schule gehen kann?«

»Dann ist es einfach so«, sagte ich. »Egal wie es

kommt, sie ist deine Tochter, du wirst sie so lieben, wie sie ist, und das ist für die Kleine doch das Wichtigste auf der Welt. Dass sie geliebt wird. Nicht, ob sie irgendwann mal Astrophysikerin wird oder Hochleistungssportlerin. Oder?«

Emma nickte. »Ja, klar. Trotzdem. Leicht wird es nicht. Das macht mir einfach Angst. Ich frage mich, ob ich das alles schaffe und was noch alles auf mich zukommt. Solche Dinge. Da schläft man schon mal schlecht.« Sie lächelte schief. »Und ehrlich gesagt, ich hatte gehofft, du würdest nicht herkommen. Nicht so früh. Ich... ach, keine Ahnung.«

»Du willst nicht, dass ich hier bin? Aber du hast mir doch gezeigt, wo du wohnst. Ich dachte, es sei okay für dich, wenn...«

»Schau dich doch mal um!«, unterbrach sie mich. »Ich meine, ich wohne bei meinem Vater! Ich habe keine eigene Wohnung mehr, seit ich geschieden bin, ich kann mir im Moment keinen Job suchen, und wer weiß, ob ich es je irgendwann kann. Ich muss mich um meinen Vater kümmern und um Kaelynn noch viel mehr.«

»Was ist mit deinen Geschwistern?«

»Ja, sie helfen. Kommen manchmal vorbei. Sie haben alle ihre eigenen Familien. Andere Probleme.« Sie sah mich an. »Es ist manchmal einfach zu viel für mich. Ich wollte nicht, dass du mich so siehst.«

Ich atmete tief aus. »Emma, ich wohne bei meinem Onkel im Jugendzimmer meiner Cousine. Ich sitze da seit einem halben Jahr und starre mehr oder weniger die Wände an, ohne zu wissen, was ich mit mir anfangen soll. Und du? Du bist eine große Stütze für deinen Vater, und du hast eine süße kleine Tochter, die dich braucht. Da darfst du auch mal erschöpft sein. Und dich so zeigen.« Ich umarmte sie kurz und fest. »Dein Exmann ...«, begann ich.

Emma nickte schnell. »Wir haben alles geregelt. Darum geht es nicht.« Sie lächelte mich kurz an. »Die Sorgen, die man sich um sein Kind macht, die Nächte, die man nicht schlafen kann ... Das kann einem niemand nehmen. Da hilft auch kein Geld. Aber sich mit einer guten Freundin unterhalten, das hilft mir sehr.« Sie drückte meine Hand. »Sag, warum bist du eigentlich hier? Du hattest doch bestimmt einen Grund herzukommen?«

»Ach, ich wollte nur ein bisschen plaudern, aber ich weiß nicht, ob jetzt der richtige Zeitpunkt ist. Ich komme gerne ein anderes Mal wieder. Oder«, fügte ich hastig hinzu, »wir treffen uns irgendwo. Wie es dir recht ist.«

»Sei nicht albern. Jetzt weißt du ja, wie ich wohne. Die schlimmste Hürde ist genommen, würde ich mal sagen.«

»Du hast gedacht, es sei mir wichtig, wie du wohnst?«, fragte ich verwundert. »So was denkst du von mir?«

Sie hob die Schultern. »Wer weiß? Wir haben uns lange nicht gesehen. Und du, du wolltest plaudern? Einfach so? Glaub ich dir nicht.«

»Stimmt. Es ist was passiert.«

»Der Amerikaner, oder?«

So wie mein Gesicht brannte, musste ich gerade knallrot geworden sein. »Wir haben uns geküsst.« Ich erzählte ihr, was in der Nacht geschehen war.

»So, so, nur geküsst also«, sagte Emma und hob die Augenbrauen. »Wie geht's weiter mit euch? Wie lange ist er überhaupt in Irland? Wenn er nur kurz hier ist, dann wäre ›langsam angehen lassen‹ wohl nicht die richtige Strategie.«

»Ja. Aber ich kann mich schlecht jetzt Hals über Kopf in eine Beziehung stürzen ...«

»Warum nicht?«, unterbrach sie mich und sah mich prüfend an. »Wegen Brian?«

Ich stand auf und ging ein paar Schritte ziellos im Raum umher. Dann setzte ich mich wieder, aber diesmal in den Sessel. Ich brauchte Platz, vielleicht auch Abstand, um über all die widersprüchlichen Gefühle in mir reden zu können.

»Ja, wegen Brian, oder erklärst du mich jetzt auch noch für verrückt, weil ich immer noch um den Mann trauere, den ich geliebt habe und von dem ich dachte, er würde ewig bei mir bleiben und nichts könnte je zwischen uns kommen, nicht einmal der Tod? Über ein halbes Jahr ist es her. Manchmal fühlt es sich an, als wären nur ein paar Tage seitdem vergangen, und dann kommt es mir vor, als hätte ich ihn vor einer Ewigkeit zuletzt gesehen und berührt.« Ich musste schlucken. »Aber er kommt nicht mehr zurück. Und Matt ist ...« Ich geriet ins Stocken.

»Du hast dich in ihn verliebt, hm?«

Ich nickte.

»Das ist wunderschön, Kate. Wehr dich nicht.«

»Es ist nicht nur wegen Brian. Wie soll ich Matt denn richtig kennenlernen, wenn er so weit weg lebt? Ich kann doch nicht einfach ...«

»Eine Weile weg? Warum nicht? Was hält dich hier?«

Nichts. Natürlich nicht. Außer meiner Angst und meiner Unentschlossenheit, was ich mit meinem Leben anstellen wollte.

»Er ist noch ungefähr drei Monate in Europa«, sagte ich. »Und er hat sich noch nicht entschieden, wo er als Nächstes hinwill. Er sagte: Vielleicht nach Italien wie Henry James, nach Paris wie Gertrude Stein ...«

»Wow«, sagte Emma neckisch. »So ein gebildeter Mann. Liest gerne, reist gerne ... Worauf wartest du? Fahr doch einfach mit. Dann lernst du ihn kennen.«

»Genau das hatte ich vor.«

»Und was sagt er dazu?«

»Ich hab noch nicht mit ihm darüber geredet. Eigentlich habe ich mir das vorhin erst überlegt. Und festgestellt, dass es eine blöde Idee ist.«

»Wie du zu dem glanzvollen Schluss kommst, müsstest du mir vielleicht noch mal in Ruhe erklären?« Sie zog zweifelnd die Augenbrauen zusammen.

»Soll ich ihm sagen, hey, wenn du in Rom bist – oder sonst wo –, ruf mich an, ich komm dann für ein paar Tage vorbei, und wir sehen, wie es so läuft?«

Emma hob die Schultern. »Warum denn nicht? Hört sich nach genau der Menge Spaß an, die dir gerade sehr guttun würde. Und wenn es schrecklich langweilig mit ihm wird, setzt du dich in den nächsten Flieger und kommst zurück. Was hast du zu verlieren?«

Ich nickte nur und sagte: »Du hast ja recht.«

Sie legte den Kopf schief und sah mich aufmerksam an. »Da ist noch was. Raus damit.«

Ich zögerte. »Das ist jetzt nicht leicht für mich ...«

»Sag's einfach.«

»Ich hatte mit Matt ein etwas merkwürdiges Gespräch,

und danach wurde mir klar, dass es da etwas gibt, das ich sehr gerne machen möchte.«

»Aber das ist doch toll!«

»Ja. Nicht so toll ist, dass ich gleichzeitig einsehen muss, dass ich jahrelang auf dem Holzweg war.«

»Wieso das? Meinst du mit Brian?«

Ich schüttelte den Kopf. »Mit dem, was ich für Brian getan habe. Ich dachte, ich müsste ihn unterstützen und die Vernünftige sein. Ein Team mit ihm bilden und der Stützpfeiler sein. So in der Art. Und vor lauter Nachdenken über Sicherheit und Zukunftsplanung habe ich mich offenbar aus den Augen verloren.«

»Hat Brian es so gewollt?«

Heftig schüttelte ich den Kopf. »Oh, nein. Es kam von mir. Ich dachte einfach, es müsste alles so sein.«

Emma schwieg einen Moment, ließ mich dabei aber nicht aus den Augen. Schließlich sagte sie: »Ich hatte dich so verstanden, dass er die Liebe deines Lebens war und du nicht weißt, was du ohne ihn tun sollst. Und jetzt sagst du, dass du dich seinetwegen unglücklich gemacht hast?«

»Ich war glücklich mit ihm. Ich habe aber seinetwegen einige falsche Entscheidungen getroffen. Obwohl er mich nicht einmal drum gebeten hat. Nicht direkt zumindest. Jedenfalls, es ist alles ein großes Durcheinander in meinem Kopf.«

»Gibst du ihm die Schuld, dass du dich falsch entschieden hast?«

»Es geht gar nicht um Schuld. Und wenn, dann wäre es einzig meine. Ich frage mich nur, wie es kommen konnte, dass ich meine Träume so vollständig begraben habe.«

»Das war nicht richtig. Träume zu begraben ist nicht richtig«, sagte Emma. »Brian hätte doch sehen müssen, dass du unglücklich bist!«

»Er hat mich sogar oft genug gewarnt. Er hat gesagt: Überleg dir das, wir können auch alles ganz anders machen ...«

»Gut«, nickte sie. »Gut.«

»Wie gesagt. Mein Fehler.«

»Nein, deine Entscheidung. Wie richtig oder falsch sie ist, kann man vorher nie wissen. Rede dir jetzt nur keinen Unsinn ein. Du hast dich offenbar für Dinge entschieden, die du damals richtig fandest und wohl immer noch richtig finden würdest, wenn er noch leben würde.« Sie sah mich ernst an. »Erzähl mir von deinen Träumen.«

Ich biss mir auf die Unterlippe. »Die Kurzfassung ist: Ich wollte immer viel reisen und als Journalistin arbeiten. Früher hab ich sogar ein paar Artikel unterbekommen. Das war während des Studiums.«

»Wow.« Sie nickte beeindruckt. »Und Brian hat gesagt: Kate, du bist toll und begabt und wundervoll, und ich will, dass du genau das machst, was dich glücklich macht. Aber du hast gesagt: Och, nein, lass mal, ich will lieber nen langweiligen Job?«

Ich sah sie nachdenklich an. »Ungefähr so. Ja.«

»Nicht dein Ernst!«

»Vielleicht hab ich auch nur eine Ausrede gebraucht, weil ich mich nicht wirklich getraut habe. Erst habe ich die Promotion vorgeschoben, und dann, als Brian sich selbstständig machen wollte, war das der Grund, bloß nichts zu wagen.«

»Und was ist jetzt deine Ausrede bei Matt? Oder ist es die Angst, eine falsche Entscheidung zu treffen?«

»Alles«, gab ich zu.

»Das Einzige, was hilft, ist ausprobieren«, sagte Emma. »Zwischen euch ist noch nichts wirklich passiert. Aber du kannst nur verlieren, wenn du nichts tust. Also, frag ihn einfach, ob ihr euch irgendwo treffen könnt. Oder ob er noch mal einen Abstecher nach Irland macht.«

Ich nickte. »Du hast recht.« Dann sah ich auf die Uhr und griff nach meinem Ledermantel. »Ich mach mich mal auf den Heimweg.«

Emma umarmte mich. »Tu's einfach. Verbringe Zeit mit ihm. Schau ihn dir an. Du kannst immer und jederzeit gehen. Du verpflichtest dich nicht.«

Ich rief ihrem Vater noch einen Gruß ins obere Stockwerk und ging zu meinem Wagen. Auf der Heimfahrt dachte ich über Emma nach. Sie hatte eindeutig recht, ich konnte nichts verlieren. Ich musste mich nur endlich trauen, das zu tun, was ich tun wollte. Wenn es der falsche Weg war, konnte ich immer noch zurück. Über eine Sache, die mir Angst machte, hatte ich mit Emma allerdings nicht gesprochen: die Hoffnung, an die ich mich längst klammerte. Dass ich den Schmerz hinter mir lassen würde, wenn ich mich auf Matt einließ. Dass er mich retten würde, wie Brian mich nach dem Tod meiner Großmutter gerettet hatte. Wenn das der Grund war, warum ich Matt nahe sein wollte, dann war es kein guter Grund. Nur, wie sollte ich herausfinden, was ich wirklich für ihn empfand? Nach nur einem Kuss?

Aber das Gespräch mit Emma hatte mir gutgetan. Trotz der vielen Fragezeichen, die ich noch vor mir sah, fühlte ich mich auf dem richtigen Weg. Doch dann meldete sich das schlechte Gewissen: Hatte ich ihr denn genug zugehört? Sie richtig unterstützt? All ihre Ängste und Sorgen wegen ihrer Tochter, und ich hatte nichts Besseres zu tun, als ihr meinen Liebeskummer aufzudrängen?

Wehmütig dachte ich an Kaelynn, das tapfere kleine Mädchen, das sich im Krankenhaus ins Leben kämpfte, und an einen weiteren Wunsch, den ich für Brian aufgegeben hatte.

20.

Wir waren schon drei Jahre verheiratet, als es passierte: Meine Periode blieb aus.

Natürlich verhüteten wir. Brian und ich hatten immer gesagt, dass Kinder kein Thema wären. Für mich hatte das geheißen: im Moment. Vielleicht irgendwann mal. Aber nicht jetzt. Ich hatte gedacht, es ginge ihm genauso. Und wenn es eines Tages einfach passieren würde, dann wäre es eben so.

Eines Tages blieb meine Periode aus. Zwei, drei Tage lang machte ich mir keine Gedanken, obwohl meine Gebärmutter normalerweise funktionierte wie ein Uhrwerk. Nach vier Tagen wurde ich nervös, weil ich dachte, etwas stimme nicht mit mir. Zu viel Stress, psychische Belastung, ich ging im Kopf alle Möglichkeiten durch, bis ich Angst bekam, krank zu sein, und alles von mir schob und hoffte, es würde jeden Moment so weit sein. Auf den Gedanken, ich könnte schwanger sein, kam ich erst nach einer Woche. Ich sagte es Brian, der mich verständnislos anstarrte.

»Wir verhüten doch!«

»Keine Ahnung, vielleicht war irgendwas mit dem Kondom nicht in Ordnung, oder ... Was weiß denn ich?«

»Unmöglich. Nein, ich habe immer aufgepasst. Das kann nicht sein. Bist du sicher, dass du dich nicht verrechnet hast?«

»Ganz sicher.«

»Wirklich?«

»Natürlich! Ich schreibe mir immer auf, wann es losgeht und wie lange es dauert! Das machen alle halbwegs verantwortungsvollen Frauen. Oder zumindest sollten sie das.«

»Dann zeig mir mal deinen Kalender.«

Ich runzelte die Stirn. »Was denn, glaubst du, ich kann nicht richtig rechnen?«

»Jetzt zeig ihn mir einfach.«

Ich ging in den Flur, um meine Handtasche zu holen. Dann kramte ich einen kleinen Kalender hervor und warf ihn ihm hin. »Dann schau halt selbst nach.«

Er blätterte eine Weile hin und her, zählte die Wochen nach, blätterte wieder vor und zurück, sagte schließlich: »Ja, du bist eine Woche zu spät. Warum? Woran kann das liegen?«

»Woran wohl.«

»Es muss doch noch andere Gründe geben. Du kannst nicht schwanger sein!«

»Und wenn doch?«

Er rieb sich die Stirn. »Das ist jetzt ein ganz schlechter Zeitpunkt«, sagte er. »Ich muss so viel arbeiten, dann wärst du ganz allein mit ...«

»Es gibt Kinderbetreuung. Das ist wohl kein Problem.«

»Und wir haben doch schon die nächsten Urlaube gebucht ... Da können wir kein neugeborenes Kind mitnehmen. Die müssten wir canceln. Und wollten wir uns nicht auch neue Möbel kaufen? Wir brauchen eine neue Küche. Das Bad wollte ich renovieren lassen.«

»Kann alles warten«, sagte ich. »Und wir haben genug Geld.«

Er schüttelte den Kopf. »Weißt du, was so ein Kind kostet?«

»Seit wann ist denn Geld ein Thema? Außerdem, schau dich doch mal um, die meisten Leute bekommen ihre Kinder wunderbar groß, obwohl sie nicht mal halb so viel verdienen wie wir. Nicht mal annähernd.«

»Du bleibst ja dann eine Weile zu Hause, und dein Einkommen fällt weg. Und was, wenn in der Zeit was mit meiner Agentur schiefläuft? Ich weiß nicht, das ist mir alles zu unsicher.«

»Andere Familien schaffen das auch, ich verstehe gerade nicht, was das Problem ist«, sagte ich ungeduldig.

Brian fuhr sich mit der Hand übers Gesicht. »Das Problem ist, dass ich keine Kinder will.«

Ich schluckte. Dann merkte ich, wohin sein Blick gefallen war. Ich sah an mir hinunter: Meine Hand lag auf dem Bauch, wie um etwas zu schützen, von dem ich mir mittlerweile ganz sicher war, dass es schützenswert war.

»Du willst *jetzt* keine Kinder, meinst du?«

Sein Blick verriet mir die Wahrheit. Er sagte: »Na ja, wer weiß, was in ein paar Jahren ist ... Jetzt ist aber wirklich kein guter Zeitpunkt, weißt du?«

»Und was machen wir, wenn ich schon schwanger bin, Brian?« Ich war wütend.

Er hob die Schultern, unfähig, mich anzusehen. »Geh zum Arzt und lass dich untersuchen. Oder hol einen

Schwangerschaftstest aus der Apotheke. Und dann reden wir weiter.«

Ich schüttelte den Kopf. »Nein, ich will jetzt eine Antwort. Was machen wir, wenn ich schwanger bin?«

»Es ist doch Unsinn, darüber ohne Grundlage zu diskutieren. Wir brauchen erst Gewissheit. Wenn wir Tatsachen auf dem Tisch haben, können wir darüber reden. Warum sollten wir uns vorher schon verrückt machen?«

Ich brauchte eine Weile, bis ich antworten konnte. Mein Blick glitt unstet über die teuren Möbel in unserem Wohnzimmer, die betont lässige Eleganz im Arne-Jacobsen-Stil, für die unser Haus eigentlich etwas größer hätte sein müssen. Ich sah auf Brians geputzte Schuhe, seine makellose Kleidung, sein schönes Gesicht, stellte ihn mir als Vater vor in Turnschuhen, bequemen Freizeitklamotten, mit zerzaustem Haar und tiefen Lachfältchen. Ich stellte mir buntes Kinderspielzeug in unserem Wohnzimmer vor, eine Rutsche und eine Schaukel in unserem kleinen Garten. Ich hatte keine Probleme, das alles so deutlich vor mir zu sehen, als sei es längst real.

»Ich will es jetzt wissen«, sagte ich ruhig.

Er drehte sich von mir weg. »Na, was sollen wir dann schon machen? Nichts.«

»Dann würden wir es bekommen?«

Brian, immer noch den Rücken zu mir, hob die Schultern. »Natürlich. Natürlich.«

Ich ging zu ihm, drückte mit der Hand seine Schulter nach hinten und zwang ihn, mich anzusehen. »Wir können immer noch nach England. Oder Holland.« Ich betrachtete ihn genau.

»Nein«, sagte er.

Wieder verriet ihn sein Blick: Zerrissenheit, Unsicherheit.

»Warum hast du so eine Angst davor?«, fragte ich. »Das mit dem Geld ist doch alles nur ein Vorwand. Was ist los?«

Brian riss sich von mir los. Er öffnete die Terrassentür und ging nach draußen. Ich folgte ihm. Es war ein grauer Samstagmorgen im Mai. Ein Nachbar trug seine Einkäufe durch den Nieselregen ins Haus. Er nickte uns zu. Brian grüßte zurück.

»Ich muss gleich in die Agentur«, sagte er zu mir.

»Ich weiß. Aber erst redest du mit mir.«

»Auf keinen Fall würde ich wollen, dass wir das Kind abtreiben«, sagte er ernst.

»Aber es wäre dir lieber, wenn es erst gar kein Kind gäbe?«

Brian nickte. »Vielleicht später mal. Aber nicht jetzt.«

»Warum nicht jetzt?«, fragte ich sanft und strich ihm über den Rücken.

Brian verschränkte die Arme und drehte sich zu mir. »Okay. Ich habe Angst, ja. Und zwar davor, dass irgendwas passiert, das ich nicht verhindern kann.«

»Was meinst du? Krankheiten? Unfälle?«

»Tod.«

»Brian! Wie kommst du jetzt darauf?«

»Ich ...« Er zögerte. »Ich hab dir das noch nie erzählt, Kate, es gab keinen Grund. Bis jetzt. Ich hatte einen kleinen Cousin, John. Der Sohn der Schwester meines Vaters. Sie wohnten nur ein paar Häuser weiter. John war immer ein bisschen zarter als die anderen Kinder. Und kränklich. Dauernd musste er ins Krankenhaus oder zur Kur, wegen der Bronchien. Aber er war ein wirklich lustiger, lieber kleiner Kerl. Ich mochte ihn total gern. Er war zehn Jahre jünger als ich. Der Augenstern seiner Eltern, weil sie jahrelang dachten, sie würden kinderlos bleiben. Als John dann kam, war es für sie wie ein Wunder. Ich passte manchmal auf ihn auf. Nie sehr lange, ich war ja selbst noch sehr jung. Aber wenn gerade alle Erwachsenen zu tun hatten, setzten sie mich in sein Zimmer. Dann hieß es: Pass auf, Brian, wir helfen den Nachbarn gerade im Garten, dauert nur eine Stunde, wenn was ist, kommst du schnell rübergelaufen. Oder: Hör zu, wir sind mal eben eine halbe Stunde beim Einkaufen, du weißt ja, wenn er anfängt zu husten, rufst du den Notarzt und gibst ihm seinen Inhalator. Sie waren wirklich nie lange weg. Und es war noch nie irgendwas passiert.«

»O nein«, sagte ich, weil ich ahnte, was nun kam. »Das ist nicht wahr, oder?«

Er sah mich kurz an, dann richtete er den Blick auf den Rasen. »Meine Tante kam vorbei und lieferte John ab, sie musste nur eben etwas erledigen, ob er kurz bei mir bleiben könne. Ein Freund war zu Besuch. Wir waren fünfzehn und hatten natürlich keine Lust, auf einen Fünfjährigen aufzupassen. Ich mochte John, natürlich, aber meine Freunde waren mir zu der Zeit viel wichtiger. Ich gab ihm etwas zu spielen und setzte ihn ins Wohnzimmer. Wir gingen rauf in mein Zimmer und drehten die Musik auf. Allerdings regte sich mein Gewissen nach einer Viertelstunde. Ich ging runter, um nach John zu sehen. Er lag bewusstlos auf dem Boden. Ein Asthmaanfall. Ich hörte nur noch sein schreckliches Keuchen. In meiner Panik wusste ich nicht, was ich zuerst tun sollte.

Ich schrie nach meinem Freund, der mich wegen der lauten Musik nicht hörte. Ich rannte zum Telefon und rief einen Notarzt, aber der brauchte natürlich einige Minuten. In dieser Zeit kniete ich neben John, versuchte ihn zu beatmen, wie ich es im Fernsehen gesehen hatte, sprühte sinnlos mit dem Inhalator herum, tat tausend Dinge, die überhaupt nichts brachten. Ich kniete also neben ihm und sah ihm beim Sterben zu.« Er schluckte. »Ich hab mir das nie verziehen. Auch nicht, was dann mit meiner Tante geschah. Sie kam über Johns Tod nicht hinweg und starb ein paar Monate später. Es war grauenhaft.«

Ich war erschüttert. »Warum hast du mir nie davon erzählt?«, flüsterte ich.

Er schüttelte den Kopf. »Ich habe einen kleinen Jungen auf dem Gewissen. Und seine Mutter irgendwie auch. Damit geht man nicht hausieren.«

»Ich bin deine Frau«, sagte ich. »Ich liebe dich.«

»Jetzt immer noch? Kannst du mich immer noch lieben?«

»Natürlich.«

»Müsstest du jetzt nicht solche Sachen sagen wie: Aber du bist nicht dafür verantwortlich, dich trifft keine Schuld, du warst doch noch jung?«

»Sollen wir jetzt diskutieren, ob es richtig oder falsch war, einem Fünfzehnjährigen für eine halbe Stunde die Aufsicht über seinen Cousin zu geben? Es ist schrecklich, was geschehen ist. Niemand kann es mehr ungeschehen machen. Nein, wichtig ist mir, wie du jetzt damit umgehst. Du versuchst nicht, dich rauszureden und anderen die Schuld zu geben. Das heißt Verantwortung.«

Er schnaufte abfällig. »Und heute bin ich reif und erwachsen und mache keine Fehler mehr? Nein, Kate. Ich will nie mehr Verantwortung für ein Kind übernehmen müssen. Verstehst du nicht? Ich hätte ihm helfen können, wenn ich nicht so sehr mit mir selbst beschäftigt gewesen wäre. Wer garantiert mir, dass ich als Vater nicht auch mal Momente habe, in denen ich denke: Passiert schon nichts, wenn mein Kind fünf Minuten allein ist, ich schau nur eben Fußball zu Ende?«

»Du würdest es nicht zulassen. Du bist erwachsen.«

Brian schüttelte heftig den Kopf. »Trotzdem. Ich traue mir selbst nicht. Es tut mir leid.« Er ging an mir vorbei nach drinnen. Kurz darauf fiel die Haustür ins Schloss, und dann hörte ich den Wagen aus der Garage fahren.

Vier Tage sollte es noch dauern, bis ich endlich meine Periode bekam. Bei den späteren ärztlichen Untersuchungen kam nur heraus, dass ich kerngesund war. Wir sprachen in dieser Zeit immer wieder über den kleinen John, über Verantwortung, über das Risiko, ein Kind in die Welt zu setzen. Aber es änderte nichts. Brian gab seine Haltung nicht auf. Der Gedanke, eigene Kinder zu haben, ängstigte ihn zu Tode. Ich musste mit ansehen, dass er schlecht schlief, weniger aß und ganz elend aussah. Um ihn nicht noch mehr zu quälen, ließ ich das Thema schließlich fallen. Wir hatten immer noch so viel Zeit, Kinder zu bekommen, ich hatte es selbst nicht besonders eilig damit. Bestimmt würde es nun in ihm arbeiten, und war nicht Zeit der beste Faktor, um Wunden zu heilen? Das redete ich mir jedenfalls ein.

Ich sollte nicht recht behalten. Wann immer ich die

Sprache auf eigene Kinder lenkte, verschloss sich Brian, und es war offenkundig, wie sehr ihn das Thema quälte.

Irgendwann gab ich es ihm zuliebe ganz auf.

Mit gemischten Gefühlen fuhr ich zurück nach Kinsale. Ich setzte mich mit Ralph und Mary zusammen, um die endgültige Planung für die Mittsommerfeier durchzugehen und zu überprüfen, ob auch wirklich alles erledigt und nichts vergessen worden war. Ein einziger Posten stand noch offen: die Bestellung bei Sam. Ich bat Ralph, dies für mich zu übernehmen, und er nickte nur, ohne Fragen zu stellen. Den Abend hatte ich mir freigenommen. Ich traf mich mit Matt am Strand, wo er ein Picknick für uns vorbereitet hatte. Als ich ihn sah, verzogen sich die düsteren Wolken, die tagsüber in mir aufgekommen waren. Wir sprachen und lachten viel, und irgendwann hatte ich genug getrunken, um sogar mit ihm zusammen zu singen. Ich war so sehr im Hier und Jetzt, dass ich gar nicht mehr daran dachte, ihn zu fragen, ob wir uns wiedertreffen würden. Vielleicht war mir aber auch klar, dass es nicht einfach enden würde, nur weil er nach dem Wochenende weiterreiste.

Wir küssten uns, hielten uns im Arm, und später, als wir kurz vor Sonnenaufgang wieder im Pub waren, nahm ich ihn – trotz aller guten Vorsätze, mir Zeit zu lassen und ihn langsam kennenzulernen – mit auf mein Zimmer, und wir verbrachten eine zärtliche und wundervolle Nacht zusammen. Es war, als hätte er Brian aus meinen Gedanken vertrieben. Mein Herz war endlich frei. Für Matt.

21.

Schon am frühen Samstagmorgen begannen wir damit, das Pub für das Mittsommerfest zu dekorieren. Ich hatte Ralph und Mary nicht verraten, was sie erwarten würde, und war sehr gespannt auf ihre Reaktion. Im ganzen Ort würden heute kleinere und größere Feiern stattfinden, auch mehrere Lagerfeuer waren geplant. Aber ich hatte mir in den Kopf gesetzt, dass im Jacob's Ladder das außergewöhnlichste Mittsommer stattfinden sollte. Inspiriert von dem großen Festival, das um diese Zeit immer in Cork stattfand – viele Veranstaltungen mit internationalen Künstlern, Tänzern und Musikern –, hatte ich einen Teil der Bühnendekoration einer Produktion von Shakespeares *Sommernachtstraum* organisiert, durch die das Pub aussehen würde wie der von Feen und Elfen bewohnte Wald aus dem Stück; dazu noch ein paar Studenten, die sich ab dem späten Nachmittag entsprechend kostümiert um die Gäste kümmern würden, sowie ein paar Schauspieler, die eine kleine Szene aus dem *Sommernachtstraum* bei Einbruch der Dunkelheit – also sehr, sehr spät in der Nacht – aufführen würden. Sophie unterstützte mich bei allem, denn natürlich war ich auf ihre Kontakte und Ideen angewiesen, und Tina, die im Pub aushalf, stürzte sich ebenfalls mit Begeisterung in die Organisation. Der Ausstatter brachte Szenenfotos von verschiedenen *Sommernachtstraum*-Aufführungen mit, die jedoch alle eins gemein hatten: Sie zeigten die wundersam verrückte Traumwelt, in die man sich in dieser Nacht, wenn die Pforten zum Feenreich offen standen, angeblich verirren konnte ...

Wir planten außerdem ein kleines Feuer auf dem Parkplatz gegenüber. Wir hatten unsere Gäste gebeten, ihre Autos umzuparken, damit wir die Feuerstelle einrichten könnten. Ralph rannte draußen herum und überprüfte alles doppelt und dreifach, damit bloß nichts in Flammen aufgehen würde, was nicht brennen sollte, und Mary perfektionierte in der Küche ein selbst erdachtes Cocktailrezept, um den perfekten »Sommernachtstraum« (so wollte sie ihn tatsächlich nennen, obwohl sie keine Ahnung von meiner Dekoration hatte) hinzubekommen. Matt half dem Ausstatter und mir, und als wir fertig waren, rief ich Ralph und Mary herein.

Die beiden erkannten ihr Pub nicht mehr wieder. Die Wände waren bedeckt mit täuschend echt wirkenden Zweigen und Blumenkränzen; die Pfeiler hatten wir zu Bäumen gemacht, von denen teilweise lange Äste wie die einer Trauerweide herabhingen. Wenn man genau hinsah, entdeckte man überall Details wie kleine, bunte Vögel und Eichhörnchen, die in den Zweigen saßen. Die Tische hatten wir unterschiedlich dekoriert. Einige sahen aus wie für eine Hochzeitsgesellschaft, es gab den Tisch der Handwerker und Schausteller, und mit Blumen hatten wir nicht gespart.

»Moment, wo ist mein Pub? Ich hab's eben noch gesehen, das ist ... nur zwei, drei Stunden her!«, stammelte Ralph und betrachtete mit offenem Mund unser Werk.

Mary ließ ihren Blick schweifen, nickte mir dann lächelnd zu und sagte: »Gut gemacht.« Dann drückte sie mir ein Cocktailglas in die Hand und ordnete an: »Trinken.«

Ich gehorchte. »Gut gemacht«, sagte ich zu ihr. Ihr Mix schmeckte wunderbar frisch und fruchtig. Wie viel Alkohol er allerdings enthielt, merkte ich ein paar Sekunden später, als er mir unmittelbar zu Kopf stieg.

Ich verriet den beiden, was sie später noch erwarten würde.

»Und die Band«, flüsterte mir Matt zu. Die hatte ich fast vergessen in der Aufregung.

»Die Band, genau!«, sagte ich. »Aber dann müsste jetzt alles so weit vorbereitet sein?«

Mary seufzte. »Schön wär's.«

»Was ist los?«, fragte ich, und als ich ihr Gesicht sah, wurde ich nervös.

»Sam hat noch nicht geliefert«, sagte sie.

»Was? Ich hab ihn doch gestern angerufen und alles haarklein mit ihm abgesprochen! Ihm ist vielleicht nur was dazwischengekommen«, sagte Ralph.

»Er kommt sonst nie so spät«, sagte Mary und klang langsam etwas giftig. »Es ist schon zwölf.«

»Sollen wir hinfahren und die Sachen abholen?«, schlug Matt vor, der offensichtlich nicht mitbekommen hatte, was das Problem mit Sam war. Mary, Ralph und ich sahen ihn mit verkniffenen Gesichtern an, und Matt hob die Hände, als hätten wir ihn mit einem Gewehr bedroht. »Sorry, aber ... was ist denn los?«

»Sam hat ... Schwierigkeiten damit, dass ich mich nicht mehr so für ihn interessiere, wie er es gerne hätte«, sagte ich ausweichend.

»Er weiß, dass ihr zwei was miteinander habt«, sagte Mary.

»Das ist der Grund, warum meine Frau nie Karriere im diplomatischen Dienst gemacht hat«, sagte Ralph und verdrehte die Augen.

»Ist das etwa ein Geheimnis?«, sagte Mary. »Jedenfalls, Matt, ich denke, du würdest dir bestenfalls eine blutige Nase holen, wenn du zu Sam fährst, und davon hätten wir auch kein Gemüse. Ich hole es selbst ab. Sonst wird das ja heute alles nichts mehr.« Sie angelte sich die Autoschlüssel aus Ralphs Hosentasche und stapfte nach draußen.

»Es ist unglaublich«, sagte Ralph, als sie gegangen war, und betrachtete wieder staunend die Dekoration. »Kann ich das behalten?«

Der Ausstatter lachte. »Nur eine Frage des Preises. Aber im Ernst, das ist ausrangiertes Zeug, und heute Nacht wird wohl einiges nicht überleben. Ich rechne nicht damit, dass viel davon noch mal auf einer Bühne zum Einsatz kommt.«

Wir bedankten uns bei ihm und verabschiedeten ihn.

»Wird mich dieses Fest ruinieren?«, fragte Ralph besorgt.

»Nur wenn heute Abend keiner kommt.« Ich dachte, es würde ihn beruhigen, aber das Gegenteil war der Fall.

»Bestimmt gehen alle an den Strand. Oder feiern draußen. Oder gar nicht. Oder sie fahren nach Cork. Oder ...«

»Ralph, es werden Leute kommen, glaub mir«, unterbrach ich ihn lachend.

Allerdings war auch ich nervös. Ich hatte zum ersten Mal dabei geholfen, eine größere Veranstaltung zu planen und zu organisieren. Für einen Misserfolg wäre ich mitverantwortlich. Als wir später am Nachmittag allein waren, war es Matt, der mich beruhigen musste. »Du hast überall Werbung gemacht. In der Zeitung, auf Plakaten, sie haben es im Radio durchgesagt ... und ihr habt doch Stammkundschaft.«

»Sophie hat sogar über Facebook Leute eingeladen, hat sie erzählt.«

Matt lachte. »Na dann kann ja *wirklich* nichts mehr schiefgehen!«

»Ja, mach dich nur lustig über uns«, seufzte ich. »Du hast zwanzig Jahre Auftrittserfahrung. Ich schmeiße zum ersten Mal eine solche Riesenparty. Da darf ich Lampenfieber haben.«

»Du musst aber nicht auf die Bühne«, neckte er mich.

Wir gingen gerade durch den Ort, vorbei an der Kirche, auf deren Friedhof meine Mutter Hannah und meine Großmutter Margarete begraben lagen. Wo ich einst Brian kennenlernte. Es gab Zeiten, in denen hatte ich nicht ohne Traurigkeit dort vorbeigehen können, doch davon spürte ich in diesem Moment nichts mehr.

»Was hast du jetzt vor?«, fragte ich Matt. Ich hatte diese Frage nicht absichtlich vor mir hergeschoben. Es war nur so viel los gewesen, dass ich noch keine Zeit dazu gehabt hatte, ihn danach zu fragen.

»Hierbleiben«, sagte er und zwinkerte mir zu. »Solange du mich erträgst. Ich kann dich aber auch mitnehmen. Auch solange du mich erträgst.«

Ich bekam eine Gänsehaut und wusste nicht recht, wie ich darauf antworten sollte. Meinte er es ernst? War es ein Scherz? Ich tat so, als hätte er mich missverstanden, lachte und sagte: »Nein, ich meine, mit deiner Musik.«

Er hob die Schultern. »Keine Ahnung. Mir ist noch nichts wirklich eingefallen. Ich brauche wohl noch Zeit.«

»Und die Recherchen zu deinem Urgroßvater?«

Wieder zuckte er die Schultern. »Ob ich da wirklich weiterkomme? Ich meine, niemand aus dieser Generation lebt noch, kein Mensch kann irgendetwas bestätigen oder anzweifeln. Die paar Dokumente, die es gibt, sind auch nicht sehr zuverlässig. Ich habe diese Lady Gregory gelesen, und ich muss sagen, sie tut alles, um ihren Neffen Hugh Lane im besten Licht dastehen zu lassen. Der Dame traue ich nicht über den Weg, wenn es um uneheliche Kinder und außerordentliche Liebschaften geht.« Er grinste, aber nur kurz. »Und dann denke ich immer wieder: Wie wichtig ist es denn zu wissen, wer mein Urgroßvater war? Ich bin ich, und alles andere ... Ach, lass uns von was anderem reden. Sehe ich da etwa diesen Laden mit dem besten hausgemachten Kuchen, den ich außerhalb von New York gegessen habe?« Er zog mich in die kleine Bäckerei. Wir verbrachten dort eine schöne, ruhige Stunde, dann beeilten wir uns, zurück zum Jacob's Ladder zu kommen. Bald würden die ersten Gäste eintreffen.

Sophie erwartete uns schon zusammen mit ihrer Mutter.

»Aaaha. Hatte Sam also doch allen Grund zur Eifersucht«, sagte sie überflüssigerweise. »Kein Wunder, dass meine Mutter das Gemüse auf dem Markt mühsam zusammenkaufen musste, statt von ihrem Lieblingslieferanten bequem die gewohnten Kisten entgegenzunehmen.«

»Sam hat euch nichts verkauft?« Ich sah Mary beunruhigt an.

»Er hat unseren Wagen gesehen und einfach das Tor abgeschlossen.«

»Nein!«

Mary hob die Schultern. »Was soll ich sagen. Doch.«

»Und dann hast du für viel Geld die Sachen alle einzeln zusammengekauft?«

»Es wussten natürlich alle, wer ich bin. Die Händler haben sich drum gerissen, mir ihr Zeug anzudrehen. Jetzt hoffen sie, dass ich den Lieferanten wechsle. Weiß ja keiner, dass Sam mich hat sitzen lassen. Sie glauben, es ist andersrum, und deshalb hab ich das meiste zum Vorzugspreis bekommen.«

Das beruhigte mich etwas. »Wow. Und, hat es sich gelohnt?«

Sie schüttelte den Kopf. »Sams Gemüse ist qualitativ einfach unschlagbar. Ich weiß nicht, wie er das macht.«

»Vielleicht singt und tanzt er für seinen Salat«, schlug Sophie mit unschuldigem Augenaufschlag vor. »Bei Vollmond.«

Mary und ich warfen ihr düstere Blicke zu, und Sophie kicherte.

Das Fest versprach, ein voller Erfolg zu werden. Die Menschen strömten herbei, und es waren viele Auswärtige und Touristen unter den Gästen. Wir bekamen eine große Anzahl an spontanen Komplimenten: für die Dekoration, für den Sommernachtstraum-Cocktail, für die Auswahl der Band ... Ralph nahm mich in den Arm und strahlte vor Freude. »Vielleicht haben wir uns getäuscht, und du solltest doch das Pub übernehmen.«

Mary schüttelte heftig den Kopf. »Das ist nichts für sie«, sagte sie.

Sophie lachte. »Sie hoffen immer noch, dass ich zur

Vernunft komme und die Hütte als Altersvorsorge weiterführe.«

»Jetzt lachst du noch«, sagte ihre Mutter. »Aber in ein paar Jahren...«

»... wirst du uns dankbar sein, ja, ja«, vollendete Sophie ihren Satz.

Emma war am frühen Abend vorbeigekommen und hatte sich bereits nach einer Stunde verabschiedet, weil sie müde war, nachdem sie den ganzen Tag im Krankenhaus an Kaelynns Bett verbracht hatte. Außerdem hatte sie ihrem Vater versprochen, zu einer der Veranstaltungen des Corker Midsummer Festivals zu gehen. »Keine Ahnung, wie ich das durchhalten soll. Ich schlafe wahrscheinlich im Stehen ein.«

Matt war zu der Band gestoßen und hatte offensichtlichen Spaß dabei, neue irische Lieder zu lernen. Besonders seine falsche gälische Aussprache, dazu noch der amerikanische Akzent brachten die Zuhörerschaft, aber allen voran auch ihn selbst, zum Lachen.

Als die Sonne langsam unterging, zündeten Ralph und Mary das Feuer an, und es gelang ihnen nur mit Mühe, einige Übermütige davon abzuhalten, alten Bräuchen zu folgen und drüberzuspringen.

»Gute Wahl, dieser Matt«, sagte Sophie zu mir, als wir später am Feuer saßen. Sie blies den Zigarettenrauch in den Nachthimmel.

»Es ist nur...«, begann ich.

»Trotzdem. Egal für wie lange, egal wie ernst, okay? Einfach nur: gute Wahl. Er tut dir gut. Mehr nicht.«

Ich lächelte sie an. »Ich überlege übrigens, ob ich nicht wieder anfange zu arbeiten.«

Meine Cousine ließ den Kopf nach vorn sinken und machte Schnarchgeräusche. Ich stieß ihr leicht meinen Ellenbogen in die Rippen. »Hey, was soll das?«

»Du willst dich wieder in der Univerwaltung langweilen? Na herzlichen Glückwunsch.« Sie warf ihren Zigarettenstummel ins Feuer und zündete sich gleich die nächste an.

»Nein, nicht an der Uni. Ich dachte, ich schreibe wieder Artikel. Reportagen. Versuche, sie an den Mann zu bringen. Hat ja schon mal geklappt, oder nicht? Wenn es nicht klappt, dann kann ich ja immer noch irgendwo in der Verwaltung ...«

Jetzt kippten wir beide nach vorn, die Köpfe zwischen den Knien, und machten Schnarchgeräusche. Dann tauchten wir laut lachend wieder auf.

»Das ist die erste gute Idee seit ... längerer Zeit, würde ich sagen.«

»Danke, Sophie.«

»Und worüber willst du schreiben? Hast du dir schon was überlegt?«

»Nein. Ich habe ein paar Ideen, aber die müssen noch reifen. Matt hat vor, eine Weile durch Europa zu reisen. Ich dachte, vielleicht schließe ich mich auf der Suche nach Inspiration für ein oder zwei Wochen einfach an.«

»Oder länger.«

Ich grinste. »Oder länger, ja.«

»Würde dir guttun«, sagte Sophie. »Reisejournalistin wolltest du ja schon immer werden. Außerdem fand ich, dass du das damals großartig hingekriegt hast.«

Im Schein der Flammen wurde ich rot. »Ach, das sagst du doch jetzt nur so«, murmelte ich.

»Hey, ich hab alle deine Sachen aufgehoben!«

»Quatsch!«

»Ehrlich. Willst du sie sehen? Das nächste Mal, wenn du vorbeikommst, zeig ich sie dir. Am besten fand ich ...«

»Hallo, ihr zwei«, unterbrach uns eine Stimme. Wir drehten uns um und sahen in Sams Gesicht. Es war wie eine kalte Dusche. Er war der Einzige, der nicht lachte, nicht einmal lächelte, und seine Stimme hatte nichts Warmes. »Schmachtet ihr diesen Aufschneider aus New York an?« Er packte uns an den Schultern und schob uns auseinander, um sich zwischen uns zu setzen. Ich fiel fast von der Bank, so heftig war der Stoß, den er mir versetzte.

»Du bist betrunken«, sagte Sophie kühl.

»Na und? Du auch.« Sam nahm ihr die Zigarette ab, zog daran, hustete und warf sie ins Feuer. »Lass uns allein.«

»Vergiss es.« Sie verschränkte die Arme. »Lass du mal uns allein. Wie wär's damit?«

Sam beugte sich zu ihr und sagte: »Hau einfach ab, Sophie, okay?«

Er war so betrunken, dass er sich sogar im Sitzen kaum aufrecht halten konnte.

»Sam, was du mir zu sagen hast, kann Sophie auch hören. Also?«, griff ich ein.

Er starrte mich böse an, schlug mit dem Handrücken nach Sophie, als wäre sie eine Fliege. Sophie fing seinen Arm ab und sagte leise: »Versuch es nicht noch mal. Ich kann mindestens genauso gut Nasen brechen wie jeder andere.«

Sam lachte stumpf auf. Dann konzentrierte er sich wieder auf mich, rieb sich dabei die Nase, als würde er sich an Emmas Schlag erinnern. Von der Verletzung, die sie ihm zugefügt hatte, war nichts mehr zu sehen. »Der Typ«, sagte er.

»Ich vermute, du meinst Matt.«

Er suchte mit flackerndem Blick die Bühne, die auf der anderen Straßenseite neben dem Pub aufgebaut war, und nickte. »Hast du was mit dem, ja?«

»Das geht dich nichts an.«

»Hast du was mit dem, ja oder nein?«

Ich wurde ungeduldig. »Ich sagte, das geht dich nichts an.«

Sam nickte, als hätte er gerade etwas sehr Wichtiges verstanden. »Gut, gut«, murmelte er und stand auf. Dabei musste er sich auf meiner Schulter abstützen, um nicht hinzufallen. Sophie sprang auf, um Schlimmeres zu verhindern und ihm in eine halbwegs aufrechte Position zu helfen. »Gut«, hörte ich ihn wieder sagen. »Der ist nämlich verheiratet.«

»Ja, klar, und jetzt verzieh dich. Abmarsch!«, sagte Sophie und wollte Sam wegschieben. Aber ich hielt ihn zurück.

»Was hast du gesagt?«

Sam stand schwankend vor mir, der Blick getrübt und nach Alkohol stinkend, als hätte er sich eine Flasche Whiskey über den Kopf gegossen. »Facebook«, sagte er schließlich. »Steht da alles. Verheiratet, zwei Kinder.« Er zeigte umständlich in Matts Richtung. Die Musiker machten gerade eine kurze Pause, um ihre Instrumente nachzustimmen. Matt bemerkte meinen Blick, lächelte und winkte mir zu. Ich winkte nicht zurück.

»Geh nach Hause«, hörte ich Sophie sagen. »Oder

mach irgendwas anderes. Aber hau hier ganz schnell ab.« Sie packte Sam, der sie um mehr als einen Kopf überragte, und schob ihn auf die Straße. »Da lang und schön auf dem Bürgersteig bleiben. Immer geradeaus.« Sie zeigte in Richtung Ortskern, gab ihm noch einen Schubs und kam zurück zu mir.

»Was?«, fragte sie. »Glaubst du ihm etwa?« Kopfschüttelnd zog sie ihr Handy aus der Tasche und drückte auf dem Display herum. »Das haben wir gleich. Facebook-App ... Hier. Matt Callaghan, New York ...« Sie wischte mit ihrem Zeigefinger über das Display, wartete ungeduldig, fluchte über schlechten Empfang, sagte endlich: »Ah genau. Hier ist sein Profil. Info ... Beziehung ... oh.«

Ich riss ihr das Telefon aus der Hand und starrte aufs Display, auf das Wort »verheiratet«. Sam hatte nicht gelogen.

Kate, ich ließ alles hinter mir und flog nach Indien. Du kannst dir denken, warum ich das tat. Wegen Sanjay. Als ich ihn nach so vielen Jahren in Hounslow wiedertraf, waren die alten Gefühle sofort wieder da. Ich wehrte mich dagegen, und ich glaube, er kämpfte auch. Aber dann... Er war nur für kurze Zeit in England, um seine Eltern zu besuchen. Wir trafen uns heimlich, sooft es ging. Wir schliefen miteinander. Wir sagten uns, wie sehr wir uns vermisst hatten, wie sehr wir uns liebten.

»Aber wir können nicht zusammen sein«, sagte Sanjay. »Du bist verheiratet, und du willst nicht in Indien leben. Und ich will nicht zurück nach England.«

Es klang richtig und ließ mich doch verzweifeln. Nachdem er fort war, versuchte ich, ihn zu vergessen, aber es ging nicht. Sanjay war der Tropfen, der das Fass zum Überlaufen brachte. Ich war fünfunddreißig Jahre alt und wusste: Wenn ich etwas ändern wollte, dann musste ich es jetzt tun. Sonst würde ich zeitlebens sehr unglücklich bleiben.

Sanjay wusste nichts davon, dass ich nach Delhi kommen würde. Ich war einfach felsenfest überzeugt, das Richtige zu tun. Aber es wurde ein Reinfall: Er war verheiratet. Er hatte zwei Kinder. Und ich wusste nichts von alledem... Hatte er damals, nach seinem Studium, nicht die Welt erobern wollen? Und jetzt wohnte er in einer blendend weiß gestrichenen Villa in dem teuersten Viertel von Delhi, Vasant Vihar, bei seinen Schwiegereltern. Ich hatte die Adresse im BBC-Büro erfragt, und Sanjay war alles andere als erfreut, mich zu sehen. Er bat mich, sofort zu gehen und im Büro meine Adresse zu hinterlassen. Er würde sich melden.

Ich traf ihn einen Tag, nachdem ich vor seiner Villa gestanden hatte, aber er wirkte fahrig und nervös, weil er nicht mit mir gesehen werden wollte. Es war nicht der Sanjay, den ich kannte und liebte, mit dem ich noch vor einem halben Jahr in London geschlafen hatte.

»Warum hast du mir nicht die Wahrheit gesagt?«, fragte ich ihn.

»Ich wäre doch nie auf die Idee gekommen, dass du mir nachreist! Du wolltest nie nach Indien!«

»Und du hast gedacht, solange ich nichts von deiner Frau weiß, ist das ja nicht so schlimm, oder was? Hast du dir überhaupt irgendwas gedacht?«

»Ich liebe dich wirklich«, sagte er.

»Klar. Und du sagst mir: ›Oh, meine geliebte Emma, wie schade, dass wir nicht zueinanderfinden, weil du verheiratet bist!‹ Das wäre doch eine gute Gelegenheit gewesen, oder? Da kann man doch sagen: ›Weil wir beide verheiratet sind!‹ Nur so fürs Protokoll.«

»Woher soll ich denn wissen, dass du gleich deinen Mann meinetwegen verlässt?«

»Nicht deinetwegen!«, rief ich, und Sanjay sah sich besorgt um. Er hatte mich nach Punjabi Bagh bestellt, ein renommiertes Viertel voller Banken, Fast-Food-Ketten und teuren Bungalows im Westen Delhis, weit genug vom Büro und seinem Zuhause entfernt. Wir saßen in Domino's Pizza auf unbequemen Barhockern. Natürlich interessierte sich niemand für das, was wir sprachen. Die Kunden wollten ihre Bestellung abholen. Die Mitarbeiter hatten Wichtigeres zu tun. Kein Wunder, dass er sich so einen unpersönlichen Ort für unser Treffen ausgesucht hatte.

»Ich habe meinen Mann verlassen, weil ich mich in dieser Beziehung nicht mehr wohlgefühlt habe. Wir hatten teilweise… zu unterschiedliche Lebenskonzepte. Außerdem hat mir etwas gefehlt. Ich dachte, das könnte ich bei dir finden. Jedenfalls hat es sich in London noch so angefühlt«, sagte ich kühl.

»Warum hast du denn nichts gesagt?«

Ich konnte nur noch den Kopf schütteln. »Ich habe dir gesagt, dass ich dich liebe und mir wünsche, mit dir zusammen zu sein. Ich habe gedacht, du verstehst, wie ernst es mir ist. Ich wusste nicht, dass ich dich vorwarnen müsste und du mit verdeckten Karten spielst.« Ich glitt von meinem Hocker und ging, ohne mich zu verabschieden oder noch einmal nach ihm umzusehen, nach draußen.

Da war ich nun in einer fremden Stadt, in der ich niemanden kannte außer Sanjay. Ich hatte immer an die Liebe zwischen Sanjay und mir geglaubt, nie gab es für mich den leisesten Zweifel daran. Ich musste mir nun eingestehen, wie verrückt und dumm, wie naiv ich gewesen war.

Über das Internet hatte ich die Wohnung eines englischen Kameramanns gemietet, der für ein Jahr in den USA war. Ich weiß nicht, warum ich beschloss zu bleiben, statt sofort abzureisen. Vielleicht weil mir die Energie für alles andere fehlte. Ich lag zwei Tage lang einfach nur im abgedunkelten Schlafzimmer und tat mir leid.

Dann ging ich mir selbst auf die Nerven. Mein Leben

war schließlich nicht vorbei, nur weil mein Exfreund mit einer anderen verheiratet war und mich nicht mit offenen Armen empfangen hatte!

Indien war ein Kulturschock in jeder Hinsicht. Bei einer Reise durchs Land lernte ich andere Touristen kennen, Einheimische luden mich zu sich nach Hause ein, ich wurde überall gut aufgenommen, egal ob die Menschen arm oder reich waren.

In Kalkutta traf ich eine deutsche Ärztin, die in den Slums arbeitete. Ich sagte ihr spontan meine Hilfe zu und blieb vier Wochen lang. Danach reiste ich zurück nach Delhi, ausgelaugt, abgemagert, völlig fertig mit den Nerven.

Ich wollte mir aber keine Pause gönnen. Ich hatte eine medizinische Ausbildung, ich hatte Zeit - und ich hatte das Geld vom Verkauf meines Hauses in London. Außerdem hatte ich es schon einmal geschafft, etwas aus dem Nichts aufzubauen, und hatte damit Erfolg gehabt. Warum sollte ich es nicht noch mal versuchen?

Mit der Unterstützung von Ärzten aus Europa gelang es mir, ein kleines medizinisches Zentrum in Delhi zu errichten, in dem vor allem Kinder versorgt wurden. Die Hilfe musste allerdings über eine reine medizinische Versorgung hinausgehen, wie ich schnell feststellte, denn keines der Kinder hatte genug zu essen. Wir organisierten warme Mahlzeiten. Wir arbeiteten Tag und Nacht. Wir schickten Spendenaufrufe in die Welt, holten Reporter und Kamerateams, um auf unsere Arbeit aufmerksam zu machen. Mir starben bei allem Einsatz immer noch zu viele Kinder unter den Händen weg, die meisten an Unterernährung, die anderen an Infektionskrankheiten.

Nach nicht mal einem halben Jahr war ich ausgebrannt. Eine Ärztin aus Frankreich meinte, dies sei eine lange Zeit, die meisten blieben nur ein paar Wochen. Sie hatte recht, ich arbeitete mit ständig wechselnden Ärzten zusammen. Jetzt konnte ich nicht mehr.

Es war dieselbe Ärztin, die mir riet, mich ein paar Wochen lang in einem tibetischen Kloster zu erholen. Ich hörte auf sie. Dort schlief ich drei Tage fast nur, die restliche Zeit verbrachte ich damit, neue Kraft zu sammeln. Gerade als ich anfing, mich zu langweilen, waren die drei Wochen um, und ich flog zurück.

Ich arbeitete wieder, so viel ich konnte, ich steckte einen großen Teil meines Geldes in meine neue Aufgabe. Zwei Ärztinnen aus Schottland, mit denen ich mich angefreundet hatte, arbeiteten nun schon seit vier Monaten in der Station. Diesmal wusste ich, sie würden länger durchhalten als ich. Ich wusste auch, dass ich aufhören musste.

Am Ende war ich nicht nur völlig kaputt, sondern auch komplett desillusioniert. Sanjay las mich nach einem langen, anstrengenden Tag mehr oder weniger von der Straße auf. Ich hatte ihn angerufen. Ich wollte ihn unbedingt sehen.

»Du musst nach Hause«, sagte er.

Und ich: »Und wo soll das sein?« Es war eine reine Trotzreaktion. Ich hatte längst beschlossen, nach Europa zurückzufliegen.

Er bat mich, zu meinen Eltern zu gehen. Davon, dass ich helfen musste, Gutes tun musste, wollte er nichts hören. Ich machte ihm Vorwürfe, behauptete, er hätte mich im Stich gelassen, wurde pathetisch und unterstellte ihm sogar, er hätte sein Land verraten, weil er in einer Villa lebte, während die anderen auf Müllkippen verreckten. Es war ein schreckliches Gespräch, für das ich mich schon eine Stunde später schämte.

Sanjay sagte nur Sachen wie »Es ist alles ein bisschen komplizierter« und »Ich tu mehr, als du glaubst« und redete weiter auf mich ein, meine Sachen zu packen und nach Irland zu fliegen. Nach einer Weile lag ich nur noch still und erschöpft in seinen Armen. Er blieb die ganze Nacht. Am nächsten Tag brachte er mich zum Flughafen, wo er bereits ein Ticket für mich hinterlegt hatte. Zum Abschied wünschte er mir Glück und schenkte mir eine kleine Ganesha-Statue für mein neues Zuhause.

Mit sechzehn Jahren war ich aus Cork weggegangen, und nun, nach zwanzig Jahren, würde ich dorthin zurückkehren.

22.

Ich sah mir Matts Facebook-Profil genau an. Als Erstes ging ich auf die Fotos, die er der Öffentlichkeit nicht vorenthielt. In sattbunten Farben sah ich dort eine schöne Frau etwa in meinem Alter mit langen, braunen Locken, zwei hübsche Jungs, die die Pubertät noch vor sich hatten, und – Matt. Er hatte die Haare etwas länger als jetzt. Die vier strahlten glücklich in die Kamera, im Hintergrund sah man Strand, Meer und die Skyline von New York. Auf den anderen Fotos war Matt meistens auf Konzerten zu sehen, oder wie er Autogramme gab. Ich fand nur noch ein Foto von ihm und seiner Frau, wieder strahlten sie um die Wette.

Ich ging zurück auf die Hauptseite des Profils. Seine Einträge drehten sich in erster Linie um Auftritte. Fans hatten Kommentare hinterlassen, insgesamt las sich alles eher belanglos.

»Ich kann das gerade nicht glauben«, sagte ich.

»Ehrlich gesagt lässt die Sache aber wenig Raum für Spekulationen«, sagte Sophie.

»Allerdings.«

»Und jetzt?« Sophie legte den Arm um mich und drückte mich fest an sich.

»Das soll er mir erklären.« Ich konnte kaum noch

etwas sehen, weil mir Tränen in den Augen standen, aber ich war wild entschlossen, nicht loszuheulen. Was war denn schon passiert? Eine unbedeutende Affäre, für ihn ein Urlaubsflirt, kein Grund zusammenzubrechen. Aber man durfte ja wohl noch die Wahrheit erfahren. Ich stand auf, überquerte bemüht langsam die Straße, die um diese Zeit so gut wie nicht mehr befahren war, und ging auf ihn zu. Die Band spielte noch, er saß etwas abseits mit anderen Gästen an einem Tisch, die Gitarre angelehnt. Als er mich sah, lächelte er und forderte seinen Sitznachbarn auf, etwas zur Seite zu rutschen, damit ich noch neben ihm Platz fand.

»Alles in Ordnung?«, fragte er, als ich mich gesetzt hatte. »Das sah vorhin so aus, als hättest du dich gestritten mit ... wie hieß er gleich? Sam?«

»Er war nur etwas betrunken. Halb so schlimm«, sagte ich leichthin und im selben Ton: »Warum hast du mir eigentlich nicht gesagt, dass du verheiratet bist und zwei Kinder hast?«

Er sah mich erschrocken an. »Was?«

»Verheiratet. Zwei Kinder. Stimmt doch so, oder?«

»Ja, aber...« Er verstummte.

»Aber?«

»Wir sind nicht mehr zusammen. Schon länger nicht mehr. Das ist nicht so einfach...«

»Was ist nicht so einfach?«

»Mit zwei Kindern. Und einem Haus. Wir lassen uns aber scheiden.«

»Wann?«

Ich sah ihm an, wie nervös er war. »Wenn ich zurück bin. Es ist...«

»... nicht so einfach«, beendete ich den Satz. »Klar. Hör zu, ich hab dir von meinem verstorbenen Mann erzählt, und du hast nie irgendwas gesagt. Schon gar nicht, dass du eine Frau hast. Aber gut, ich bin nur ein kurzer Flirt, da muss man nicht so ehrlich sein. Versteh ich. Ich wünsch dir noch eine schöne Reise über den Kontinent. Du wolltest morgen abreisen, richtig?« Ich stand auf und ging.

Er rief mir nach, aber zur gleichen Zeit teilte die Sängerin auf der Bühne mit, dass nun der nächste Song wieder zusammen mit Matt Callaghan gespielt werden würde, und die Gäste klatschten, jubelten und riefen nach ihm. Ich spürte seine Hand auf meiner Schulter, drehte mich um und sagte: »Geh. Wir haben uns nichts mehr zu sagen.«

Dann beeilte ich mich, zurück zum Feuer zu kommen, wo Sophie auf mich wartete.

»Lass uns hier abhauen«, sagte ich.

Sophie presste die Lippen zusammen. »Liebes, ich muss noch hierbleiben. Die Schauspieler ...«

Sie hatte recht. Um Punkt Mitternacht sollten die kurzen Szenen aus dem *Sommernachtstraum* im Schein des Feuers aufgeführt werden. Sophie musste alles koordinieren.

»Vielleicht kann das jemand für mich übernehmen«, sagte sie.

»Nein.« Ich nahm ihre Hand und drückte sie. »Es ist okay. Ich komm klar. Es ist nichts passiert. Nur eine kleine Affäre, die zum Glück schnell wieder vorbeigegangen ist. Besser jetzt als später. Mach dir keine Sorgen um mich.« Ich wandte mich ab und ging. Ich wusste nicht, wo ich hinwollte, aber dann sah ich Ralphs Wagen ein Stück die

Straße runter parken. Ich hatte so gut wie nichts getrunken, also holte ich den Schlüssel, setzte mich ins Auto und fuhr nach Cork.

Ich hatte kein Ziel. Aber ich stand irgendwann vor unserem alten Haus, das ich vor wenigen Monaten mit Verlust verkauft hatte. Kaum hatten wir es abbezahlt, kaum waren wir raus aus den Schulden, war Brian gestorben. Es hätte gerade wieder bergauf gehen können. Eine große finanzielle Belastung im Monat weniger. Mehr Geld wäre uns geblieben, und wir hätten nicht mehr so streng sparen müssen. Wir hätten eine Woche wegfahren können. Und jetzt, was war geblieben von unserem gemeinsamen Leben? Nur ein bisschen Geld, ein Drittel von dem, was das Haus wert gewesen war, als wir es kauften. Ich kannte die Leute nicht, die jetzt darin lebten. Es war großes Glück gewesen, überhaupt Käufer zu finden. Drinnen brannten keine Lichter, aber in der Einfahrt stand ein Golf, und im Vorgarten lag ein Dreirad.

Sie hatten Kinder... Es war das ideale Haus für eine Familie mit Kindern...

Jemand klopfte an das Beifahrerfenster. Ich erschrak, aber dann sah ich Emmas Gesicht. Sie öffnete die Tür und setzte sich zu mir in den Wagen.

»Was machst du denn hier?«, fragte ich.

»Sophie hat mich angerufen und mir diese Adresse gegeben. Sie hat so was vermutet, als sie gesehen hat, dass du mit dem Wagen ihres Vaters abgehauen bist.«

»Ich bin nicht abgehauen.«

Emma lächelte. »Fahren wir?«

»Wohin?«

»Wann warst du zuletzt in Fair Hill?«

Fair Hill war die Gegend, in der wir aufgewachsen waren, nördlich des Flusses.

»Vor fünfundzwanzig Jahren«, sagte ich und wunderte mich selbst darüber.

»Wollen wir es uns mal ansehen?«

»Eine Reise in die Vergangenheit?«

Emma legte den Kopf schief. »Du hast doch schon damit angefangen.«

Ich musste daran denken, wie mich Brian nach dem Tod meiner Großmutter zu einer Zeitreise ermutigt hatte. Ich nickte, startete den Wagen und fuhr los. Eine Viertelstunde später waren wir da.

Ich erkannte die Gegend nicht wieder. »Lauter neue Häuser«, sagte ich staunend, als wir langsam den Hügel hinauffuhren. Das Reihenhaus, in dem ich mit meiner Mutter gewohnt hatte, war neu gestrichen. Auch Emmas Haus am Ende der Reihe sah im Licht der Straßenlaternen viel hübscher aus.

»Ja, ich habe es auch nicht mehr mitbekommen, weil ich weg war. Die Häuserpreise sind gestiegen, die Leute hatten mehr Geld. Mein Vater hat gut daran verdient, das Haus zu verkaufen, obwohl es zuletzt wirklich nur noch eine Bruchbude war. Aber es war zu groß für ihn allein. Also hat er es verkauft, gerade noch rechtzeitig vor der Wirtschaftskrise, und sich ein neues, kleineres gekauft, das näher am Zentrum liegt. Na ja, du kennst es ja …«

Wir hielten an und stiegen aus. Zu Fuß erkundeten wir die alten Straßenzüge, erinnerten uns daran, wer in den anderen Häusern gewohnt hatte, machten uns gegenseitig auf alles aufmerksam, was uns neu und unbekannt erschien. Und wir sprachen über das, was wir als Kinder zusammen erlebt hatten. Über die schönen Dinge.

»Der kleine Laden an der Ecke ist nicht mehr da!«, sagte ich. »Was ist passiert?«

»Die Supermärkte wahrscheinlich«, sagte Emma. »Weißt du noch, wie wir immer die Zeitschriften durchgeblättert haben, stundenlang? Mr. Farooki hatte echt Geduld mit uns.«

»Er mochte uns«, sagte ich. »Sein Sohn war in unserem Alter, oder?«

»Aber eine Klasse unter uns, warum eigentlich?«

Ich zuckte mit den Schultern. »Hatte er Probleme mit der Sprache?«

Emma schüttelte den Kopf. »Er war doch noch ganz klein, als sie hergekommen sind. Wann hat Mr. Farooki den Laden übernommen?«

»Er hatte ihn doch ewig. Schon immer! Nein?«

Nicht lange, und es sprudelte nur so aus uns heraus. Hatte da nicht die alte Dame mit dem lustigen kleinen Hund gewohnt, den wir spazieren geführt hatten? Und was war eigentlich aus der hochnäsigen Sarah geworden, die immer darauf geachtet hatte, bloß nicht gleichzeitig mit uns die Straße entlangzugehen? Der alte Sanderson lebte bestimmt nicht mehr, und wenn, wie alt wäre er heute? Hundert? Vielleicht war er uns damals, als wir heimlich Blumen in seinem Vorgarten gepflückt hatten, nur so alt vorgekommen? Und waren das noch dieselben Palmen, auf die die nette Mrs. Wellers so stolz gewesen war?

»Brian hätte das gefallen, was wir jetzt machen«, sagte ich zu Emma. »Er sagte immer: Wenn es dir nicht gut geht, mach eine Zeitreise. Geh im Kopf dahin, wo es einmal schön war. Und wir sind sogar leibhaftig am Ort unserer Kindheit.«

Emma nickte. »Geht es dir denn jetzt besser?«

»Du weißt, was vorhin passiert ist?«

Wir gingen weiter den Hügel hinauf, bis wir an den alten Schrottplatz kamen. Wir nannten ihn Schrottplatz, aber es war eine Autowerkstatt gewesen, eine für Unfallwagen. Damals, als man sich noch die Mühe gemacht hatte, etwas zu reparieren. Heute würde die Werkstatt wahrscheinlich wieder laufen. Emma lotste mich auf die Wiese vor den Sportplätzen auf der anderen Straßenseite und setzte sich ins Gras.

Wie früher.

»Sophie hat mir davon erzählt«, sagte Emma. »Wie geht's dir jetzt?«

»Na, wie schon«, murrte ich.

»Was willst du machen? Noch mal mit ihm reden?«

Ich zuckte mit den Schultern. »Was gibt es denn da zu reden! Er hat mich angelogen, die ganze Zeit.«

»Als ihr euch kennengelernt habt, hast du ihn da gefragt, ob er verheiratet ist?«

Ich sah sie verwundert an. »Warum hätte ich das tun sollen?«

Sie umklammerte ihre Beine mit den Armen und legte ihr Kinn auf die Knie. Sie sah im Dämmerlicht aus wie ein junges Mädchen. »Du hättest ihn ja fragen können, ob er gebunden ist. Er war allein in Irland, wollte drei Monate bleiben, das legt den Verdacht nahe, dass er Single ist. Aber du hättest ihn fragen können.«

»Er hätte es mir sagen müssen!«

»Und was hat er jetzt dazu gesagt?«

»Das Übliche. Dass alles ganz anders ist. Und schwierig. Und dass die beiden sich scheiden lassen wollen.«

»Wo ist dann das Problem?«

Ich starrte sie an und wusste einen Moment lang nicht, was ich darauf erwidern sollte. »Wo das Problem ist? Er hat mich angelogen!«

»Na ja, er hat nur nicht über seine Frau gesprochen, und das kann tausend Gründe haben. Wenn er sagt, die Ehe ist vorbei, dann ist sie das für ihn wohl auch, und er sieht keinen Grund, ständig von seiner Ex anzufangen.«

»Wieso Ex? Noch sind sie ja wohl verheiratet!«, protestierte ich.

»Hätten sie keinen Trauschein, wären sie einfach nicht mehr zusammen, und sie wäre seine Ex. Oder etwa nicht?«

Ich nickte widerwillig.

»Na also. Nun stell dir vor, sie lieben sich seit Jahren nicht mehr, haben beschlossen, sich zu trennen, wollen nur noch abwarten, bis ... keine Ahnung. Das Haus abbezahlt ist. Die Kinder alt genug sind. Er eine neue Wohnung gefunden hat. Irgendwas. Was hättest du denn gemacht, wenn er gesagt hätte: Hi, ich bin Matt, ich bin verheiratet, aber nur auf dem Papier, wollen wir nicht einfach mal was miteinander anfangen?«

»Absurd.«

»Was genau?« Sie lehnte sich zurück, stützte sich mit den Armen ab und legte den Kopf in den Nacken, um die Sterne zu betrachten.

Ich sagte nichts.

»Wenn er das gesagt hätte, dann hättest du doch gedacht, er sei nur auf der Suche nach einem Abenteuer, nicht wahr? Vielleicht wollte er das vermeiden?«

Ich hob die Schultern.

»Vielleicht mag er dich ja wirklich?«

»Er hatte genug Gelegenheiten, mir etwas von seinem Familienleben zu sagen«, beharrte ich. »Ich habe ihm von Brian erzählt und wie sehr mir sein Tod noch zu schaffen macht. Er hätte genauso gut... Ach, egal. Ich fühle mich hintergangen.«

»Bist du immer so unversöhnlich?«, fragte sie.

»Hättest du es ihm verziehen?«

»Ja.«

Ich sah sie überrascht an. »Ja? Einfach so?«

»Ich hätte ihm wahrscheinlich auch geglaubt, wenn er gesagt hätte: Ich bin verheiratet, aber für dich lasse ich mich scheiden. Wenn ich in ihn verliebt gewesen wäre, hätte ich ihm das geglaubt.«

»Du meinst, ich war gar nicht in ihn verliebt?«

»Ich meine nur, dass wir da wohl anders ticken.«

Ich dachte darüber nach. War ich wirklich so ungerecht zu Matt? Sollte ich hingehen und mich entschuldigen? Aber könnte ich ihm denn danach problemlos vertrauen? Ich würde doch ständig denken, dass noch irgendwelche Geheimnisse zwischen uns stehen...

»Niemand ist perfekt. Da muss man verzeihen können«, meinte Emma, als ich immer noch nichts sagte.

»Aber man kann doch keine Beziehung aufbauen, wenn man dem anderen nicht mal sagt, ob man verheiratet ist oder nicht! Das ist doch wesentlich!«

»Wer sagt, dass er es dir absichtlich verschwiegen hat? Vielleicht bedeutet ihm das alles zu Hause in New York nichts mehr. Und wie lange kennt ihr euch denn? Zwei Wochen? Irgendwann hätte er mit dir darüber geredet. Bestimmt. Er macht einen netten Eindruck.«

»Nein«, sagte ich. »Ich brauche klare Verhältnisse. Ich kann es außerdem nicht gebrauchen, dass mir jetzt jemand wehtut. Da habe ich noch genug andere Probleme mit mir selbst.«

Emma legte wieder den Kopf zurück. »Der Mond ist so schön heute Nacht«, sagte sie.

Ich sah ebenfalls in den Himmel. »Ja, ein Mittsommermond. Super.« Ich erschrak selbst darüber, wie abfällig es klang, was ich sagte. Dabei hatte ich es nicht so gemeint.

»Kate«, sagte sie. »Die Dinge sind nicht immer so einfach, wie du sie gerne hättest. Menschen tun einander weh, ohne es zu beabsichtigen. Du solltest noch einmal mit ihm reden.«

Ich schüttelte den Kopf. »Mir ist es nun mal lieber, wenn ich selbst entscheiden darf, ob ich mich auf ein Verhältnis mit einem verheirateten Mann einlasse oder nicht.«

»Er wird sich doch scheiden lassen«, sagte Emma.

»Das behauptet er. Vielleicht sitzt seine Frau in New York und schreibt ihm liebevolle E-Mails, während die Kinder beim Baseballtraining sind. Oder was spielen sie in den USA?«

»Du hast Angst, der Ehefrau gegenüber unfair zu sein?«

»Auch«, sagte ich und war nachdenklich geworden. »Und seine Kinder ... Ich kann doch nicht einfach ... Nein, Emma, auch wenn du das nicht verstehst, aber mir ist das zu kompliziert. Und ich habe keine Lust auf Ausreden. Ich will ihn am liebsten sofort vergessen.«

Emma ließ sich ganz ins Gras fallen und faltete ihre Hände über ihrem Bauch. Ich betrachtete sie im fahlen Licht der Straßenlaternen. Wie schrecklich dünn sie war! Unter der langen Strickjacke zeichneten sich die Schulterknochen ab. Man konnte sogar sehen, wo die Hüftknochen hervorstanden. Ihr Gesicht wirkte aber zufrieden, und sie sah trotz allem nicht kränklich aus.

»Kate, das Leben läuft nicht immer geradeaus.«

»Wieso bist du so dünn?«, fragte ich sie.

Überrascht richtete sie sich auf. »Das hab ich doch erzählt.«

»Ja, aber du bist extrem dünn. So wie ...«

»Magersüchtig?«

Ich nickte.

»Keine Sorge, ich weiß, dass ich zu wenig Gewicht habe und seit meiner Pubertät essgestört bin. Ich hatte es gut im Griff, aber nach der Geburt ging alles etwas durcheinander. Seitdem hab ich fast zehn Kilo abgenommen. Es kommt wieder in Ordnung, okay?«

»Frierst du deshalb leichter?«

»Wieso?«

»Die langen Ärmel ... Es ist eine laue Nacht.«

»Ach so. Ja.« Sie zwinkerte mir zu. »Ich bin jetzt nicht das Thema. Sondern du und Matt. Ist da wirklich das letzte Wort gesprochen?«

Ich nickte.

»Und damit kommst du klar?«

Ich schüttelte den Kopf. »Wird wohl noch ein paar Tage dauern.«

»An deiner Stelle würde ich wirklich mit ihm reden«, sagte sie.

»Nein. Es war schön mit ihm, es war ein Schritt in die richtige Richtung, zurück ins Leben, und jetzt geht es irgendwie weiter. Aber nicht mit ihm.«

Emma stand auf und hielt mir eine Hand hin, um mir hochzuhelfen. »Heute ist eine magische Nacht«, sagte sie. »Du solltest sie nutzen.«

Ich ergriff ihre Hand und stand auf. »Ich fürchte, den Glauben daran habe ich schon lange verloren.«

»Du machst einen Fehler.«

Aber ich war mir sicher, genau das Richtige zu tun.

Meine Mutter war zu der Zeit seit vier Jahren tot. Mein Vater war in ein kleineres Haus gezogen, das näher am Zentrum von Cork lag. Als ich vor seiner Tür stand, sagte er nichts. Er schloss nur fest seine Arme um mich, und als er mich wieder losließ, sah ich, dass er weinte. Ich weinte mit ihm.

Am nächsten Tag wurde ich krank. Ich bekam hohes Fieber. Im Krankenhaus konnten sie nicht feststellen, was es war. Eine Woche lang fieberte ich ohne ersichtlichen Grund, und dann war ich wieder vollkommen klar bei Bewusstsein, hatte normale Temperatur - und einen Bärenhunger.

Mein Vater und ich hatten so viel zu besprechen, als ich entlassen wurde. Ich schämte mich dafür, dass er mich nun wieder finanziell unterstützen musste, und war froh, als ich schon bald einen Job als Bedienung in einem Café fand. Um als Krankenschwester zu arbeiten, fühlte ich mich noch nicht in der Lage, aber ich hoffte, dass ich es bald wieder schaffen würde.

Ich erfuhr, dass meine Mutter einfach tot umgefallen war. Ein Herzinfarkt direkt nach dem Gottesdienst. Wir gingen auf den Friedhof, um frische Blumen aufs Grab zu legen. Ich fühlte mich schuldig und hatte ein schlechtes Gewissen. Vor allem weil ich nie versucht hatte, mich mit ihr auszusöhnen. Aber dann - hatte sie es denn umgekehrt versucht?

»Ich wollte, dass nach dir gesucht wird«, sagte mir

mein Vater, ohne etwas zu beschönigen. »Doch sie sagte immer nur: Emma hat es nicht verdient, dass man ihr hinterherläuft. Entweder sie kommt von allein zurück, oder sie lässt es bleiben. Ich war natürlich trotzdem bei der Polizei. Schließlich warst du noch nicht volljährig. Sie mussten doch etwas tun!«

Er erzählte mir, dass ein Steckbrief mit einem Foto von mir in allen Polizeistationen des Landes aufgehängt worden war. Mehr war wohl nicht geschehen, und wie er einige Monate später herausfand, steckte mal wieder meine Mutter dahinter. Cork ist letztlich doch auch nur ein Dorf. Sie kannte eine Frau, deren Sohn bei der Polizei war. Sie gingen in dieselbe Kirche. Dieser Frau sagte sie, ich sei gar nicht vermisst, ich wäre durchgebrannt und würde keinen Kontakt wünschen. Sie wusste es nicht, sie hatte geraten – vielleicht kannte mich meine Mutter doch besser, als ich immer gedacht hatte. Die Suche nach mir wurde eingestellt, bevor sie begonnen hatte.

Vater und ich redeten viel. Über früher, über Mutter, über meine Geschwister. Ich erzählte ihm alles – wirklich alles –, was ich erlebt hatte. Wahrscheinlich wollte ich so etwas wie Absolution. Meine Mutter hatte mir die Kirche mit ihrer düsteren, strengen Religiosität verleidet. Mein Vater wurde zu meinem Beichtvater, und ich fühlte mich gut, mir alles von der Seele geredet zu haben. Endlich jemand, mit dem es keine Geheimnisse gab. Der nichts vor mir verschwieg, so wie Sanjay, und vor dem ich nichts zurückhalten musste wie bei Frank.

Doch das sollte sich bald ändern.

23.

Manchmal muss man den Schmerz einkapseln und vergessen, bis man bereit ist, sich mit ihm auseinanderzusetzen. Ich war noch nicht bereit dazu. Matt war, als ich am nächsten Tag nach Kinsale zurückkehrte, bereits abgereist, ohne eine Nachricht hinterlassen zu haben, und ich sollte auch in den nächsten Tagen nichts von ihm hören. Ralph und Mary gegenüber gab ich mich stark und unbeeindruckt, ich machte sogar Witze über meinen »Ausrutscher«, wie ich es nannte. Sogar in Sophies Gegenwart weigerte ich mich, das Thema anzusprechen. Nur wenn ich mit Emma zusammen war, war da eine klaffende Wunde, und ich musste kein Wort sagen. Sie verstand mich auch so.

Das Mittsommerfest war ein großer Erfolg für das Jacob's Ladder geworden. Die lokale Presse berichtete darüber. Nachts war sogar noch ein Fernsehteam von einem kleinen Privatsender aus der Region erschienen, um die Aufführung der Shakespeare-Szenen zu filmen.

Ralph freute sich. »Das stelle ich alles auf die Homepage. Prima Werbung.«

Mary hob nur kritisch die Augenbrauen. »Wir sind schon gut ausgelastet. Mit so was holst du dir nur diese Wichtigtuer ins Haus, die für Zeitschriften oder Reiseführer schreiben. Die in Wirklichkeit nur kostenlos übernachten und essen wollen.«

Ich lachte. »Das wollen sie?«

»Natürlich.«

Ich konnte mir vorstellen, was Mary ihnen am Telefon um die Ohren hauen würde.

Auch Sam sah ich in den Tagen nach dem Fest nicht wieder. Ich wusste nicht, ob er sich schämte, aber er kam nicht mehr vorbei. Da sich Mary weigerte, einen anderen Lieferanten zu suchen, weil sie die Qualität der Lebensmittel und wie sie angebaut waren sehr schätzte, kam nun einer von Sams Mitarbeitern jeden Morgen mit frischer Ware. Er war noch keine zwanzig, und er betrachtete mich jedes Mal mit kaum versteckter Neugier. Kinsale war klein, die Nachricht von Sams unerwiderter Liebe hatte sich wie ein Lauffeuer verbreitet. Bestimmt wussten auch alle über Matt und mich Bescheid, aber niemand sprach mich darauf an. Ich überlegte mir, was sie wohl hinter meinem Rücken im Ort sagen würden. Im besten Fall verbuchten sie es unter einem heißen Flirt, der mir nach dem Tod meines Mannes gutgetan hatte, und schlimmstenfalls waren sie der Meinung, es sei zu früh, mich mit anderen Männern einzulassen.

Der Sommer konnte sich im Juli nicht richtig entscheiden, von welcher Seite er sich zeigen wollte, und für meine Pläne, mich beruflich wieder in Richtung Journalismus zu engagieren, fehlte mir schlichtweg die Motivation. Ich war wieder so weit, dass ich mich am liebsten für immer in Kinsale im Pub meines Onkels verkriechen würde. Aber ich hatte zum Glück zwei Freundinnen, die dafür sorgten, dass ich es mir nicht zu bequem im Jacob's

Ladder machte. Sophie nervte mich ständig damit, dass sie mal wieder über einen meiner alten Artikel gestolpert sei und diesen mit Begeisterung gelesen habe, und Emma ließ mich auf ruhige, aber bestimmte Art spüren, dass es an der Zeit war, mich endlich aufzuraffen.

Die kleine Kaelynn war Mitte Juli kräftig genug, um nach Hause zu kommen, und ich besuchte sie, sooft ich konnte. Ich war ganz vernarrt in dieses winzige Wesen, vielleicht weil ich durch sie erkannte, wie gern ich selbst Kinder hätte.

Emma hatte ihr Schlafzimmer hübsch für Kaelynn eingerichtet. Das Mädchen schlief in einem Bettchen neben Emmas Bett, und Emmas Vater meinte, wenn seine Enkeltochter alt genug war, um in ein eigenes Zimmer zu ziehen, würde er im Wohnzimmer schlafen. »In meinem Alter ist man sowieso froh, wenn man nicht so viele Treppen steigen muss«, sagte er dann.

Wegen meiner vielen Besuche bei Kaelynn und Emma hatte ich Sophie gegenüber ein schlechtes Gewissen. Ich fragte sie, ob sie nicht einmal mitkommen wollte. Aber Sophie zeigte kein Interesse.

»Ich mag sie nicht«, sagte sie.

»Weil?«

»Irgendwas stimmt nicht mit ihr. Sie kommt mir nicht echt vor. Und sie hat immer so was ... Verspanntes.«

»Sie macht sich seit Monaten Sorgen um ihr Kind, das sie allein erziehen muss. Meinst du nicht, dass man da ein bisschen angespannt wirkt?«

Sophie zuckte nur mit den Schultern und brummelte vor sich hin. Ich beschloss, ihre Einwände nicht weiter ernst zu nehmen.

Den ganzen Monat waren wir komplett ausgebucht, und das Pub schien jeden Abend überzuquellen. Mary stellte noch zwei junge Männer ein, die uns halfen, da sie wollte, dass ich weiterhin freie Tage machte und mich nicht wieder in eine Arbeitsroutine stürzte, die mich davon abhalten sollte, »das wahre Leben zu genießen«, wie sie es nannte.

Natürlich konnte ich die Gedanken an Matt nicht für immer verbannen. Immer wieder gab es etwas, das mich an ihn erinnerte, und als der Juli schon fast vorüber war, musste ich daran denken, dass in ein paar Wochen sein Geburtstag sein würde. Ende August, hatte er gesagt. Ich fragte mich, wie lange er noch in Europa sein würde, ob er vielleicht sogar vorzeitig abgereist sein könnte und schon wieder in New York war ... Es brauchte meine ganze Willenskraft, nicht auf Facebook nachzusehen, ob sich ein Hinweis fand, was Matt gerade tat. Ich sagte mir: Was waren schon die paar Tage, die ich mit ihm gehabt hatte, gegen die fünfzehn Jahre mit Brian?

Und trotzdem tat es weh.

Ich begleitete Emma an einem meiner freien Tage ins Krankenhaus, wo die kleine Kaelynn routinemäßig untersucht wurde. Normalerweise ging Emma allein dorthin, aber diesmal sagte sie, sie hätte gerne jemanden an ihrer Seite. Sie hatte ein schlechtes Gefühl, konnte es aber nicht näher begründen. Wie richtig sie damit lag, erfuhren wir erst, als der Leiter der Frühchenstation persönlich zum Gespräch mit Emma kam, um ihr mitzuteilen, dass etwas mit Kaelynns Blutwerten nicht stimmte. Er redete eine Weile um den heißen Brei herum, bis Emma ihn aufforderte zu sagen, was er zu sagen hatte, schließlich sei sie auch vom Fach. Ich weiß nicht, ob sie darauf vorbereitet war, aber sie hörte es sich mit geschlossenen Augen und geballten Fäusten an, während ich das kleine Mädchen in den Armen schaukelte.

»Es ist eine Form der Leukämie, die speziell bei Säuglingen auftritt«, sagte der Arzt, und ich hatte bei seinen Worten das Gefühl, dass sich mein Innerstes gerade auflöste. »Sie haben eine große Familie. Kaelynn hat viele Onkel und Tanten, Cousins und Cousinen, richtig? Alle sollten sich testen lassen. Wir suchen außerdem in der Datenbank, um einen genetischen Zwilling zu finden. Wenn wir eine Knochenmarkspende bekommen, stehen die Chancen sehr hoch, dass Kaelynn ganz gesund wird. Diese Form ist sehr gut heilbar.«

Erst als ich die beiden nach Hause gebracht und mit Emmas Vater gesprochen hatte, brach Emma zusammen. Ihr Vater sah nach der Kleinen, und wir saßen im Wohnzimmer auf der Couch. Sie hatte die Beine angezogen, den Kopf auf den Knien, Tränen liefen ihr über das Gesicht, aber sie sagte nichts. Sie schien nicht einmal zu schluchzen.

»Was kann ich tun?«, fragte ich sie hilflos. »Soll ich deine Geschwister anrufen?«

Sie schüttelte den Kopf und murmelte etwas, das sich wie »Dad macht das« anhörte.

»Etwas anderes? Irgendwas?«

Wieder Kopfschütteln.

»Du musst Kaelynns Vater verständigen«, sagte ich.

Emma vergrub ihr Gesicht in den Händen, sagte aber nichts.

»Hast du mich gehört?«

Sie reagierte nicht.

»Emma, sei vernünftig.«

»Ja«, hörte ich sie hohl sagen. »Ja. Mach ich. Natürlich mach ich das.«

»Hat er Geschwister?«

Sie nickte.

»Und seine Eltern, leben die noch?«

Wieder nickte sie.

»Und seine Cousins und Cousinen, Tanten, Onkel, alle müssen sich testen lassen. Solange sie mit ihm verwandt sind ...«

»Der genetische Zwilling ist nicht unbedingt ein Verwandter. Deshalb suchen sie über die Datenbanken.«

Ich sagte: »Gut. Dann lasse ich mich auch testen. Wir alle. Und ich lege Flyer im Pub aus, damit sich im Ort auch alle testen lassen. Und wir könnten ...«

»Danke«, stoppte mich Emma. »Danke, du bist so wahnsinnig gut zu mir.«

»Quatsch. Jeder würde doch ...«

»Kate, du hast schon so viel für uns getan, und ja, es wäre großartig, wenn ihr euch alle testen lassen könntet. Aber ... ich muss jetzt allein sein, bitte sei mir nicht böse.«

Ich nickte. Sie lag auf dem Sofa und sah mich nicht an.

»Ich sag deinem Vater Bescheid, dass ich gehe, ja?«

»Nein. Ich will jetzt allein sein. Wenn du ihm sagst, dass du gehst, kommt er mit Kaelynn runter.«

»Gut«, sagte ich. »Aber melde dich, egal wann, wenn noch etwas ist.« Ich stand auf. »Und du versprichst mir, dass du als Erstes Kaelynns Vater anrufst? Er muss es wissen.«

»Geh jetzt, bitte«, sagte Emma leise.

»Versprichst du es?«

»Ich hab doch gesagt, ich tu es, und jetzt, bitte, darf ich allein sein? Ja?« Emma drehte sich um und wandte mir den Rücken zu, und mir blieb nichts anderes übrig, als endlich zu gehen. Noch bevor ich die Haustür öffnete, wusste ich, warum sie mich nicht angesehen hatte, warum sie wollte, dass ich gehe: Sie würde nicht mit Kaelynns Vater reden. Sie würde es einfach nicht tun.

Aber konnte es denn sein, dass sie lieber auf eine Möglichkeit verzichtete, das Leben ihrer Tochter zu retten, als sich bei ihrem Exmann zu melden? Auf keinen Fall – keine Mutter, kein Mensch, der auch nur einen Funken Gefühl hatte, würde so etwas tun.

Sie brauchte wahrscheinlich nur noch etwas Zeit, sich zu diesem Anruf zu überwinden. Ich fragte mich, was wohl zwischen diesem Mann und ihr vorgefallen war, dass es ihr sogar in dieser tragischen Ausnahmesituation schwerfiel, ihn zu kontaktieren.

24.

Wir saßen in Sophies kleinem Wohnzimmer und hatten alle Fenster geöffnet, weil es draußen durch den Wind kühler war als drinnen. Aber die Hitze ließ sich nicht aus der Dachwohnung vertreiben. Dabei war noch nicht einmal Mittag.

Sophie war genauso betroffen und schockiert von der Nachricht, dass Kaelynn schwer krank war, wie ich. Kopfschüttelnd hörte sie sich an, dass ich Zweifel daran hatte, ob Emma ihren Exmann benachrichtigen würde.

»Ich würde da doch nicht warten«, sagte sie. Sophie saß vor ihrem Laptop und las gerade quer, was sie über Leukämie gefunden hatte. »Ich würde den Kerl auf der Stelle anrufen und ihm sagen, er soll sich hier zeigen, verdammt.«

»Irgendwas muss da passiert sein«, spekulierte ich.

»Von mir aus kann sie ihn dabei erwischt haben, wie er sich von einer Domina den Hintern mit hart gekochten Eiern hat bewerfen lassen. Aber bei so was hält man doch zusammen! Und sie kann doch auch davon ausgehen, dass er als Vater Bereitschaft zeigt.« Sie kam aus dem Kopfschütteln nicht heraus. »Wie heißt ihr Ex noch mal?«

»Sagt sie doch nicht«, erinnerte ich sie. »Wieso?«

»Googeln, Adresse finden, Meldung machen, wenn sie

es bis morgen noch nicht selbst gemacht hat. Mir egal, was zwischen den beiden läuft, aber da kann der Wurm nichts für.«

»Sophie, ich bin sicher, sie braucht einfach nur noch etwas Zeit«, sagte ich.

»Ich probier's mal mit ihrem Mädchennamen, vielleicht kommen wir da weiter?« Sie tippte. »Emma ... Mulligan ... Aha ... Oh wow!« Sie rutschte ein Stück zur Seite, damit ich besser auf den Bildschirm sehen konnte. Er zeigte das Blog eines indischen Medizinstudenten, der über die Arbeit ausländischer Helfer in den Slums von Delhi berichtete. Ein Foto von Emma hatte er dem Text beigefügt.

»Sie war vor zwei Jahren als Krankenschwester in Indien«, sagte Sophie. »Hätte ich ihr nicht zugetraut. Du?«

Ich schüttelte den Kopf. Nicht weil ich es ihr nicht zugetraut hätte, sondern weil ich staunte. »Hat sie gar nicht erwähnt. Hier steht, dass sie sich vor allem um Neugeborene und Säuglinge gekümmert hat und davor in England eine Organisation geleitet hat ... Davon hat sie auch nichts gesagt. Sie hat nur gesagt, dass sie Krankenschwester war.«

Sophie zog ein paar Schubladen an ihrem Schreibtisch auf und kramte darin herum. »Ich weiß nicht, ich finde sie schon irgendwie komisch. Das hab ich aber schon gesagt.« Sie fand, wonach sie gesucht hatte: ein Haargummi. Damit band sie sich die langen Haare aus dem Nacken. Dann kramte sie weiter, bis sie ein zweites gefunden hatte. Sie hielt es mir hin.

»Ich hasse es, wenn die Haare am Hals festschwitzen«, murrte sie.

Ich nahm das Gummi. »Emma ist nicht komisch. Sie hat einfach viel durchgemacht. Und wenn ich jetzt sehe, wie sie sich engagiert hat... Aber ist das nicht etwas, worüber man redet? Weil man stolz darauf ist? Warum verschweigt sie bloß so was?«

»Was ihr Mann wohl dazu gesagt hat? Ein Jahr in Indien?«

»Vielleicht war er mit.«

»Jedenfalls hat sie ihren Mädchennamen behalten.«

In diesem Moment regten sich in mir die ersten Zweifel. Zuvor hatte ich Emmas Verhalten manchmal seltsam gefunden, aber nicht unerklärlich. Doch jetzt wurde ich aufgrund der Indien-Geschichte stutzig. »Warte mal, lass uns weitersuchen.«

Ich zog den Laptop zu mir und gab ihren Namen ein, dazu die Suchbegriffe »Krankenhaus« und »London«. Und was ich nun fand, ließ mich für einen Moment schwindelig werden: Emma Mulligans Ehemann hieß Frank O'Donnell. So stand es in einem kurzen Bericht über einen Frühchenbetreuungsdienst, der offenbar von Emma ins Leben gerufen worden war. Unter Mithilfe ihres Ehemanns. Nein, dachte ich. Solche Zufälle kann es nicht geben. Wie viele Frank O'Donnells mochte es auf der Welt wohl geben? Ich gab nun seinen Namen in das Suchfeld ein, fügte den Namen des Krankenhauses ein, in dem er tätig war, und stieß auf seinen Lebenslauf auf der Krankenhausseite.

Geboren im Krankenhaus von Cork, Irland.

Im selben Jahr wie meine Mutter.

Zur Schule gegangen in Kinsale.

Beginn des Studiums in London: kurz vor meiner Geburt.

Frank O'Neill, hatte mein Onkel gesagt, sei der Name

meines Vaters, und ich hatte ihm nicht geglaubt. In der Nacht, in der meine Mutter gestorben war, hatte ich ein Foto ihres Schuljahrgangs gefunden, darauf vermerkt, neben anderen, der Name Frank O'Donnell.

Ich erzählte Sophie, was mir durch den Kopf ging, und sie sah mich an, als wäre ich wahnsinnig geworden.

»Das muss die Hitze sein«, sagte sie. »Was für ein wirres Zeug! Frank O'Donnell, der Exmann deiner Freundin Emma, soll dein Vater sein?«

»Er ist mit meiner Mutter zur Schule gegangen«, sagte ich. »Daran gibt es ja wohl keinen Zweifel. So groß ist Kinsale nicht, dass sich zwei Kinder, die im selben Jahrgang sind, während ihrer Schulzeit nicht begegnen!«

»Und selbst wenn sie sich gekannt haben, macht es ihn noch nicht zu deinem Vater.«

»Was soll ich machen? Ralph anrufen? Er hat so lange geschwiegen und ist mir ausgewichen, er wird auch jetzt nichts sagen. Nein, ich fliege nach London. Ich glaube, ich habe mit diesem Mann eine Menge zu bereden.«

Sophie versuchte, mich davon abzuhalten. Als sie merkte, dass es ihr nicht gelingen würde, bat sie mich, den Mann wenigstens vorher anzurufen, aber auch da weigerte ich mich. Ich druckte mir die Adresse des Krankenhauses aus, buchte umgehend einen Flug und ein Hotel in der Nähe des Krankenhauses, das ganz im Westen der Stadt lag, nicht weit von Heathrow entfernt.

»Warum hat das nicht Zeit bis morgen?«, wollte Sophie wissen, während ich nach meiner Kreditkarte angelte und dann wieder auf ihrem Laptop herumtippte. »Der Typ wird morgen noch in demselben genetischen Verhältnis zu dir stehen wie heute.«

»Worauf soll ich denn warten?«, fragte ich.

»Ich hätte nicht gedacht, dass ich mal so was sage, aber wäre es nicht besser, erst eine Nacht darüber zu schlafen? Das ist ein Hirngespinst, dem du da nachjagst. Dein *Vater*.« Sie schüttelte den Kopf.

»Sophie, ich will nicht rumsitzen und nachdenken, ich will nicht eine Nacht darüber schlafen, ich will etwas tun. Ich saß lange genug rum und habe nichts getan.«

»Ja, weil dein Mann gestorben war! Kein Grund, jetzt in blinden Aktionismus zu verfallen.« Sie nahm meine Unterlagen aus dem Drucker und reichte sie mir. »Kann es sein, dass du krampfhaft versuchst, dich von etwas ganz anderem abzulenken?«

Ich schwieg.

»Matt?«

»Es ist völlig egal, ob ich heute oder morgen fliege. Ich habe gebucht. Punkt.« Ich stand auf, klappte den Rechner zu und wandte mich zum Gehen.

»Ich hoffe, du denkst noch dran, warum du eigentlich mit ihm reden willst«, sagte Sophie, bevor ich aus ihrer Wohnung stürmen konnte.

»Wie meinst du das?«

»Die Knochenmarkspende für Kaelynn. Schon vergessen?«

»Natürlich nicht.« Ich umarmte sie zum Abschied und rannte die Treppen runter, raus auf die Straße, um mir ein Taxi heranzuwinken.

Was ich für die Übernachtung brauchte, würde ich mir unterwegs besorgen müssen. Mein Flug ging in zwei Stunden.

25.

Die Luft in London war kaum zu ertragen. Im Flugzeug war es sogar fast zu kalt gewesen, ich trug schließlich nur ein Sommerkleid. Doch schon am Heathrow Airport fehlte die frische Seeluft, die das heiße Sommerwetter in Cork erträglich machte. Die Passagiere stöhnten der Reihe nach auf, als sie gegen die Hitze prallten wie gegen eine unsichtbare Wand.

Ungeduldig wartete ich in der Schlange im Flughafengebäude, um meinen Pass vorzuzeigen. Ich wurde immer nervöser, und als ich den Blick eines Sicherheitsbeamten traf, wurde mir klar, wie ich auf die anderen Leute wirken musste. Ich riss mich zusammen, lächelte ihm zu, formte lautlos das Wort »Flugangst« und war erleichtert zu sehen, dass er es mir abkaufte. In der Toilette hinter der Passkontrolle ließ ich mir kaltes Wasser über die Unterarme laufen, besprenkelte Gesicht, Hals und Nacken und ging zur U-Bahn. Vier Stationen musste ich nur fahren. Ich fragte jemanden, welchen Bus ich nehmen musste, um zu meinem Hotel zu gelangen. Zehn Minuten später stieg ich aus, kaufte mir im nächstbesten Laden eine Zahnbürste und weitere Kleinigkeiten, die ich für die Übernachtung brauchte.

Auf der einen Straßenseite standen Mietshäuser, die

nach sozialem Wohnungsbau aussahen, gegenüber solide englische Reihenhäuser mit winzigen begrünten Vorgärten. Diese Häuschen könnten etwas Ländliches haben, würden sie nicht immer wieder von großen grauen Bürokomplexen überragt. Dann änderte sich nach einer Kreuzung mit einem Schlag alles. Ich kam in ein ruhiges, offenbar erst in den letzten Jahrzehnten entstandenes Wohngebiet mit frei stehenden Häusern, Garagen und Gärten. Ich dachte schon, ich hätte mich verlaufen, aber der Straßenname stimmte. Ich ging noch gute hundert Meter weiter und stand dann ganz überraschend vor meinem Hotel. Es war ein orientalisch anmutendes, blendend weißes Gebäude mit einem Schild, auf dem »The Hounslow Inn« stand. Die meisten Menschen, die mir auf der Straße begegneten, waren Inder.

Für den lächerlich günstigen Preis, den ich zahlte, hatte ich eine schmuddelige Absteige an einer viel befahrenen Hauptstraße erwartet. Aber schon am Empfang wurde ich so höflich und zuvorkommend wie in einem Fünfsternehotel begrüßt. Mein Zimmer war zwar eine nahezu psychedelische Erfahrung, was die Farben und Formen auf Bettwäsche, Vorhängen und Teppichboden anging, aber es war sehr sauber und gemütlich.

Ich stellte mich unter die Dusche und hoffte, dass mein Kleid nicht allzu verknittert wirkte, als ich es danach wieder anzog. An der Rezeption erkundigte ich mich nach dem Weg zum Krankenhaus. Es war nur ein paar Minuten zu Fuß entfernt, und wieder änderte sich das Straßenbild. Die Häuser waren grau, Pflanzen waren nicht zu sehen, eine Häuserzeile hatte sogar verbarrikadierte Türen und Fenster. Einen Moment lang glaubte ich schon, die Atmosphäre in meinem Hotel nur geträumt zu haben. Wenig später stand ich vor dem Krankenhaus, einem riesigen, Ufo-ähnlichen Klotz. Daneben war ein riesiger Parkplatz, auf dessen Fläche ein ganzer Bürokomplex Platz gehabt hätte. Ich suchte den Haupteingang und verlangte Dr. O'Donnell.

»Haben Sie einen Termin?«, wurde ich gefragt.

»Es geht um eine sehr dringende familiäre Angelegenheit«, sagte ich. »Ich muss ihn persönlich sprechen.«

Der Mann am Empfang sah mich düster an, griff aber nach dem Telefon und murmelte etwas hinein. Dann legte er auf und sagte: »Gehen Sie hoch in den fünften Stock. Bereitschaftsraum. Fragen Sie da noch mal nach.«

Ich ging vorbei an Patienten in Bademänteln und Jogginganzügen, die sich mit ihren Besuchern in der Eingangshalle aufhielten, und suchte den Aufzug. Im fünften Stock war die Atmosphäre ganz anders: Hier war alles ruhig auf dem Flur. Weiter kam ich nicht, denn an so ziemlich allen Türen standen Hinweise, dass Besucher keinen Zutritt haben. Dahinter befanden sich laut der Beschilderung Labore und die intensivmedizinische Betreuung. Ich wunderte mich schon, warum mich der Pförtner hier heraufgeschickt hatte, als eine Krankenschwester auf mich zukam und fragte: »Sie suchen Dr. O'Donnell? Er ist im OP. Kann ich Ihnen helfen?«

Ich nannte meinen Namen und sagte ihr, was ich dem Pförtner gesagt hatte, aber sie schüttelte nur den Kopf.

»Da müssen Sie mir schon genauer sagen, worum es geht. Haben Sie eine Ahnung, wie viele Angehörige von Patienten jeden Tag herkommen, um unsere Ärzte in persönlichen und vertraulichen Angelegenheiten zu spre-

chen? Tut mir leid, wenn ich so direkt bin, aber ... nun.«
Sie nickte mir zu, als wäre das Gespräch für sie beendet, und wandte sich zum Gehen.

Schnell sagte ich: »Wie lange arbeiten Sie schon hier?«
Sie blieb stehen. »Zwanzig Jahre. Warum?«
»Dann kennen Sie Emma? Seine Exfrau?«
Jetzt hatte ich ihre volle Aufmerksamkeit. »Emma? Natürlich. Sind Sie ihretwegen hier? Ist ihr ... Ihr ist doch nichts passiert?« Jetzt schien sie wirklich besorgt. Sie war gute zehn Jahre älter als Emma und ich, schätzte ich. Vielleicht hatte sie mit Emma zusammengearbeitet. Vielleicht waren sie sogar befreundet gewesen.

»Emma geht es gut. Den Umständen entsprechend. Aber ihre Tochter ist sehr krank ...«
»Sie hat ein Kind?«
»Verstehen Sie jetzt, warum ich Dr. O'Donnell so dringend sprechen muss?«

Die Frau nickte und rieb sich dabei mit einer Hand den Nacken. Mir fiel auf, wie dunkel die Ringe unter ihren Augen waren. »Ich weiß nicht, wie lange er heute noch hier zu tun hat. Lassen Sie mir Ihre Telefonnummer da? Dann melde ich mich bei Ihnen.«

Ich zögerte. »Ich fliege morgen wieder zurück nach Cork.«

»Verlassen Sie sich drauf, ich kümmere mich darum. Es könnte allerdings spät werden. Vielleicht rufe ich mitten in der Nacht an. Damit müssten Sie rechnen.«

Ich sagte ihr, ich sei mit allem einverstanden, solange ich nur die Gelegenheit bekäme, mit dem Doktor persönlich zu reden. Ich wollte ihr nicht sagen, dass es da noch etwas anderes gab, das ich ihn fragen musste.

Während wir auf dem Flur vor dem Aufzug standen und miteinander sprachen, waren ein paarmal die Türen zu den Bereichen aufgegangen, die für Außenstehende nicht zugänglich waren. Ärzte, Schwestern, Labortechniker waren rein- oder rausgegangen. Hinter den Türen: der Kampf zwischen Leben und Tod. Ich musste an Kaelynn denken, das tapfere, winzige Ding, das sich so gut entwickelt hatte nach der zu frühen Geburt, und jetzt kam der nächste Schicksalsschlag.

Ich dachte: Es ist richtig, dass ich hier bin. Nicht meinetwegen. Vor allem wegen Kaelynn.

Ich verabschiedete mich und verließ das Krankenhaus. Bevor ich zurück ins Hotel ging, wollte ich noch etwas die Gegend erkunden. Hier also hatte Emma gelebt und gearbeitet, hier hatte sie Frank kennengelernt ...

Ich musste etwas trinken, die brütende Hitze war unerträglich. Ich hatte auch Hunger, und der Akku meines Handys zeigte deutliche Anzeichen von Ermüdung. Ein Ladegerät würde sich bestimmt auch auftreiben lassen. Ich aß in einem der indischen Restaurants, kaufte danach bei einem pakistanischen Händler ein Ladegerät für mein Telefon, fand es immer noch zu heiß draußen, trank im nächsten Take-away noch schnell ein gekühltes Lassi, während ein stumm geschalteter Bollywood-Film im Fernseher über der Theke flimmerte und ein Radiosender für einen anderen Ton sorgte – BBC *Asian Network*, wie ich der digitalen Anzeige entnahm.

Es war noch früh am Abend, aber ich fühlte mich, als hätte ich eine halbe Weltreise hinter mir. Ich ging zurück zum Hotel, legte mich aufs Bett, um mich kurz auszuruhen, schlief dann aber tief und fest ein, bis mich das Klingeln meines Handys weckte.

»Kate? Sind Sie das?« Es war nicht die Krankenschwester, sondern eine Männerstimme.

»Dr. O'Donnell?«

»Was ist mit Emma? Geht es ihr gut?«

»Ja. Aber ich muss mit Ihnen reden, kann ich Sie irgendwo treffen? Ich verspreche Ihnen, es wird nicht lange dauern.«

»Wo sind Sie?«

»In einem Hotel ganz in der Nähe des Krankenhauses.«

Er schien zu überlegen. Ich sah auf die Uhr: halb zwei.

»Ich könnte zu Ihnen kommen. Gibt es eine Lobby oder eine Bar, wo wir uns treffen können?«

Ich wusste es nicht, sagte aber schnell zu und gab ihm die Adresse durch, damit er es sich nicht noch anders überlegte. Dann stand ich auf, machte mich kurz frisch und ging runter. Der Nachtportier – ein junger Mann, vielleicht ein Student, namens Satish, wie sein Namensschild verriet – begrüßte mich mit einem strahlenden Lächeln. »Was kann ich für Sie tun, Ma'am?«

Ich erklärte ihm, dass ich mich in einer vertraulichen Angelegenheit mit jemandem hier im Hotel treffen wollte. Als ich bemerkte, wie sich das anhörte, kam ich ins Stottern und wurde rot. Ich verhaspelte mich, aber irgendwann hatte ich dem Jungen einigermaßen überzeugend klargemacht, dass ich den Besucher nicht auf mein Zimmer mitnehmen wollte, sondern es nur eine kurze Besprechung war, wie ich es schließlich nannte, aber dass eine Tasse Tee oder wenigstens ein Glas Wasser sehr nett wären. Satish grinste immer noch breit, verschwand schnell im Hinterzimmer und kam mit einem Tablett zurück, auf dem zwei Tassen und ein Teller mit Keksen standen. »Tee kommt gleich«, sagte er und wollte wissen, ob ich im Frühstücksraum oder in der Eingangshalle Platz nehmen wollte. Er merkte sofort, dass ich keine Ahnung hatte, wie ich mich entscheiden sollte. »Wir warten einfach auf den Herrn, und wenn Sie sich zurückziehen wollen, bringe ich Ihnen Tee und Gebäck selbstverständlich nach hinten.« Er sprach mit dem Akzent eines englischen Jungen, der eine gute Privatschule besucht hatte.

Wenige Minuten später kam er: nicht besonders groß, nicht mehr ganz schlank, deutlich über fünfzig. Er wirkte müde und abgekämpft, aber sein Gesicht war das eines attraktiven Mannes. Sein Haar war nicht nur an den Schläfen grau. Die einzige Ähnlichkeit, die er mit mir hätte haben können, waren die einst dunklen Haare, aber ich erkannte mich in seinen Zügen nicht wieder.

Zur Begrüßung erhob ich mich und streckte ihm die Hand hin. »Dr. O'Donnell?«, sagte ich.

Er nickte und schüttelte meine Hand. »Frank, bitte. Sie sind Kate, ja?«

Ich nickte, und Satish kam mit einer Kanne Tee und einem fragenden Blick in meine Richtung hinter seinem Tresen hervor.

»Wollen wir hierbleiben? Ist das in Ordnung? Es gibt hier keine Bar, nur den Frühstücksraum, wir könnten ...«

»Nein, wunderbar«, sagte Frank zerstreut und setzte sich. »Was ist mit Emma?«

Er schien sich große Sorgen um sie zu machen, und ich fragte mich, warum sie den Kontakt zu ihm abgebrochen hatte. Daran, dass er nichts mehr für sie übrighatte, konnte es nicht gelegen haben.

»Es geht weniger um Emma. Kaelynn ist krank.«

Frank zog irritiert die Augenbrauen zusammen. »Wer?«

»Emmas Tochter.«

»Emma hat ein Kind?«

Jetzt war ich irritiert. »Ja, ich dachte... Sie sind doch...«

»Entschuldigen Sie, aber wer sind Sie überhaupt?« Sein ganzer Körper signalisierte Abwehr, und ich wusste, ich musste mich beeilen mit dem, was ich ihm zu sagen hatte. Er verlor nicht nur die Geduld, er hielt mich offenbar für eine Verrückte.

»Ich bin vor ewigen Zeiten mit Emma zur Schule gegangen. Wir waren damals die besten Freundinnen. Dann haben wir uns aus den Augen verloren, und jetzt ist sie wieder aufgetaucht. Sie lebt in Cork und hat eine kleine Tochter. Sie wurde zu früh geboren, in der siebenundzwanzigsten Woche, aber sie schaffte es, es ging ihr gut. Aber jetzt wurde Leukämie diagnostiziert. Sie braucht einen Spender. Und Emma scheint nicht mit Ihnen darüber reden zu wollen.«

»Warum sollte sie das?« Er war immer noch aufgewühlt. »Ich meine, es tut mir sehr leid um... Wie heißt sie? Kayleigh?«

»Kaelynn. So heißt Ihre Tochter.«

»Was?«

Ich glaubte keine Sekunde mehr, einem Vater gegenüberzusitzen, der seine Tochter verleugnete. Dieser Mann hatte keine Ahnung, dass es dieses Kind gab. »Ich dachte, Sie wüssten es«, sagte ich leise.

»Ich weiß überhaupt nichts! Ich habe Emma bestimmt schon seit mindestens zwei Jahren nicht mehr gesehen. Wie alt ist denn das Kind? Sie hat es doch nicht in Indien bekommen? Sie muss seit über einem Jahr zurück sein.«

»Seit über einem Jahr?« Ich hatte das Gefühl, der Sessel schwankte und die Hotelhalle gleich mit ihm.

»Also, wie alt ist das Kind?«

»Fast drei Monate.«

»Hören Sie, ich habe wirklich den Eindruck, dass es da ein Missverständnis gibt. Mindestens eines. Falls Sie Emma wirklich kennen.« Er warf mir einen misstrauischen Blick zu. »Meine Frau hat mich vor über zwei Jahren verlassen. Sie ist bald darauf nach Indien gegangen, und nach allem, was mir so erzählt wurde und sich im Internet fand, war sie bestimmt ein Jahr dort. Was sie danach gemacht hat, weiß ich nicht. Ich habe sie wirklich schon sehr lange nicht mehr gesehen. Wenn ich sonst noch etwas für Sie tun kann...« Er wollte schon aufstehen, doch etwas brachte ihn dazu, noch zu bleiben. Frank O'Donnell sah mich forschend an. »Hat Emma etwa gesagt, das Kind sei von mir?«

»Ich bin zumindest davon ausgegangen. Als ich sie nach Kaelynns Vater fragte, sagte sie, er hätte nie Kinder gewollt. Und dass sie geschieden sei.«

»Ich wollte immer Kinder. Ich habe zwei Söhne aus erster Ehe, und ich wollte auch ein Kind mit Emma. Sie war diejenige, die damit noch warten wollte.« Er seufzte. »Ich habe sie wirklich sehr geliebt. Ich dachte, ich kenne sie. Dann musste ich einsehen, dass sie so ihre Geheimnisse hatte. Vor mir, vor so ziemlich allen.«

»Ich fürchte, Sie haben recht.«

»Verstehen Sie mich nicht falsch, ich meine damit nicht, dass sie absichtlich Lügen erzählt. Ich habe lange über sie nachgedacht, natürlich, weil ich sie über alles geliebt habe und nicht verstehen konnte, warum sie mich verlassen hatte. Ich dachte: Hat sie mir die ganze Zeit etwas vorgemacht? Wissen Sie, ich habe allen Grund, wütend auf Emma zu sein. Aber ich denke wirklich, dass sie niemandem wehtun will. Sie macht nur leider alles mit sich selbst aus. Um die anderen nicht zu verletzen, behält sie Dinge für sich, bis es nicht mehr geht und der große Knall kommt. So in der Art. Ergibt das einen Sinn?«

Ich dachte eine Weile darüber nach. »Vielleicht. Ich ... habe gerade nicht den Eindruck, sehr viel über Emma zu wissen. Wenn man sich so lange nicht gesehen hat wie wir ...«

»Sie kannten sich aus der Schulzeit, sagten Sie? Nun, die einen scheinen sich nie zu verändern, und andere erkennt man nicht wieder. Sagen zumindest alle, die regelmäßig zu Klassentreffen gehen.«

Ich sah ihn an. Das war das Stichwort. »Gehen Sie zu Klassentreffen?«

Er schüttelte den Kopf. »Oh, Gott bewahre, nein.«

»Sie kommen aus Kinsale, richtig?«

»Warum?«

»Ich glaube, Sie kannten meine Mutter. Hannah Riley.«

Jetzt lächelte er. »Hannah? Natürlich. Wir waren in einer Klasse. Nettes Mädchen. Wie geht es ihr?«

»Sie ist gestorben.«

»Oh, das tut mir leid. Wann denn?« Er schien betroffen.

»Vor fünfundzwanzig Jahren.«

»Ein Unfall?«

»Sie hatte etwas mit dem Herzen.«

»Furchtbar«, sagte er und schüttelte den Kopf. »Sie war unglaublich klug. Und hübsch. Sie sehen ihr sehr ähnlich. Woher wissen Sie, dass wir in einer Klasse waren? Wir hatten nie viel miteinander zu tun.«

»Ich habe ein altes Klassenfoto gefunden, da stand Ihr Name drauf. Und als ich irgendwo las, dass Sie derselbe Jahrgang sind und aus Kinsale stammen ...«

Jetzt schien er ganz in der Erinnerung zu versinken. »Ja, ja, alle Jungs waren ganz verliebt in sie. Aber sie ging mit keinem aus. Man munkelte etwas von einem geheimen Freund, der in Cork wohnte. Wie heißt denn Ihr Vater? Vielleicht war er das. Wenn Sie so alt wie Emma sind, könnte das ja sogar hinkommen.«

Ich schluckte. »Ich kenne meinen Vater nicht.«

Frank O'Donnell sah mich betroffen an. »Oh. Entschuldigung. Das ist ... Das tut mir leid.« Er räusperte sich. »Also auch in diesem Fall scheide ich leider aus, aber das haben Sie sicherlich auch nicht angenommen. Hannah war ein so wunderbares Mädchen, die hätte jeder sofort geheiratet, selbst in dem Alter. Sie war wirklich ganz toll.« Dann machte er eine nachdenkliche Pause, sah mich an und fragte: »Warum wissen Sie nicht, wer Ihr Vater ist?«

»Man hat mir immer nur gesagt, er wüsste nichts von mir und sei zum Studieren nach Neuseeland gegangen, wo man ihn nicht mehr hätte erreichen können.«

»Und das haben Sie geglaubt?«

»Irgendwann nicht mehr, nein.«

Er rieb sich nachdenklich das Kinn. »Hannah Riley ... ja, es gab immer viele Spekulationen darüber, wer der

Glückliche sein mochte. Es gab jemanden, das war klar. Aber niemand wusste etwas. Nicht einmal die Mädchen, mit denen sie befreundet war. Was sagt denn Ihr Onkel? Hannah hatte doch einen Bruder?«

»Er sagt es mir nicht.«

»Familiengeheimnisse«, sagte Frank. »Aber das ist nicht unser Thema, richtig? Es geht um Emma. Oder vielmehr um ihre Tochter. Sie sehen, ich kann Ihnen da nicht helfen. Sie hat sicherlich einen guten Arzt, man wird die Datenbanken auf passende Spender durchsuchen. Wenn sie schon nicht sagen will, wer der Vater ist.« Er seufzte. »Überall nur Geheimnisse.«

»Es lassen sich natürlich auch alle ihre Geschwister testen«, sagte ich, nur um etwas zu sagen. Ich kam mir mittlerweile ausgesprochen albern vor.

»Bitte was?« Frank sah aus, als hätte er einen Geist gesehen.

»Ihre Geschwister lassen sich auch testen«, wiederholte ich.

»Sie hat nie was von Geschwistern gesagt!«

»Es sind fünf«, sagte ich und drehte mich zu Satish. »Ich glaube, wir brauchen jetzt etwas Stärkeres als Tee.«

26.

Nachdem Frank gegangen war, kehrte ich in mein Zimmer zurück. Ich legte mich ins Bett und starrte in die Dunkelheit. Ich wusste, dass ich so schnell keinen Schlaf finden würde.

Hatten denn alle Menschen um mich herum Geheimnisse vor mir? Meine Mutter, die nicht über meinen Vater reden wollte. Meine Großmutter und Ralph, die vielleicht dieses Geheimnis kannten. Wie viel wussten Mary und Sophie? Bitte nicht auch noch Sophie, dachte ich. Dass Emma es offenbar zu ihrer Königsdisziplin erhoben hatte, vor allen Menschen in ihrem Leben Geheimnisse zu haben, schaffte mich sehr. Was sollte das? Hannahs und Margaretes Motive hingegen konnte ich verstehen: Sie hatten mich beschützen wollen, wovor auch immer. Sie hatten gedacht, ich sei noch zu jung für die Wahrheit. Aber warum machte Emma aus allem ein Geheimnis?

Mir fiel ein, wie sie bei unserem nächtlichen Ausflug an den Ort unserer Kindheit Ausreden für Matts Verhalten gesucht hatte. Hätte ich da schon etwas merken müssen? Wie gut sie darin war, Rechtfertigungen aus dem Ärmel zu schütteln?

Matt ... in ein paar Tagen musste sein Geburtstag sein ... Er fehlte mir, trotz allem. Ich fragte mich, was es war, das mich an ihm so fasziniert hatte und, wenn ich ehrlich war, immer noch faszinierte. Die Konsequenz, mit der er seinen Traum, Musik zu machen, lebte, statt auf Sicherheit zu setzen? Sein Blick, in dem ich hätte versinken können, dieser Blick, der signalisierte, als wäre ich die einzige Frau auf der Welt für ihn? Was für eine Lüge dieser Blick doch gewesen war – oder etwa nicht? Hatte ich mich in ihn verliebt, weil er mir das Gefühl gegeben hatte, zu verstehen, wie es in mir aussah? Weil ihn mein inneres Chaos nicht gestört hatte? Hatte ich es nur so empfinden wollen, oder war es ihm tatsächlich gelungen, den Menschen in mir zu sehen, der ich gerne wäre?

Hatte Matt mir nichts von seiner Frau – vielleicht wirklich bald Exfrau – erzählt, weil er es nicht als wichtig empfunden hatte? Weil er mir nicht hatte wehtun wollen? Machte es das besser? Blieb es nicht dabei, dass er Geheimnisse vor mir hatte?

Mein Handy piepte. Es war das Signal, dass ich eine SMS bekommen hatte. Diese zwei Sekunden Hoffnung, die Nachricht könnte von Matt sein, verrieten mir endgültig, dass ich weit davon entfernt war, über ihn hinweg zu sein.

Es war Frank. Er konnte offenbar auch nicht schlafen und schrieb: »Wg. Hannah: Erinnere mich an Abschlussball, Hannah glücklich, Gerüchte v. großer Liebe. Onkel sollte mehr wissen.« Ich schrieb zurück: »Danke. Soll ich mich melden, wenn ich mehr weiß?« Und seine Antwort: »Gerne. Unbedingt. Auch Bescheid geben mit Emmas Tochter.«

Ich wurde langsam müde von meinen Gedanken, die

sich nur noch im Kreis drehten. Kurz bevor ich ganz einschlief, war ich fest davon überzeugt, dass ich Matt unbedingt noch in diesem Moment eine SMS schicken musste, damit er wusste, dass ich an ihn dachte. Benommen tastete ich nach meinem Handy, schlief dann aber mit dem Telefon in der Hand ein und wachte zwei Stunden später genauso auf.

Ich war froh, ihm nicht geschrieben zu haben. Die nüchterne Morgensonne konnte sehr grausam sein, anders als die Nacht.

Auf dem Weg zum Flughafen war ich noch sicher, dass ich gleich nach der Landung in Cork zu Emma fahren würde, um sie zur Rede zu stellen. Doch als ich angekommen war, wollte ich nur noch nach Hause. Ich hatte nämlich, wenn ich es mir recht überlegte, keine Ahnung, wie ich ihr nun begegnen sollte. Wie konnte ich es ihr sagen? Dass ich im Internet Nachforschungen zu ihrer Person angestellt hatte, um ihren Exmann ausfindig zu machen? Von dem sie nie wirklich gesagt hatte, er sei der Vater ihres Kindes? Dass ich so überstürzt nach London geflogen war, weil ich die alberne Idee hatte, genau dieser Mann könnte *mein* Vater sein? Selbst wenn es nur um Kaelynn gegangen wäre, ich hatte gar kein Recht dazu gehabt, Frank O'Donnell aufzusuchen, ohne es vorher mit Emma zu besprechen. Es wäre ihre Sache gewesen, mit ihm Kontakt aufzunehmen. Was, wie ich nun wusste, nicht nötig gewesen wäre.

Was hatte ich mir nur dabei gedacht ...

Ich brauchte etwas Zeit, um mir über alles klar zu werden. Dann würde ich mit ihr reden. Ich musste ihr sagen, dass ich in London gewesen war. Und dass ich ihr nicht mehr vertrauen konnte.

Das Einzige, was nun zählte, war Kaelynns Leben. Was konnte eine Tochter für ihre Mutter? Ich musste mit meiner Familie reden, allen Bekannten, die wir hatten. Wir mussten so viele Menschen wie möglich mobilisieren, damit ein Spender für das Mädchen gefunden werden konnte.

Bis zum Abend hatte ich sämtliche Hausärzte in Kinsale kontaktiert und die Pfarrer dazu gebracht, in ihrer nächsten Predigt dazu aufzurufen, bei der Suche nach einem Spender für Kaelynn zu helfen. Ich aß eine Kleinigkeit in der Küche zu Abend, dann ging ich in mein Zimmer und rief Emma an.

»Wie geht es Kaelynn?«, fragte ich.

»Sie ist in guten Händen«, sagte Emma. Ich hörte, dass sie gegen Tränen ankämpfte. Meine Wut auf sie blieb.

»Warst du heute bei ihr?«

»Natürlich. Wo warst du? Ich dachte, du kommst vielleicht auch ...«

»Ich hatte zu tun.«

»Kate, du klingst so seltsam.«

Ich räusperte mich. »Ich hatte zu tun, weil ich dir helfen will, einen Spender für Kaelynn zu finden. Mit etwas Glück lässt sich noch diese Woche ganz Kinsale testen.«

»Wirklich? Ich weiß gar nicht, wie ich dir danken ...«

»Emma«, unterbrach ich sie. »Wir müssen miteinander reden.«

»Das tun wir doch?«

»Nicht am Telefon.«

»Ist etwas passiert?«

Ich überlegte, wie viel ich ihr sagen wollte. »Ja. Wir müssen über *dich* reden.«

»Über mich?« Sie klang verunsichert, und sie brauchte einen Moment, bis sie sagte: »Willst du vorbeikommen?«

Ich war erschöpft und fühlte mich ausgelaugt. Mich ins Bett zu legen wäre wohl vernünftig gewesen. Aber irgendwie wusste ich, dass ich sowieso nicht schlafen konnte. Und war es nicht wichtig, es so schnell wie möglich hinter mich zu bringen und Klarheit zu schaffen? Nur wusste ich nicht, wo wir uns treffen sollten. Bei ihr zu Hause? Etwas sträubte sich in mir.

»Komm nach Kinsale«, sagte ich.

»Aber ich habe kein Auto, kannst du nicht …«

»Komm einfach her, okay?« Ohne ein weiteres Wort legte ich auf.

In meinem Zimmer hielt ich es nicht länger aus. Ich ging rüber ins Pub und fragte, ob ich helfen könnte, aber Ralph schickte mich weg. »Wir hatten eine Vereinbarung, und an die halten wir uns bitte schön alle. Du würdest hier weniger arbeiten und dich dafür mehr um dich selbst kümmern. Schon vergessen? Dir ist doch nicht etwa langweilig?«

»Du wirkst nervös«, sagte Mary. »Ist es wegen Kaelynn?«

Ich nickte. »Emma kommt gleich.«

»Ach, wie schön, dann kommt sie mal auf andere Gedanken«, sagte Ralph, während er einem Gast ein Bier zapfte.

»Dann wird's aber schwierig, wenn sie heute noch zurückwill. Sollen wir die Couch klarmachen?«, bot Mary an.

Ich hatte nicht darüber nachgedacht, wie Emma zurückkommen würde. »Das kann ich doch machen, kümmert euch nicht drum.«

Vielleicht würde sie auch gar nicht kommen, weil sie die Auseinandersetzung ahnte. Ich ging nach draußen an die Luft. Durch die Brise, die vom Meer landeinwärts wehte, war es angenehm kühl. Ich erinnerte mich an die stickige Luft in London, an die tausend Gerüche, gute und schlechte. Dachte daran, wie sehr ich mich danach sehnte herumzureisen und wie sehr ich Irland liebte und hier immer meinen Anker haben wollte.

Ich könnte jetzt irgendwo in Europa unterwegs sein. Zusammen mit Matt. Der Gedanke machte mich wütend und traurig zugleich.

Wo war er wohl heute? Würde er wiederkommen? Würde er sich melden?

Wollte ich das?

Mein Herz kannte die Antwort, aber ich wollte sie nicht hören.

Ich ging ein paar Schritte die Straße entlang. Gerade wollte ich mich umdrehen und zurück zum Pub gehen, aber dann entschied ich mich anders und lief zur Bushaltestelle. Irgendwie wusste ich auf einmal, dass Emma mit dem nächsten Bus kommen würde. Dass sie keine Zeit verloren hatte, um herzukommen.

Ich musste noch eine Viertelstunde warten, dann sah ich den Bus aus Cork um die Kurve kommen. Emma stieg aus – blass, dünn, eine langärmelige Strickjacke über einem blauen Kleid – und kam auf mich zu. Wir umarmten uns nicht. Sie sah mich mit großen, ängstlichen Augen an.

»Wo gehen wir hin?«, fragte sie.

»Charles Fort«, sagte ich.

»Aber es wird gleich dunkel, und ...« Sie hielt inne, schien sich zu erinnern. »Charles Fort. Gut.«

Schweigend gingen wir den Weg zurück, den ich gekommen war, vorbei am Jacob's Ladder, bis wir die alte Festung erreichten. Dort kletterten wir über die Absperrung, doch anders als vor fünfundzwanzig Jahren kicherten wir nicht, flüsterten nicht aufgeregt. Wir durchquerten die Anlage, steuerten auf die südliche Außenmauer zu, wo wir früher einmal eine halbe Nacht lang gesessen hatten. Bevor wir sie erreichten, blieb Emma stehen. Ich wandte mich zu ihr und sah sie an.

»Du weißt es also«, sagte sie.

Ich nickte.

27.

Wir gingen durch die Ruinen, die das Feuer 1922 im Irischen Bürgerkrieg überstanden hatten und heute nur noch Touristen und Gestrüpp trutzen mussten, bis wir an die Stelle kamen, von der wir damals überzeugt gewesen waren, dass sie magisch sein musste. Die Außenmauer befand sich auf einer Anhöhe, von der aus man die Bucht nach Süden hin bis zum Meer überblicken konnte. Ich wusste nicht, ob man die Anhöhe vor über dreihundert Jahren künstlich zum besseren Schutz angelegt hatte. Ich dachte nur daran, wie wir im Alter von zwölf Jahren uns vorstellten, am Eingang Irlands zu stehen. Wie wir von hier aus darüber wachen würden, wer uns besuchte und wer wieder ging. Wir schickten ungeliebte Klassenkameraden mit dem Schiff auf Weltreise und luden uns lieb gewonnene Gestalten ein, die wir uns ausgedacht hatten oder aus Büchern kannten. Wir hatten uns hier einmal mehr unsere eigene Welt geschaffen.

Nun kletterten wir auf die durch Schießscharten durchbrochene Mauer und sahen auf die Bucht, die langsam von der Dunkelheit verschluckt wurde. Die Erinnerungen an früher waren überwältigend, und gleichzeitig nahm mir die Gewissheit, dass wir jetzt zum letzten Mal so zusammensitzen würden, die Luft.

»Warum diese Lügen? Warum so viele Geheimnisse?«, fragte ich ruhig, als wir uns niedergelassen hatten.

Sie ließ ihre Beine gegen die Mauer schlagen wie ein Kind. »Ich wollte es dir ja sagen. Aber dann stand ich vor dir und ... Ich konnte es nicht mehr.«

»Das ist Unsinn! Was hat dich denn daran gehindert?«

»Na, was wohl! Ich hatte Angst davor, wie du reagierst.«

Ich lachte. Es klang bitter. »Ich bin selbst ein uneheliches Kind! Wie hätte ich wohl reagiert, wenn du mir gesagt hättest, dass dein Kind nicht von deinem Ehemann ist?«

Sie schwieg.

»Was ist mit dem richtigen Vater?«

»Wie hast du es eigentlich herausgefunden?«, fragte sie mich. Ich durchschaute das Ablenkungsmanöver natürlich, aber ich antwortete trotzdem.

»Was glaubst du wohl? Ich dachte, du würdest dich aus welchen Gründen auch immer nicht trauen, Kontakt mit deinem Exmann aufzunehmen. Also wollte ich dir helfen und mit ihm reden. Schließlich geht es um ein kleines, süßes Wesen, das es verdient hat zu leben! Ich habe ein bisschen im Internet gesucht, bin dann nach London geflogen und habe mit ihm geredet.« Nun war ich diejenige, die die Wahrheit hinbog. Die eine Abkürzung nahm. Die ein Geheimnis für sich behielt.

Sie zupfte am Ärmel ihrer Jacke herum. »Was sagt er? Wie geht es ihm?«

Ich hob die Schultern. »Er sah etwas überarbeitet aus. Du hast mir übrigens auch nie erzählt, dass du ein Jahr lang in Indien warst.«

Sie nickte stumm.

»Bist du von jemandem schwanger geworden, den du dort kennengelernt hast?«

Kopfschütteln.

»Du meine Güte, muss ich dir denn alles aus der Nase ziehen? Was ist jetzt, reden wir oder nicht?« Es war bereits so dunkel, dass ich ihr Gesicht nicht mehr richtig sehen konnte. Als sie nach endlosen Minuten immer noch nichts sagte, fragte ich: »Kennst du den Vater nicht? Das kannst du mir sagen. Es gibt nichts, womit du mich in moralische Entrüstung versetzen könntest.«

»Ich kann nicht«, sagte sie.

»Was kannst du nicht?« Und als wieder nichts zu kommen schien, fuhr ich fort: »Es geht hier nicht mehr nur um dich und deine Befindlichkeiten und ob du dich mit dem Mann zerstritten hast oder was auch immer. Es geht um Kaelynns Leben! Du musst mit ihrem Vater reden. Er muss sich testen lassen und seine Verwandten auch. Wie kannst du nur so egoistisch sein?«

Scheinbar hatte ich den richtigen Knopf gedrückt. »Ich bin nicht egoistisch!«, fuhr sie mich an. »Ich will nur ...« Emma brach ab. »Kate, du verstehst es nicht. Ich kann nicht mit ihm reden. Er war verheiratet ...«

»Das kann dir im Moment ziemlich egal sein«, fiel ich ihr ins Wort. »Deine Tochter ...«

»Warte«, unterbrach sie mich. »Er ist ... gestorben.«

Ich erschrak. Auch sie hatte jemanden vor nicht allzu langer Zeit verloren. Ich wusste, wie sie sich fühlte. Aber ich verstand nicht, warum sie es mir nicht gesagt hatte ...

»Das tut mir sehr leid«, sagte ich. »Was ist mit seiner Familie, hat er Geschwister? Leben seine Eltern noch?«

Sie nickte. »Ich habe keinen Kontakt zu ihnen. Ich habe sie nie kennengelernt.«

»Warum nicht?«

»Sie leben in England. Wir kannten uns zu wenig, um ...« Sie brach wieder ab, nun weinte sie. Meinem Impuls, den Arm um sie zu legen, kam ich nicht nach.

»Hat sein Tod die Geburt vorzeitig ausgelöst?«, fragte ich.

»Es ging mir so schlecht danach, ich wollte nicht mehr leben.« Sie schob die Ärmel zurück. »Deshalb die langen Ärmel. Wegen der Narben. Ich habe versucht, mich umzubringen.«

Emma hielt mir ihre Arme direkt vors Gesicht. Ich ließ einen Zeigefinger über die Innenseite ihres Unterarms gleiten. Entsetzen überkam mich. »Du wolltest dich umbringen, mit dem Kind?«

»Es war noch ganz am Anfang der Schwangerschaft. Aber danach wollte ich nur noch eins: leben, mein Kind bekommen und immer für die Kleine da sein.«

»Das hättest du mir alles sagen können.«

»Nein.« Sie schüttelte den Kopf. »Ich schaffe es ja jetzt kaum, es dir zu sagen.«

»Du hast es doch gerade«, sagte ich.

»Noch nicht alles.« Sie sprang von der Mauer, ging ein paar Schritte herum, dann lehnte sie sich an das Geländer vor einer Schießscharte und sagte: »Verstehst du es immer noch nicht? Kaelynns Vater starb Ende November bei einem Autounfall. Muss ich noch mehr sagen?«

Sie musste nicht. Die Erkenntnis stand so deutlich vor mir, als hätte jemand einen Scheinwerfer darauf gerichtet, und ich fühlte mich, als würde ich mich unter Wasser bewegen. Durch meinen Kopf schossen tausend Gedanken: Emma und Brian? Warum? Wie konnte das sein? Wieso habe ich nichts gemerkt? Woher kannten sie sich? Wann haben sie sich getroffen? Waren sie gemeinsam in unserem Haus gewesen? Warum ausgerechnet Emma?

»Nein«, sagte ich. »Brian hätte mir das nicht angetan.« Ich sprach ganz langsam. Ganz deutlich.

Emma sah mich mit riesigen Augen an. »Kate, ich ...«

»Brian ist mein Mann«, sagte ich. »Er tut so etwas nicht.« Ich fühlte mich ein wenig schwindelig, schwebend sogar, und dann folgte ein pulsierender Kopfschmerz. Ganz langsam kroch er vom Nacken in meine Stirn. »Ich geh jetzt besser nach Hause.«

»Kate.« Ich sah, dass sie meinen Namen sagte, aber ich hörte es nicht. Ich ließ mich von der Mauer gleiten, verharrte einen Moment und dachte über das Meeresrauschen nach, das immer weiter anschwoll und verschluckte, was Emma sagte. Sie bewegte nämlich immer noch ihren Mund, aber ich konnte wirklich nichts hören außer einem fernen, dunklen Rauschen. Ich konnte auch nichts mehr sagen, und aus dem schwachen Dämmerlicht wurde mit einem Mal tiefe Dunkelheit. Das Letzte, an was ich mich noch erinnerte, war, dass ich schrecklich müde war, ins Gras sank und einfach nur schlafen wollte.

28.

Mit dem Erwachen kam der Schmerz. Ungefiltert und schonungslos. Ich erkannte kaum die Gestalt, die sich über mich gebeugt hatte, weil es dunkel war, aber ich wusste, es konnte niemand anders als Emma sein. Sie berührte mich, um mich zu stützen und mir aufzuhelfen. Ich schlug ihren Arm weg. Wut stieg in mir auf und gab mir neue Energie. Ich stand auf, klopfte meinen Rock ab und ging.

»Warte! Ich komme mit. Ich habe eine Taschenlampe am Handy ...«

Als ich mich mit einem Ruck zu ihr umdrehte, verstummte sie und blieb stehen. Ich musste nichts sagen, es reichte, dass ich sie ansah. Sie wich ein paar Schritte vor mir zurück. Ich ging weiter, orientierte mich an den Ruinen, die als große schwarze Schatten in den sternenklaren Himmel aufragten.

Die Wut hatte mich nicht sprechen lassen, als Emma vor mir gestanden hatte. Jetzt fluchte ich unter Tränen vor mich hin und wünschte ihr alles Schlechte, das mir einfiel. Ich gelangte endlich an die Absperrung, kletterte über sie, rannte den ganzen Weg zum Pub, stürmte ins Haus und nahm bei der Treppe zwei Stufen auf einmal. Ich warf mich aufs Bett und heulte in mein Kissen.

Wenig später hörte ich Marys Stimme.

»Es ist doch nichts mit Kaelynn?«, fragte sie besorgt.

Ich setzte mich auf, wischte mir die Tränen aus dem Gesicht, schluckte und sagte: »Brian und Emma. Sie hatten ein Verhältnis.«

Mary setzte sich neben mich aufs Bett. »Wann? Bevor ihr geheiratet habt?«

»Kaelynn ist seine Tochter.«

Mary sah mich entsetzt an. »Wenn das ein Scherz sein soll, dann ist das ein verdammt schlechter.«

»Sie hat es mir gerade gesagt.« Ich wischte mir Tränen vom Kinn. Sie liefen immer weiter.

»Und sie wagt es, bei dir auf Freundin zu machen? Ich kann das gar nicht glauben!« Mary stand auf und ging unruhig ein paar Schritte auf und ab. »Ich hol uns was zu trinken. Was willst du?«

»Machst du mir einen Tee?«, fragte ich.

»Tee? Das kann nicht dein Ernst sein. Whiskey ist das Mindeste.«

Während sie fort war, starrte ich an die Zimmerdecke und versuchte zu begreifen. Er hatte ein Kind mit einer anderen Frau gezeugt. Während ich meinen Kinderwunsch immer zurückgestellt hatte, ihm zuliebe. Es konnte, es durfte nicht wahr sein! Es war alles nur ein Albtraum, aus dem ich jeden Moment erwachen musste ...

Aber ich wusste, dass sie die Wahrheit gesagt hatte und dass ich nicht träumte. Endlich fielen alle Puzzleteilchen auf ihren Platz. Ich verstand, warum sie komisch reagiert hatte, wenn ich von Brian erzählt hatte. Oder wenn die Sprache auf Kaelynns Vater kam. Ich wusste nun, warum

Brian sich in den letzten Wochen und Monaten seines Lebens so von mir zurückgezogen hatte und wo er seine Zeit verbracht hatte, wenn er erst Stunden nach einem angeblichen Bewerbungsgespräch zurückgekommen war. »Mit den Jungs was trinken«, hatte logisch geklungen, aber hatte ich es wirklich geglaubt? Hatte nicht schon Misstrauen an mir gefressen?

Und bestimmt war er in der Nacht seines Todes auch bei ihr gewesen. Vielleicht hatte er zu viel getrunken, weil er seine bevorstehende Vaterschaft feiern wollte. Mit ihr hatte er ein Kind gewollt. Aber nicht mit mir.

Mir schwirrte der Kopf, als Mary mit zwei Gläsern und einer Whiskeyflasche hereinkam.

»Sie war unten im Pub. Ich hab sie weggeschickt«, sagte sie.

»Wirklich?«

»Na klar, glaubst du, ich will sie unter diesen Umständen im Haus haben?«

»Nein, ich meinte, sie war wirklich hier?«

Mary nickte. »Wollte hören, wie's dir geht. Ich habe sie gefragt, ob sie noch alle Tassen im Schrank hat. Also wirklich. Dann wollte sie wissen, ob noch ein Bus zurückfährt. Hab ihr nur gesagt, wie sie zur Bushaltestelle kommt.«

»Es fahren keine Busse mehr«, sagte ich.

»Weiß ich auch.«

»Wow. Gemein.«

»Sie ist erwachsen, und es gibt Taxis.«

»Wenn nur Kaelynn nicht so krank wäre ...«

»Kaelynn. Aber nicht Emma. Die hat zwei Beine bis auf den Boden und kann auch schon selbst telefonieren. Ich frage mich, warum sie sich an dich rangemacht hat. Was hat sie sich davon versprochen?«

Ich hob die Schultern und goss mir einen Schluck Whiskey ein. Mary nahm mir die Flasche ab und goss mein Glas halb voll. Dann füllte sie sich ihr Glas und prostete mir zu.

»*Sláinte!*«

»*Sláinte*«, erwiderte ich, nur viel leiser. Wörtlich übersetzt hieß es »Gesundheit«, und natürlich kam ich nicht davon ab, an Kaelynn zu denken, die Gesundheit mehr gebrauchen konnte als wir alle zusammen. Kaelynn, Brians Tochter.

Wir tranken unseren Whiskey, Mary fluchte hin und wieder auf, und nach einer Weile war ich betrunken genug, um den Schmerz nicht mehr ganz so sehr zu spüren.

»Ich muss hier weg«, sagte ich. »Ich muss ganz weit weg. Hier sind zu viele Gespenster.«

Mary nickte. Ich hatte halb gehofft, sie würde protestieren und sagen, ich solle hierbleiben, man bräuchte mich dringend, es wäre so schrecklich, mich nicht mehr um sich herum zu haben. Aber sie nickte und sagte: »Ja, überall Gespenster. Deine Mutter, deine Großmutter und jetzt noch Brian. Sieh zu, dass du von der Insel runterkommst.«

»So weit willst du mich gleich weghaben?«, sagte ich und wurde traurig, ganz so, als wäre ich längst weg.

»Hör mal, meine Kleine. Du hast doch noch was gespart. Gib es aus. Kauf dir ein Ticket. Such dir irgendeinen Job. Oder schreib deine Artikel und sieh zu, dass du sie verkaufst. Probier es aus! Wenn du kein Geld mehr hast, kommst du wieder. Hier ist immer Platz für dich. Hier ist dein Zuhause. Und jetzt fang nicht wieder an zu heulen. Was war ich froh, dass du gerade mal aufgehört hattest.«

Ich musste unter den Tränen lachen. »Danke, Mary. Du bist toll.«

»Ja, ja. Wie auch immer. Und? Wo willst du hin? Wovon hast du schon seit Jahren geträumt?«

»New York«, platzte ich heraus.

»Dann ist es New York. Finde ich gut. Jeder anständige Ire sollte mal nach Amerika gehen.«

»Sind da nicht schon genug von uns?«

»Das war ein Scherz. Oder Ironie? Such dir was aus. Du kennst dich mit so etwas besser aus als ich. Also dann: New York, mach dich bereit für Katie!«

Ich spürte, wie sich Freude in mir ausbreitete. »O ja! Ich will schon seit Jahren dorthin!« Doch dann hielt ich inne. »Wobei, New York ist vielleicht der falsche Ort, um zu vergessen.«

»Wegen Matt?«

Ich nickte.

»Quatsch. Erstens, was hat der mit Brian und Emma zu tun? Zweitens, Sophie hat gesagt, dass er dich ganz schön motiviert hat, endlich in die richtige Richtung zu denken und zu tun, was du wirklich tun willst. Drittens, von New York träumst du schon immer.« Sie hielt inne und zog die Augenbrauen nachdenklich zusammen. »Du musst raus, Abenteuer erleben, und dann kommst du zurück nach Hause, um dich eine Weile zu erholen. Bis du wieder auf Abenteuerreise gehst. Ich glaube, das ist dein Weg. Was denkst du?«

»Ich frage mich, warum ich nicht schon längst...«, begann ich.

Sie schüttelte ungeduldig den Kopf. »Hör auf damit. Du hast dich damals für Brian entschieden. So eine Entscheidung... die kann richtig sein oder falsch, aber solange man sie für sich selbst getroffen hat, muss man dazu stehen. Wusstest du, dass man mir mal angeboten hat, so ein Nobelrestaurant in Cork zu leiten? Ist schon über zehn Jahre her. Hab ich mir auch überlegt. Und abgelehnt. Das war ganz allein meine Entscheidung, Ralph hat sich vornehm zurückgehalten. Alle haben gesagt: Du bist verrückt, so ein Angebot kommt nie wieder. Ich habe gesagt: Kann sein, aber ich hab nun mal Nein gesagt. Weißt du, es ist Blödsinn, sich hinzusetzen und zu jammern: Hätt ich doch, wär ich bloß... Wer weiß denn, wie es ausgegangen wäre, wenn man sich anders entschieden hätte? Nein, nein. Das war schon richtig so. Du wolltest Brian unterstützen. Du hast für dich beschlossen, dass deine Pläne noch ein bisschen warten können. Solange du dich nicht ganz aufgibst, ist alles erlaubt.« Sie lächelte. »Weise Worte, was?«

»Ich bin beeindruckt«, sagte ich, die Zunge schon deutlich schwerer als noch vor einer halben Stunde. Ich trank mein Glas aus. »Hast du's bereut, das mit dem Nobelrestaurant?«

Mary lachte jetzt. »Der Laden hat gleich im ersten Jahr lauter Auszeichnungen bekommen, und natürlich band mir das jeder auf die Nase und machte dazu ein bedeutungsvolles Gesicht. Ich traute der Sache irgendwie nicht. Sonst hätte ich mich ja vielleicht dafür entschieden. Aber irgendwas sagte mir: Mary, lass die Finger davon. Und ich sollte recht behalten. Drei Jahre später brannte der Laden ab, und es kam heraus, dass der Inhaber hoch verschuldet war und auf die Weise versucht hatte, sich Geld von der Versicherung zu holen.«

»Oha.«

»Wo wir gerade beim Thema sind: Brauchst du Geld?«

Ich schüttelte den Kopf. »Ihr habt mich ja kaum welches ausgeben lassen. Für eine Weile wird es schon reichen. Und ich werde mir Arbeit suchen.« Mir fielen die Augen langsam zu.

Mary stand auf und sammelte Gläser und Flasche ein. »Dann würde ich sagen: Flugplan checken, Unterkunft klarmachen, und – hallo, New York, hier bin ich.«

»Einfach so?«, murmelte ich.

»Einfach so.«

Ich hörte nicht mehr, wie sie das Zimmer verließ. Ich fiel sofort in einen tiefen, traumlosen Schlaf.

Als ich am nächsten Morgen mit gemeinen Kopfschmerzen aufwachte, hatte mir jemand ein großes Paket vor die Zimmertür gestellt. Es war eine schon etwas ältere Gesamtausgabe von Jane Austen. Dabei lag ein sehr dicker Brief von Emma.

Liebste Kate,

der schwerste Teil für mich kommt jetzt, und glaub mir, ich weiß, wie sehr du dich davor fürchtest. Aber wir wissen beide, dass es sein muss.
Brian.
Es hilft nichts. Du sollst erfahren, wie es war. Erinnerst du dich an die Frage, die ich dir gestellt habe? Wie ehrlich man in einer Beziehung sein sollte? Die Frage gilt auch für Freundschaften. Ich will nicht mehr, dass etwas zwischen uns steht. Auch wenn wir danach keine Freundinnen mehr sein können. Du hast es nicht verdient, länger angelogen zu werden.
Brian also.
Ich verliebte mich sofort in ihn, als ich ihn zum ersten Mal sah. Es war ein schöner Frühlingstag, mein erster Frühling nach Indien. Einer der ersten Tage, an denen man draußen sitzen konnte. Ich bog von der Oliver Plunkett in die Princes Street und suchte mir einen Platz, um einen Kaffee zu trinken. Ich ergatterte den letzten freien Tisch. Um mich herum Menschen, die die ersten Sonnenstrahlen genossen, rauchten, etwas Warmes tranken. Jemand fragte, ob er sich zu mir setzen könne, und ich blinzelte und sagte Ja. Dir muss ich nicht erzählen, wie er auf mich wirkte. Ich betrachtete ihn heimlich, während er mit seinem iPad beschäftigt war und, wie es schien, gleichzeitig noch in Unterlagen blätterte.

»Arbeit, hm?«, sagte ich.
Er sah nur kurz auf und nickte. Dann widmete er sich wieder seinen Sachen. Ich trank meinen Kaffee, und als ich gerade aufstehen wollte, um zu gehen, fluchte er leise vor sich hin. Ich drehte mich zu ihm. Er lächelte entschuldigend. »Schlechte Nachrichten«, sagte er.
»Tut mir sehr leid. Ich hoffe, es wird bald besser«, sagte ich.
Wir nickten uns zu, und ich ging.
Eine Woche später sah ich ihn wieder. Es war dasselbe Pub, nur saßen wir diesmal drinnen, weil es regnete. Ich las Stellenanzeigen durch. Mein Vater meinte zwar, ich solle mir Zeit damit lassen, wieder zu arbeiten, aber ich wusste, dass er nur eine geringe Rente hatte, und ich hatte mein erspartes Geld in Indien ausgegeben. Ich wollte vorerst nicht mehr als Krankenschwester arbeiten, und gleichzeitig war ich mir nicht im Klaren darüber, was ich sonst machen wollte. Sekretärin? Oder Büromanagerin, wie man heute dazu sagt? Als Empfangsdame arbeiten? Kellnern? Ich beschloss, mich danach zu richten, was gesucht wurde.
Brian, dessen Namen ich damals natürlich noch nicht kannte, saß ein paar Tische weiter. Diesmal starrte er einfach nur an die Wand, vor ihm stand ein Bier, das er aber noch nicht angerührt hatte. Er sah mich nicht.
Ich überlegte, ob ich ihn ansprechen sollte, traute mich aber nicht. Er trug einen Ehering. Ich wollte nicht, dass er mich für aufdringlich hielt.
Als er zehn Minuten später immer noch so dasaß, konnte ich nicht anders. Ich ging zu ihm und fragte ihn, ob alles okay sei. Er erkannte mich nicht einmal, ich musste ihn

daran erinnern, dass wir uns letzte Woche kurz auf der Terrasse gesehen hatten. Er antwortete höflich, dass er Probleme hätte, nicht darüber reden wolle, und ich ging wieder an meinen Tisch. Ich war etwas enttäuscht von seiner Reaktion. Ich hatte doch nur nett sein wollen ...
Dann stand er unerwartet vor mir und entschuldigte sich dafür, so barsch gewesen zu sein. Er fragte: »Wenn Sie mit der Zeitung fertig sind, darf ich dann auch mal reinsehen?«
Ich hielt ihm die Teile hin, die ich nicht brauchte: »Sie können sie haben. Ich lese nur die Stellenanzeigen.«
Er nahm mir die Zeitung nicht ab, zögerte mit der Antwort. »Ich auch.«
Ich erzähle es dir so ausführlich, damit du weißt, dass er nicht auf der Suche nach einem Abenteuer war. Er sprach nicht einfach eine fremde Frau auf der Straße an. Wir kamen an diesem Tag ins Gespräch, aber es dauerte Wochen, bis zwischen uns etwas passierte.
Ich will nichts entschuldigen. Ich will ihn nicht verteidigen. Aber ich denke, du solltest wissen, dass er mich nicht liebte. Ich wollte glauben, dass es Liebe zwischen uns war. Ich weiß heute, dass ich mir etwas vorgemacht habe.
Er klammerte sich aus Verzweiflung an mich.
Alles, was ich über seine Ehefrau wusste, war, dass sie für ihn einiges aufgegeben hatte, damit er sich seinen Traum von der eigenen Agentur erfüllen konnte. Er hatte deshalb immer ein schlechtes Gewissen gehabt. Als er arbeitslos wurde, war es ihr Job, der die beiden über Wasser hielt. Brian fühlte sich damit unwohl, später mehr und mehr gekränkt, und schließlich verzweifelte er daran, dass er keine Arbeit bekam.

Er wollte nicht seine Frau um Geld bitten müssen, damit er sich etwas zum Anziehen kaufen konnte. Er schämte sich.

Und dann kam ich. Ich fand ihn witzig und charmant und liebte es, ihm zuzuhören. Ich genoss seine Gesellschaft, ich fand ihn attraktiv.

Er brauchte mich für sein Selbstwertgefühl. Ich liebte ihn. Das ist die Wahrheit über unsere Beziehung.

Ich schwöre, ich wusste nicht einmal den Namen seiner Frau. Ich wollte nichts über sie wissen. Auch nicht, wo sie arbeitete oder wie alt sie war. Ich wollte sie ausblenden, unsichtbar machen, ich hoffte, dass Brian sie eines Tages verließ, um bei mir zu bleiben.

In einem Supermarkt bekam ich Arbeit. Langsam knüpfte ich Kontakte, vermied es aber, alte Schulkameraden aufzusuchen. Ich war noch nicht bereit dazu. Ich dachte auch an dich.

Weißt du, dass ich die Jane-Austen-Ausgabe von damals immer noch hatte? Ich hatte sie nicht mitgenommen, als ich aus London weggezogen war, sondern einer Kollegin und Freundin zur Aufbewahrung gegeben. Sie schickte sie mir zu. Brian sah sie im Regal und fragte mich, ob Austen meine Lieblingsautorin sei. Ich erzählte von meiner besten Freundin aus Kindertagen, die ich irgendwann damit überraschen wollte. Er fragte nicht weiter nach, warum auch. Du siehst, wie nah ich zufällig dran war herauszufinden, wen ich betrog. Eine namenlose Ehefrau jedoch konnte mein Gewissen verkraften.

Im November wurde ich schwanger. Ich wusste es schon an dem Tag, an dem es geschah. Brian legte großen Wert darauf zu verhüten, aber dieses eine Mal waren wir nach-

lässig. Als zwei Wochen später, wie von mir erwartet, meine Regel ausblieb, machte ich sofort einen Schwangerschaftstest. Er war positiv. Ich weinte vor Glück. Es fühlte sich richtig und gut an. Ja, es war der richtige Zeitpunkt, der richtige Mann, ich war bereit für ein Kind.
Ein Kind mit Brian erschien mir das größte Geschenk. Ich stellte ihn mir vor, wie stolz er war und wie er unser Baby im Arm hielt. Natürlich hatten wir nie über Kinder gesprochen – spricht man mit seiner Geliebten über Kinder? Wohl kaum. Und ich gebe zu, dass ich dachte: Jetzt wird er seine Frau verlassen müssen. Zu dem Zeitpunkt glaubte ich noch, Brian und seine Frau hätten keine Kinder, weil sie nie welche wollte – karriereorientiert, tough, unabhängig. So sah ich sie vor mir.
Ich verabredete mich mit Brian. Wir trafen uns nie bei mir zu Hause wegen Dad. Eine Affäre mit einem verheirateten Mann hätte ihn nach allem, was er schon über mich hatte erfahren müssen, nur belastet. Und es wäre doch irgendwann herausgekommen, hätten Brian und er sich kennengelernt. Vater ist lange nicht so gläubig, wie es meine Mutter war. Aber er ist ein sehr moralischer Mensch, und er hätte es nicht gutgeheißen, einer anderen Frau wehzutun.
Wir trafen uns also meistens in günstigen Hotels. Mal zahlte ich das Zimmer, mal er. An diesem Abend hatte ich ein etwas teureres Hotel ausgesucht. Ich wollte, dass wir es besonders schön hatten, wenn ich ihn mit meinen Neuigkeiten überraschte.
Er war an dem Abend bester Laune, weil sein Vorstellungsgespräch gut gelaufen war. Ich freute mich für ihn und hoffte mit ihm, dass es diesmal klappen würde.

Dann sagte ich: »Ich habe auch gute Neuigkeiten. Ich bin schwanger.«

Er starrte mich erschrocken an. »Von mir?«

In mir schien sich alles zu verknoten. »Natürlich von dir!«

Er sagte: »Das geht nicht. Ich will keine Kinder. Und ich bin verheiratet.«

Ich verstand es nicht. Ich glaubte noch, dass er mich liebte. »Dann lass dich scheiden! Wir können zusammen weggehen. Uns ein gemeinsames, neues Leben aufbauen, wir…«

Er unterbrach mich. »Hörst du mir nicht zu? Ich sagte, ich will keine Kinder. Ich will nicht! Es geht nicht, verstanden?« Dann drehte er sich um und ging.

Ja, Brian ließ mich im Hotel zurück. Er fuhr einfach weg. Danach muss er irgendwo gehalten und sich betrunken haben.

Du weißt jetzt alles. Ich bin schuld an seinem Tod.

29.

Ich konnte nicht mehr weiterlesen. Ich war so angewidert, zornig, verzweifelt, verletzt, dass ich die Blätter auf den Boden warf.

Was wollte sie mit diesem Brief bezwecken? Forderte sie Mitleid? Vergebung? Verständnis? Dass ich ihre Geschichte nun kannte, machte nichts besser. Sophie, die am Morgen aufgetaucht war – ein ziemlich durchsichtiges Manöver von Mary, die auf diese Weise dafür sorgte, dass jemand auf mich aufpasste, damit ich keine Dummheiten machte –, Sophie also fand Emmas Geständnis sehr mutig.

»Du wirst eine Weile brauchen, bis der Schmerz nachgelassen hat. Dann solltest du den Brief noch mal lesen.«

»Ich will mit dieser Frau nichts mehr zu tun haben«, sagte ich.

»Musst du auch nicht. Aber an deiner Stelle würde ich ihn mir in Ruhe ein zweites Mal ansehen. Das hilft.«

»Wobei? Dann reiß ich doch nur wieder die Wunden auf.«

»Es hilft beim Heilen. Glaub mir.«

»Sagt die Frau, die nie länger als zwei Monate einen Mann in ihrem Leben erträgt.«

Sophie seufzte. »Vielleicht weiß ich mehr über Herzschmerz als du.«

Ich konnte ihr nicht glauben, nicht in dem Zustand, in dem ich war. Ich hasste Brian und Emma und die ganze Welt. Mich hasste ich auch dafür, so naiv und blind gewesen zu sein. Die Stunden, die er am Computer verbracht hatte – war es gewesen, um mit Emma zu chatten? Natürlich hatte ich ihm nicht geglaubt, dass er an seinen Bewerbungsunterlagen arbeitete, ich hatte gedacht, er würde einfach nur herumsurfen, spielen ... Ja, ich hätte es sehen können. Vielleicht wollte ich es nicht, weil es einfacher war, die Augen zu schließen und darauf zu hoffen, dass alles irgendwann wieder anders wurde. Warum hatte ich nichts getan? Hatte ich selbst irgendwann das Interesse verloren?

»Ich muss hier weg«, sagte ich zu Sophie. »Am liebsten gestern.«

Sie nickte nur.

Wir fanden im Internet eine günstige Unterkunft bei Privatleuten, die das Zimmer ihres Sohnes in New York untervermieteten, seit dieser studierte. Für den Anfang würde es reichen, vor Ort konnte ich mir dann etwas anderes organisieren. Anschließend suchte ich mir einen Flug heraus. In drei Tagen konnte ich abreisen, es kam mir viel zu lang und gleichzeitig wahnsinnig kurz vor. Ich fühlte mich bereits, als würde ich auf gepackten Koffern sitzen, bereit, jede Sekunde von der Insel zu verschwinden. Ich würde drei Monate fort sein, länger konnte man ohne ein extra Visum nicht in den USA bleiben, und kürzer wollte ich vorerst nicht. Wenn ich eine Story finden und schreiben wollte, die ich an ein großes Magazin verkaufte, um wieder in den Journalismus einzusteigen, dann würde ich diese Zeit brauchen.

Doch auf der anderen Seite wurde mir das Herz schwer bei dem Gedanken, Kinsale verlassen zu müssen. Und eine gehörige Portion Angst vor dem, was vor mir lag, war natürlich auch dabei. Ich fühlte mich wie am Anfang von etwas Neuem. Keine Rücksicht mehr nehmen auf die Befindlichkeiten und Lebenspläne anderer. Endlich ich sein. Mein Leben leben. Ich war selbst darauf gespannt.

Sophie sprach davon, eine kleine Abschiedsparty auszurichten, unten im Pub. Ich willigte ein, auch wenn ich zusammenzuckte, als sie das Datum nannte, denn übermorgen, ein Tag vor meiner Abreise, war Matts Geburtstag. Ich war schwach geworden und hatte auf Facebook nachgesehen. Und mir das Datum gemerkt oder vielmehr: nicht vergessen können. Zwei Monate war es bereits her, dass er aus Kinsale abgereist war. Etwas in mir hoffte, ihn noch einmal wiederzusehen, aber die Stimme der Vernunft sagte mir, dass er bestimmt längst wieder in den USA war.

Das Wetter war noch wunderschön, so als wollte die Insel sich von ihrer besten Seite zeigen, bevor ich ihr den Rücken kehrte. Ich hatte überlegt, durch die kleine Stadt zu gehen und mich von allen, die ich hier wiedergetroffen, kennengelernt und lieb gewonnen hatte, zu verabschieden. Aber dann dachte ich: Sie kommen ja zu meiner Abschiedsparty.

Das Einzige, wovon ich mich also verabschieden müsste, war die Landschaft. Die sanften Hügel, die Steilküste, das Meer. Und das besondere Licht an der Küste. All das würde ich vermissen, wenn ich weg war. Wieder musste ich mich daran erinnern, dass ich nur für kurze Zeit wegging, aber irgendwie fühlte sich alles nach sehr viel mehr an. Nach einem Zurücklassen. Nach einem Nimmerwiedersehen. Ich war schon ein gutes Stück von Kinsale entfernt, sah es nur noch als kleinen, bunten Flecken, die Jachten auf dem Wasser wie weiße Seevögel, als ich mein Gefühl besser verstand: Ja, es war ein Abschied für immer.

Ich ließ Brian hinter mir.

Am frühen Abend kam ich zurück zum Pub, gerade rechtzeitig, um meine Schicht zu übernehmen – ein letztes Mal, wie ich versicherte, damit sie mich überhaupt hinter die Theke ließen. Es war ein so unwirkliches Gefühl, dort zu stehen, Bier zu zapfen, Gläser zu waschen, Geld zu kassieren, mit den Gästen zu scherzen. Ich war gar nicht anwesend, ich funktionierte nur, während ich gleichzeitig weit weg im äußersten Winkel des Pubs stand und mich von dort aus beobachtete.

In der Nacht schlief ich fast gar nicht. Irgendwann gab ich es auf, mich von einer Seite auf die andere zu wälzen, stand auf und packte meinen Koffer. Ich würde später, nach meinem Abschied, nur eine kurze Nacht haben und sehr früh von Cork aus nach London fliegen müssen. Besser also, schon vorbereitet zu sein. Um fünf Uhr morgens war ich schließlich reisefertig, vierundzwanzig Stunden zu früh.

Die verstreuten Seiten von Emmas Brief hatte ich zusammengesammelt und auf den kleinen Schreibtisch geworfen. Ich musste daran denken, was Sophie zu mir gesagt hatte. Dass ich den Brief noch mal lesen sollte. Dass er helfen könnte zu heilen. Es gab noch ein paar Seiten, die ich nicht gelesen hatte. Was würden sie enthalten? Rechtfertigungen? Die Bitte um Verständnis? Konnte ich ertragen, was sie mir schrieb?

Ich steckte Emmas Brief ein und schlich mich die Treppe hinunter und aus dem Haus. Wenn ich schon nicht schlafen konnte, dann wollte ich wenigstens den Sonnenaufgang genießen, auch wenn bis dahin noch ein wenig Zeit vergehen würde. Dem Himmel dabei zuzusehen, wie aus Schwarz Blau wurde, liebte ich sehr. Und die Zeit würde mir nicht lang, denn ich hatte mehr als genug, über das ich nachdenken musste.

Tief atmete ich die klare Morgenluft ein, als ich aus der Haustür trat, und freute mich über die Stille. Ich überquerte die Straße und ging zum Parkplatz, wo ich mich auf das Mäuerchen setzte, um aufs Wasser zu schauen. Hier, dachte ich, hat so einiges begonnen und seinen Lauf genommen, das so schön hätte werden können… Ich unterbrach mich selbst in Gedanken: Hätte werden können? Es *war* schön! Es war, das konnte ich mir endlich eingestehen, eine wundervolle, viel zu kurze Zeit mit Matt gewesen. Und sie war wichtig gewesen, um den tiefen Fall abzumildern, den ich danach dank Emma erfahren musste. Zu wissen, dass ich mich nach Brians Tod wieder verlieben konnte, hatte mir vielleicht das Leben gerettet. Ja, es ging weiter! Ohne Brian. Und auch ohne Matt. Aber es ging weiter.

Ich sah auf die dunkle, leicht gekräuselte Wasseroberfläche. Die Vögel erwachten, während sich im Osten am

Horizont ein dunkelblauer Streifen bildete. Ich hatte mir eine Strickjacke übergezogen, aber ich fröstelte und schlang die Arme fest um meinen Körper. Ich wollte noch nicht reingehen, weil ich den Sonnenaufgang nicht verpassen wollte und auch, weil ich immer noch nicht richtig müde war.

Brian, dachte ich, warum hast du nicht mit mir geredet? Warum habe ich nicht gemerkt, dass mit unserer Beziehung schon lange etwas nicht mehr stimmte? Was für ein Klischee: der arbeitslose Mann, der sich seine Bestätigung woanders suchen muss, weil er es nicht aushält, dass seine Frau das Geld verdient. War das der Brian, den ich kennengelernt hatte? Vielleicht hatte ich nur nicht sehen wollen, dass er so war.

Die ersten Sonnenstrahlen krochen über den Horizont. Ich dachte an Emmas Brief. Sophie hatte vielleicht wirklich recht: War ich denn nicht froh, erfahren zu haben, dass Brian mich trotz allem geliebt hatte und kein Kind mit einer anderen Frau hatte haben wollen? Doch im gleichen Moment dachte ich: Wie kann ich so denken? Sollte ich mich darüber freuen, dass er eine Frau, die ein Kind von ihm erwartete, im Stich lassen wollte? Hätte ich es gutgeheißen, wenn er nicht zu seinem Kind gestanden hätte?

Aber vielleicht wäre alles anders gekommen. Vielleicht hätte er seine Ängste überwunden und wäre dem Kind ein guter Vater gewesen. Vielleicht hätte er mich doch verlassen ...

Ich holte tief Luft, zog Emmas Brief aus der Tasche meiner Strickjacke und suchte die noch ungelesenen Seiten heraus.

Es ist eine Schuld, mit der ich nur schwer leben kann. Gäbe es Kaelynn nicht, die mich so dringend braucht...
Ich erfuhr von Brians Tod aus der Zeitung. Als er sich nicht mehr meldete, dachte ich natürlich, er wollte mich nie mehr wiedersehen. Es war ein Schock, als ich seine Todesanzeige sah, und ich brach zusammen. Eine Kollegin aus dem Supermarkt, mit der ich mich über die Wochen und Monate etwas angefreundet hatte und die von meinem Verhältnis mit einem verheirateten Mann wusste, kümmerte sich um mich. Ich brauchte jemanden, mit dem ich reden konnte, und mein Vater sollte immer noch nichts von Brian wissen. Irgendwann, wenn meine Schwangerschaft weiter fortgeschritten war, würde ich ihm etwas erzählen müssen, aber so weit war es noch nicht. Ich las in der Trauerazeige, wann Brians Asche dem Meer übergeben werden sollte. »Im engsten Familienkreis« stand dabei. Zusammen mit meiner Kollegin überlegte ich, was ich tun könnte, um mich von ihm zu verabschieden.
Die Kollegin sagte: »Musst du denn wirklich unbedingt hingehen?«
Ich sagte: »Ja, ich brauche diesen Abschied.«
Sie schlug mir vor, einfach in Begleitung ihres Mannes zum Hafen zu kommen. Ein Paar würde weniger Aufmerksamkeit erregen.
Wir kamen zu spät. Das Schiff war bereits ausgelaufen, und ich stand traurig und wütend zugleich am Hafen. Als ich sah, dass es nach kurzer Zeit zurückkam, riss ich mich zusammen. Ich erkannte dich, als du an Land kamst. Ich sah, wie du zusammenbrachst. Der Schock, dass du seine Ehefrau warst, ließ alle Gefühle in mir

erfrieren. Ein Mann, der ebenfalls vom Schiff gekommen war, ging an uns vorbei. Es war dein Onkel Ralph, aber ihn erkannte ich nicht sofort. Ich fragte ihn, wessen Bestattung gerade gewesen sei, und sagte sogar, du kämst mir bekannt vor. Ich hielt mich aufrecht, bis wir im Auto saßen und zurück zum Haus meiner Kollegin und ihrem Mann fuhren. Sie versuchten bis tief in die Nacht, mich zu trösten. Doch diesmal weinte ich nicht nur wegen Brian. Ich weinte wegen unserer Freundschaft, die ich endgültig und unwiderruflich verraten hatte.

Ich bekam eine schlimme Depression. Mein Vater glaubte, es seien die Nachwirkungen meiner Ehe, von Indien, der Enttäuschung durch Sanjay. »Du hast schlimme Dinge durchgemacht«, sagte er und wusste nicht, wie recht er hatte. Vor Weihnachten dachte ich darüber nach, nach England zu gehen und das Kind abzutreiben. Noch war es möglich. Aber ich schaffte es nicht. Ich konnte mich nicht aufraffen, einen Termin in einer Klinik zu machen, einen Flug zu buchen, irgendetwas zu tun. Ich wollte nur einfach, dass alles vorbei war... Und so entschied ich mich, den allerletzten Ausweg zu nehmen.

Es war der dritte Januar. Mein Vater war an dem Tag zu Besuch bei einer meiner Schwestern. Ich wusste, er würde meine Leiche finden, aber meine Verzweiflung war zu groß, der Schmerz zu übermächtig, als dass mich dieser Gedanke von meinem Vorhaben abbringen konnte.

Ich legte mich in die Badewanne und schnitt mir die Pulsadern auf. Ich hatte eine Flasche Wein getrunken und ein paar Schlaftabletten genommen.

Ich dachte, hoffte, nun sei endlich alles vorbei.

Mein Vater kam viel früher zurück und fand mich.

Vielleicht haben wir wirklich eine starke Verbindung. So wie er damals wusste, dass ich es sein würde, die an meinem 25. Geburtstag anrief. Ich wurde gerettet, aber man behielt mich noch ein paar Tage in der psychiatrischen Abteilung, damit ich es nicht wieder versuchen würde. Danach kam ich direkt in die Gynäkologie zur Beobachtung, denn wie es aussah, arbeitete meine Plazenta nicht richtig. Mein Kind wuchs langsamer, als es sollte. Es war aber nicht kritisch. Nur eben etwas, auf das geachtet werden musste.
Ich hatte nun Angst, durch die Einnahme der Tabletten und den Alkohol das Kind geschädigt zu haben. Und da wusste ich, wie wichtig mir dieses Kind war, das ich vor wenigen Tagen noch hatte töten wollen. Das Kind und mein Leben. Ich wollte beides.
Meinem Vater sagte ich, ich sei auf einer Party mit einem flüchtigen Bekannten im Bett gelandet, er hätte einen Autounfall gehabt und sei mittlerweile verstorben. Mehr Wahrheit brachte ich nicht über die Lippen, weil ich mich so unglaublich schämte. Dad brachte mir die kleine Ganesha-Statue, die mir Sanjay geschenkt hatte, mit in die Klinik. Ich hatte ihm erzählt, dass sie Glück bringen sollte. Sie stand von da an jeden Tag neben meinem Bett, erst in der Klinik, dann zu Hause, und als ich im April wieder ins Krankenhaus musste, nahm ich sie wieder mit. Bis zur Geburt meiner Tochter begleitete sie mich jeden Tag, wachte jede Nacht über meinen Schlaf. Jetzt steht sie im Kinderzimmer und wartet darauf, dass Kaelynn nach Hause kommt.
Kaelynns Geburt wurde Anfang Mai eingeleitet, um mich und sie nicht zu gefährden. Sie war winzig, selbst für ein

Frühchen. Erst nach vier Wochen konnte ich halbwegs sicher sein, dass sie sich gut und normal entwickelte. Wir hatten offenbar einen Schutzengel.
Kate, ich musste dich danach einfach sehen. Ich fuhr zu Brians Haus, aber da wohnte bereits eine andere Familie. Ich beschloss, bei deinem Onkel nach dir zu fragen, und dort traf ich dich an. Ich wollte dir alles sagen. »Ich habe ein Kind von deinem Mann, ich wusste nicht, dass du seine Frau bist.« Ich hätte es dir genau in dem Moment sagen müssen, als wir uns nach so vielen Jahren im Pub gegenüberstanden. Ich war so unendlich aufgeregt. Ich dachte nur noch an die Zeit, die wir beide zusammen als Kinder in Kinsale verbracht hatten. Und dann ... Deine Freude, als du mich endlich erkanntest. Ich war feige. Ich wollte, dass du wieder meine Freundin wirst. Ich hatte Brian verloren und fühlte mich einsam. Und du hattest doch gerade denselben Schmerz erfahren. Ich dachte: »Kate muss es nicht wissen. Sie wird aber spüren, wie gut ich sie verstehe.« Diese Rechnung ging nicht auf. Und mit jeder Minute, die wir miteinander verbrachten, wurde es schwerer, dir die Wahrheit zu sagen.
Ich weiß, dass du mir nie verzeihen kannst. Aber jetzt musste es sein. Jetzt musste ich es dir endlich, endlich sagen.
Es gibt noch etwas, das du ...

Hier endete ihr Brief abrupt. Ich suchte die nächste Seite unter den vielen, eng und beidseitig beschriebenen Blättern. Ich überflog die Zeilen, erinnerte mich an den Inhalt, wurde an manchen Stellen wieder hineingezogen in Emmas Geschichte ... Aber ich konnte die nächste Seite nicht finden. Sie war verschwunden. Ich ging alles mehrmals durch, aber umsonst. Der Schluss ihres Briefs blieb verschwunden. War es Absicht von ihr gewesen? Damit ich mich bei ihr meldete, um zu erfahren, was sie mir noch zu sagen hatte? So ganz glaubte ich nicht daran.

Andererseits: Was war es, was sie wollte? Mitleid? Verständnis? Nichts davon fühlte ich in mir. Ich las von ihrem Versuch, sich und das Kind zu töten, und schämte mich dafür, so wenig für sie zu empfinden. Vielleicht verstand ich jetzt erst, dass Emma nie meine Freundin sein konnte. Es hatte nichts mit Brian zu tun, sondern mit den vielen Jahren, die uns getrennt hatten. Wir konnten nicht mehr an unsere Kindheit anknüpfen. Wir hatten zu unterschiedliche Wege betreten. Wir waren andere Menschen geworden. So bezaubernd der Gedanke einer in Kindertagen geschlossenen lebenslangen Freundschaft auch sein mochte – Emma und ich würden sie nicht leben können. Wer weiß, vielleicht wären wir noch Freundinnen, hätte uns das Schicksal nicht auseinandergebracht. Aber sehr viel wahrscheinlicher war es doch, dass wir uns ohnehin aus den Augen verloren hätten.

Ich faltete die Blätter zusammen und steckte sie ein. Dann blinzelte ich in die aufgehende Sonne, bis ich hinter mir Schritte hörte. Ich dachte, es sei Ralph, der oft um diese Zeit – es war mittlerweile wohl bestimmt halb sieben – aufstand. Doch als ich mich umdrehte, konnte ich kaum glauben, was ich sah: Matt kam auf mich zu. Er lächelte mich an.

30.

»Hier bist du«, sagte er zur Begrüßung und setzte sich neben mich. Er benahm sich, als hätten wir uns gestern erst zuletzt gesehen. Dabei waren über zwei Monate vergangen.

»Ich konnte nicht schlafen.« Ich merkte, wie ich rot wurde. »Wo kommst du denn jetzt her?«

»Ich war in Tampere ...«

»Wo?«, unterbrach ich ihn.

»Finnland.«

»Nie gehört.«

»Finnland?«

»Tampere!«

»Und ich dachte, ihr Europäer seid so stolz auf eure Geografiekenntnisse. Macht ihr euch deshalb nicht ständig über Amerikaner lustig, weil wir uns in Europa nicht so gut auskennen?«

Ich verdrehte die Augen. »Also manchmal bist du echt ... na ja, irgendwie anders!« Ich weiß nicht, wie er es schaffte, aber es fühlte sich wirklich so an, als hätten wir uns gestern zuletzt gesehen. Mit ihm zu reden hatte etwas Vertrautes. Ich musste aufpassen, dass ich nicht vergaß, warum wir von heute auf morgen keinen Kontakt mehr gehabt hatten.

»Und was willst du jetzt hier?«, fragte ich, aber ich sagte es freundlich, nicht feindselig.

»Mein Versprechen einlösen.«

»Welches ... oh!« Die ganze Zeit hatte ich daran gedacht und es ausgerechnet jetzt vergessen. Er hatte an seinem Geburtstag zurückkommen wollen. Ich hatte darauf gehofft, aber nicht daran geglaubt. »Herzlichen Glückwunsch!«

Er nickte. »Danke. Ich nehme mal an, dass ich keinen Geburtstagskuss bekomme.«

Ich sagte nichts.

»Darf ich jetzt erklären, was es mit meiner Exfrau auf sich hat?«

»Ehrlich gesagt, im Moment habe ich Erklärungen ein bisschen über. Vor allem solche, die lange und kompliziert sind.« Ich tastete unwillkürlich nach Emmas Brief.

»Weder lang noch kompliziert. Getrennt schon seit zwei Jahren. Offizielle Scheidung demnächst. Mein Facebook-Profil ist für die Außenwirkung und hat nicht unbedingt etwas mit meinem echten Privatleben zu tun. Ich will meine Kinder vor dummer Presse schützen.«

»Okay«, sagte ich lahm.

»Kurz und unkompliziert genug?«

Ich hob die Schultern.

»Meine Frau ist froh, dass sie mich los ist. Umgekehrt genauso. Unsere Zeit ist einfach vorbei, aber wir haben Kinder zusammen.«

»Verstehe.«

»Wirklich?«

»Nein.« Ich sah ihm in die Augen. »Warum hast du mir nichts von deiner Frau und den Kindern erzählt?«

Er verzog schuldbewusst das Gesicht. »Riesenfehler. Ich dachte, du interessierst dich nicht für einen Typen mit zwei Kindern. Ich wollte ... Ich weiß auch nicht. Ich dachte, ich warte mal ab, irgendwann ergibt es sich, dass ich ...« Er zögerte, dann lachte er selbst über seine Formulierung: »... dass ich ganz elegant die beiden Jungs ins Gespräch bringe.«

Ich schüttelte den Kopf. »Kein guter Plan.«

»Nein.«

»Du hast wirklich geglaubt, dass das funktioniert?«

»Gehofft. Ich hatte gar nicht mal vor, dir etwas zu verschweigen. Ich habe wohl nur sehr ungeschickt ... ach, es ist furchtbar. Ich wollte, dass du erst mich in Ruhe kennenlernst, bevor ...«

»Gehören deine Kinder nicht zum Kennenlernen dazu?«

»Doch. Alles falsch gemacht. Ich weiß. Es tut mir leid. Gibt es eine Chance auf Vergebung?«

Ich musste wider Willen lächeln.

»Ah! Ich glaube, es gibt eine!«, rief er. »Wie gut, dass ich hier noch mal vorbeigekommen bin.«

Jetzt lachte ich. »Sei dir nicht zu sicher.«

»Also bekomme ich keine Geburtstagsumarmung?«

Ich zögerte, blieb dann aber hart und sagte leichthin: »Wie lange bist du hier? Sophie gibt für mich heute Abend eine Abschiedsfeier, vielleicht hast du ja Lust ...«

»Abschiedsfeier?«

»Ich fliege morgen.«

»Wohin?«

»Kommst du nun oder nicht?«, überging ich seine Frage.

»Ich hatte gehofft, dass wir noch ein wenig Zeit miteinander verbringen könnten, also ja, natürlich. Ich fliege auch morgen. Ich wollte deinen Onkel fragen, ob er ein Zimmer für mich hat, und wenn nicht, ob ich noch einmal auf seine Couch darf. Mein Flieger über London geht nämlich verdammt früh. Aber für den Fall, dass du mich nicht hättest sehen wollen, wäre ich natürlich in eins der Flughafenhotels in Cork gegangen«, fügte er schnell hinzu.

Er war wunderbar, egal was er tat oder was er sagte. Ich fand ihn hinreißend. Aber ich wollte mich nicht noch mal in dieses Abenteuer stürzen. Ich brauchte Zeit für mich, und ich wollte nicht wieder auf jemanden Rücksicht nehmen müssen. Es war nur fair, es ihm zu sagen, und seine Antwort erstaunte mich.

»Warum solltest du auf mich Rücksicht nehmen? Denk an dich! Tu, was dir guttut!«

Ich sah in seine dunklen Augen, die heute nicht mehr grau, sondern tiefblau schienen. Wechselten sie die Farbe, oder hatte ich einfach vorher nicht so genau hingeschaut? War das möglich? Ich betrachtete sein Gesicht in der Morgensonne. Die tiefen Lachfältchen um die Augen, die wirkten, als könnten sie nie anders schauen als freundlich. Der schöne Mund mit der schmalen Oberlippe. Die etwas zu langen Koteletten, die er sich in den vergangenen Wochen hatte stehen lassen, das etwas zu lange, wie immer verwuschelte dunkelblonde Haar ... Konnte ich ihm glauben, was er gerade gesagt hatte, oder wollte ich es einfach nur? Es gab darauf keine Antwort. Ich sagte: »Dann wird es dich nicht stören, wenn ich jetzt reingehe und versuche, eine Runde zu schlafen.« Ich lächelte über seinen verwunderten Ausdruck, stand auf und ging zurück ins Haus, ohne mich noch einmal nach ihm umzusehen.

Als ich mich müde und glücklich ins Bett legte, dachte ich: Wetten, er wird morgen im selben Flieger sitzen wie ich. Wenn das mal kein Wink des Schicksals ist.

Nur Sekunden später schlief ich ein.

Ich schlief tatsächlich den ganzen Tag, und niemand wagte es, mich zu stören. Erst als es langsam Zeit für meine Feier wurde, klopfte Sophie an meine Tür.

»Probierst du einen neuen Biorhythmus aus?«, fragte sie. »So ganz kommt der aber noch nicht hin. Du solltest dich von Matt beraten lassen.«

Ich rieb mir die Augen und gähnte ausgiebig. »Hey, ich habe lange nicht mehr so gut geschlafen. Das war nötig. Ist Matt noch da?«

»Noch? Wieder! Hat sich noch irgendwelche Sachen angeschaut. Irgendwas mit seinem Vater und der *Lusitania* und dem Friedhof, und ich weiß nicht was. Ihr habt übrigens denselben Flieger. Hab ich ihm auch gesagt. Er freut sich. Oh, du lächelst. Du freust dich also auch. Ha. Und jetzt komm. Der halbe Ort ist schon da.«

Sie drehte sich gerade um zum Gehen, blieb aber dann in der Tür stehen. »Ach. Und ich habe bei Emma angerufen.«

»Du hast sie eingeladen?«

»Quatsch. Ich hab mich nach Kaelynn erkundigt.« Sie sah mich scharf an. »Ich denke, es interessiert dich auch, wie es Brians Tochter geht.«

Die brutale Wahrheit aus ihrem Mund ließ mich zusammenzucken. Brians Tochter. Ich wollte nicht, dass sie es sagte. Dass es überhaupt jemand aussprach. Aber ich nickte nur, sagte nichts.

»Okay. Sie haben einen Spender und bereiten die Kleine auf die Chemo vor.«

»Chemo«, wiederholte ich. »Kann so ein winziges Wesen das überhaupt überleben?«

Sophie öffnete schon den Mund, um etwas zu erwidern, aber sie schien es sich anders zu überlegen. Sie zögerte einen Moment, dann sagte sie: »Es gibt Fakten, mit denen man klarkommen muss, ob man will oder nicht. Dass Kaelynn Brians Tochter ist, ist so ein Fakt. Wenn es dich so im Detail interessiert, schau im Internet nach. Ich sage nicht, ruf Emma an, das ist zu früh, klar. Aber irgendwann wirst du dich damit befassen müssen. Und zwar von dir aus.«

»Du bist ganz schön hart«, sagte ich.

»Du kannst es jetzt vertragen«, sagte sie nur.

Als ich runter ins Pub kam, blieb mir fast die Luft weg: Sie hatten eigens für mich die Dekoration, die ich zum Mittsommerfest organisiert hatte, wiederaufgebaut, und all die Menschen waren da, die in der Zeit nach Brians Tod in Kinsale wichtig für mich gewesen waren. Sie standen auf, als ich hereinkam, strömten zu mir, umarmten mich und wünschten mir Glück. Sie hatten sogar Geschenke mitgebracht, kleine Glücksbringer und Andenken, und ich war so überwältigt, dass ich mich zusammenreißen musste, um nicht zu weinen.

»Ich komme doch wieder, es sind doch nur drei Monate«, sagte ich immer wieder. Die Musiker, die jeden

Freitag im Jacob's Ladder spielten, stimmten irische Lieder an, Tina reichte mir ein perfekt gezapftes Guinness, und dann stand Sam vor mir, der es kaum fertigbrachte, mir in die Augen zu sehen.

»'tschuldige«, murmelte er verlegen. »Hab mich benommen wie ein Idiot.«

Ich nahm die Hand, die er mir hinhielt, um sie zu schütteln, aber dann umarmte ich ihn und sagte: »Es ist in Ordnung. Ich freu mich, dass du hier bist.«

Matt stand grinsend hinter der Theke. Er hatte lässig die Arme verschränkt, neben ihm standen Ralph und Mary und grinsten ebenso. Sophie kletterte auf einen Tisch und rief: »Alle mal herhören!« Das Stimmengewirr verstummte, und die Musik hörte auf.

»Meine wunderbare kleine Cousine Kate«, sagte sie. »Ich weiß, du musst gerade den Eindruck haben, dass wir dich für immer in die Ferne verabschieden, nicht nur für ein paar Monate. Unser Massenauflauf hat noch einen Grund. Kate, ich spreche im Namen aller, wenn ich jetzt sage: Ich bin stolz auf dich. Wir sind stolz auf dich. Du hast eine verdammt schwere Zeit hinter dir, und jetzt beginnst du einen neuen Abschnitt im Leben. Deshalb feiern wir mit dir. Lass die Vergangenheit hinter dir, such das Abenteuer, und ich sage das so leichthin, weil ich weiß, dass du immer wieder zurückkommen wirst, und sei es nur, um zwischendurch mal irische Luft zu schnappen. Ich weiß auch, dass du gerade dabei bist, genau das zu tun, wovon du immer geträumt hast. Ach, weißt du was, lange Reden liegen mir nicht. Ich glaube, ich hab alles gesagt. Hab ich alles gesagt?«, rief sie in die Runde.

»Gute Reise!«, rief jemand.

»Viel Glück da drüben!«, jemand anderes.

»Bleib gesund!«

»Komm bald wieder!«

»Vergiss uns nicht!«

Sie riefen alle durcheinander. Ich lachte, musste nun doch ein wenig weinen, aber es waren Freudentränen. Dann endlich kam Matt und nahm mich in den Arm.

»Das haben alle gemacht. Jetzt darf ich auch«, raunte er mir ins Ohr.

Ich hielt ihn ganz fest und sagte: »Dann gratuliere ich dir jetzt noch mal ganz offiziell zum Geburtstag.«

»Danke«, sagte er und ließ mich nicht los, als ich Anstalten machte, mich sanft aus der Umarmung zu winden. »Bleib«, flüsterte er. Ich gab meinen Widerstand auf und ließ mich schließlich küssen, versank nach kurzer Zeit ganz in seinem Kuss und vergaß die Welt um mich herum.

»Ja, danke, wir haben's jetzt alle begriffen, und ihr habt morgen im Flieger nun weiß Gott genug Zeit, um zu knutschen. Ich meine, wie lange seid ihr dann zusammen in dem Ding eingepfercht? Das wird euch noch langweilig, ich sag's nur schon mal.« Sophie scheuchte uns auseinander, um mit mir zu tanzen.

Wir feierten die ganze Nacht bis in die frühen Morgenstunden. Ralph, der extra nichts getrunken hatte, ließ es sich nicht nehmen, uns zum Flughafen zu fahren. Zwei Stunden später waren wir im Flieger nach Heathrow. Wir saßen noch nicht richtig auf unseren Plätzen, als wir auch schon einschliefen. In Heathrow dauerte es Ewigkeiten, bis wir die langen Schlangen an den Sicherheitskontrollen hinter uns gelassen hatten. Endlich fanden wir uns im Wartebereich vor dem Gate wieder. Matt legte den Arm um mich und lächelte mich an.

»Aufgeregt?«

Ich nickte. »Aber es fühlt sich gut an.«

»Dieser Mantel«, sagte er, »steht dir ausgezeichnet.«

Ich trug den roten Ledermantel, er war mittlerweile mein liebstes Kleidungsstück. Wie ein Zeichen für mein neues Leben. Eine neue Kate. Ich lächelte Matt an. »Danke.«

»Wo hast du eigentlich ein Zimmer gefunden?«

»Bei einer Familie irgendwo auf Staten Island. Sie vermieten das Zimmer ihres Sohnes unter.« Ich kramte in meiner Umhängetasche, bis ich mein kleines Notizbuch mit der Adresse gefunden hatte, und zeigte sie ihm.

»Sagt mir nichts, aber ich kenne mich auf Staten Island auch nicht aus. Niemand kennt sich da aus.«

Ich sah ihn groß an. »Was ist mit Staten Island?«

»Der vergessene Stadtteil«, sagte er mit düsterer Stimme, lachte dann aber gleich. »Du wirst es noch mitbekommen, wenn du wirklich drei Monate in New York bleibst. Früher war dort die Mülldeponie. Sie wurde vor ungefähr zehn Jahren geschlossen, und der letzte Schutt, den sie dort abgeladen haben, ist vom World Trade Center. Spannende Geschichte? Du bekommst ja ganz leuchtende Augen. Witterst du da etwas?«

»Natürlich, wie spannend. So etwas interessiert mich. Wie die Menschen im Viertel mit so etwas umgehen. Ich denke da auch an …«

Er hob die Hand, um mich zu unterbrechen. »War das gerade dein Name?«

Ich hatte nicht auf die Durchsage geachtet, aber nun

wurde sie wiederholt. Mein Name. Meine Flugnummer. Ich sollte mich dringend beim Bodenpersonal melden.

»Was ist passiert?« Ich spürte, wie sich mein Magen zusammenzog. Die nächste Katastrophe? Was konnte noch kommen? Bitte, dachte ich, bitte, kein Todesfall. Und mein nächster Gedanke: nicht die kleine Kaelynn. Ich ging eilig zum Schalter, wo die Stewardessen bereits den Einstieg vorbereiteten.

»Kate Riley«, sagte ich. »Ich bin ausgerufen worden.« Ich spürte Matts Hand in meinem Rücken und war froh, dass er bei mir war.

Die Stewardess sah in ihren Computer. »Zwei Nachrichten. Von einer Sophie Riley, jeweils mit der dringenden Bitte um Rückruf. Sie nannte noch einen Namen, wir haben ›Kayleigh‹ verstanden? Ich habe die Nummer hier.«

»Brauch ich nicht«, sagte ich hastig und drehte mich zu Matt um, der mich zurück zu den Plätzen schob, wo noch unser Handgepäck stand. »Ich muss telefonieren«, sagte ich und suchte nach meinem Handy. Ich hatte es gestern Nachmittag ausgeschaltet, als ich mich hingelegt hatte, und danach nicht mehr eingeschaltet. Hatte ich es überhaupt mitgenommen? Ich durchsuchte meine Tasche, kippte den Inhalt schließlich auf den Boden und suchte weiter. Die anderen Passagiere sahen mich irritiert an, traten ein paar Schritte zurück. Matt kümmerte sich ebenso wenig um sie wie ich und kniete sich neben mich.

»Was ist los?«, fragte er. »Hast du eine Ahnung?«

»Kaelynn. Emmas Tochter«, sagte ich. »Es muss etwas passiert sein.«

31.

Endlich fand ich mein Handy, schaltete es ein und wartete ungeduldig, bis es Empfang hatte. Noch bevor ich eine Nummer wählen konnte, erhielt ich die Meldungen von meiner Mailbox: fünf Anrufe von Sophie. Ich rief sie an.

»Was ist passiert? Ist Kaelynn ... ist es wegen der Chemo?«, fragte ich, noch bevor sie sich richtig melden konnte.

»Warte. Warte. Ganz ruhig. Wo bist du?«

»Heathrow! Was ist los?«

»Okay. Hat sich Emma bei dir gemeldet?«

»Nein! Ich weiß gar nicht, was ...«

»Kate. Setz dich hin. Bleib ganz ruhig und lass mich reden. Wann geht dein Flieger?«

Ich sah auf die Schlange, die sich nun gebildet hatte. Das Flugzeug war zum Einsteigen bereit. »In ein paar Minuten. Wir können reden. Was ist denn jetzt?!« Matt legte eine Hand auf meine Schulter und sah mich fragend an.

»Sie haben Kaelynns genetischen Zwilling gefunden.«

»Oh! Ich dachte, das wäre längst ...«

»Nein«, unterbrach mich Sophie, »sie haben einen Spender. Jetzt aber haben sie jemanden, der noch besser passt.«

»Das sind doch wunderbare Neuigkeiten!«, rief ich erleichtert. »Ich freu mich so für die Kleine!«

»Ja.« Sophie klang irgendwie nicht so recht nach großer Freude. »Es muss aber nicht sein. Es ist deine Entscheidung. Sie sind sehr zuversichtlich, was den Spender angeht, und haben gesagt, da gibt es schon eine sehr hohe Übereinstimmung.«

»Meine Entscheidung? Von was redest du?«

»Du bist der genetische Zwilling.«

Ich griff nach Matts Hand. »Was?«

»Ja. Selten genug so etwas. Was sagst du?«

»Was soll ich dazu sagen? Ich komme sofort!«

»Nein«, sagte Sophie. »Musst du nicht. Du kannst auch woanders zum Arzt gehen und dich beraten lassen. Versteht jeder, wenn du keine Lust hast, Emma über den Weg zu laufen. Du kannst sogar Nein sagen.«

»Unsinn! Was kann das Kind dafür?«

»Ich sag's ja nur. Jetzt weißt du Bescheid. Flieg nach New York, bis dahin hab ich alles hier geregelt.«

»Du?«

»Ich ... ähm, ja. Emma ist komplett durch den Wind. Jemand muss sich kümmern. Also mach ich das.«

Ausgerechnet Sophie, dachte ich. Wo sie Emma doch nicht mal mochte. Und dann dachte ich: natürlich Sophie! Wer hatte ein größeres Herz als sie? Ich wusste, sie half gerade nicht nur Kaelynn und Emma, sondern – sie vertrat mich. Als Freundin, die es für Emma nicht mehr geben konnte.

»Ich komme zurück«, sagte ich.

»Hast du mir nicht zugehört, Katie? Kein Grund zur Eile. Das kleine Schätzchen kann noch nicht sofort loslegen, sie muss erst die Chemo machen. Und du kannst wie gesagt die Spende auch woanders vornehmen lassen. Flieg mal besser los jetzt. Grüß den Kerl. Ich leg jetzt auf.«

»Ich komme«, sagte ich und beendete das Gespräch, bevor sie es tat. Ich sah Matt an. »Du musst allein fliegen.« Es standen nur noch ungefähr zehn Passagiere an. Es würde ein kurzer Abschied werden. In wenigen Sätzen erklärte ich ihm die Situation.

»Gut. Wir buchen um.«

»Wir?«

»Glaubst du, ich lass dich jetzt allein?«

Ich sah von ihm zu der Stewardess, die mittlerweile den letzten Passagier abgefertigt hatte und uns genervte Blicke zuwarf, da wir nicht aufrückten. »Ich fliege nur ein paar Tage später.«

»Du wirst dafür doch auch operiert, oder? Musst du Knochenmark spenden? Nein, ich will sicher sein, dass alles gut verläuft. Ich bleibe hier.«

»Dein Flug«, sagte ich und zeigte auf die Stewardess, die nun auf uns zukam.

Er drehte sich zu der Frau und sagte: »Wir fliegen nicht. Nehmen Sie das Gepäck mit, lagern Sie's am JFK ein.«

»Sir, das geht nicht. Wenn Sie nicht mitfliegen, müssen wir Ihr Gepäck ausladen.«

»Matt, flieg mit. Deine Gitarre ist an Bord. Deine ganzen Sachen.«

Er schüttelte den Kopf. »Deine sind auch an Bord. Das verzögert doch jetzt sowieso alles.«

»Sie wissen, dass Sie für jede Minute, die Sie den Abflug verzögern, eine Strafe zahlen müssen?«, sagte die Stewardess.

»Es handelt sich um einen Notfall. Jetzt reden Sie doch nicht von Geld!«, fuhr er sie an.

Missbilligend verschränkte sie die Arme. »Dann sage ich jetzt an Bord Bescheid? Ms. Riley und Mr. Callaghan?«

Ich nickte. »Es tut mir leid für die anderen Passagiere«, sagte ich, um sie zu besänftigen. »Ein kleines Kind braucht dringend eine Stammzellenspende, und ich habe gerade erfahren, dass ich als Spenderin infrage komme.«

Ihre Züge wurden etwas weicher. Sie erklärte uns, wie es mit unserem Gepäck weitergehen würde, und sagte uns, an wen wir uns wenden müssten, um unsere Flüge zurück nach Cork zu bekommen.

Es war gut, dass Matt dabei war. Wir warteten auf unseren neuen Flug und waren gegen Abend – samt Gepäck – in Cork, wo wir ein Taxi zum Krankenhaus nahmen.

»Warum tust du das?«, fragte Matt, als wir auf dem Rücksitz Platz genommen hatten. »Warum fliegst du nicht nach New York?«

»Ich werde fliegen. Nur nicht heute.«

»Aber Sophie hat dir gesagt, dass es keinen Grund gibt, etwas zu überstürzen.«

»Ich will da sein«, sagte ich.

»Trotzdem ...« Er brach ab.

Ich sah ihn an. »Denkst du, ich habe kalte Füße bekommen?«

Matt nickte und sah dabei aus dem Fenster.

»Dann wäre ich doch jetzt nicht mit dir hier.«

Jetzt sah er mich an. »Es ist andersrum. *Ich* bin mit *dir* hier. Du wolltest, dass ich ohne dich fliege.«

Ich sah eine Mischung aus Nervosität und Angst in seinen Augen. »Matt, es ist alles in Ordnung. Ich muss nur …« Ich wusste nicht, wie ich das, was sich in mir abspielte, in verständliche Worte fassen sollte, und brauchte einen Moment. »Es geht darum, dass ich für sie da sein möchte.«

»Für Kaelynn?«

»Für Emma.« Ich hatte Matt alles über ihre Affäre mit Brian erzählt und darüber, wie ich es erfahren hatte.

»Du … hast ihr verziehen? Vergeben und vergessen?«

Ich schüttelte den Kopf. »Es geht darum, eine Freundin zu sein. Für sie und auch für Sophie. Sophie hat so viel für mich getan, und jetzt übernimmt sie es auch noch, Emma Händchen zu halten, was meine Rolle wäre. Oder? Jedenfalls ist es eher meine als ihre Rolle. Und Emma …« Ich seufzte. »Nein, ich hab ihr nicht verziehen. Ich weiß nicht, ob und wann ich ihr gegenübertreten kann, ohne an Brian zu denken und dass er mich betrogen hat und dass Kaelynn sein Kind ist … Wahrscheinlich kann ich es nie. Aber Kaelynn kann nichts dafür, was geschehen ist. Und Emma braucht jemanden, der ihr hilft. Und Kaelynns Vater ist nicht mehr da. Ich bin da. Ich tu es wohl auch für Brian. Ich …« Hilflos schüttelte ich den Kopf. »Keine Ahnung. Am Ende tu ich es wohl für mich. Weil es sich richtig anfühlt.«

Matt legte den Arm um mich und zog mich an sich. Ohne ein Wort zu sagen, hielt er mich einfach fest.

Sophie stand vor dem Krankenhaus und rauchte. Als sie uns sah, zeigte sie mit der freien Hand auf die Zigarette. »Die Nerven. Wobei es echt nichts Traurigeres gibt als Raucher vorm Krankenhaus, was?«

Ich umarmte sie. »Wie sieht's aus?«

»Sie wetzen gerade die Messer für dich.« Sophie zog eine Grimasse und trat die Kippe ihrer Zigarette auf dem Boden aus. »War mir übrigens klar, dass du kommst. Ihr.« Sie nickte Matt zu. »Gehen wir rein. Eine Frau Doktor Soundso erwartet dich schon.«

Die Ärztin klärte mich darüber auf, welche Möglichkeiten der Knochenmarkspende es gab: eine einwöchige Hormonbehandlung, durch die Stammzellen aus dem Knochenmark ins Blut gelangen, wo sie mittels der sogenannten Stammzellapherese herausgefiltert und dem Patienten transplantiert werden konnten. Oder eine klassische Knochenmarkspende, die unter Vollnarkose entnommen wurde. Anschließend würde ich ein bis zwei Wochen brauchen, um mich von dem grippeähnlichen Zustand zu regenerieren.

»Wann genau nach der Spende kann ich fliegen?«

Die Ärztin blinzelte verstört. »Fliegen?«

Ich nickte.

»Das hängt davon ab, wie schnell Sie sich erholen. Fliegen ist natürlich immer eine Belastung für den Körper, und wenn man nicht ganz ...«

»Okay. Das sehen wir dann. Wann können wir anfangen?«

Sie hob die Augenbrauen. »Ms. Riley, wir müssen erst warten, bis Kaelynn so weit ist. Sie bekommt die nächsten drei Wochen Chemotherapie, um das eigene kranke Knochenmark zu zerstören und das Wachstum der entarteten Zellen zu stoppen, und erst dann können wir die Transplantation vornehmen. Hat man Ihnen das nicht gesagt?«

Doch. Sophie hatte es versucht, mir zu erklären. Ich hatte nicht richtig zugehört. Oder nicht richtig nachgedacht. Ich war genauso überstürzt zurückgetreten, wie ich den Flug nach New York geplant hatte. Ich verstand erst jetzt, was sie damit gemeint hatte, dass meine Entscheidung Zeit hatte.

Ich ging raus auf den Krankenhausflur, wo Matt und Sophie auf mich warteten. Gespannt sahen sie mir entgegen.

»Drei Wochen noch«, sagte ich.

»Ich habe dir gesagt, es hat Zeit«, sagte Sophie und zuckte mit den Schultern.

Matt sagte nichts. Er sah mich nur an. Ich setzte mich neben ihn.

»Es tut mir leid«, sagte ich zu ihm. »Aber jetzt habe ich Zeit, noch ein paar Dinge hier zu erledigen. Ich ... muss Abschied nehmen.« Aus dem Augenwinkel sah ich, wie sich Sophie – erstaunlich dezent – zurückzog.

»Du hast dich doch verabschiedet. Du hattest sogar eine Abschiedsparty. Ich verstehe nicht ...«

Ich legte einen Finger auf seinen Mund, damit er aufhörte zu reden. Dann küsste ich ihn sanft. »Ich muss mich noch von ein paar anderen Dingen verabschieden. Sonst bringe ich ... zu viel Gepäck mit nach New York. Verstehst du?«

»Du meinst Brian.«

Ich nickte. »Wenn ich jetzt gleich gehe, dann laufe ich nur weg. Wenn ich bleibe, habe ich die Chance, mit einigem endgültig abzuschließen.«

Er schwieg.

»Ich war gerade dabei, über seinen Tod hinwegzukommen. Ich war auf einem sehr guten Weg, und ich konnte mich sogar verlieben.« Matt lächelte, als ich es so direkt aussprach. »Ich konnte mir eingestehen, dass unsere Ehe am Ende nicht mehr so gut war, wie ich es immer noch hatte glauben wollen. Aber dann zu erfahren, dass es eine andere Frau gab, sogar ein Kind ... Ich weiß gar nicht mehr, ob ich ihn überhaupt noch gekannt habe. Wahrscheinlich habe ich eine ganze Menge mit Emma zu besprechen. Ob es mir passt oder nicht. Aber ich darf jetzt nicht den Kopf in den Sand stecken.«

Wir umarmten uns. Matt flüsterte etwas, ich konnte ihn kaum hören. Aber ich ahnte, was er mich fragen wollte. Deshalb sagte ich:

»Ja. Ich komme nach. Ich versprech es dir.«

Eine halbe Stunde später saß ich neben Kaelynns Bett. Emma war gerade erst gegangen. Ich hatte sie nur kurz gesehen: rote, verquollene Augen, bleiches Gesicht, unordentliches Haar. Sie sah aus, als würde sie jeden Moment umkippen. Wir wechselten kaum ein Wort. Noch konnte ich nicht mit ihr reden.

Während ich Kaelynn betrachtete, dachte ich an Brian. Dass er nie Kinder gewollt hatte. Dass er ein großartiger Vater gewesen wäre.

Ich dachte auch daran, wie Brian mich nach Großmutters Beerdigung getröstet hatte mit dem Vorschlag, auf Zeitreise zu gehen, und ich beschloss, es nun wieder zu tun. Seit seinem Tod hatte ich es mehrfach versucht – mich hinzusetzen und an die schönsten Momente mit ihm zu denken. Ich hatte es nie geschafft, der Schmerz war zu groß gewesen, und er hatte mir auch als Begleitung gefehlt. Die Zeitreisen waren nur mit ihm möglich gewesen: Es war ein Stück Brian, ein Stück seiner Welt.

Aber jetzt wusste ich, dass ich es auch allein konnte. Und mir kam der – zugegeben – etwas alberne Gedanke, dass ich durch die Knochenmarkspende an Kaelynn vielleicht auch gute Erinnerungen an ihren Vater weitergeben konnte.

Ich schloss die Augen und stellte ihn mir vor, wie wir in Marrakesch waren. Ich dachte an den Tag, an dem er mir voller Begeisterung von seinen Plänen erzählt hatte, sich selbstständig zu machen. Wie hatte er da gesprüht vor Energie und Lebensfreude! Nach und nach fielen mir immer mehr von diesen schönen Momenten ein, von der Liebe, die wir füreinander gehabt hatten, von der Nähe, die uns verbunden hatte. Ich betrachtete das schlafende Kind, sah, wie sich sein kleiner Brustkorb regelmäßig hob und senkte, und ich verließ die Station in dem Bewusstsein, fünfzehn Jahre lang mit einem Mann zusammen gewesen zu sein, der mich wirklich aufrichtig geliebt hatte und der es wert gewesen war, geliebt zu werden. Na ja, wenigstens vierzehn von diesen fünfzehn Jahren.

32.

»Setz dich mal«, sagte Mary mit verdächtig weicher Stimme. Ich kam gerade vom Flughafen zurück in die Kneipe. Der Abschied von Matt war mir schwerer gefallen, als ich gedacht hatte. Hatte ich mich bereits so heftig in ihn verliebt, dass ich kaum mehr ohne ihn sein wollte? Oder verband ich mit ihm die Sehnsucht, all den Schmerz über Brian hinter mir lassen zu können und in ein anderes Leben zu fliehen? Wenn ich geglaubt hatte, Mary sei deshalb so nett und rücksichtsvoll zu mir, dann hatte ich mich getäuscht.

»Mein Mann möchte mit dir reden.«

»So förmlich, Mrs. Riley?«

Sie sah mich lange an. Ihr Blick war tief und sanft. Ich konnte mich nicht erinnern, sie jemals so gesehen zu haben.

»Du machst mir Angst«, sagte ich und lachte unsicher.

Sie lachte nicht mit, sondern zog ein ordentlich zusammengefaltetes Blatt Papier aus ihrer Jeanstasche. Es war eng von Hand beschrieben. Ich erkannte sofort Emmas Schrift. »Wo hast du das her?«, fragte ich irritiert.

»Von Ralph.«

»Was?«

Sie nickte. »Er hat es gefunden, als er letztens bei dir

im Zimmer was reparieren wollte. Meinte, es sei wohl unter dein Bett geflattert.«

Ich erinnerte mich, dass wir vor ein oder zwei Wochen über eine defekte Steckdose gesprochen hatten. Aber nicht daran, dass er sie repariert hätte.

»Er findet einen persönlichen, handgeschriebenen Brief in meinem Zimmer und steckt ihn ein?« Ich konnte es immer noch nicht glauben.

»Du hast keine Ahnung, wie ich Ralph dafür schon rundgemacht habe.« Ihr Gesicht wurde für einen Moment ganz hart. »Kate, er hat dir jahrelang so einiges verschwiegen. Glaub mir, ich wollte immer, dass er mit dir redet. Ich musste ihm schwören, nichts zu dir zu sagen. Er meinte immer, er müsse auf den richtigen Zeitpunkt warten. Ich habe ihm erklärt, dass heute der richtige Zeitpunkt ist.« Sie schüttelte den Kopf. »Familiengeheimnisse. Da ist man dann von einem Moment auf den anderen nur noch angeheiratet und gehört nicht wirklich dazu.« Sie verzog den Mund. »Nimm ihn dir vor. Er versteckt sich in der Küche.«

Sie hielt mir die verlorene Seite hin, und ich nahm sie wortlos. Ich faltete das einzelne Blatt auf, setzte mich an die Theke und fing an zu lesen.

... wissen solltest. Ich will es diesmal kurz machen, weil es etwas ist, womit ich eigentlich nichts zu tun habe.

Nach meinem Selbstmordversuch Ende letzten Jahres sagte mein Vater etwas Merkwürdiges zu mir. »Wie Hannah Riley.«

Ich fragte ihn, was er damit meinte, und er rückte schließlich mit der Wahrheit heraus: »Nun gut, wem schadet es, wenn du es jetzt erfährst? Hannah Riley hatte schlimme Depressionen. Damit die kleine Kate nichts davon mitbekam, nannten es alle immer nur Migräne. Wir waren eingeweiht, weil das Kind manchmal für ein paar Tage bei uns bleiben musste. Als ihr beide damals in Kinsale bei Kates Großmutter wart, hat sie versucht, sich umzubringen. Mit Tabletten. Aber es waren nicht genug, und deine Mutter fand sie. Hannah kam ins Krankenhaus, damit man ihr half. Sie schaffte es allerdings, sich mitten in der Nacht aus der Station davonzustehlen und sich vom Dach des Krankenhauses hinunterzustürzen. So starb Hannah Riley. - Deine Mutter hatte sich immer in der Rolle der großzügigen und barmherzigen Samariterin gefallen. Da war eine junge Frau, der es schlechter ging als ihr. Eine abtrünnige, lebensmüde Frau, die ein uneheliches Kind zur Welt gebracht hatte. Sie hatte gedacht, für Hannah eine Respektsperson zu sein. Jemand, der zu ihr aufschaut und ihren Rat befolgt. Nachdem sie Hannah halb tot gefunden hatte, rang sie ihr das Versprechen ab, so etwas nie wieder zu versuchen. Dass Hannah sich nicht daran gehalten und sich umgebracht hatte, machte sie wütend. Und dazu kam ihr ganzes Gerede von wegen Sünde und gottloses Verhalten. Sie führte sich schrecklich auf. Und statt sich um Kate zu kümmern, wollte sie sie nicht mehr sehen. Sie fürchtete einen schlechten Einfluss auf dich und übertrug ihre Enttäuschung, ihre Verletztheit einfach auf ein unschuldiges Kind. Deshalb wollte sie nicht, dass ihr weiter Kontakt hattet, und unterband jegliche Korrespondenz.«

Kate, es tut mir sehr leid, aber ich kann nur wiedergeben, was mir mein Vater gesagt hat. Du weißt, meine

Mutter konnte sehr hart sein, wenn sich jemand nicht an ihre Regeln hielt. Sie verstieß ja auch ihre eigene Tochter.

Ich weiß nicht, wie es nun weitergeht. Ich werde wohl nie wieder etwas von dir hören. Es ist mir aber wichtig, dass ich dir alles gesagt habe.

Kaelynn ist das größte Geschenk für mich. Brian hat sie nicht gewollt, weil er dich geliebt hat und eine Zukunft mit dir wollte.

Mehr ist nun nicht mehr zu sagen.

Lebewohl, beste Freundin, die es geben kann.

Deine Emma

Vor mir stand eine dampfende Tasse Tee. Ich hatte nicht bemerkt, dass Mary sie mir hingestellt hatte.

»Trink«, sagte sie.

Ich stand noch so unter dem Eindruck dessen, was ich gerade gelesen hatte, dass ich mechanisch gehorchte. Als ich mir fast die Lippen verbrannte, war es, als würde ich aus einer Trance erwachen. »Warum habt ihr mir nichts gesagt?«, rief ich aufgebracht.

»Schrei nicht mich an.« Sie deutete mit dem Daumen über ihre Schulter auf die Küchentür. Ich sprang vom Barhocker und lief mit der letzten Seite von Emmas Brief in der Hand zu Ralph.

Er räumte gerade die Spülmaschine aus. Als er mich bemerkte, schrak er zusammen und ließ einen Teller fallen. Nervös suchte er nach Schippe und Besen, um die Scherben aufzukehren.

»Was fällt dir eigentlich ein?!« Meine Stimme zitterte.

»Ich wollte dich nicht belasten, Kate. Es ... war ...«, stammelte er.

»Was fällt dir ein, mich jahrelang anzulügen?«

Der Besen fiel scheppernd zu Boden. »Meine Güte, du hast ja keine Ahnung, was es bedeutet, wenn sich die eigene Schwester ... die Mutter eines zwölfjährigen Kindes umbringt und man dann in der Familie die Verantwortung hat! Ich habe das immer wieder mit deiner Großmutter besprochen. Immer und immer wieder. Und wir waren uns jedes Mal einig, dass du es nicht erfahren sollst. Wie erklärt man das denn einem so jungen Mädchen? Du hättest doch gedacht, deine Mutter hätte dich im Stich gelassen! Und das hätte alles doch nur *noch* schlimmer gemacht!« Keuchend machte er eine Pause. Ich hatte ihn nie so in Rage gesehen. Sein Gesicht war tiefrot angelaufen, und er wischte sich die Stirn. »Wir wollten dich schützen«, sagte er endlich.

»Und als ich volljährig war? Da immer noch?«

Er zuckte mit den Schultern. »Finde mal den richtigen Zeitpunkt für so etwas. Irgendwas war immer. Keine Ahnung.« Er wich meinem Blick aus und nahm wieder den Besen, um die Scherben zusammenzukehren.

»Was war denn *immer*?«, fragte ich.

»Na, Margarets Tod, und du warst so traurig. Deine Hochzeit, und du warst so glücklich. Ich weiß auch nicht. Ich wollte dich nicht damit belasten. Und ja, verdammt, ich weiß, dass es falsch war. Mary hat mich andauernd damit gequält.«

»Und du hast nicht auf sie gehört.«

»Ich höre oft genug auf sie. Aber da dachte ich, ich tu das Richtige.«

Ich sah auf den Besen. »Ich glaube, du hast genug gekehrt«, sagte ich.

Er nickte, nahm die Schippe, fegte die Scherben darauf und kippte sie in den Müll.

»Und vor Margarets Tod wolltet ihr nicht damit anfangen, weil ich nach meinem Vater suchte, richtig? Da wolltet ihr nicht noch ein Fass aufmachen. Stimmt doch, oder?«

Ralph sagte nichts. Er strich sich nur mit beiden Händen übers Gesicht.

»Als ich in London war, um mit Emmas Exmann zu reden...«

Mein Onkel sah mich an, zugleich verwundert und erleichtert über den vermeintlichen Themenwechsel.

»Er war ein Schulfreund von Hannah«, fuhr ich fort.

»Wirklich? Gibt's ja gar nicht. Wer denn?«

»Frank.«

»Welcher Frank?«

»Du hast vergessen, was du mir über meinen Vater erzählt hast?«

Ralph drehte sich von mir weg und beugte sich wieder über die Spülmaschine. »Ich weiß nicht, was du meinst. Herrje, ich muss Klarspüler nachkippen. Schon wieder. Blödes Ding.«

»Frank O'Neill war's jedenfalls nicht. Und Frank O'Donnell, Emmas Exmann und Hannahs Klassenkamerad, hab ich kennengelernt, aber er ist es auch nicht. Im ersten Moment dachte ich ja, er *könnte* es sein und du hättest einfach den Nachnamen verwechselt oder dich falsch erinnert. Oder mich angelogen, als ich dir damals das Klassenfoto zeigte, auf dem er drauf war.«

Ralph war neben der Maschine in die Hocke gegangen und drehte sich nicht um.

»Und dieser Frank O'Donnell hat mir erzählt, dass es immer nur Gerüchte gab. Keiner wusste genau, mit wem Hannah zusammen war. Aber beim Abschlussball waren sich alle sicher, dass es jemanden gab. Die große Liebe. Mehr wusste er nicht.«

Langsam erhob er sich, dann ging er an mir vorbei nach draußen. Ich folgte ihm, blieb aber in der Tür stehen, weil ich sah, wie er Mary etwas zuflüsterte.

»Wurde auch Zeit«, entgegnete sie laut genug, dass ich es hören konnte. »Ich mach mal das ›Vorübergehend geschlossen‹-Schild an die Tür.« Es war eine halbe Stunde vor der regulären Öffnungszeit. Sie wollte, dass wir Zeit hatten, endlich über alles sprachen. Ich fing ihren aufmunternden Blick auf, als sie mit dem Schild nach draußen ging.

Ralph zapfte uns zwei Guinness, und wir setzten uns an einen kleinen Tisch in einer Ecke.

Er starrte unglücklich auf den festen Schaum seines Biers und begann zu reden: »Hannah war ein sehr hübsches Mädchen, und sie war auch ein sehr fröhlicher Mensch. Und klug und witzig ... Ich hab mich immer gewundert, warum sie keinen Freund hatte, bis dann herauskam, dass sie seit Ewigkeiten – also bestimmt seit einem Jahr, was in dem Alter eine Ewigkeit ist, das weißt du sicher noch – in einen ihrer Lehrer verknallt war. Ich hab das irgendwann mal aus ihr rausgekitzelt, und das kannst du ruhig wörtlich nehmen. Wir haben uns früher ganz schön gezofft, im Guten wie im Schlechten. Jedenfalls, dieser Lehrer war verheiratet. Aber Hannah war eine Naturgewalt. Und auf dem Abschlussball ...«

»... sind sie zusammen in einer dunklen Ecke verschwunden, und ich bin das Resultat?«

»Nicht ganz. Aber so in der Art.«

»Wie heißt er?«

»Patrick Robertson.«

»Wo wohnt er?«

»Er lebt nicht mehr. Vor zehn Jahren gestorben, im Alter von siebenundsechzig Jahren. Herzinfarkt.«

Ich rechnete nach. Er war über zwanzig Jahre älter gewesen als meine Mutter.

»Woher weißt du das?«

»Weil ich immer mal wieder nach ihm gesucht habe.« Er trank einen großen Schluck von seinem Bier. »Hannah war mehr als nur verknallt in ihn. Er war die große Liebe ihres Lebens. Ja, sie war erst achtzehn. Aber sie wusste nun einmal schon sehr früh, was sie wollte.«

»Und ... Robertson?«

»War verheiratet.«

»Aber ...«

»Ich weiß, was du meinst. Aber ich kann dir nicht sagen, ob er sie auch geliebt hat oder einfach nur geschmeichelt war, dass sich ein so hübsches, kluges junges Mädchen in ihn verliebt hatte. Hannah war jedenfalls davon überzeugt, dass er ihre Gefühle erwiderte. Sie ließ nicht locker. Er riss sich zusammen, bis sie offiziell nicht mehr seine Schülerin war.«

»Der Abschlussball.«

»Genau. Du hättest sehen sollen, wie sie gestrahlt hat. Sie waren sich endlich nähergekommen. Kurze Zeit später muss es passiert sein, dass sie miteinander geschlafen haben. Ich dachte mir: Das kann nicht gut gehen. Warum tut sie das? Es war nicht mit ihr zu reden. Sie sagte immer nur: Aber es ist Liebe, ich liebe ihn, und er liebt mich. Wenn ich sie fragte, wie sie sich vorstellte, wie das alles weitergehen würde, dann sagte sie: Es wird sich zeigen. Wenn man sich liebt, gibt es immer einen Weg.«

»Aber den gab es nicht?«

»Er war *verheiratet!*«, wiederholte Ralph. »Und Lehrer. Wäre herausgekommen, dass er sich mit einer Schülerin – auch wenn sie zu dem Zeitpunkt offiziell nicht mehr seine Schülerin war – eingelassen hatte, hätte er nie wieder eine Arbeit bekommen. Und Scheidung war zu der Zeit auch noch mal deutlich schwieriger. Hannah hatte nicht recht. Selbst wenn man sich liebt, gibt es manchmal einfach keine Möglichkeit. Seine Frau erfuhr von ihr, ich weiß nicht, wie sie es herausfand, aber sie wusste es irgendwann. Sie zwang ihren Mann, die Sache zu beenden und mit ihr fortzugehen.«

»Wo gingen sie hin?«

»Sie gingen wirklich nach Neuseeland. Das war keine Lüge.«

Eine andere Frage schoss mir in den Kopf. »Hab ich Geschwister?«

Ralph schüttelte den Kopf. »Er und seine Frau hatten nie Kinder.«

»Wusste er von mir?«

Wieder Kopfschütteln. »Hannah merkte erst, dass sie schwanger war, als er schon weg war. Sie versuchte, ihn ausfindig zu machen. Sie hat so ziemlich alles versucht, sogar über die Botschaft ... Aber er ist nie nach Kinsale zurückgekommen und hat sich nie bei ihr gemeldet. Keine Ahnung, ob jemals eine Nachricht bis zu ihm durchgedrungen ist. Du warst ungefähr zwei, als sie es endgültig aufgab. Zu dem Zeitpunkt war sie schon sehr krank.«

»Krank?«

Er kratzte sich umständlich am Kinn. »Es kam nach deiner Geburt. Postpartale Depression. Deine Großmutter dachte, es läge an Robertson. Sie sagte immer: Wenn er sie nicht einfach hätte sitzen lassen. Und irgendwann glaubte sie sogar, er hätte gegen ihren Willen mit Hannah geschlafen.«

Mir fiel ein, wie energisch Margaret vorgegangen war, als mich ein Junge auf dem Nachhauseweg von der Schule angefasst hatte. Sie hatte Angst gehabt, ich könnte vergewaltigt werden. »Aber das war so nicht, oder?«

Ralph hob abwehrend die Hände. »Oh, nein! Definitiv nicht.« Dann lächelte er. »Du warst ein Kind der Liebe. Entstanden in einer hochromantischen, leidenschaftlichen Nacht. Hannah hat mir gegenüber oft genug davon erzählt. Öfter, als es einem Bruder lieb ist.«

»Aber Margaret glaubte, die Depressionen kämen von einer Vergewaltigung.«

»Und ich glaubte, sie hätte Depressionen, weil sie Robertson so liebte, und er weg war. Es hat Jahre gebraucht, bis ich überhaupt verstanden habe, wie Depressionen entstehen. Dass sie nichts damit zu tun haben, dass sich jemand ... hängen lässt. Nicht zusammenreißt. Mary hat mir da sehr auf die Sprünge geholfen. Sie hat sich richtig reingekniet in das Thema. Ein hormonelles Ungleichgewicht, so harmlos sich das anhören mag, aber es kam nach der Schwangerschaft einfach nicht mehr ins Lot. Hannah bekam Medikamente, mal nahm sie sie, mal nicht. Ihr Psychiater war nicht besonders gut. Und wir als Angehörige bekamen keine Hilfestellung, wie wir mit ihr umgehen sollten. Erst als es zu spät war, begriffen wir ihre Krankheit.«

»Aber warum ...«

Er wedelte mit der Hand, wie um ein Insekt zu verscheuchen. »Warum wir es dir nicht gesagt haben? Weil wir nicht wussten, wie! Katie, deine Mama hat sich umgebracht. Sie hat keinen Grund mehr gesehen weiterzuleben. Nicht mal ihre Tochter war Grund genug. Hätten wir dir das sagen sollen?«

»Sie war krank, ich hätte ...«

»Nein!«, rief er. »Du warst zwölf! Du hättest es *nicht* verstanden. Du hättest gedacht, deine Mutter hätte dich im Stich gelassen, nicht mehr gewollt ... Vielleicht hättest du dir sogar die Schuld daran gegeben. Nein! Wir konnten es dir nicht sagen!« Er atmete tief durch, um sich wieder zu beruhigen. »Ich hab es dir doch gerade schon gesagt. Irgendwie war nie der richtige Zeitpunkt. Selbst dann nicht, als ich sehr viel besser verstanden hatte, was damals mit ihr los war.«

»Und den Namen meines Vater? Warum hast du mir den nie gesagt?«

Er hob die Schultern. »Dann hättest du doch alles erfahren. Oder? Ach, wir waren so dumm. Wir wollten das Beste, und was haben wir erreicht?« Ralph sprach nicht weiter, sondern starrte dumpf vor sich hin.

Ich legte eine Hand auf seinen Arm. »Aber du hast meinen Vater gefunden? Wie?«

»Internet«, murmelte er. »Hat lange genug gedauert. Aber irgendwann hatte ich ihn. Nur dass er zu der Zeit schon tot war.«

Ich schluckte. »Ich werde ihn also niemals kennenlernen. Und er hat nie von mir erfahren.« Tränen stiegen mir in die Augen.

»Ich hab's versucht. Ich hab nach ihm gesucht. Ich wollte ihm von dir erzählen. Und dann mit dir über deinen Vater sprechen. Ich ... ich hab alles falsch gemacht.«

»Wusste Sophie eigentlich Bescheid?«, fragte ich.

Er schüttelte den Kopf. »War ja auch noch ein Kind. Außerdem wäre sie innerhalb von Sekunden zu dir gerannt, um dir alles zu sagen. Was glaubst du, wie oft sie uns genervt hat, weil sie genau diese Fragen gestellt hat. Aber wir konnten es ja schlecht ihr sagen, bevor wir es dir sagten. Oder nicht?«

Sophie, meine wirkliche, echte Freundin. Freundin und Familie.

»Ich muss allein sein«, sagte ich und stand auf. Ich verließ das Pub und ging durch den Nieselregen zum Friedhof der St. Multose Church. Vor Hannas Grab blieb ich stehen. Sie war eine liebevolle Mutter gewesen, oft still und in sich gekehrt, aber immer für mich da, immer bereit, mir die Wärme und Zuwendung zu geben, die ich brauchte. Bis auf die Tage, an denen sie krank war. Das waren ihre dunklen Tage gewesen, über die ich so wenig wusste, weil mich Emmas Eltern ferngehalten hatten. Die dunklen Tage, die sie schließlich am Leben hatten endgültig verzweifeln lassen.

Ralph hatte natürlich recht. Mit zwölf hätte ich es niemals verstanden. Ich hätte gedacht, meine Mutter würde mich nicht mehr lieben und deshalb einfach gehen. Heute wusste ich es besser: Hannah hatte mich geliebt. Trotz ihrer Krankheit und obwohl sie sich umgebracht hatte. Sie war mir die beste Mutter gewesen, die sie unter den Umständen hatte sein können.

Ich verstand nun auch, warum sie nicht mehr in Kinsale hatte sein wollen. Zu viele Erinnerungen. Ich wollte es ebenfalls nicht mehr. Meine überstürzte Reise nach New York wäre wohl eine Flucht gewesen, so viel war mir nun klar. Aber ich wollte nicht fliehen. Ich brauchte nur Abstand von diesem Ort, der Schönheit und Schmerz zugleich war. Endlich kannte ich das Geheimnis um meine Geburt und Hannahs Tod. Endlich konnte ich auch damit abschließen und wirklich neu anfangen.

33.

»Ich weiß es immer noch nicht«, seufzte Matt am anderen Ende der Telefonleitung, irgendwo in New York, irgendwo an einem Ort, den ich nur von Fotos kannte, die er mir mailte. »Ich habe keine Ahnung, wie es mit mir weitergeht. Ich habe mir drei Monate Auszeit genommen, um eine Entscheidung zu treffen, und was mache ich? Komme zurück und weiß weniger als vorher.«

Ich lachte. »Du hast in den zwei Monaten, seit du wieder zu Hause bist, für zwei Bands Alben produziert und dazu noch drei eigene Songs geschrieben. Das hört sich doch nach etwas an!«

»Ja, nach Arbeit. Aber ich weiß nicht, was ich wirklich machen will.«

»Wahrscheinlich genau das. Sonst hättest du dich nicht darauf gestürzt wie ein Ertrinkender.«

Während er wortreich protestierte, kam Sophie nach Hause und schwenkte einen Umschlag. »Lag vor der Tür, für dich!« Sie warf ihn mir hin, und ich öffnete ihn.

»Ich hab dich was gefragt«, hörte ich Matts Stimme aus dem Hörer.

»Entschuldige, was?«

»Nichts Wichtiges. Nur wie es dir geht«, frotzelte er.

»Hervorragend«, sagte ich. »Gerade hab ich Post bekommen.«

»Muss es nicht heißen: ›Hervorragend, ich telefoniere schließlich gerade mit dir‹?«

»Ich hab einen Vertrag«, sagte ich und strich den Brief glatt, den ich aus dem Umschlag gezogen hatte. »Ich hab was verkauft.« Mir blieb vor Freude fast die Stimme weg.

Durchs Telefon hörte ich Matt laut jubeln, und wenig später kam Sophie mit zwei Gläsern Sekt aus der Küche.

Ich hatte die Geschichte von Matts Vater aufgeschrieben, seine Suche nach den Bildern von Hugh Lane. Matt hatte mir die gesamten Aufzeichnungen seines Vaters über die Tauchgänge zur Verfügung gestellt, außerdem Fotos, die er gemacht hatte. Meinen Text schickte ich an verschiedene Zeitschriftenverlage, und das größte Interesse hatte ein internationales Tauchermagazin.

Geschrieben hatte ich, während ich auf die Operation wartete. Ich hatte mich gegen die Hormonbehandlung und für die klassische Variante, den Eingriff unter Vollnarkose, entschieden. Es war eine aufregende Zeit voller widersprüchlicher Gefühle. Ich wohnte bei Sophie in ihrer winzigen Wohnung, weil ich Abstand von Kinsale brauchte. Doch gleichzeitig vermisste ich den Ort und auch Ralph und Mary. Wir sprachen viel miteinander, räumten aus, was noch zwischen uns stand, drehten uns immer wieder um meine Mutter und die schwere Zeit, die sie wegen ihrer Depressionen durchlebt hatte. Auf Corks Straßen achtete ich darauf, Emma möglichst nicht zu begegnen. Wenn es nötig war, rief Sophie bei ihr an. Ich brachte es einfach noch nicht über mich, ihr auch nur Hallo zu sagen. Aber ich besuchte Kaelynn fast jeden

Tag – Sophie hatte feste Zeiten für mich vereinbart, damit ich nicht auf Emma traf. Mit Matt telefonierte ich täglich mindestens eine Stunde. Wir hatten uns so vieles zu erzählen und wurden nicht müde, die Stimme des anderen zu hören. Er wollte zurückkommen, um für die Operation bei mir zu sein, aber ich hielt ihn davon ab.

Einen Monat dauerte es, dann war es für Kaelynn und mich so weit. Alles verlief ohne Komplikationen. Ich brauchte eine gute Woche, bis es mir wieder gut ging. Zwar bereiteten mir die Eisentabletten Übelkeit, und ich fühlte mich noch etwas schwach und müde, aber meine Blutwerte waren wieder in einem guten Bereich.

Kaelynn schien die Transfusion gut zu vertragen, musste aber noch eine Weile isoliert bleiben, da ihr Immunsystem noch nicht richtig funktionierte. Ich fragte mich, wie so ein winziger Körper so viel aushalten konnte. Kaelynn war auch der Grund, warum ich noch nicht abgereist war, obwohl bei mir gesundheitlich nichts mehr dagegen sprach.

Nun saß ich mit Sophie auf der Couch, ihr Laptop stand auf dem Tisch, und Matt war über Skype zugeschaltet. Ich winkte dem so vertraut und doch noch fremd wirkenden Gesicht auf dem Monitor zu, und er winkte zurück. Sophie hob das Glas und prostete dem Laptop zu. »Auf den edlen Ideenspender«, rief sie, und Matt prostete lachend mit einer Tasse Kaffee zurück.

Ich saß bereits an anderen Artikeln – Irlandthemen, die sich mir aufdrängten, wie die Fischer vor unseren Küsten, die wegen neuer EU-Gesetze so vieles von ihrem Fang wieder über Bord kippen mussten, die auf Bürokraten hören sollten statt auf die Welt, in der sie lebten. Ich hatte ein gutes Gefühl. Das Schreiben machte mir großen Spaß, die Recherche der Themen noch viel mehr. Ich schickte, wenn ich die Redaktionen zum ersten Mal kontaktierte, meinen Lebenslauf und Kopien einiger alter Artikel. Dass Sophie jeden einzelnen aufgehoben hatte, war ein großes Glück, da sich meine Unterlagen wohl in irgendeiner eingelagerten Kiste befanden. Auf New York freute ich mich nun nicht nur wegen Matt, sondern weil ich wusste, dass ich dort mehr Themen finden würde, als ich abdecken könnte. Mein Herzenswunsch war es, die sogenannten Tunnelmenschen zu interviewen, die in den stillgelegten U-Bahn-Schächten lebten und eine eigene Stadt gegründet hatten – so sagten es jedenfalls die Gerüchte.

»Auf die zukünftige Pulitzer-Preisträgerin!«, sagte Matt. Sophie johlte, und ich lachte vergnügt. Es war ein wunderbarer Tag. Eine wundervolle Nachricht. Matt fehlte, ein Videotelefonat konnte seine Nähe nicht ersetzen, aber ich wusste, dass ich ihn bald sehen würde.

Auch diesmal hatte ich mir etwas Eigenes gesucht – ich wollte nicht bei Matt wohnen. Ich war in ihn verliebt, aber meine Selbstständigkeit musste ich mir wahren.

»Nach einer Woche, wenn ihr merkt, dass ihr ohnehin rund um die Uhr aufeinanderhockt, hast du sowieso deine Zahnbürste bei ihm stehen, glaub mir«, sagte Sophie zu diesem Thema. Vielleicht hatte sie recht.

Vier Wochen nach der Operation war abzusehen, dass es Kaelynn definitiv gut ging. Sie zeigte so gut wie keine Abstoßungsreaktionen, und die Ärzte waren sehr zuversichtlich, dass sie ganz gesund werden würde. Als meine

Abreise feststand, gab es diesmal kein großes Fest. Ich saß mit Sophie und ihren Eltern zusammen. Wir hatten uns nicht in Kinsale getroffen, sie waren zu uns nach Cork gekommen. Ralph überraschte mich mit einem ganz besonderen Geschenk: Er hatte alles, was er über meinen Vater wusste, zusammengetragen und aufgeschrieben. Auch über meine Mutter hatte er geschrieben.

»Jetzt weißt du, woher das Schreibtalent in der Familie kommt«, sagte Mary mit liebevollem Spott zu mir.

Doch Ralph ging gar nicht darauf ein. Er war in Gedanken noch bei seinen Aufzeichnungen.

»Ein sehr guter Lehrer«, sagte er. »Ich hatte auch Unterricht bei ihm. Ein gut aussehender Typ noch dazu. Ich habe Fotos von ihm gefunden. Er war in Neuseeland auch an einer Schule. Hab dir alles ausgedruckt.« Ralph schlug die entsprechenden Seiten auf. Ich sah in ein fremdes Gesicht, in dem ich nichts von mir fand. Aber vielleicht würde sich das mit der Zeit ändern.

Sophie brachte mich zum Flughafen. Wir mussten lachen, als unterwegs im Radio Matts Coverversion von »There She Goes« ertönte. »Wenn das mal kein Zeichen ist«, sagte Sophie.

Wir begegneten Emma, die dort auf uns wartete. Offensichtlich wusste sie von meiner Abreise Bescheid.

»Man kann dich kaum übersehen in deinem schönen roten Mantel«, sagte sie und versuchte ein Lächeln.

Ich erwiderte nichts.

»Können wir kurz über Brian reden?«, fragte sie.

Ich schüttelte den Kopf und wollte gehen. Sie griff nach meinem Arm und hielt mich fest. »Bitte!«

Sophie nickte mir zu und verschwand in einem Zeitschriftenladen, damit wir ungestört reden konnten. Sofern man das mitten am Flughafen konnte.

»Was gibt es noch?«, fragte ich widerwillig.

»Die Nacht, in der er starb«, begann sie.

»Über die weißt du ja nun deutlich mehr als ich.«

»Ich meine, er hat Nein zu mir und dem Kind gesagt. Denkst du, er hätte ...«

»Was? Es sich noch mal anders überlegt?« Ich schloss kurz die Augen. »Emma, ich weiß es nicht. Ich habe nicht mehr den Eindruck, ihn besonders gut gekannt zu haben. Jedenfalls nicht die letzten Monate.«

»Nein, Kate, bitte. Ich ... Ach, ich weiß es auch nicht. Manchmal denke ich, dass er den Unfall *absichtlich* ...«

»Unsinn. Er war betrunken und offensichtlich schlecht drauf. Daran ist keiner schuld. Du hast ihm nicht den Alkohol zu trinken gegeben, und du hast ihm auch nicht die Schlüssel in die Hand gedrückt und gesagt: Fahr los. Er war aus freien Stücken in einem Pub, bevor er nach Hause wollte.«

»Ja, er war auf dem Weg zu dir«, sagte sie.

»Wir werden nie erfahren, was er getan hätte, wenn er nicht gestorben wäre. Damit müssen wir wohl leben.«

Emma sah mich unglücklich an. »Wir hätten so gute Freundinnen sein können.«

Ich biss mir auf die Lippen. Es tat so weh, wie sie vor mir stand, so zerbrechlich und blass, mit großen sehnsüchtigen Augen. Endlich sagte ich: »Ich muss los, Emma. Und nein, ich glaube nicht, dass wir noch einmal wirkliche Freundinnen geworden wären. Wir haben viel zu unterschiedliche Leben gelebt. Pass auf dich auf. Und auf Kaelynn. Alles Gute.«

Ich riss mich los, suchte Sophie und ging mit ihr zum Check-in. Sie blieb bei mir, so lange sie konnte, und verabschiedete sich erst vor der Sicherheitskontrolle von mir.

»Ich besuch dich.«

»Unbedingt.«

»Wart's ab, du wirst es noch als Drohung empfinden«, grinste sie.

»Retourkutsche dafür, dass ich wochenlang deine Wohnung besetzt habe?«

»Ganz genau.«

Wir umarmten uns. Dann ging ich durch die Kontrolle, und mein Herz pochte schnell und fest vor Aufregung. Drei Monate würde ich fort sein. Jedenfalls vorerst. Meine Zukunft war ungewiss, aber genau darauf freute ich mich bei aller Angst, die mitschwang. Was würde geschehen? Würde ich mich wohlfühlen? War es wirklich das Richtige, als Journalistin zu arbeiten? Würde ich überhaupt Fuß fassen und genug Geld für meinen Lebensunterhalt damit verdienen können, oder hatte ich nur Glück gehabt mit dem Artikel über Matts Vater, und er würde das Einzige bleiben, das ich verkaufte?

Es gab nur einen Weg, die Antworten zu finden. Ich musste einfach ausprobieren, was ich mir erträumt hatte. Ich musste vor allem: gehen.

Irland würde immer meine Heimat bleiben. Ich hatte Heimweh wie ein Schulkind, schon im Flieger, als ich aus dem Fenster sah und unter mir Kinsale und Charles Fort erkannte. Ich sah die schiefergrauen Wellen der Keltischen See, wo Brians Asche verstreut war, und musste daran denken, dass es vielleicht doch keinen Abschied für immer gab. Etwas blieb im Herzen zurück, besonders wenn man sich so sehr geliebt hatte. Ein Teil des anderen verschwand nie. Brian war immer noch bei mir, so wie Hannah und Margaret.

Aber ich war mit ihnen allen im Reinen, und mein Herz hatte genügend Platz für die neue Liebe zu Matt.

Es gibt nur eine
Marian Keyes

»Erfrischend, überraschend und nie um einen Witz verlegen: Marian Keyes kennt die Frauen.« *Für Sie*

978-3-453-40637-7

Wassermelone
978-3-453-40483-0

**Lucy Sullivan
wird heiraten**
978-3-453-16092-7

Rachel im Wunderland
978-3-453-17163-3

Pusteblume
978-3-453-18934-8

Sushi für Anfänger
978-3-453-21204-6

Auszeit für Engel
978-3-453-87761-0

Unter der Decke
978-3-453-86482-5

Pralinen im Bett
978-3-453-40468-7

**Neue Schuhe
zum Dessert**
978-3-453-58019-0

Erdbeermond
978-3-453-40501-1

Märchenprinz
978-3-453-40637-7

Der hellste Stern am Himmel
978-3-453-26595-0

Leseproben unter: **www.heyne.de**

HEYNE ‹